ISABELL SCHÖNHOFF

Das Erbe der Greiffenbergs

ISABELL SCHÖNHOFF

DAS ERBE DER GREIFFENBERGS

Gegen den Wind

ROMAN

LÜBBE

Dieser Titel ist auch als Hörbuch und E-Book erschienen.

Die Bastei Lübbe AG verfolgt eine nachhaltige Buchproduktion. Wir verwenden Papiere aus nachhaltiger Forstwirtschaft und verzichten darauf, Bücher einzeln in Folie zu verpacken. Wir stellen unsere Bücher in Deutschland und Europa (EU) her und arbeiten mit den Druckereien kontinuierlich an einer positiven Ökobilanz.

MIX
Papier | Fördert gute Waldnutzung
FSC® C014496
FSC www.fsc.org

Originalausgabe

Textredaktion: Claudia Schlottman, Berlin
Umschlaggestaltung: Johannes Wiebel | punchdesign, München unter Verwendung von Illustrationen von © stock.adobe.com: Klaus M. | juat | spuno und shutterstock.com: Vladimir Sukhachev | Jones M
Satz: hanseatenSatz-bremen, Bremen
Gesetzt aus der Minion Pro
Druck und Einband: GGP Media GmbH, Pößneck

Printed in Germany
ISBN 978-3-7857-2845-1

5 4 3 2 1

Sie finden uns im Internet unter luebbe.de
Bitte beachten Sie auch: lesejury.de

Für meine Mutter

Prolog

1922 führten Geschäfte den Handelsreisenden Eduard von Greiffenberg nach Prien am Chiemsee, wo er seine große Liebe Josefine kennenlernte. Die beiden heirateten und eröffneten wenig später einen kleinen Tante-Emma-Laden, der sich schnell großer Beliebtheit erfreute. Vor allem Josefines selbstgekochte Hagebuttenmarmelade, ihre frisch zubereiteten Salate und die handgefertigten Pralinen fanden reißenden Absatz. Das kleine Unternehmen expandierte und spezialisierte sich auf Delikatessen, die Eduard teils aus dem Ausland bezog. Josefines Fleiß und Geschick sowie Eduards Weitblick und sein Händchen für lukrative Immobilien verhalfen den Greiffenbergs im Laufe der Jahre zu einem ansehnlichen Vermögen. Noch heute steht der Name *Feinkost Greiffenberg* für erlesene Köstlichkeiten aus aller Welt. Die Firma ist nach wie vor in Familienbesitz, und der Hauptsitz befindet sich dort, wo alles begann: in Prien am Chiemsee.

1. Anschwimmen

Elsa nahm sich einen Teller und ließ den Blick über das Kuchenbüffet schweifen.

»Na, wie fühlt man sich mit achtzig?«, fragte Sebastian, der plötzlich neben ihr stand, beiläufig.

Sie tat sich schweigend ein Stück Erdbeertorte auf und dachte nicht im Traum daran, die Frage zu beantworten.

»Sieht man dir jedenfalls nicht an, dein Alter.« Ungeniert musterte er sie von oben bis unten. »Hast dich echt gut gehalten, das muss man dir lassen.« Er nickte anerkennend, als wäre sie ein scheckheftgepflegter Gebrauchtwagen. »Hast du einen Tipp für mich?«

»Wofür?«, schnaubte sie.

»Wie schafft man es, nicht alt zu werden?«

»Zyankali wäre eine Möglichkeit.«

Er lachte laut auf. »Ach, Elsa. Du und dein schwarzer Humor …«

Du und dein schwarzer Humor, äffte sie ihn im Geiste nach und beschloss, noch etwas Sahne zu nehmen. Sie fühlte sich plötzlich unterzuckert – und furchtbar alt. Mit einer abrupten Bewegung pfefferte sie einen riesigen Klecks Obers auf ihren Teller und wandte sich ab. Sie liebte ihre Enkelin

Pauline über alles, aber wie sie diesen Deppen hatte heiraten können, würde ihr ein ewiges Rätsel bleiben.

Schnellen Schrittes nahm sie Kurs auf die lange, weiß gedeckte Tafel. Sie war gemäß ihren Anweisungen unter der prachtvollen alten Tulpenmagnolie platziert worden, die seit zwei Tagen in voller Blüte stand. Elsa setzte sich an das obere Kopfende, atmete tief durch und entspannte sich. Die Luft war herrlich. Welch ein Glück sie mit dem Wetter hatten. Ob die Feierlichkeiten im Freien würden stattfinden können, war bis zuletzt ungewiss gewesen, aber schließlich hatte die Sonne sich an diesem Sonntag Mitte April doch entschieden, zu scheinen. Und dabei war es schon so warm, dass man sogar ›mit ohne‹ Strumpfhose gehen konnte, wie ihre kleine Urenkelin Ada heute Morgen hocherfreut festgestellt hatte.

Elsa breitete eine frisch gestärkte Damastserviette auf ihrem Schoß aus, trank einen Schluck Kaffee und stach mit der Gabel ein Stück Erdbeertorte ab. Die meisten der beinahe siebzig Geladenen hatten ihren Kuchen bereits vertilgt und tummelten sich auf dem Rasen des parkähnlichen Gartengrundstücks der Greiffenberg-Villa.

Ihr Sohn Ludwig hatte vor etwa einer halben Stunde den legeren Teil des Nachmittags eingeläutet, indem er seine Krawatte gelockert und das Jackett ausgezogen hatte. Die anderen Herren hatten ob der Wärme erleichtert aufgeatmet und es ihm gleichgetan.

Elsa ließ ihren Blick über die Gästeschar schweifen, während sie sich genüsslich die Torte zu Gemüte führte. Freunde, Familie, Nachbarn, Weggefährten – alle waren sie gekommen, in Cabriolets, SUVs und neuer Frühjahrsgarderobe, um Elsa von Greiffenberg zum achtzigsten Geburtstag die Ehre zu erweisen. Sie standen in Grüppchen, lachten und smalltalkten oder verfolgten wie Pauline ihre Kinder auf Schritt und Tritt, um zu verhindern, dass Tischdecken heruntergerissen wurden oder eines der hauchdünnen Kristallgläser zu Bruch ging. Elsa war froh, einen Augenblick für sich zu haben – jetzt, wo sie die obligatorische Begrüßungsansprache absolviert und Festreden und Lobhudeleien über sich hatte ergehen lassen. Ihr Blick fiel auf ihr jüngstes Enkelkind Antonia. Die Achtzehnjährige saß mit ihrer alten analogen Kamera auf dem Sockel des steinernen Engels am Rande des Gartengrundstücks und nestelte gedankenverloren an ihren Ohrpiercings herum. Dabei hatte sie fest versprochen, den ganzen Nachmittag über Fotos für das Familienalbum zu schießen. Nun ja. Im besten Fall waren alle Filme schon voll. Im schlechtesten … ach, geschenkt. Wer schaute sich später noch Familienfotos von Omas Achtzigstem an?

»Ludwig, die Austern heute Mittag waren ein absoluter Hochgenuss«, hörte Elsa ihren Schwiegerenkel Sebastian in diesem Moment schwärmen. Sie wandte den Kopf nach links und sah, dass er, einen Teller mit Aprikosenkuchen balancierend, um ihren Sohn herumscharwenzelte. Mit seiner freien Hand schlug er ihm fest auf die Schulter. Sie musste heute ganz schön was aushalten, Ludwigs Schulter, aber sie war es ja gewohnt, unablässig geklopft zu werden. Mit achtundfünfzig Jahren war ihr Jüngster ein gestandener Mann und als Geschäftsführer und Hauptanteilseigner der familieneigenen Firma *Feinkost Greiffenberg* hoch angesehen. Nicht nur hier in Prien am Chiemsee, sondern auch in München – und überhaupt in ganz Bayern. Es erfüllte Elsa mit Stolz, wenn sie daran dachte. Es war ja auch ihr Verdienst. Nach dem frühen Tod ihres Mannes hatte sie die Firma weitergeführt und später peu à peu in Ludwigs Hände übergeben, was sich schnell als Geniestreich erwiesen hatte. Eigentlich hätte ihr älterer Sohn Wolfgang den Thron besteigen sollen. Die Familienstatuten hatten es so vorgesehen. Doch Elsa hatte das zu verhindern gewusst, was ihr zunächst einigen Ärger und viel Unverständnis eingebracht hatte. Aber sie hatte sich nicht beirren lassen, denn in Ludwig hatte sie früh das erkannt, was Wolfgang bis zum heutigen Tag fehlte: Ehrgeiz, ökonomischen Sachverstand und vor allem Instinkt. All das vereinigte ihr Jüngster in sich wie kein anderer, und so waren Firma und Familienvermögen unter seiner Leitung immer weitergewachsen und die Greiffenbergschen Produkte inzwischen in aller Munde – zumindest in denen derer, die sie sich leisten konnten. Wolfgang hatte sich derweil mit nur einem Drittel der Firmenanteile und der Leitung der Marketingabteilung begnügen müssen, was er ihr bis heute nachtrug. Aber die Feinkostbranche war ein Haifischbecken, und das erforderte zuweilen unpopuläre Entscheidungen. Am Ende hatte Ludwigs Erfolg ihr Recht gegeben.

»Die Austern? Ja, das sollten sie auch«, dröhnte er jetzt. Er hatte eine tiefe, durchdringende Stimme, die allem, was er von sich gab, Gewicht verlieh. »Wir haben sie aus der Bretagne einfliegen lassen.« Er legte einen Arm um die schlanke Taille seiner Frau Therese, die, ganz in Isabel Marant gekleidet, an seiner Seite stand und gerade eine der Kellnerinnen heranwinkte. Sie sah umwerfend aus. Noch immer. In den achtziger und neunziger Jahren war sie ein gefragtes Model gewesen – in München und eine Zeit lang sogar in Paris. Irgendwann hatte sie Ludwig kennengelernt, auf der Wiesn, wo auch sonst. Und obwohl er fünf Zentimeter kleiner war als sie und damals wie heute nicht gerade ein Adonis, war es, so erzählten sie es oft und gern, Liebe auf den ersten Blick gewesen. Kaum zu glauben, dass ihre Hochzeit nun schon über dreißig Jahre zurücklag. Ihre drei Kinder waren längst erwachsen, und die Mittlere, Pauline, hatte sie früh zu Großeltern gemacht. Ihr ältester Sohn Ferdinand hingegen war, obwohl mit einunddreißig im besten heiratsfähigen Alter, weit davon entfernt, sich zu binden, geschweige denn, eine Familie zu gründen. Er stand neben Sebastian, plauderte, scherzte und versprühte jede Menge Charme.

»Komm mal rüber, Geburtstagskind!«, rief er Elsa zu, als er ihren Blick bemerkte.

Sie winkte ab. Die Torte war noch nicht aufgegessen, und sie saß gerade so schön. Doch Ferdinand ließ nicht locker.

»Komm schon, Oma, trink ein Gläschen mit uns.«

Sie lächelte. Widerstand zwecklos. Ferdinand konnte man einfach nichts abschlagen. Seufzend erhob sie sich und ging zu ihm und den anderen hinüber.

»Oma, hab ich dir schon gesagt, dass du toll aussiehst?« Ferdinand legte seinen gebräunten Arm um ihre Schultern.

»Antonia!«, rief Therese in Richtung Steinengel. »Mach mal ein Foto von uns!«

»Gleich«, erwiderte Antonia, ohne von ihrem Smartphone aufzublicken.

Ferdinand gab Paulines Freundin Hanne ein Zeichen. Sie arbeitete schon lange im Greiffenbergschen Feinkostladen und hatte angeboten, heute hier zu kellnern. »Ein Gläschen für das Geburtstagskind«, rief er ihr zu.

Elsa hob protestierend die Hände.

»Komm schon, Oma, man wird nur einmal achtzig.«

»Na ja. Auch wieder wahr.« Sie nahm ein Glas von dem silbernen Tablett, das Hanne ihr entgegenhielt. »Danke«, sagte sie und prostete in die Runde.

»Auf dich, Mutter«, sagte Ludwig.

»Auf die nächsten achtzig«, witzelte Sebastian.

Ferdinand beugte sich zu ihr hinunter und hauchte ihr einen Kuss auf die Wange. Dann stießen sie an und tranken.

»Mamaaaaaa!«, schallte es in dem Moment von irgendwoher.

Ferdinand stieß Sebastian freundschaftlich in die Rippen. »Klingt nach deiner Tochter.«

»Wie gut, dass sie eine Mutter hat.« Sebastian nahm einen weiteren Schluck aus seinem Champagnerglas und deutete mit dem Kinn auf Pauline, die im Laufschritt Richtung Geschrei lief und wenig später die heulende Ada aus einem Rosenbeet zog. »Zeter und Mordio, immer dasselbe«, stöhnte er und rollte mit den Augen. »Ist das normal für eine Sechsjährige?«

Elsa sah, wie Pauline sich vor Ada ins Gras kniete, deren zerkratzte Schienbeine untersuchte und gleichzeitig versuchte, die Kleine zu beruhigen. Im nächsten Moment geriet Adas Zwillingsbruder Max in ihr Blickfeld. Offenbar hatte er sich über den Schokoladenkuchen hergemacht. Jedenfalls ließ sein braun verschmiertes Gesicht keinen anderen Schluss zu.

»Mama, was hat Ada?«, hörte sie ihn fragen. Mit besorgter Miene sah er sich die blutenden Schienbeine seiner fünf Minuten älteren Schwester an und legte dabei seine schokoverschmierten Händchen auf die Ärmel des schneeweißen Kleides seiner Mutter.

»Oh, Max!« Pauline drehte den Kopf, um sich ein Bild vom Ausmaß der Katastrophe auf ihrem Kleid zu machen.

Sebastian schüttelte lachend den Kopf. »Leicht überfordert, die Gute. Tja, da hilft ihr das Eins-Nuller-Abi auch nicht weiter, was?«

»Es sind auch deine Kinder, oder?«, sagte Elsa kühl.

»Wir haben eine klare Arbeitsteilung«, erwiderte er grinsend und trank.

Sie drückte Ferdinand ihr Champagnerglas in die Hand, eilte zu ihrer Enkeltochter und den Kindern und nahm sich des kleinen Max' an.

»Wir zwei gehen jetzt ins Badezimmer«, sagte sie bestimmt.

Ihr Urenkel streckte seine Hände aus und betrachtete sie schuldbewusst. »Schokokuchen«, meinte er dann mit wichtiger Miene. »Is immer ne Sauerei.«

»Das kannst du laut sagen.« Sie deutete auf Paulines Kleid.

»Ui ...« Max biss sich auf die Lippe.

Sie wuschelte ihm durch seine blonden Locken. »Ab ins Bad mit uns. Und dich nehme ich auch gleich mit, Adalein. Du brauchst ein Pflaster, wenn ich das richtig sehe. Ich glaube, ich habe sogar noch eins mit Piraten.«

Pauline fuhr sich mit dem Handrücken über die Stirn und atmete auf. »Danke, Oma.«

Elsa nahm die beiden Kinder an die Hand und marschierte mit ihnen ins Haus.

»Arme Mami«, sagte Ada vorwurfsvoll zu ihrem Bruder. »Du hast ihr schönstes Kleid versaut.«

»Und das ist bei Weitem nicht ihr größtes Problem«, murmelte Elsa. Sie hätte Sebastian verhindern müssen. Damals, als es noch möglich gewesen wäre. Seit einiger Zeit machte sie sich Sorgen um ihre Enkelin. Pauline hatte sich verändert. Sie war immer eine Frohnatur gewesen. Klug, quirlig und voller Energie. Doch in den letzten Jahren war sie still geworden. Fast schon in sich gekehrt. Vielleicht, weil die Zwillinge ihr jeden Tag alles abverlangten. Doch so recht mochte Elsa nicht glauben, dass es nur das war. Es steckte mehr dahinter, und im Grunde musste man keine Hellseherin sein, um zu ahnen, was. Sie würde ein kleines Vermögen darauf wetten, dass es irgendetwas mit dem Deppen zu tun hatte, den sie sich da vor gut sieben Jahren angelacht hatte.

Fast geschafft, dachte Elsa, als sie die breiten Steinstufen hinabschritt, die von der herrschaftlichen Terrasse in den Garten führten. Auf halber Höhe hielt sie inne und blickte auf die von Buchsbäumen gesäumte Rasenfläche. Ihre Haushälterin Margit und Hanne hatten noch immer alle Hände voll zu tun. Mit geübten Griffen räumten sie die benutzten Teller in Plastikkisten. Pauline sammelte Gläser von den Tischen, und Therese kümmerte sich um die Vasen mit den kleinen Frühlingssträußen. Gerade hatten sich endlich auch die ungeliebten Nachbarn verabschiedet. Mike und Britta Grindler fanden nie ein Ende, auch heute hatte sie sie förmlich hinauskomplimentieren müssen.

»Schön, dass Sie uns beehrt haben«, hatte Elsa zu Britta gesagt. »Hatten Sie Jacken dabei?«

Sie waren ohne gekommen, aber den Wink mit dem Zaunpfahl hatten sie zum Glück trotzdem verstanden und sich endlich verabschiedet. Weit hatten sie es nicht. Vor etwa zwei Jahren hatten sie das Ufergrundstück neben dem der Greiffenbergs erworben und einen modernen, unsäglich geschmacklosen Klotz samt Pool und Jacuzzi daraufgesetzt. Er diente den Grindlers als Zweitwohnsitz, und nun kamen sie beinahe jedes Wochenende aus München hierher, angeblich um Natur und Ruhe zu genießen. Dabei schienen ihnen weder Natur noch Ruhe besonders am Herzen zu liegen. Wie sonst war es zu erklären, dass sie nach und nach alles anschafften, was einen Höllenlärm verursachte und die Bergluft verpestete? Einen Kärcher, einen Land Rover Defender, mehrere Laubbläser, zwei Quads und Bose-Boxen, groß wie Schulkinder, und das war noch längst nicht alles. Anstrengende Leute. Aber eben die nächsten Nachbarn. Da kam man nicht umhin, sie dann und wann einzuladen.

Alles in allem war es ein schönes Fest gewesen. Elsa nahm gemächlich die letzten Stufen und blickte Richtung Westen. Die Sonne hatte den ganzen Nachmittag geschienen und machte sich nun langsam bereit, als roter Feuerball im Chiemsee zu versinken. Es war fast halb acht. Hanne und Margit begannen, die schweren Kisten mit dem Geschirr ins Haus zu schleppen.

»Margit, achten Sie darauf, dass nichts zu Bruch geht«, hörte Elsa Therese sagen. »Und dass nichts von dem Silber in die Spülmaschine gerät.«

»Natürlich, Frau von Greiffenberg«, erwiderte Margit höflich und verdrehte hinter dem Rücken ihrer Chefin die Augen.

Elsa schmunzelte. Kurz überlegte sie, Pauline mit den Gläsern zu helfen, verwarf die Idee jedoch wieder. Sie war das Geburtstagskind und weiß Gott nicht mehr die Jüngste. Es war ein anstrengender Tag gewesen. Achtzig Jahre. Jetzt war sie also offiziell eine Greisin. Da konnte Pauline noch so oft sagen, dass achtzig nur eine Zahl sei und sie mindestens zwanzig Jahre jünger wirke. Ihr wurde etwas wehmütig zumute. Wer wusste schon, wie viele Geburtstagsfeste ihr noch vergönnt waren. Ja, sie war fit und gesund, doch sie hatte auch erlebt, wie schnell sich das ändern konnte. Ihre Freundin Katharina hatte sich bester Gesundheit erfreut, als sie buchstäblich der Schlag getroffen hatte. Der Schlaganfall hatte alles verändert, von jetzt auf gleich. An einem Tag war sie noch den Rauschberg hinaufgewandert, am nächsten war sie halbseitig gelähmt, bettlägerig und nicht mehr in der Lage, sich zu artikulieren. Nun werd mal nicht sentimental auf deine alten Tage, schalt Elsa sich selbst. Die Vögel zwitscherten, die Kinder spielten, die Frauen räumten auf. Ludwig, Ferdinand und Sebastian tranken noch ein letztes Helles auf das gelungene Fest, und sie selbst ließ den Tag in Gedanken Revue passieren. Alles war in bester Ordnung, die Familie Greiffenberg ein eingespieltes Team. Wenn sie jetzt gehen müsste, könnte sie es mit einem guten Gefühl tun, und das war mehr, als man erwarten durfte. Sie beschloss, dankbar zu sein für ein erfülltes, langes Leben. Für ihre Familie. Für die Firma. Es hätte alles schlimmer kommen können. Weiß Gott.

Sie betrat den perfekt geschnittenen Rasen und sah, dass Ferdinand den letzten Schluck aus seinem Bierglas trank. Mit einer zackigen Bewegung stellte er es auf einem der weiß behussten Stehtische ab. Dann warf er einen Blick auf seine Armbanduhr und klatschte laut in die Hände.

»Alles fertig machen zum AN-SCHWIM-MEN!«, brüllte er quer durch den Garten und marschierte mit federndem Gang zum Haus.

Elsa nickte Pauline aufmunternd zu. »Auf geht's. Schwimmen!«

Therese überließ das Personal sich selbst und joggte die Steintreppe zum Haus hoch. »Los, los, Kinder. Umziehen!«, rief sie Ada und Max zu.

Die beiden hatten es sich auf zwei Kinderliegestühlen bequem gemacht, von denen sie nun aufsprangen. Aufgeregt rannten sie zu ihrer Mutter. »Dürfen wir diesmal auch rein?

Biiitte, Mama!« Max zupfte an Paulines schokoladenverschmiertem Kleid.

Pauline strich den Zwillingen über die lockigen Köpfe. »Nur mit den Füßen. Hatten wir doch schon besprochen.«

Zwei lange Gesichter blickten zu ihr auf.

»Och, manno!«, maulte Max.

»Das ist voll gemein!«, meckerte Ada.

»Vielleicht nächstes Jahr. Wenn ihr richtig gut schwimmen könnt.«

»Wir sind die Ersten«, stellte Pauline fest, legte die Handtuchponchos der Zwillinge auf einen der Deckchairs am Ufer und half den Kindern, die Schwimmflügel überzustreifen. Es war seit jeher Familientradition, dass an Oma Elsas Geburtstag angeschwommen wurde. Egal, ob es regnete, stürmte oder schneite: Am fünfzehnten April, kurz vor Einbruch der Dunkelheit, schlüpften alle in ihre Badesachen und trafen sich am hauseigenen Privatstrand. Die Golden Hour machte ihrem Namen heute alle Ehre. Die untergehende Sonne hatte die Wasseroberfläche gelb-orange eingefärbt. Pauline fragte sich, wo ihre kleine Schwester blieb. Antonia mochte das Licht kurz vor und nach Sonnenuntergang, denn da ließen sich die schönsten Fotos schießen. Sie blickte zu den fünf Bangkirai-Stufen, die vom Garten aus zum Seeufer hinunterführten. Ah, da kam sie ja, bekleidet mit einem schwarzen Morgenmantel aus Seide. Darunter trug sie vermutlich einen ihrer knappen Bikinis, die sie in allen möglichen Farben und Ausführungen besaß. Tatsächlich hatte sie ihre Kamera dabei. Als sie die Zwillinge sah, ging sie in die Hocke, nahm sie ins

Visier und drückte, ohne dass sie etwas davon mitbekamen, einige Male auf den Auslöser.

Wenig später tauchte Ferdinand auf und winkte ihnen lachend zu, während er über das Gras zum Wasser joggte. Er war groß, sportlich und mit einer beneidenswert üppigen blonden Lockenmähne ausgestattet, die er meist zu einem Zopf trug, was ihn wie einen Profisurfer aussehen ließ. Und tatsächlich war er ein guter Surfer, auch wenn seine Leidenschaft dem Skifahren galt. Er hatte es vor einigen Jahren sogar bis in die deutsche Skinationalmannschaft geschafft und die eine oder andere Trophäe eingeheimst. Vor zwei Jahren hatte er den Leistungssport an den Nagel gehängt und war Stuntman geworden. Jetzt doubelte er von Berufs wegen Schauspieler beim Skifahren, Klettern und manchmal auch beim Surfen, und was man so hörte, machte er das ziemlich gut. Heute trug er rote Badeshorts und hatte sich ein winziges weißes Handtuch über die Schulter geworfen. Kurz wähnte sich Pauline in einer *Baywatch*-Folge. »Wo hast du Pamela Anderson gelassen?«, rief sie ihrem Bruder zu und fragte sich, wieso zum Teufel sein durchtrainierter Oberkörper um diese Jahreszeit schon brauner war als der von David Hasselhoff zu seinen besten Zeiten. »Warst du heimlich auf den Bahamas?«, fragte sie.

»Bräunungsdusche«, erwiderte Ferdinand. »Für Dreharbeiten«, fügte er schnell hinzu, als er die ungläubigen Gesichter seiner Schwestern sah.

»Na klar«, murmelte Antonia und warf ihr einen vielsagenden Blick zu.

In diesem Moment kamen auch ihre Eltern an den Strand. Hand in Hand schritten sie die Stufen hinab und ließen weniger an *Baywatch* als an Wellnessurlaub denken. Beide waren in dicke, weiße Frottee-Bademäntel gehüllt, wie man sie in den Spa-Bereichen der Luxushotels dieser Welt trug. Gemeinsam schlenderten sie zum Wasser hinunter, und ihr Vater hielt testweise seinen großen Zeh hinein. Schnell zog er ihn wieder zurück. »Saukoid!«, rief er.

Alle nickten. Niemand hatte etwas anderes erwartet. Anschwimmen war immer saukalt.

Ada und Max waren nun endlich mit ihren sperrigen Schwimmflügeln ausgestattet, was sie nicht davon abhielt, juchzend Richtung See zu stürmen.

»Nur mit den Füßen!«, rief sie ihnen hinterher und begab sich in Habachtstellung – wie immer, wenn die Kinder am Wasser waren. Es wurde höchste Zeit, dass sie endlich vernünftig schwimmen lernten.

Dann kam Sebastian. Er trug seine dunkelblaue Armani-Badehose unter einem lilafarbenen Frotteehandtuch, das er sich lässig um die Hüften geschlungen hatte. Sie wusste es, weil sie sie ihm heute Morgen eingepackt hatte. Sein Oberkörper war nicht mit einer Bräunungsdusche in Kontakt gekommen, konnte aber ansonsten mit dem von Ferdinand durchaus mithalten. Ihr Mann legte viel Wert auf sein Äußeres, trainierte regelmäßig und stellte sein Sixpack, wann immer sich eine Gelegenheit bot, zur Schau. Mit einem schnellen Griff löste er das Handtuch, rief »Hepp« und warf es ihr zu. Sie fing es mit links, faltete es und legte es fein säuberlich zu den Ponchos der Kinder. Ferdinand wirbelte sein weißes Tuch nun ausgelassen in der Luft herum wie ein Saunaboy nach einem Aufguss. Dann warf er es ebenfalls in ihre Richtung. »Danke, Schwesterherz«, rief er grinsend, als sie es aus der Luft fischte.

»Ihr seid schlimmer als meine Kinder«, stöhnte sie entnervt.

Sebastian blickte sich um. »Sind jetzt alle da?« Wie immer konnte er es wohl kaum erwarten, sich in die eiskalten Fluten zu stürzen.

»Nein. Die Hauptperson fehlt noch«, stellte ihr Vater fest.

»Natürlich. Sie braucht ja ihren großen Auftritt«, erwiderte Sebastian. »Wann sagt ihr mal einer, dass sie nicht die Queen ist?« Er lachte. Zum Schein. Pauline wusste, dass er es nicht witzig meinte.

Und dann tauchte sie auf, die Queen. In bunt geblümtem Badeanzug und passendem Pareo schwebte Oma Elsa die Bangkirai-Stufen hinab, ohne sie alle auch nur eines Blickes zu würdigen. Stattdessen sah sie zum Horizont, wo in diesem Moment die Sonne als großer, roter Feuerball das Wasser zu berühren schien. Sie warf ihren Pareo auf die Liege, sagte: »Na, los! Worauf warten wir?«, und marschierte hocherhobenen Hauptes und ohne mit der Wimper zu zucken in den See.

»Recht hat sie. Worauf warten wir?«, rief Ferdinand und rannte auf den kleinen Holzsteg. Er nahm Anlauf und sprang mit lautem »Yippie-ya-yeah« und elegantem Kopfsprung in den Chiemsee.

Nun war kein Halten mehr. Alle anderen hüpften johlend vom Steg oder rannten laut kreischend vom Strand aus ins Wasser. Alle, außer ihr. Sie blieb am Ufer stehen, die Füße im Gras vergraben, und schaute den anderen beim Schwimmen zu.

»Komm, Schwesterherz, gib dir einen Ruck«, rief Ferdinand ihr vom Wasser aus zu.

Sie presste die Lippen aufeinander und schüttelte den Kopf. Längst vorbei waren die Zeiten, als sie sich mit Oma Elsa als Erste ausgelassen ins kühle Nass gestürzt hatte. Als man sie hatte bremsen müssen, weil sie so übermütig war. »Ich schaue nach den Kindern«, rief sie.

»Das kannst du auch von hier aus.«

Sie winkte ab. »Ich hab lieber festen Boden unter den Füßen.«

»Deshalb hat sie *mich* geheiratet«, brüllte Sebastian, lachte und tauchte ab. Er blieb lange unter Wasser. Dann, kurz bevor sie anfing, sich Sorgen zu machen, schoss er plötzlich hoch wie ein Geysir, direkt vor Oma Elsas Nase. Er prustete, spritzte und strich sich mit beiden Händen das nassglänzende schwarze Haar zurück.

»Du meine Güte«, rief ihre Großmutter spitz und wich zurück. »Was für ein Getöse!«

»Sorry, Elsa.« Er lachte zu laut. »Ich hätte dich fast übersehen.«

Pauline seufzte. Warum nur war Sebastian immer zur falschen Zeit am falschen Ort und sagte genau das Falsche?

2. *Katerstimmung*

Pauline saß auf dem Beifahrersitz des nagelneuen BMW X7 und drehte sich zu den Kindern um. Ada war bereits eingeschlafen. Sie hielt ihren Kuschelhasen Rübe im Arm und schnarchte leise vor sich hin. Wenn sie gleich zu Hause wären, würde sie Sebastian bitten, die Kleine vorsichtig in ihr Bett zu tragen, damit sie sie nicht wecken mussten. Wohlweislich hatte Pauline dafür gesorgt, dass die Zwillinge sich schon vor der Abfahrt aus Prien die Zähne geputzt hatten.

»Wann sind wir endlich da, Mama?« Max gähnte laut und genüsslich.

Sie warf einen Blick auf die Digitaluhr im Display des Wagens. »In zehn Minuten ungefähr«, beantwortete sie seine Frage und blickte dann ein wenig besorgt auf den Tacho, der, obwohl sie sich innerorts befanden, beinahe achtzig Stundenkilometer anzeigte. »Na ja, bei dem Tempo vielleicht auch in sieben.«

»Willst du fahren?«, raunzte Sebastian und trat noch fester aufs Gaspedal.

»Ja. Aber du lässt mich ja nicht …«

»Richtig. Weil ich irgendwann auch mal zu Hause ankommen will.«

»Fahr langsamer. Du hast was getrunken, und wenn wir angehalten werden …«

»Du meine Güte, entspann dich mal! Die paar Gläschen über den Tag verteilt«, entgegnete er genervt.

»Wir haben wertvolle Fracht an Bord«, beharrte sie und deutete nach hinten. Sie verstand seine Unvernunft nicht. Sie hatten es nicht eilig, und es war völlig überflüssig, ein Risiko einzugehen.

»Keine Sorge. Ich hab's im Griff.«

»Na, dann …«

Sie schwiegen eine Weile. Sebastian gab noch mehr Gas. Hätte sie doch nur nichts gesagt. Krampfhaft hielt sie sich am Sitz fest, als er rasant eine Kurve nahm. »Wir haben keinen Zeitdruck, Sebastian.«

»Ich schon.«

»Wenn sie uns anhalten, dann …«

»Dann ist das scheißegal. Ich bin der Bürgermeister! Schon vergessen?«

»Nein«, sagte sie leise. Wie sollte sie? Sebastian erinnerte sie regelmäßig daran, dass er der jüngste Bürgermeister war, den Chieming je gehabt hatte, und dass er darüber hinaus schon seit seinem sechsundzwanzigsten Lebensjahr die Geschicke der familieneigenen Papierfabrik Dandlhofer Papier GmbH im nahen Rosenheim leitete.

»Erst recht ein Grund, vernünftig zu fahren«, murmelte Pauline, obwohl sie wusste, dass es besser gewesen wäre, den Mund zu halten. In dieser halb angetrunkenen Stimmung war Sebastian oft noch unberechenbarer als sonst und meistens auf Streit aus.

»Wie bitte?« Er warf ihr einen verärgerten Seitenblick zu.

»Ach, nichts«, sagte sie schnell.

»Du bist genauso verspannt wie deine Mutter«, schimpfte er.

Oh, nein. Bitte nicht, dachte Pauline. Nicht wieder eine seiner endlosen Schimpftiraden über ihre Familie. Wenn sie etwas nicht leiden konnte, dann das.

»Wie sie wieder die ganze Zeit das Personal herumkommandiert hat und sich ach so wichtig fühlte. Du meine Güte. Kommt sich vor wie Claudia Schiffer. Einer sollte ihr mal sagen, dass sie es nicht ist. Und im Übrigen nie war.«

»Hör auf, Sebastian«, bat sie schwach.

»Wer ist Claudia Schiffer?«, fragte Max von hinten.

»Eine schöne Frau«, erwiderte Sebastian.

»So schön wie Mami?«

Er lachte kurz auf und bedachte sie mit einem abfälligen Seitenblick. »Na ja, ob deine Mutter da mithalten kann …«

Sie schloss die Augen und zwang sich, ruhig zu bleiben, obwohl sie sich gerade von ihm so gedemütigt fühlte wie lange nicht mehr.

»Ich finde, Mami ist die Schönste«, beharrte Max.

Sie drehte sich um und warf ihm ein dankbares Lächeln zu.

»Magst du Mami nicht mehr, Papa?«

»Pfff …«

»Papa macht nur einen Witz.«

»Genau das war diese Veranstaltung heute. Ein Witz. Die von Greiffenbergs feiern sich selbst. Gott, eure Familie ist einfach nur peinlich. Allen voran dein Bruder. Der hat heute wieder alles gegeben.«

»Was war mit ihm?«

»Was war mit ihm?«, äffte er sie nach. »Na, was schon. Hat wieder alle mit irgendwelchen Storys vom Film gelangweilt.

Und mit seinen Frauengeschichten. Hat der eigentlich noch irgendwas anderes im Kopf als Partys und vögeln?«

»Sebastian, bitte … die Kinder!« Sie sah ihn flehentlich an, doch er hatte sich bereits in Rage geredet. Sie konnte nur hoffen, dass Max das Gespräch vor lauter Müdigkeit bis morgen wieder vergessen hätte.

»Und dann deine Oma, diese Schnepfe!«

Sie atmete tief ein und aus. »Sie ist keine Schnepfe«, presste sie hervor.

Sebastian lachte laut auf. »Doch, ist sie. Wie sie rumstolziert ist in ihrem rosa Chanel-Kostümchen und sich vorkam wie die Queen höchstpersönlich. Fehlte nur noch der Hut.«

»Hör auf, Sebastian.«

»Immer von oben herab. Elsa, das Maß aller Dinge. Wie mich das ankotzt. Wie mich deine ganze eingebildete Familie ankotzt. ›Hallo! Hallo-ho! Alle mal herhören. Wir sind's, die *von* Greiffenbergs. Der Hochadel von Prien.‹ Ätzend ist das. Einfach nur ätzend.«

Jetzt hielt sie es nicht länger aus. »Aber das Essen und der Champagner haben dir geschmeckt, ja?«

»Was soll das heißen?«

»Was denkst du denn?«

»Willst du damit etwa sagen, dass ich ein Schmarotzer bin?«

»Nicht streiten«, piepste Ada von hinten. Pauline seufzte. Jetzt war die Kleine doch wachgeworden. Im Rückspiegel sah sie, wie Max nach der Hand seiner Schwester fasste.

»Natürlich nicht«, entgegnete Pauline leise.

»Denkst du wirklich, dass ich das nötig habe? Euren Scheißchampagner zu trinken? Dass ich nicht lache. Ich kann ihn mir selbst leisten. Weiß Gott.«

Mit quietschenden Reifen bog er ab, fuhr in die Einfahrt ihres luxuriösen Einfamilienhauses in Chieming und trat unmittelbar vor der Garage voll auf die Bremse.

Sie atmete auf. Sie waren zu Hause. Endlich konnte sie raus aus diesem nach neuem Leder riechenden Gefährt, das zum Bersten gefüllt war mit explosiver Stimmung. Sie würde jetzt in aller Ruhe die Kinder zu Bett bringen und hoffen, dass Sebastian schon schlief, wenn sie damit fertig war. Ansonsten galt es, Schlimmeres zu verhindern. Deeskalation war das Gebot der Stunde. Sie kannte ihn lange genug. Er hatte sich nicht im Griff. Wie so oft, wenn Alkohol im Spiel war.

3. *Der Hochzeitstag*

Pauline stellte vier Teller vor Max auf den Tisch und reichte Ada eine Handvoll Besteck. »Gibt gleich Essen«, sagte sie. »Hier, helft mal schnell den Tisch decken.«

»Immer wir«, maulte Max.

»Ihr seid wirklich arme Kinder«, sagte sie lachend und registrierte, dass das Mobilteil des Festnetztelefons auf der Arbeitsplatte lag. Sie warf einen prüfenden Blick darauf. Der Akku war leer, vermutlich schon seit Tagen. Sie stellte es in die Station im Regal und nahm vier Wassergläser aus dem Schrank.

»Essen schon fertig?« Sebastian kam auf Socken in die Küche geschlendert und schaute in den dampfenden Kochtopf. Er hatte heute früher Feierabend gemacht – anlässlich ihres Hochzeitstags, den sie gedachten, ein wenig zu feiern. Nachher, wenn die Kinder im Bett waren, mit einer schönen Flasche Rotwein auf der Terrasse.

»Hmmmm, Risotto.« Sebastian nahm ihr die Gläser aus der Hand und verteilte sie auf dem Tisch. Dann umarmte er sie und drückte ihr einen Kuss auf die Stirn. »Mein Lieblingsessen. Womit habe ich das denn verdient?« Er zwickte sie in die Seite.

»He, lass das!« Pauline machte sich lachend von ihm los.

Ada und Max blickten sie an. »Ihr seid verliebt«, stellte Ada grinsend fest.

»Klar sind wir verliebt. Wie am ersten Tag. Oder, Schatz?«

»Klar«, sagte Pauline.

»Heute sind eure Mutter und ich genau sechs Jahre verheiratet. Könnt ihr euch das vorstellen, Kinder?«

»Mhmmm …« Max und Ada beeindruckte die Zahl offenbar nicht sonderlich.

Pauline selbst dafür umso mehr. Sechs Jahre Ehe mit Sebastian. Das war eine lange Zeit. Und wahrlich keine leichte. Nun lag also das verflixte siebte Jahr vor ihnen. Heute würde es beginnen, und irgendwie mussten sie es überstehen.

»Ich liebe dich, Pauline von Greiffenberg«, sagte er in diesem Moment überschwänglich und gab ihr einen leidenschaftlichen Kuss auf den Mund. Er konnte hinreißend sein, wenn er wollte. Sie küsste ihn zurück, und er raunte leise: »Heute Nacht mehr.« Dann ließ er sie los und half den Kindern beim Tischdecken.

Elsas achtzigster Geburtstag lag zwei Wochen zurück, und inzwischen hatten sie sich wieder versöhnt. Doch an dem Abend war es wie so oft gewesen. Sebastian hatte sich, nachdem die Kinder eingeschlafen waren, weiter in Rage geredet. War immer wütender geworden, auf sie und die ganze Welt. Wie ein Berserker war er im Wohnzimmer auf und ab getigert, während Pauline alles getan hatte, um ihn zu beschwichtigen. Irgendwann hatte sie aufgegeben und war einfach ins Bett gegangen. Wenig später war Sebastian ihr gefolgt und hatte mit ihr geschlafen. Sie hatte es einfach geschehen lassen. Danach war seine Wut verraucht und der Streit vergessen. Vorerst jedenfalls.

Sie aßen das Risotto, das ihr wirklich gut gelungen war. Dann brachten sie gemeinsam die Kinder ins Bett.

Sebastian ging in den Keller und kam mit einer Flasche Brunello di Montalcino zurück.

Sie wischte noch schnell über die Arbeitsplatte und den Herd. Dann öffnete sie ihr Haar, das sie zu einem Zopf gebunden hatte, und ging hinaus auf die Terrasse, wo Sebastian gerade den Wein dekantierte. Schnell nahm sie den Besen, der an der Wand lehnte, und fegte einige Blätter und Zweige zusammen. Heute Nachmittag hatte es heftig gewittert und gestürmt, doch jetzt ließ sich die untergehende Sonne wieder blicken.

»Komm, lass gut sein«, sagte Sebastian.

Sie nickte, schob den Kehricht in eine Ecke und nahm sich vor, ihn morgen in der Biotonne zu entsorgen. Sie registrierte, dass Sebastian ein kleines Geschenk vor sich auf den Tisch gelegt hatte. Es sah teuer aus. Nach Juwelier, dachte sie und war froh, dass sie auch daran gedacht hatte, etwas zu besorgen. Schnell spurtete sie die Treppe hinauf, ging ins Schlafzimmer und öffnete die Schublade ihres Nachtschränkchens. Sie nahm das hübsch eingewickelte Päckchen heraus und legte es auf das ordentlich gemachte Bett. Es enthielt eine Seidensticker-Krawatte. Sebastian trug sie für sein Leben gern.

Beim Blick in den Spiegel beschloss sie spontan, das dunkelblaue T-Shirt gegen die neue, bestickte Carmenbluse einzutauschen, und wo sie schon dabei war, zog sie gleich noch die Unterwäsche an, die Sebastian ihr kürzlich geschenkt hatte. Der Abend kann kommen, dachte sie zufrieden, als sie, fertig umgezogen, einen erneuten Blick in den Spiegel warf und noch schnell einen Hauch Parfüm aufsprühte. In diesem Moment klingelte unten das Telefon. Festnetz. Sie runzelte die Stirn. Wer rief heutzutage noch auf dem Festnetz an? Eigentlich nur Umfrageinstitute und die Nachbarin von gegenüber. Kurz erwog sie, einfach nicht dranzugehen, doch dann fiel ihr ein, dass Max ihr Handy heute Nachmittag in einem Wasserglas versenkt hatte und sie seitdem mobil nicht erreichbar war. Sie hatte das iPhone in eine Schüssel mit Reis gelegt, in der Hoffnung, dass es schnell trocknete. Sie lief die Treppe hinunter und hob ab.

»Oma!«, sagte sie. »Alles okay bei dir?« Elsas Stimme hatte belegt geklungen, als sie sich gemeldet hatte.

»Kommst du, Schatz?«, hörte sie Sebastian von draußen rufen.

»Eine Minute!«, rief sie zurück. Dann wandte sie sich wieder dem Telefonhörer zu. »Du, Omi, gibt's was Wichtiges? Ich muss mich ein bisschen beeilen. Wir haben heute Hochzeitstag, Sebastian und ich, und wir wollten gerade …«

»Ja, Pauline. Es ist wichtig«, unterbrach Elsa sie mit ernster Stimme.

»Oh, okay. Was … gibt's denn?«, fragte sie alarmiert.

»Dein Vater …«

Sie schluckte. »Was … was ist mit Papa?«

»Kind, er … ist verschwunden.«

»Ver … äh … WAS? Wie meinst du das, verschwunden? Wo … wo ist er denn hin?«

»Er ist heute Mittag aufgebrochen, mit der Plätte, zum Segeln. Er wollte rüber zur Fraueninsel, hat er gesagt. Und dann noch weiter.«

»Bei dem Sturm?«

»Er hat versprochen, vor dem Gewitter zurück zu sein,

aber es ging früher los als angekündigt. Vermutlich ist er mitten hineingeraten.«

»Mein Gott!« Sie zog einen der Küchenstühle zu sich heran und setzte sich. Ihre Knie waren plötzlich weich wie Pudding. »Bist … du sicher? Bestimmt ist er woanders an Land gegangen. Oder auf der Fraueninsel geblieben, bevor es losging. Habt ihr es auf seinem Handy versucht?«

»Natürlich. Mehrfach.«

»Und?«

»Mailbox.«

»Aber … aber das muss nichts heißen, Oma«, entgegnete Pauline. »Vielleicht hat er kein Netz. Weil der Blitz irgendwo eingeschlagen hat oder … Ach, es kann doch tausend Gründe geben. Bestimmt ist alles in Ordnung, und er taucht gleich wieder auf.«

Elsa schwieg am anderen Ende der Leitung.

»Oma?«

»Es ist so …«, sagte ihre Großmutter mit rauer Stimme. »Es ist so, dass Segler die *Therese* gefunden haben.«

»Die *The…*«

»Sein Boot. Nicht deine Mutter.«

»Schon klar.«

»Es schaukelt irgendwo mitten auf dem See herum. Unbemannt.«

»Mein Gott …« Sie schluckte. »Ist es denn sicher? Also, dass es die *Therese* ist?«

»Nun ja, es steht *Therese* drauf. Also … ja.«

Sie schwieg. Es dauerte einen Moment, bis ihr klar wurde, was das bedeutete. »Ist die Wasserwacht informiert? Ich meine … suchen sie ihn?«

»Ja. Natürlich. Und nicht nur die. Halb Prien ist auf den

Beinen, um ihn zu finden. An Land. Auf dem Wasser. Ein Hubschrauber kreist über dem See. Und ein Taucherteam ist auch im Einsatz.«

»Mein Gott, Oma. Das … das ist ja … schrecklich. Warum habt ihr mich nicht eher angerufen?«

»Haben wir doch, aber du bist nicht ans Telefon gegangen.«

»Pauline! Wo bleibst du denn?«, hörte sie Sebastian ungeduldig rufen.

»Du musst sofort herkommen«, sagte Oma Elsa jetzt. »Deine Mutter ist ein einziges Nervenbündel. Und Antonia … sie ist völlig von der Rolle.«

»Gott! Und Ferdinand?«

»Weiß auch schon Bescheid. Er ist auf dem Weg.«

»Oma … ich …« Sie schluckte. Plötzlich packte sie schreckliche Angst. Ihr war eiskalt. »Meinst du, ihm ist etwas zugestoßen?«, fragte sie leise.

Pauline hörte ein Schniefen am anderen Ende der Leitung. »Der Sturm war heftig, und …« Oma Elsa stockte. »Ich hoffe nicht, mein Kind.«

Sie legte auf und lehnte sich an die Wand. Benommen schloss sie die Augen. Sie konnte nicht glauben, dass das wirklich passiert war. Dass ihrem geliebten Vater etwas zugestoßen sein könnte. Er war doch ein geübter Segler. Klar, das schlechte Wetter. Aber er hatte schon viele Stürme gemeistert. Wie konnte er einfach von seinem Boot verschwinden?

Mit zittriger Hand stellte sie das Telefon zurück in die Station, zog eine Küchenschublade auf und nahm ein Papiertaschentuch heraus. Umständlich schnäuzte sie sich und trocknete die Tränen, die sie bisher zurückgehalten hatte und die sich nun ihren Weg bahnten.

»Pauline!«, rief Sebastian von draußen.

Sie ging auf die Terrasse.

»Na, endlich.« Er klang ungehalten.

»Das war meine Oma«, presste sie hervor.

»Ach, hätte ich mir denken können. Bei mir hat sie es auch schon hundert Mal versucht. Aber ich hatte echt keinen Nerv, ranzugehen. Wenn …«

»Sebastian, es ist was passiert«, unterbrach Pauline ihn, setzte sich neben ihn an den Tisch und verbarg ihr Gesicht in den Händen.

Sebastian seufzte. »Was ist denn jetzt wieder?«

Sie blickte auf und wischte sich mit dem Handrücken über die Augen. Er schenkte sich mit ungerührter Miene ein Glas Rotwein ein. Es war nicht das Erste. Die Karaffe war schon halb leer. »Mein Vater. Er ist … verschwunden.«

Nun goss er auch ihr ein. »Wie, verschwunden? Hier, trink erstmal.« Er reichte ihr das Glas.

Sie nippte kurz daran. »Er ist heute …« Ihre Stimme brach. »Er ist heute Mittag zum Segeln aufgebrochen … und einfach … einfach nicht mehr wiedergekommen.«

»Okay …« Sebastian nahm ihr das Glas aus der Hand, stellte es zurück auf den Tisch und strich nachdenklich über ihre Hand.

»Er ist wohl in den Sturm geraten, weil der früher losgegangen ist als erwartet, und dann …«

»Es muss nicht gleich das Schlimmste passiert sein. Vielleicht hat er sich nur verfahren. Oder er hat irgendwo an Land einen Kumpel getroffen und sich festgesoffen.« Er lachte. »Das wäre typisch für deinen Vater.«

»Nein«, sagte sie leise. »Sein Boot. Es wurde gefunden. Irgendwo mitten auf dem See. Und er war nicht mehr drauf!«

»Ups. Ernsthaft?«

»Ja. Er ist weg. Einfach so.« Pauline begann zu schluchzen und hielt sich das benutzte Taschentuch vor Mund und Nase. Es war schon klitschnass. »Sie suchen ihn, mit Tauchern und Hubschraubern und …«

»Jetzt beruhige dich erstmal. Es gibt sicher eine Erklärung dafür.«

»Meinst du?«, fragte sie mit erstickter Stimme.

»Ganz bestimmt.«

»Hoffentlich.« Sie erhob sich. »Ich muss los, Sebastian. Kannst du dich morgen um die Kinder kümmern? Ich weiß nicht, wann ich zurück sein werde. In Prien sind natürlich alle völlig außer sich. Ist ja klar. Ferdinand ist auch schon auf dem Weg.«

Sebastian blickte sie an. Sein Gesicht hatte einen finsteren Zug angenommen. »Wie bitte? Du lässt mich jetzt hier sitzen?«

»Sebastian, ich kann doch in so einem Moment nicht …«

»Nicht dein Ernst, oder?«

»Natürlich ist es mein Ernst.« Ihr Blick fiel auf sein Geschenk. »Tut mir echt leid.«

»Du kannst da jetzt doch sowieso nichts ausrichten.«

»Ich will einfach bei ihnen sein, Sebastian. Es ist meine Familie.«

»Deine Familie also, ja? Und was bin ich dann für dich?«

»Sebastian, mein Vater ist verschwunden. Vielleicht ist ihm sogar …« Sie stockte. »… etwas zugestoßen.«

»Weißt du, Pauline, ich hab mich sehr gefreut auf diesen Abend heute und extra früher Schluss gemacht in der Firma. Und dir sogar …« Er nahm das Päckchen vom Tisch. »… ein Scheißgeschenk gekauft.« Er wurde immer lauter. »Es ist ziemlich undankbar, dass du jetzt einfach abhauen willst, findest du nicht?«

Sie sog die Luft ein. Hatte er das wirklich gesagt? »Sebastian, mein Vater ist vielleicht tot. Kapierst du das nicht?« Sie schrie jetzt fast, und ihre Stimme überschlug sich dabei.

»Du bist hysterisch. Wie immer, Pauline. Und du übertreibst. Komm mal wieder runter. Er ist einfach nur noch nicht nach Hause gekommen. Das heißt noch lange nicht, dass er tot ist. Und selbst wenn – dann kannst du daran jetzt auch nichts mehr ändern.«

Sie starrte ihn fassungslos an und schüttelte den Kopf. »Du hast wirklich komplett den Verstand verloren, Sebastian«, sagte sie leise und ging hinein. Sie lief hoch ins Schlafzimmer, nahm ihren kleinen, schwarzen Trolley aus dem Schrank und legte Unterwäsche und einen Stapel T-Shirts hinein. Sie wusste ja nicht, wie lange sie bleiben würde. Auch wenn sie inständig hoffte, dass ihr Vater noch heute Abend wieder auftauchte, quicklebendig, bei bester Gesundheit und mit einer Erklärung im Gepäck, die im Nachhinein völlig plausibel erschien.

»Pack das wieder aus!«, hörte sie Sebastian auf einmal sagen. Erschrocken wirbelte sie herum. Sie hatte ihn nicht hereinkommen hören.

»Ähm … was?«

»Hörst du schlecht? Ich sagte: PACK DAS WIEDER AUS!«

»Nein, ich …«

»Oh, doch! Du packst das alles sofort wieder in den Schrank, denn du bleibst HIER!«

Sie schluckte. Es fiel ihr schwer, ruhig zu atmen, doch sie zwang sich dazu. »Schatz, es tut mir leid. Ich *muss* nach Prien. Wenn es wegen der Kinder ist, kein Problem. Dann nehme ich sie einfach mit.«

»Pauline, du verstehst mich nicht. Du fährst nirgendwo hin! Und die Kinder auch nicht!«

Entgeistert blickte sie ihn an. Seine Augen waren die eines Irren. Sie kannte diesen Ausdruck in seinem Gesicht. Plötzlich kroch kalte Angst in ihr hoch.

»Sebastian, bitte, ich …«

Er griff in den Trolley, bekam ein paar T-Shirts zu fassen und schleuderte sie mit voller Wucht gegen den Schrank. »Hast du das verstanden?«, brüllte er.

»Sebastian, ich …«

»Du kommst jetzt mit mir runter, und wir feiern unseren Scheißhochzeitstag!«

Sie nickte panisch. Ihr Mund war plötzlich staubtrocken. Am liebsten wäre sie hinausgerannt, einfach weg, so schnell wie möglich, doch Sebastian stand in der Tür und versperrte ihr den Weg. Verzweifelt hielt sie ihre Hände vors Gesicht, weil sie nicht wusste, was sie sonst tun sollte.

»Nimm die Finger da weg«, sagte er drohend. »Guck mich an, wenn ich mit dir rede.«

Sie gehorchte. Ihr ganzer Körper zitterte.

»Ich hab dich was gefragt.« Seine Stimme klang jetzt ruhig, doch sein Blick war noch irrer geworden.

»Was?«, schluchzte sie.

»Hör auf zu flennen!«, brüllte er auf einmal wieder, packte den geöffneten Trolley mit beiden Händen und schleuderte ihn mit aller Kraft gegen die Schranktür. Er hinterließ eine kleine Delle im weißen Lack. Ihre Unterwäsche lag verstreut auf dem Eichenparkett. Kurz überlegte sie, sie wieder einzusammeln, doch sie war wie gelähmt und konnte sich kaum rühren vor Angst. Sebastian fasste sie am Oberarm und drückte zu. Immer fester.

»Ich fragte, ob du das verstanden hast?«

Sie nickte. »Ja«, sagte sie leise. »Ich … ich habe es verstanden. Ich bleibe hier und feiere mit dir unseren Hochzeitstag.«

»Sehr gut.« Sein Gesicht kam ihrem ganz nah. Er roch nach Rotwein und Gauloise. Er drückte noch fester zu. Dann wirbelte er sie plötzlich am Arm herum und warf sie rücklings aufs Bett. Pauline entfuhr ein leiser Schrei.

Sie starrte in die Dunkelheit. Sie wusste nicht, wie viele Stunden schon. Das Telefon war stumm geblieben. Nichts Neues also aus Prien. Neben ihr lag Sebastian. Er atmete leise ein und aus. Ab und zu vernahm sie einen kurzen Schnarcher. Seinem regelmäßigen Atem nach zu urteilen, war er längst in die Tiefschlafphase hinübergeglitten, einfach so, als wäre nichts geschehen. Pauline weinte nicht mehr. Sie war wie betäubt. Lose Gedanken schossen wild durch ihren Kopf. Kein einziger blieb hängen. Stattdessen drehte sich alles. Heute war er endgültig zu weit gegangen. Es ließ sich nicht mehr schönreden. Sie hatte zwei Männer geheiratet. Doktor Jekyll. Attraktiv, charmant, liebenswürdig, umwerfend. Mister Hyde. Egoistisch, toxisch, aggressiv. Gewalttätig.

Sie war schockverliebt gewesen, als er damals, in ihrem ersten Studiensemester, vor der Tür ihrer Studentenwohnung gestanden hatte, um das Portemonnaie zurückzubringen, das ihr einige Stunden zuvor im Hörsaal aus der Tasche gefallen war. Sie hatte ihn hereingebeten, ein wenig mit ihm über dieses und jenes geplaudert. Und dann hatten sie, weil sie sich so sympathisch waren, spontan die Flasche Bordeaux, die sie noch dahatte, zusammen geleert. Beim Abschied hatte er ihre Wange geküsst, und sie hatte vorm Schlafengehen den lieben Gott angefleht, Sebastian möge sie am nächsten Tag wie versprochen anrufen. Gott hatte ihre Gebete erhört, und der Rest war Geschichte. Der attraktivste Student der Fakultät und sie wurden ein Paar. Sebastian trug sie auf Händen, machte ihr die schönsten Komplimente und lud sie ein, die Wochenenden mit ihm zu verbringen, in Bologna, Paris oder in seiner Wohnung im Glockenbachviertel. Wo immer sie waren, hing der Himmel voller Geigen. Sie hatten das Glück gepachtet. Es hätte immer so weitergehen können, doch so war das Leben leider nicht. Sie wurde schwanger, und der Pachtvertrag über das Glück lief aus.

Langsam begann ihr Verstand wieder zu arbeiten. Sie versuchte, in sich hineinzuhören. Zu erspüren, was sie gerade empfand. Trauer und Angst, dachte sie. Die schlimmste Mischung. Sie wandte ihren Kopf nach links und sah im blassen Licht des Mondes ihrem Ehemann eine Weile beim Schlafen zu. Das tat sie immer, wenn sie selbst nicht schlafen konnte. Meistens rührte sie sein Anblick. Trotz allem. Wie er dalag, mit seinen verstrubbelten Haaren, eingerollt wie ein Embryo, und einem Gesicht, das aussah, als könnte er kein Wässerchen trüben. Heute Nacht spürte sie nichts dergleichen. Sie fand ihn unerträglich. Abstoßend. Abscheulich.

Ihre Gedanken glitten wieder zu ihrem Vater. Wo war er? Leise setzte sie sich auf und warf einen Blick auf die Leuchtziffern des Radioweckers. Es war fünf nach zwei. Sie musste nach Prien. Jetzt. Vorsichtig schlug sie die Bettdecke zurück, stand auf und drehte den Trolley um, der noch immer wie ein Mahnmal verkehrt herum auf dem Boden lag. So geräuschlos wie möglich und ohne Licht zu machen, packte sie alles ein, was nötig war, und kleidete sich an. Dann warf sie noch einen letzten Blick auf den schlafenden Irren, den sie geheiratet hatte, und schlich samt Koffer aus dem Zimmer. Ihr Herz pochte. Hoffentlich wachte er nicht auf. Auf Zehenspitzen huschte sie ins Kinderzimmer und packte auch für die Zwillinge das Nötigste zusammen. Dann verfrachtete sie alles in ihren Mini Cooper. Sie nahm ihr Handy aus der Schale mit Reis und stellte fest, dass es sich wieder einschalten ließ. Zuletzt holte sie die Kinder. Nacheinander trug sie sie ins Auto und schnallte sie an. Ada wurde gar nicht richtig wach. Max hingegen öffnete die Augen, als sie ihn in den Wagen setzte. Halb ängstlich, halb fasziniert starrte er sie an. »Wo fahren wir hin?«, fragte er und klammerte sich an seinen Plüschhasen Möhre.

»Nach Prien«, sagte sie leise.

»Warum?«

»Erklär ich dir später. Schlaf schön weiter.«

»Kommt Papa nicht mit?«

»Nein. Heute nicht.«

Damit gab sich Max erst einmal zufrieden. Er kuschelte sich in seinen Sitz, hielt sich Möhre an die Wange und schloss die Augen. Sie würde ihren Kindern später erklären, was passiert war. Jetzt wollte sie erstmal weg. Raus aus diesem Haus. Aus diesem Chieming. Weg von diesem Mann, den zu heiraten der Fehler ihres Lebens gewesen war.

Sie raste auf der Landstraße Richtung Prien. Dieses Mal war sie es, die viel zu schnell fuhr. Sie hatte schreckliche Angst, dass Sebastian sie noch aufhalten könnte. Dass er wach geworden war und bereits die Verfolgung aufgenommen hatte. Spätestens in ein paar Stunden, um sechs, wenn der Wecker klingelte, würde er feststellen, dass sie mit den Kindern verschwunden war. Seine Reaktion mochte sie sich nicht ausmalen. Allein beim Gedanken daran trat sie noch fester aufs Gaspedal.

4. Hoffen und Bangen

»Pauline!« Überrascht blickte Ferdinand erst seine Schwester an, dann die verpennten Zwillinge in ihren Schlafanzügen. Als es geklingelt hatte, hatten alle erschrocken die Luft angehalten, stumme Blicke gewechselt und wohl auch das Gleiche gehofft: dass es Ludwig war, der da zu nachtschlafender Zeit vor der Tür stand, mit irgendeiner plausiblen Erklärung im Gepäck, warum er erst jetzt nach Hause kam und sein Boot mutterseelenallein auf dem Chiemsee dümpelte. Stattdessen war es Pauline mit ihren Kindern. Er machte eine einladende Handbewegung und ließ sie eintreten. Kurz musterte er seine Schwester. Sie sah furchtbar aus. Verheult, zerzaust, fahrig. Was natürlich kein Wunder war, wenn einen eine solche Nachricht ereilte. Sie ließ den schwarzen Trolley auf den Boden plumpsen und fiel ihm stumm um den Hals. Er drückte sie an sich. Sie zitterte und schien noch schmaler geworden zu sein in letzter Zeit. Sie wirkte schwach, und trotzdem gab es ihm Kraft, dass sie endlich hier war.

»Wie sieht's aus?«, fragte sie leise. »Schlafen die anderen?«

Ferdinand schüttelte den Kopf. »Nein, sie sitzen in der Bibliothek. Keiner kriegt ein Auge zu.«

Sie nickte. »Sind alle da?«

»Alle, außer Onkel Wolfgang. Wir haben ihn noch nicht erreicht.«

»Was ist denn passiert, Onkel Ferdinand?«, wollte Max wissen und gähnte.

Er blickte fragend zu seiner Schwester. Die schüttelte beinahe unmerklich den Kopf. Die Kinder wussten es also noch nicht. Wahrscheinlich hatten sie schon geschlafen, als Oma Elsa Pauline endlich erreicht hatte. Sicher würde sie den Zwillingen morgen in Ruhe erzählen, was passiert war. Oder irgendwann anders. Er kannte sich mit kindlichen Gemütern nicht aus, auch wenn seine Schwester stets behauptete, er hätte selbst noch eines. Dass man ihnen eine solche Nachricht schonend beibringen musste, konnte er sich trotzdem denken. Geistesabwesend strich er Max über den blonden Schopf und sagte: »Nichts. Geh erstmal schlafen, Kumpel.«

»Ja, lauft schon mal hoch.« Pauline gab den beiden einen Gutenachtkuss. »Ins Gästezimmer. Ich komme gleich nach.«

Max und Ada nickten müde und stapften langsam die Treppe hinauf. Als sie außer Hörweite waren, wandte er sich wieder an Pauline. »Wieso kommst du eigentlich jetzt erst?«

»Ich … hab Sebastian nicht erreicht und hatte niemanden wegen der Kinder.«

»Aha. Und er ist immer noch nicht zurück? Ich meine …« Er deutete mit dem Kinn nach oben.

»Ja. Nein. Genau. Er … ist immer noch nicht zurück. Irgendwas Geschäftliches«, murmelte sie.

»Okay?!«

»Gibt's denn was Neues?«, wollte sie wissen.

Er schüttelte den Kopf. »Leider nein. Sie suchen ihn. Die Wasserwacht. Die Leute vom Segelverein. Die Polizei. Die Dunkelheit macht die Sache nicht einfacher. Und … je mehr

Zeit vergeht, desto unwahrscheinlicher wird es, dass sie ihn …« Er brach ab.

»Gott!« Pauline schloss kurz die Augen. Dann umarmte sie ihn noch einmal.

»Bring erstmal die Kinder ins Bett«, sagte er. »Und dann komm zu uns runter.«

Er nickte Pauline stumm zu, als sie etwa zehn Minuten später die Bibliothek betrat. Offenbar waren Max und Ada sofort eingeschlafen.

»Hallo«, sagte sie leise und ging zu Oma Elsa, um sie wortlos in die Arme zu schließen.

»Da bist du ja endlich, Kind.« Ihre Mutter erhob sich vom Sofa, als Pauline sich von ihrer Großmutter gelöst hatte und zu ihr kam. Sie wischte sich mit dem Handrücken ein paar Tränen aus dem Gesicht und drückte Pauline fest an sich. Lange verharrten sie so, und zweimal öffnete seine Schwester den Mund, schloss ihn jedoch sofort wieder. Sicher hatte sie etwas Tröstliches sagen wollen, dann aber die passenden Worte nicht gefunden. Wie auch? Ludwig war verschollen. Das Familienoberhaupt. Ihr Vater, Ehemann, Sohn. Die Ungewissheit war das Schlimmste. Nicht zu wissen, was passiert war. Die schrecklichen Befürchtungen. Dass mit jeder Minute, die verging, ein Stück Hoffnung schwand. Dennoch. Ferdinand wollte sie noch nicht aufgeben, die Hoffnung. Und doch ertappte er sich dabei, wie er darüber nachdachte, was die letzten Worte gewesen waren, die er mit seinem Vater gewechselt hatte. Zuletzt hatte er ihn bei Oma Elsas Geburtstag gesehen. Er war in einen orangefarbenen Porsche 911 gestiegen, um nach München zurückzukehren. Ein Oldtimer, den er sich von einem Freund geborgt hatte und den zu fahren einiges an Mut und Erfahrung erforderte. Sein eigenes Auto hatte er vor einigen Wochen zerlegt, als er für einen Stunt trainiert hatte. Totalschaden. Und dann war da auch noch die dumme Sache mit dem Wagen von Mike passiert. In puncto Autos hatte er gerade einen Lauf, das konnte man nicht anders sagen. Bisher hatte er noch niemandem aus der Familie davon erzählt. Eigentlich hatte er es seinem Vater an dem Tag beichten wollen, verbunden mit der Bitte um eine Finanzspritze für ein neues Auto, damit er nicht ständig mit geliehenen herumfahren musste. Es hatte sich nur keine gute Gelegenheit ergeben. Und nun war es vielleicht zu spät. Er wollte lieber gar nicht daran denken. Stattdessen grübelte er weiter über die letzten Worte seines Vaters nach, doch so sehr er sich anstrengte, sie wollten ihm partout nicht einfallen. Vermutlich hatte er so etwas wie »Fahr vorsichtig, Junge« gebrummelt. »Mach ich, Papa«, hatte er wahrscheinlich geantwortet. Nun ja. Es gab schlimmere letzte Worte. Wenigstens hatten sie überhaupt miteinander gesprochen.

Lebt denn der alte Holzmichl noch?, plärrten die Randfichten plötzlich aus seinem Handy und zerschnitten die angstvolle Stille im Raum. Er sollte mal seinen Klingelton ändern. Unpassender hätte er nicht sein können, aber wer konnte das schon ahnen. Er nahm sein Telefon von der Armlehne der Chaiselongue, auf der er saß, und starrte gebannt aufs Display.

»Wer ist es?«, presste seine Mutter atemlos hervor.

»Das ist, glaube ich … die Wasserwacht.« Er sprang auf, und auch die anderen hielt es nicht mehr auf ihren Sitzen.

»Mach auf laut«, forderte seine Mutter ihn auf.

Er drückte auf den Knopf mit dem Lautsprecher. »Von Greiffenberg?« Er war überrascht, wie fest seine Stimme klang.

»Ferdinand, grüß dich. I bin es, der Hubert Bommel von der Wasserwacht Prien«, schallte es aus dem Handy in die Greiffenbergsche Bibliothek. Im Hintergrund waren Motorengeräusche zu hören, und windig schien es auch zu sein.

»Grüß Gott, Hubert. Gibt's was Neues?« Er hielt sich das Handy vors Gesicht und sprach laut hinein.

»Ja. Sieht ganz danach aus. Es wurde etwas auf dem Wasser gesichtet. Vom Hubschrauber aus. Kam gerade über Funk.«

Er schluckte. »Gesichtet? Was denn?«, fragte er. »Ein ... Mensch?«

»Mein Gott«, flüsterte seine Mutter, und er sah, dass Oma Elsa ihre Hand drückte, während Pauline einen Arm um Antonia legte.

»Schwer zu sagen, bei der Dunkelheit. Aber möglich wär's«, rief Hubert. »Wir sind gerade auf dem Weg dahin. Ist ein ganzes Stück weg von hier. Aber wir geben Gas. Sobald es was Neues gibt, melde ich mich wieder.«

»Alles klar, Hubert. Danke dir.« Ferdinand blickte stumm in die Runde. Dann ließ er sich zurück auf die Chaiselongue sinken.

»Was hat das zu bedeuten?«, flüsterte Antonia. Sie war leichenblass.

»Vielleicht ... ist er es.« Nervös kaute Pauline auf ihrer Unterlippe herum.

Oma Elsa nickte stumm.

»Lieber Gott, bitte lass es Ludwig sein«, flüsterte seine Mutter verzweifelt.

Ferdinand sah auf die Uhr. Pauline schien seine Gedanken zu lesen. »Mein Gott«, murmelte sie. »Er wäre seit Stunden im Wasser ...«

»Er hat den Rettungsring genommen«, sagte seine Mutter leise. »Das haben die Leute von der Wasserwacht vorhin gesagt. Dass der Rettungsring nicht mehr auf dem Boot ist.«

»Das ist gut«, sagte Pauline.

»Ja. Ja, das ist gut.« Seine Mutter nickte. »Mit einem Rettungsring kann man im Wasser stundenlang überleben.«

Antonia schlug die Hände vors Gesicht.

»Wir können nur abwarten«, sagte Oma Elsa. »Und hoffen und beten.« Kurz schien sie nachzudenken. Dann marschierte sie zur Tür und verließ ohne ein weiteres Wort den Raum.

Er sah Pauline fragend an. Sie zuckte mit den Schultern.

Irgendwann kam Oma Elsa zurück. In den Händen trug sie eine dicke, vergilbte Stumpenkerze, die sie auf dem Kaminsims abstellte. Sie strich mit dem Zeigefinger über das etwas erhabene goldene Kreuz an der Vorderseite und wandte sich dann um. »Hat jemand Feuer?«

Antonia friemelte ein Feuerzeug aus ihrer Hosentasche und warf es ihr zu. Oma Elsa fing es.

»Was wird das, Oma?«, fragte er verwirrt.

»Ich zünde Ludwigs Kommunionskerze an, und dann tue ich das, was ich gerade gesagt habe: hoffen und beten. Vor allem Letzteres.«

Der alte Docht der Kerze brauchte ein wenig, bis er sich entzünden ließ. Als er endlich brannte, setzte sich Oma Elsa wieder in ihren Ohrensessel und faltete die Hände. Sie senkte den Kopf und schloss die Augen. Dann öffnete sie sie noch einmal und sagte entschlossen: »Ihr solltet das auch tun.«

Da machten auch die anderen die Augen zu. Nur er hielt seine offen. Er glaubte nicht an Gott. Schon lange nicht mehr. Die Hände faltete er trotzdem, aber nur, weil er nicht recht wusste, wohin damit.

Er hatte keine Ahnung, wie lange sie so dagesessen hatten. Betend oder nur hoffend, in jedem Fall aber mit einem schrecklichen Gefühl im Bauch, das sich wie ein Kloß anfühlte, der immer größer wurde und allen Raum einnahm, selbst wenn man sich bemühte, an etwas anderes zu denken.

Dann meldete sich der Holzmichl erneut zu Wort, und Ferdinand zuckte zusammen. Schnell nahm er sein Telefon, sah auf das Display und nickte den anderen stumm zu. Oma Elsa erhob sich, ging hinüber zu der flackernden Kerze und starrte in die Flamme. Pauline griff nach Antonias Hand. Seine Mutter richtete ihren Blick nach oben und schickte wahrscheinlich leise Stoßgebete gen stuckverzierte Zimmerdecke. Er nahm das Gespräch an. Dieses Mal drückte er nicht auf das Lautsprechersymbol, sondern hielt sich das Handy wohlweislich ans Ohr.

»Von Greiffenberg?« Jetzt klang seine Stimme nicht mehr fest, sondern zittrig.

»Ferdinand. Der Hubert hier!«

»Und?« Sein Herz hämmerte. Die Motoren am anderen Ende der Leitung auch. Warum sagte Hubert denn nichts? »Hubert?« Ferdinand brüllte.

»Negativ«, sagte Hubert Bommel da. Ferdinand schloss kurz die Augen. »Was da gesichtet wurde – das war nur eine Jacke. Blau-weiß. Von Musto. Sagt dir das was?«

Er blickte in die Runde. Alle starrten ihn wie gebannt an. Er kannte die aktuelle Segelgarderobe seines Vaters nicht, aber Beschreibung und Label klangen nach ihm. »Hat Papa eine blau-weiße Segeljacke von Musto?«, fragte er.

»Ja, die ist ganz neu. Hab ich ihm geschenkt.« Seine Mutter lächelte. Im nächsten Moment wich die schöne Erinnerung wieder der nackten Angst. »Wieso fragst du?«

»Sie haben so eine Jacke auf dem Wasser gefunden.«

Sie schluckte. »Und Ludwig?«

Er schüttelte langsam den Kopf.

»Tut mir leid, Ferdinand«, sagte Hubert. »Es muss nichts heißen, aber …«

»Ich weiß.«

»Wir suchen weiter, aber wenn wir ihn bis morgen nicht finden, dann … Ich sag's nur ungern, aber ich fürchte, wir müssen mit dem Schlimmsten rechnen.«

»Danke, Hubert.« Er legte auf und schüttelte erneut den Kopf. Sehr langsam dieses Mal.

»Bitte nicht!«, flüsterte Antonia.

Seine Mutter schluchzte auf.

Oma Elsa stand immer noch vor dem Kamin und starrte auf das flackernde Kerzenlicht. Dann drehte sie sich um, und er sah, dass auch ihre Augen sich mit Tränen gefüllt hatten.

»Mein Sohn, wo bist du?«, wisperte sie flehentlich. Sie legte ihre Handflächen aneinander und schloss wieder die Augen. »Kommt her«, sagte sie nach einer Weile. »Na los, kommt schon.« Da erhoben sich alle, traten zu ihr und blickten in die Flamme.

»Vater unser, der du bist im Himmel …«, murmelte seine Großmutter, und alle stimmten mit ein. Sogar er. Es konnte ja nicht schaden.

Als sie das Gebet beendet hatten, umarmten sie einander. Jeder versuchte, jeden zu trösten.

»Wir geben die Hoffnung nicht auf«, sagte Oma Elsa schließlich. »Ludwig ist eine Kämpfernatur. Schon immer gewesen. So schnell lässt er sich nicht unterkriegen. Auch nicht von einem Sturm.«

»Bestimmt nicht«, flüsterte seine Mutter.

Er schwieg. Das Wasser im See war eiskalt, und dann der hohe Wellengang … Als Surfer wusste er, was das bedeutete. Trotzdem weigerte auch er sich, den schrecklichen Gedanken zuzulassen, dass sein Vater, Oberhaupt der Familie von Greiffenberg, sich womöglich tot am Grund des Chiemsees befand.

5. *Das Testament*

Er war der Erste, der den Konferenzraum der angesehenen Priener Kanzlei betrat. Doktor Richard Spohr, langjähriger Freund und Anwalt der Familie von Greiffenberg, ließ noch auf sich warten, doch ein paar Unterlagen lagen bereits am hinteren Ende des langen, weißen Eiermann-Tisches. Ferdinand beschloss, den Platz direkt daneben einzunehmen.

Zwei Wochen waren vergangen, seit man die Suche nach seinem Vater eingestellt hatte. Er konnte es immer noch nicht fassen, aber alles sprach dafür, dass er tatsächlich über Bord gegangen und ertrunken war. Man hatte ihn zwar noch nicht gefunden, doch das war auch nicht weiter verwunderlich. Mit beinahe achtzig Quadratkilometern Fläche war der Chiemsee so groß, dass er den Beinamen ›bayerisches Meer‹ trug. Den ganzen Grund abzutauchen, war schier unmöglich. Sie würden also ohne einen Leichnam, ohne Beerdigung und sogar ohne Trauerfeier auskommen müssen, was alles nur noch schlimmer machte. Nicht zu wissen, was passiert war, bedeutete zudem, dass man es sich selbst ausmalen musste, und der Fantasie waren nun mal keine Grenzen gesetzt. Abschließen und nach vorne blicken konnte zum jetzigen Zeitpunkt jedenfalls niemand von ihnen, auch weil da immer noch dieses Fünkchen Hoffnung war, dass ihr Vater, Ehemann, Sohn vielleicht doch noch lebte. Im Unternehmen musste es trotzdem irgendwie weitergehen, und zwar so schnell wie möglich. Gott sei Dank war sein Vater umsichtig genug gewesen, für alle Eventualitäten vorzusorgen und entsprechende Vollmachten zu hinterlegen. Diese würden Gegenstand des heutigen Treffens sein, zu dem Richard geladen hatte. Der Anwalt kannte die Verfügungen seines Vaters bis ins kleinste Detail. Die beiden hatten das alles schon vor Jahren gemeinsam ausgearbeitet und wohl kürzlich sogar noch einmal geändert. Diese Information war erst vor einigen Tagen durchgesickert und hatte innerhalb der Familie für leichte Verwunderung gesorgt. Ferdinand erwartete trotzdem keine großen Überraschungen. Von jeher galt als ausgemacht, dass er in die väterlichen Fußstapfen treten würde. Jeden Sonntag nach dem Mittagessen hatte sein Vater ihn in die Bibliothek zitiert und lange, ermüdende Vorträge über Unternehmensführung, Betriebswirtschaft und Feinkostprodukte gehalten, während er nichts lieber getan hätte, als hinauszulaufen, um draußen mit den anderen Kindern zu spielen. Doch da war der Alte unerbittlich gewesen. Mindestens eine Stunde, oft auch länger, hatte er seinen Vorträgen lauschen und am Ende sogar Fragen beantworten müssen. War er dazu nicht in der Lage gewesen, hatte er nachsitzen müssen, und ab und an, wenn er besonders renitent gewesen war, hatte es sogar eine Watsche gesetzt. Wenn er daran zurückdachte, schauderte es ihn noch heute. Es war nicht so, dass er keine schönen Erinnerungen an seine Kindheit hatte, doch die sonntäglichen Stunden in der Bibliothek gehörten definitiv nicht dazu. Das war auch der Grund, warum er dem heutigen Treffen mit gemischten Gefühlen entgegensah. Er würde zum Geschäftsführer des

Familienunternehmens gekrönt werden, was ihn einerseits durchaus mit Stolz erfüllte. Auf der anderen Seite war dieser vorgezeichnete Weg, wenn er ihn weiterdachte, sein persönlicher Alptraum. Er war Sportler, Abenteurer und Lebemann. Er hatte viele Talente, liebte schnelle Autos und gefährliche Stunts. Doch eines war er sicher nicht: ein Bürohengst. Gegen Exceltabellen und Aktenordner hegte er von jeher eine tiefe Abneigung, und mit Dia- und Organigrammen konnte er nichts anfangen. Deshalb hatte er das BWL-Studium auch nach nur einem Semester entnervt geschmissen und stattdessen Sport studiert. Das war damals ein harter Schlag für seinen Vater gewesen, von dem er sich, so sein Eindruck, bis zuletzt nicht erholt hatte. Ferdinand hatte nicht seinen Vorstellungen entsprochen, was er ihm gegenüber oft nur schwer hatte verbergen können. Pauline hingegen war sein Liebling gewesen, denn sie besaß das, was ihm fehlte: einen scharfen Verstand, ein Faible für Mathematisches und Interesse an den Geschäften des Unternehmens. Nur war sie eben eine Frau – und ihr Vater ein verdammt konservativer Knochen. Dass Pauline nach der Geburt der Zwillinge ihr Studium ebenfalls abgebrochen hatte und sich seitdem Vollzeit um die Kinder kümmerte, war enttäuschend für ihn gewesen, hatte ihn aber in seiner Ansicht bestätigt, dass man Frauen keine Führungspositionen überlassen konnte, auch wenn sie noch so talentiert waren. Sobald sie Kinder bekamen, wurden sie zu Low-Performern, hörten ganz auf zu arbeiten oder fingen gar nicht erst damit an. Und so war es, Lieblingskind hin oder her, doch Ferdinand, der an die Spitze der Firma treten würde, obwohl er seinen Traumjob ja eigentlich längst gefunden hatte. Sein Arbeitsplatz war kein muffiges Büro, sondern eine Skipiste, die meterhohen Wellen des Pazifischen

Ozeans oder ein nackter Felsen, den es hochzukraxeln galt, während Kameras und die Blicke einer ganzen Filmcrew auf ihn gerichtet waren. Nach Beendigung seines Sportstudiums und seiner anschließenden Karriere als Skirennfahrer hatte er eine Stuntschule besucht und sich inzwischen in der deutschen Film- und Fernsehszene als Stuntman einen Namen gemacht. Womöglich war er sogar auf dem Sprung zu einer internationalen Karriere. Doch nun war das alles Makulatur. Das Leben, das er eigentlich noch viele Jahre hatte führen wollen, würde nach der heutigen Sitzung beendet sein. Für das Wohl der Familie würde er seinen Traumjob an den Nagel hängen müssen. Sein Jetset-Leben und Dasein als begehrter Junggeselle in München gleich mit. Es würde ihm nichts anderes übrigbleiben, als zurück an den Chiemsee zu ziehen, um eine Firma zu leiten, deren Produkte ihm zwar schmeckten, dessen Vermarktungsstrategien ihm jedoch meilenweit am Allerwertesten vorbeigingen. Noch immer überlegte er, ob er aus dieser Nummer irgendwie herauskommen könnte, ohne großen Schaden zu nehmen, doch es war schwierig. Natürlich könnte er sich schlicht weigern, aber wer sollte dann an seine Stelle treten und dafür sorgen, dass der Greiffenbergsche Goldesel weiterhin Dukaten kackte? Pauline kam nicht infrage. Zwillinge. Low-Performer. Onkel Wolfgang erst recht nicht. Ihm fehlte der Drive – und noch so einiges mehr. Antonia war zu jung, Oma Elsa zu alt und seine Mutter – bei aller Liebe, aber nein. Wie man es auch drehte und wendete, er würde sich opfern müssen. Irgendwie musste das Luxusleben ja bezahlt werden. Ihm blieb nur zu hoffen, dass die Familie es ihm eines Tages dankte, und selbst damit war nicht unbedingt zu rechnen.

Langsam trudelten auch die anderen ein. Als Erstes Pauline, allerdings ohne ihren Mann. Sebastian hatte wohl zwei Wochen geschäftlich in Asien zu tun. Das war auch der Grund, weshalb seine Schwester noch immer nicht nach Chieming zurückgekehrt war, sondern weiterhin mit ihren Kindern in der Villa Greiffenberg residierte.

»In dieser schrecklichen Situation möchte ich sowieso lieber bei der Familie in Prien sein«, hatte sie ihm erklärt.

»Verstehe«, hatte er stirnrunzelnd erwidert und im Geiste »Ich nicht« drangehängt. Er selbst war nämlich schnellstmöglich wieder nach München geflüchtet. Dort war die Welt eine andere, und er konnte sich der Trauer und den Erinnerungen an seinen Vater, die sich plötzlich überall in der Villa breitgemacht hatten, entziehen.

Zu seiner Überraschung hatte Pauline ihre Kinder in die Kanzlei mitgebracht. Wenn das mal nicht in einem einzigen Gequengel endete. Was interessierten sich Sechsjährige für Vorsorgevollmachten? Wenigstens war seine Schwester so umsichtig, sich direkt neben die Tür zu setzen. So konnte sie schnell und ohne großes Aufheben hinausschlüpfen, falls die Situation es erforderte. Pauline nickte ihm kurz zu, während sie die Zwillinge auf ihre Plätze dirigierte. Sie wirkte fahrig und übernächtigt. Das Schicksal ihres Vaters und der heutige Termin setzten ihr zu, das war nicht zu übersehen.

Jetzt kam Oma Elsa in den Raum. Frisch frisiert und ganz in Dunkelblau. Vermutlich Prada. Mit erhobenem Haupt und gefasster Miene setzte sie sich neben ihn und machte mit ihrer würdevollen Erscheinung der Familie von Greiffenberg alle Ehre. Was man von Antonia nicht gerade behaupten konnte. Sie erschien kurz darauf – ausnahmsweise mal nicht zu spät, aber dafür in zerrissenen Jeans, Chucks und bauchfrei. Oma Elsa musterte ihr Outfit kritisch, zog jedoch nur einmal kurz die rechte Augenbraue hoch und beschloss wohl, in dieser Ausnahmesituation Gnade vor Recht ergehen zu lassen und auf eine spitze Bemerkung zu verzichten. »Antonia, Kind, setz dich zu mir«, sagte sie stattdessen und deutete auf den Stuhl rechts neben sich. Sie sagte es in diesem Tonfall, der keinen Widerspruch duldete, und so rollte seine kleine Schwester nicht einmal mit den Augen.

Nun marschierte auch Onkel Wolfgang herein. Offenbar plante er, im Anschluss noch den hiesigen Golfplatz aufzusuchen. Jedenfalls ließen seine helle Hose und der cremefarbene V-Ausschnitt-Pullover das vermuten. Dass die Geschäfte bei *Feinkost Greiffenberg* seit Ludwigs Verschwinden mehr oder weniger zum Erliegen gekommen waren, hatte auch seine guten Seiten. Zumindest aus Onkel Wolfgangs Sicht. Wegen des enormen Freizeitgewinns hatte er sein Handicap noch einmal verbessern können. Aber was immer gleich passierte, die Geschäftsaktivitäten würden nach diesem Termin definitiv wieder aktiviert werden müssen. »Stillstand ist der Tod«, hatte Oma Elsa letzte Woche gesagt und war kurz zusammengezuckt, dann jedoch schnell über den eigenen kleinen Fauxpas hinweggegangen. Sie hatte der Familie eröffnet, dass sie Richard Spohr kontaktiert hatte. »Wir sollten den Tatsachen ins Auge sehen und tun, was getan werden muss. Wir sind die von Greiffenbergs, ihr wisst, was das bedeutet.«

Inzwischen waren alle Familienmitglieder eingetrudelt. Auch seine Mutter, die sich als Einzige für einen All-Black-Look entschieden hatte und ihrer tiefen Trauer auf diese Weise Ausdruck verlieh. Zu ihrem edlen Hosenanzug trug sie eine riesige schwarze Sonnenbrille und ihre Kelly-Bag am angewinkelten Arm. Sie setzte sich ihm gegenüber, nickte ihm zu und schenkte Antonia ein kurzes, aufmunterndes

Lächeln, was die jedoch ignorierte. Sie starrte die ganze Zeit apathisch auf die Tischplatte.

Eine Weile sagte keiner etwas. Nicht mal die Zwillinge. Nur ab und zu war ein Räuspern zu hören und Onkel Wolfgangs Hüsteln. Alle harrten der Dinge, die da kommen mochten. Und dann kamen sie, die Dinge. Nur ganz anders als erwartet.

»Entschuldigt die kleine Verspätung.« Mit hochrotem Kopf und einigen Akten unter dem Arm stürzte Doktor Richard Spohr wenig später in den Raum, eilte zu seinem Platz neben Therese und setzte sich umständlich. Hektisch lockerte er die mit Tannenzweigen gemusterte Krawatte, die weder zu seinem dunkelblauen Anzug noch zur Jahreszeit passte.

Oma Elsa blickte pikiert auf ihre goldene Armbanduhr und brummte: »Klein ist gut.«

Richard überhörte den Kommentar geflissentlich und begann, geschäftig in den Unterlagen zu blättern. »Gut. Gut. Dann wollen wir mal«, murmelte er, überflog einen Text in seinen Akten und blickte schließlich auf. »Schön, dass ihr alle gekommen seid. Sind wir vollzählig?« Er rückte seine schwarze Hornbrille zurecht und klickte ein paar Mal mit seinem Montblanc-Kuli.

Einige nickten. Richard auch. »Gut. Sehr gut. Also …« Er räusperte sich. »Ähm … den meisten von euch habe ich es ja schon persönlich gesagt. Das mit Ludwig – es tut mir unheimlich leid. Mein herzliches Beileid. Ich kann es immer noch nicht fassen.«

»Danke dir, Richard«, sagte Ferdinand leise, weil alle anderen wie versteinert dasaßen und sich darauf beschränkten, mit ernsten Mienen kaum merklich zu nicken. Nur Ada und

Max zappelten bereits jetzt auf ihren Stühlen, stießen sich gegenseitig in die Rippen und giggelten herum. Pauline legte einen Zeigefinger an die Lippen und fuhr sich dann mit der Hand über die Augen.

»Ich hatte es schon am Telefon erwähnt. Dass man …« Wieder klickte Richard und kratzte sich etwas verlegen seine billardkugelförmige Vollglatze. »Dass man Ludwig bisher nicht gefunden hat, macht die Sache rechtlich ein wenig … kompliziert.«

Seine Mutter schniefte, stellte leise die Handtasche auf ihren Schoß und zog ein Taschentuch daraus hervor.

»Natürlich hat Ludwig ein Testament gemacht, doch das kann zu diesem Zeitpunkt noch nicht …«

»Was ist ein Testament?«, fragte Max in dem Moment leise, aber gut vernehmbar.

»Schschsch«, machte Pauline.

Richard lächelte ihm freundlich zu. Er hatte selbst Enkelkinder. »Da steht drin, wer was erbt, wenn jemand gestorben ist«, erklärte er ihm geduldig und klickte wieder.

»Aber Opa ist vielleicht gar nicht tot«, rief Ada empört.

»Aber höchstwahrscheinlich schon«, gab Max mit wichtiger Miene zurück.

Pauline senkte betreten den Blick, kramte in ihrer riesigen Handtasche und reichte den Zwillingen unter dem Tisch etwas. Wenig später stopften sie sich verstohlen Süßigkeiten in den Mund. Ferdinand bemühte seine Adleraugen, um auszumachen, was es war, und kam zu dem Schluss, dass es sich um Gummibärchen handeln musste. Bestechungsversuch geglückt, dachte er und war ein klein wenig neidisch. Er hatte plötzlich auch Lust auf Gummibärchen.

Der Anwalt räusperte sich erneut, klickte und fuhr dann

fort. »Also, ähm, wie gesagt, eine Testamentseröffnung kann es erst geben, nachdem Ludwig offiziell … nun ja … für tot erklärt wurde. Was frühestens in einem Jahr möglich ist. Aber es gibt eine umfassende Vorsorgevollmacht, die jetzt greift, weil sie auch den Fall der … Verschollenheit abdeckt. Seit dem Tsunami 2004 rate ich eigentlich jedem Mandanten dazu, auch diesen Fall mitzubedenken.«

Ferdinand blickte zu seiner Mutter hinüber. Sie presste sich krampfhaft das Taschentuch vor den Mund. Trotzdem entfuhr ihr in diesem Moment ein lauter Schluchzer.

»Warum weint Oma?« Ada musterte ihre Großmutter mitleidig.

»Weil sie traurig ist«, erklärte Pauline leise und fuhr sich erneut mit dem Handrücken über das Gesicht.

»Wegen Opa?«, wollte Max wissen.

»Genau.« Seine Schwester schniefte.

Seine Mutter blickte kurz auf, rang sich ein kleines Lächeln für die Kinder ab und weinte dann weiter still vor sich hin.

»Die Hoffnung stirbt zuletzt«, sagte Richard ein wenig unbeholfen und blätterte wieder in seinen Unterlagen. »Gut. Die … ähm … Vollmachten beziehen sich, wie angekündigt, auf die Firma.«

Pauline verteilte erneut Süßigkeiten an die Zwillinge, was Ferdinand nicht entging. Unauffällig versuchte er, ihr Zeichen zu geben. Er wollte auch. Endlich sah sie ihn an – und verstand. Dass sie ihre gesamte Kindheit gemeinsam verbracht hatten, machte sich jetzt bezahlt. Pauline verdrehte die Augen, und er wusste, was sie damit sagen wollte: ›Werd mal erwachsen, Bruderherz!‹

Er hob die Schultern und setzte eine Unschuldsmiene auf.

Erwachsen werden – wozu? Er mochte sein sorgloses Leben, und sein jungenhafter Charme kam doch gut an, insbesondere bei der Damenwelt. Bisher hatte sich immer jemand gefunden, der die Verantwortung übernahm, so dass er weiter das tun konnte, was er gut konnte: das Leben genießen. Nur war jetzt wohl unweigerlich Schluss damit. Er würde ein Unternehmen leiten und auf die seriöse Seite wechseln müssen. Also: Schnell noch ein paar Gummibärchen abgreifen, bevor man ihn in die düstere Welt zigarrenrauchender Whiskytrinker schubste.

Pauline seufzte leise, schob die knisternde Haribo-Tüte unauffällig zu Antonia rüber und nickte mit dem Kinn in seine Richtung. Da Oma Elsa zwischen ihnen saß, musste seine kleine Schwester ihren Arm ganz schön lang ausstrecken. Er nahm die Tüte entgegen, legte sie sich auf den Schoß und griff beherzt hinein. »Danke«, formte er lautlos mit dem Mund und zwinkerte Pauline zu.

»Kommen wir nun zur Firma.« Richard blickte kuliklickend in die Runde.

Er schluckte. Es war so weit. Schnell stopfte er sich eine ganze Handvoll Bärchen in den Mund.

»Ludwig hat hier schriftlich niedergelegt, wer aus der Familie im … ähm, ja … Fall der Fälle weisungsbefugt ist. Also, wer die Geschäftsführung übernehmen und somit die Leitung der Firma *Feinkost Greiffenberg* innehaben soll.«

Sein Mund war voller Geleemasse.

»Sein Wille war es, dass …«

Mechanisch hielt Ferdinand seiner Oma die Tüte hin. Geistesabwesend griff sie hinein und steckte sich ein Bärchen in den Mund.

»Die essen alles auf!«, rief Max empört.

»… dass die Leitung der Firma in Zukunft … ähm … ja … Pauline und Ferdinand gemeinsam obliegt.«

Er stellte unverzüglich das Kauen ein. Hatte er richtig gehört? Er sah seine Schwester an, die genauso verwirrt wirkte wie er selbst. Konsterniert zuckte sie mit den Schultern, runzelte dann die Stirn und schüttelte schließlich den Kopf.

Oma Elsa fand zuerst die Sprache wieder. »Moment mal.« Sie hob den Zeigefinger und schluckte unauffällig. »Hab ich das richtig verstanden, Richard? Ferdinand und Pauline sollen das *zusammen* machen?«

Richard schaute noch einmal in die Unterlagen, als müsste er sich vergewissern. »Ja. Ja, genauso ist es. Das war Ludwigs Wunsch. Dass die beiden gemeinsam über seine Anteile verfügen und zusammen die Geschäftsführung übernehmen.«

Er würgte die klebrige Geleemasse hinunter, die ihm plötzlich vorkam wie eine fette Kröte. Offenbar hatte sein Vater es ihm wirklich nicht zugetraut. Hatte nicht geglaubt, dass er das, wozu er geboren war, allein schaffen könnte. Das Erbe der Greiffenbergs verwalten, leiten und mehren. Er hatte ihm seine jüngere Schwester an die Seite gestellt. Mathe-Ass, Organisationstalent und Superbrain in Personalunion. Pauline, die ihm immer als leuchtendes Beispiel hatte dienen sollen, war auserkoren worden, ihm auf die Finger zu schauen – und das für den Rest seines Lebens. Respekt, Vater. Eine letzte Watsche. Und zwar eine verdammt harte, das konnte man nicht anders sagen. Er starrte auf die weiße Tischplatte, wohlwissend, dass die anderen ihn gespannt taxierten. Sie warteten auf seine Reaktion. Ein wütendes Aufspringen, ein beleidigtes Hinausmarschieren, ein resigniertes Abwinken. Doch den Gefallen tat er ihnen nicht. Sie würden nichts von alldem bekommen. Ja, er war gekränkt. Wer wäre das nicht?

Aber er war eben auch erleichtert. Seine größte Befürchtung, nämlich, dass er als langweiliger Bürohengst enden würde, hatte sich nicht bewahrheitet. Er müsste nicht die ganze Verantwortung allein tragen. Vielleicht … ja, vielleicht konnte er unter diesen Umständen sogar seinen Stuntman-Job behalten. Bei dem Gedanken musste er innerlich lächeln. Eigentlich war es perfekt. Er mischte in der Firma maßgeblich mit, aber es gab jemanden, der den Zahlenkram übernehmen konnte. Er selbst sah sich eher als Repräsentant. Eine Rolle, die ihm ausgesprochen gut zu Gesicht stehen würde. Er griff noch einmal in die Tüte auf seinem Schoß und stopfte sich ein paar Gummibärchen in den Mund.

»Der isst die ganzen Roten«, sagte Max empört.

Ferdinand legte die Tüte auf die Tischplatte und schob sie mit Schwung quer rüber zu seinem Neffen. Der fing sie geschickt auf, bevor sie auf der anderen Seite hinunterfallen konnte.

»Hat jemand meinen Kuli gesehen?«, fragte Richard und nahm hektisch seine Unterlagen hoch.

»Leider nein«, sagte Ferdinand und schickte im Geiste einen Dank in Richtung seines Vaters – wo auch immer er jetzt sein mochte.

6. *Soll und Haben*

Pauline blickte sich um. Viel hatte sich nicht verändert, seit sie das letzte Mal hier gewesen war. Das Ladenlokal am Priener Marktplatz war der Flagshipstore von *Feinkost Greiffenberg*. Die dunklen, eingebauten Holzregale an den Wänden stammten noch aus der Zeit, als Eduard und Josefine ihre selbstgemachten Feinkostsalate und die berühmte Hagebuttenmarmelade feilboten. Sie sog Luft durch die Nase ein. Nach altem Mief roch es hier trotzdem nicht, sondern nach frisch gemahlenem Kaffee, Gebäck und Kindheit. Wie oft hatte sie als kleines Mädchen ihre Großmutter begleitet, die hier täglich mindestens einmal nach dem Rechten gesehen hatte. Auch das hatte sich bis heute nicht geändert. Oma Elsa kam noch immer jeden Morgen in den Laden, um sich zu vergewissern, dass die vielen unterschiedlichen Kaffeesorten hübsch verpackt und ordentlich einsortiert waren, die Pralinen in der Vitrine einem den Mund wässrig machten und der Boden mit den antiken geblümten Fliesen blitzblank gescheuert war.

Oma Elsa begrüßte Hanne, die an dem alten Holztresen stand und in feinster Schönschrift Preise auf Schiefertafeln schrieb. Kurz streifte ihr Blick die frisch gestärkte weiße Spitzenschürze, die Hanne nun mit einer schnellen Handbewegung glattstrich. »Guten Morgen, Frau von Greiffenberg.« Dann wandte sie sich an sie. »Hi! Schön, dass wir uns mal wiedersehen.«

Es klang ehrlich. Und überhaupt nicht vorwurfsvoll, dachte Pauline erleichtert. Hanne hätte durchaus Grund gehabt, sie weniger herzlich zu begrüßen.

»Finde ich auch.« Sie zögerte einen Moment. Dann gab sie sich einen Ruck und umarmte ihre alte Freundin. »Sehr schön sogar.«

Sie hatte beschlossen, ihre Großmutter heute bei deren obligatorischem Ladenbesuch zu begleiten – aus gegebenem Anlass. Zwei Tage war es nun her, seit Richard die Bombe hatte platzen lassen. Zwei Tage, die sie hauptsächlich damit verbracht hatte, die Nachricht zu verarbeiten, dass sie gemeinsam mit ihrem Bruder die Leitung von *Feinkost Greiffenberg* übernehmen sollte. Ihr Vater hatte nie mit ihr über eine solche Option gesprochen. Sie nie gefragt, ob sie sich das überhaupt vorstellen konnte. Sie war völlig überrumpelt. Immer noch. Ein so großes Unternehmen wie *Feinkost Greiffenberg* leitete sich ja nicht von selbst, und sie hatte nichts weiter vorzuweisen als ein abgebrochenes Betriebswirtschaftsstudium und ein vierwöchiges Praktikum, das sie 2015 in der Marketingabteilung der Firma Dallmayr in München absolviert hatte. Ferdinand würde auch keine große Hilfe sein. Gestern hatte sie lange mit ihm telefoniert und feststellen müssen, dass er ebenfalls ziemlich überfordert war. Die allsonntäglichen Vorträge ihres Vaters hatten offenbar das Gegenteil von dem bewirkt, was sie hatten bezwecken sollen.

»Dieser ganze Zahlen-, Bilanz- und Papierkram ist einfach nichts für mich, Schwesterherz«, hatte Ferdinand ihr schon früher mehr als einmal anvertraut. »Ich könnte kotzen, wenn ich nur daran denke.« Sein Interesse am Familienunternehmen hatte sich schon immer ausschließlich auf die finanziellen Annehmlichkeiten beschränkt, die es ihnen allen bescherte – und ihm einen festen Platz in der High Society von München. Mit der Tatsache, dass er die Firma eines Tages würde leiten müssen, hatte er sich nie weiter beschäftigt. Ferdinand besaß die beneidenswerte Gabe, alles, was nach Problem roch, auszublenden und darauf zu vertrauen, dass es sich am Ende schon irgendwie finden würde. Ihr Vater musste zu dem Schluss gelangt sein, dass es einem geschäftlichen wie gesellschaftlichen Selbstmord gleichkäme, seinem Ältesten allein die Leitung der Firma zu übertragen. Davon war jedenfalls Oma Elsa überzeugt, die die Meinung ihres Sohnes zu hundert Prozent teilte. Erst gerade, auf dem Weg ins Dorf, den sie zu Fuß zurückgelegt hatten, hatte sie sie förmlich angefleht, doch bitte dem Willen ihres Vaters Folge zu leisten und das Ruder bei *Feinkost Greiffenberg* zu übernehmen. Sie war ihrer Großmutter eine Antwort schuldig geblieben. Sie hatte zwei kleine Kinder, ernsthafte private Probleme, von denen keiner wusste, und zudem schlicht und ergreifend Angst vor einer so großen Aufgabe. Das Schicksal der Familie war fest mit der Firma verwoben, genauso wie das der über hundertfünfzig Mitarbeiter, die bei *Feinkost Greiffenberg* in Lohn und Brot standen. Das nämlich hatte sich seit den Zeiten von Josefine und Eduard doch verändert: Das Unternehmen war längst keine Two-Men-Show mehr. Kein Tante-Emma-Laden in edel, sondern eine weit über die Grenzen Priens hinaus bekannte mittelständische Firma mit bestem Namen, zehn Filialen, eigenen Fertigungsstätten und einer beachtlichen Anzahl von Lieferanten. Ein solches Unternehmen zu leiten bedurfte Expertise, und die hatte sie nun einmal genauso wenig wie ihr Bruder. Trotzdem: Ihr Vater hatte es so bestimmt. Er war wohl davon ausgegangen, dass ihm noch viel Zeit blieb, um sie mit den Aufgaben einer Geschäftsführerin vertraut zu machen. Wer rechnete auch damit, im besten Alter von achtundfünfzig Jahren im Chiemsee zu ertrinken?

»Wie geht es dir denn?« Hanne riss sie aus ihren Gedanken.

»Oh. Ja. Na ja …«, stammelte sie.

»Schrecklich, das mit deinem Vater. Wir können es immer noch nicht fassen. Wir alle hier …«

Sie schüttelte den Kopf. »Wir auch nicht.«

»Für euch muss es furchtbar sein«, sagte Hanne leise. »Möchtet ihr … einen Kaffee?«

»Nein, danke. Wir müssen gleich hoch ins Büro. Der Steuerberater kommt, und wir wollen uns einen Überblick verschaffen, über die Finanzen und … alles andere.«

Hanne nickte. Sie hatte sich kaum verändert. Ihre blonden, gewellten Haare hatte sie zu einem Zopf gebunden. Ihre blauen Augen strahlten. Ihr Lachen war schon immer ansteckend gewesen. Zu Schulzeiten waren sie und Hanne beste Freundinnen gewesen, doch dann kam Sebastian, und schließlich die Kinder. Für Hanne war einfach keine Zeit mehr geblieben. Auf einmal schoss ihr durch den Kopf, dass sie eigentlich überhaupt keine Freunde mehr hatte, seit sie Sebastian kannte. Er mochte es nicht, wenn sie sich verabredete. Dabei hätte sie jetzt gut eine Freundin gebrauchen können. Jemanden, dem sie erzählen konnte, wie es ihr ging mit ihrer Trauer und der Ungewissheit. Und wie es um sie und Sebastian stand. Dass sie verzweifelt war und bald nicht mehr konnte. Kurz atmete sie durch. Übertreib nicht, ermahnte sie sich selbst. Dann fragte sie sich zum wiederholten Mal, was Sebastian wohl sagen würde, wenn er erfuhr, dass sie gemeinsam mit Ferdinand bei *Feinkost Greiffenberg* einsteigen sollte. Bei dem Gedanken wurde ihr etwas flau im Magen. Sie hatte es ihm bewusst verschwiegen, als er gestern Abend per Facetime aus Shanghai angerufen hatte, um in Erfahrung zu bringen, was der Termin bei Richard Spohr ergeben hatte. Er würde fuchsteufelswild werden. So wie vor zwei Wochen, als sie mit den Zwillingen mitten in der Nacht verschwunden war. Am nächsten Tag hatte er in aller Herrgottsfrühe vor der Tür der Greiffenberg-Villa gestanden und verlangt, dass sie sofort mit ihm nach Chieming zurückkamen. Allerdings hatte er die Rechnung ohne Oma Elsa gemacht. Sie hatte Pauline beiseitegeschoben und ihrem Schwiegerenkel unmissverständlich klargemacht, dass sie hier bis auf weiteres gebraucht wurde. Dann hatte sie ihn hinausbegleitet, und ihm war nichts anderes übriggeblieben, als allein nach Chieming zurückzufahren. Am nächsten Tag war er planmäßig nach Asien geflogen, jedoch nicht, ohne Pauline zuvor in unzähligen Sprachnachrichten auf das Unflätigste zu beschimpfen. Und nun das. Geschäftsführung bei *Feinkost Greiffenberg*. Er würde es ihr verbieten. Schon allein, weil er es nicht aushalten könnte, dass sie karrieremäßig über ihm stehen würde. Verglichen mit *Feinkost Greiffenberg* war seine *Dandlhofer Papier GmbH* nämlich eine kleine Klitsche. Sie hatte es Oma Elsa und dem Rest der Familie natürlich nicht gesagt, aber auch das war einer der Gründe, warum sie sich sehr gut überlegen musste, wie sie mit dem Willen ihres Vaters umging.

»Wisst ihr denn schon, wie es mit der Firma weitergeht?«

Wieder holte Hanne sie aus ihren Gedanken. »Entschuldige, dass ich das frage, aber …« Sie errötete leicht.

»Nein, nein. Das ist eine berechtigte Frage«, sagte sie schnell, obwohl sie am liebsten davongelaufen wäre.

»Viele von uns fragen sich das nämlich …«

»Das verstehe ich. Da muss jetzt schnell eine Entscheidung getroffen werden. Unter anderem deshalb bin ich heute hier«, sagte sie und versuchte, möglichst geschäftsmäßig zu klingen. Sie wollte sich nicht anmerken lassen, wie schwer ihr der heutige Besuch fiel. Wenn sie gleich hochgingen, würde es sicher noch schlimmer werden. Die Mitarbeiter, die Pflanzen, die Fotos mit Waldmotiven an den Wänden, die ihr Vater selbst aufgenommen hatte – einfach alles da oben trug seine Handschrift und würde sie schmerzlich daran erinnern, dass sie ihn wahrscheinlich nie mehr wiedersehen würde.

»Heißt das etwa, dass DU einsteigen wirst?« Erstaunt blickte Hanne sie an.

Sie zuckte mit den Achseln. »Es ist noch alles offen«, sagte sie ausweichend und griff schnell nach einer der Schiefertafeln, die schon fertig beschriftet waren. »Wo kommt die hin?«

»Zu den Trüffeln.«

Trüffel. Die hatte ihr Vater geliebt. Schnell brachte sie die Tafel an Ort und Stelle und versuchte, nicht in Tränen auszubrechen.

»Grüß Gott«, murmelte Oma Elsa, als sie gemeinsam den Empfangsbereich der Firma Greiffenberg betraten. Die Büroräume befanden sich über dem Ladenlokal und waren über eine alte Holztreppe zu erreichen.

Frau Wendt sprang von ihrem Platz hinter dem Tresen auf. Sie war um die sechzig und schon so lange im Unternehmen, dass sie praktisch zum Inventar gehörte. »Guten Morgen.« Sie nickte erst Oma Elsa, dann ihr zu. »Wir haben Sie schon erwartet.« Sie kam hinter dem Tresen hervor und nahm ihnen die Jacken ab. »Herr Becker ist bereits eingetroffen. Und der werte Herr von Greiffenberg junior ebenfalls. Beziehungsweise, jetzt ist er wieder weg, kommt aber gleich zurück.«

Oma Elsa warf ihr einen vielsagenden Blick zu. ›Typisch Ferdinand‹ sollte der wohl bedeuten. »Ich würde einen Kaffee nehmen«, erklärte sie dann, an Frau Wendt gewandt.

»Ohne alles, wie immer?«

»Ohne alles, wie immer.«

»Für mich nichts, danke«, sagte sie schnell, als Frau Wendt sie erwartungsvoll ansah. Dann folgte sie Oma Elsa, die bereits langsam den Flur entlangschritt und schließlich vor einem der großen Waldfotos an der Wand Halt machte. Sie betrachtete es eine Weile, und es war nicht schwer zu erraten, was sie dachte.

Pauline trat hinter sie und blickte ihr über die Schulter. »Dies hier hat er besonders gern gemocht«, sagte sie leise.

Ihre Großmutter nickte. »Komm«, sagte sie dann, riss sich los und ging weiter. Sie folgte ihr.

»Frau von Greiffenberg?«, rief die Assistentin da auf einmal. »Eine Sache noch …«

Pauline wandte sich um und ging zurück zum Tresen. »Ja?«

»Ich muss Büromaterialien bestellen. Und Wasser für die Mitarbeiter. Wer unterschreibt mir das denn?«

Verwirrt blickte sie Frau Wendt an.

»Na ja, der Chef hat das sonst immer abgezeichnet. Aber der ist ja nun … Entschuldigung. Und Ihr Onkel sagt, er hat keine Zeit für so einen Kram. Aber wir haben kaum noch Briefumschläge, und Tesafilm ist auch alle …«

»Okay …?!«, sagte sie. »Mein Vater war also für Tesafilm zuständig?«

»Na ja, was heißt zuständig. Musste halt alles immer über seinen Schreibtisch gehen.«

Sie seufzte leise. Ihr Vater war ein Kontrollfreak gewesen. Schon immer. Eine seiner weniger guten Eigenschaften, die sie plötzlich trotzdem vermisste.

»Machen Sie das jetzt? Oder Ihr Bruder?« Frau Wendt deutete den Gang hinunter. »Oder etwa Ihre Großmutter?«

Es musste weitergehen in der Firma, hatte Oma Elsa gesagt. Und sie hatte recht. »Na ja … ähm … geben Sie mal her«, sagte sie schnell.

Die Assistentin legte eine dicke Unterschriftenmappe auf den Tresen und schlug sie auf. Pauline überflog den Bestellzettel. Alles war fein säuberlich aufgelistet. Druckerpapier, Umschläge, Tesafilm, Tackermunition, fünf Radiergummis … »Wissen Sie was?«, sagte sie lächelnd. »Sie haben doch einen viel besseren Überblick. Unterschreiben Sie das.« Kurz fragte sie sich, ob sie sich vorher mit ihrem Bruder hätte absprechen müssen, kam aber zu dem Schluss, dass es ihn sowieso nicht die Bohne interessieren würde.

»Ich?« Frau Wendt blickte sie konsterniert an.

»Klar. Wer denn sonst? In Zukunft ist das Bestellen von Büromaterialien ganz allein Ihre Sache.« Sie nickte der älteren Frau aufmunternd zu. »Sie machen das schon. Wer, wenn nicht Sie?«

»Aber …«

»Ich muss weiter«, sagte sie schnell und ging den Gang hinunter.

Oma Elsa wartete vor der Bürotür ganz hinten links auf sie. »Was gab es denn?«, wollte sie wissen.

»Ach, es ging um Tesafilm und so …«

»Aha.« Ihre Großmutter schüttelte den Kopf, klopfte energisch an die Tür und betrat, ohne eine Antwort abzuwarten, das Refugium, in dem der Buchhalter Karl Müller sich seit Jahrzehnten akribisch um Soll und Haben kümmerte.

»Guten Morgen.« Oma Elsa nickte ihm freundlich zu.

»Guten Morgen, Frau von Greiffenberg.« Auch er sprang bei ihrem Anblick vom Bürostuhl auf, als hätte man eine Bombe unter seinem Hintern gezündet. Er hatte hier schon unter ihrem eisernen Regiment gearbeitet und den Respekt vor ihr offenbar bis heute nicht verloren. Er deutete eine Art Diener an und begrüßte dann Pauline, weit weniger ehrfürchtig, mit einem genuschelten »Grüß Gott, junge Frau«. Er zeigte auf zwei von vier Stühlen vor seinem Schreibtisch, die vermutlich eigens für diesen Termin ins Büro geschafft worden waren. Oma Elsa strich den Rock ihres Kostüms glatt und setzte sich. Pauline tat es ihr gleich.

»Wo ist denn Herr Becker?« Ihre Großmutter blickte stirnrunzelnd auf die beiden freien Plätze. Sie hasste es, wenn man sie warten ließ. Zum Glück öffnete sich in diesem Moment die Tür, und Herr Becker schneite samt Aktenkoffer und randvoller Kaffeetasse herein. Sie kannte ihn vom Sehen. Er mochte so um die vierzig sein, hatte schütteres, rotblondes Haar und Sommersprossen auf den Händen. Er war bereits seit einigen Jahren als Steuerberater für *Feinkost Greiffenberg* tätig und machte seine Sache, wie sie wusste, ziemlich gut.

»Guten Morgen allerseits«, sagte er, stellte vorsichtig seine Kaffeetasse auf dem Schreibtisch ab und setzte sich umständlich. »Herr von Greiffenberg junior kommt nicht?«, fragte er mit Blick auf den letzten freien Stuhl.

»Gute Frage«, erwiderte Oma Elsa spitz. »Wie auch immer. Wir fangen ohne ihn an. Er kennt ja die vereinbarte Uhrzeit.«

»Na gut. Wie Sie meinen.« Becker nippte an dem Kaffee und zog dann einen schmalen Ordner aus seinem Aktenkoffer.

In diesem Moment betrat Ferdinand das Büro. »Hi, hi«, grüßte er etwas außer Atem. Er trug weiße Jeans, einen grauen Hoodie und einen Männerdutt.

»Ferdinand! Wie schön, dass du es einrichten konntest.« Oma Elsa verzog den Mund zu einem schmalen Strich.

»Oma!« Ferdinand ging zu ihr, drückte ihr einen Kuss auf die Wange und stellte ihr eine Tasse mit goldenem Greiffenberg-Logo vor die Nase – samt Untertasse, kleinem Keks und Silberlöffelchen, den sie, da sie ihren Kaffee schwarz trank, vermutlich nicht benötigen würde. »Bitte. Gern geschehen. Frau Wendt wollte ihn dir gerade bringen, aber da ich sowieso in die Richtung musste …«

»Sehr zuvorkommend.« Ein Lächeln huschte über Oma Elsas Gesicht. Ferdinand wusste, wie er sie um den Finger wickeln konnte. Er nahm den letzten freien Platz ein und rieb sich die Hände. »Sorry für die kleine Verspätung. Ich musste noch dringend in die Fertigung. War wichtig.«

»Komm schon. Du hast dir Schokolade geholt!« Pauline taxierte ihn mit den Augen.

»Okay, schuldig im Sinne der Anklage.« Er hob beide Hände. »Ich hab mir Schokolade geholt.« Er zog ein Tütchen Pralinen aus seiner Hoodietasche und stellte es vor sich auf den Schreibtisch. »Gummibärchen gibt's bei uns ja nicht. Das ist übrigens das Erste, was ich ändern werde, wenn ich hier das Sagen habe.« Er warf ihr einen schnellen Blick zu. »Also, wir …«

Sie stöhnte.

»Nicht?« Ferdinand sah sie unsicher an.

»Nicht.« Wie sollte man mit so einem Kindskopf eine Firma leiten?

Oma Elsa deutete auf die Tüte. »Hätten Sie ein Schälchen, Karl?«

»Ähm … Schälchen …« Der Buchhalter blickte sich leicht panisch um.

»Brauchen wir nicht, Oma.« Ferdinand zog ihr die Untertasse unter dem Kaffee weg, schüttete die Pralinen darauf und platzierte den kleinen Teller so, dass jeder einigermaßen herankam. »Greift zu, Leute«, sagte er und ließ eine der runden Köstlichkeiten in seinem Mund verschwinden.

Oma Elsa zog die rechte Augenbraue hoch, nahm jedoch auch eine Praline, mit spitzen Fingern und Blick auf Karl. »Dann schießen Sie mal los«, forderte sie ihn auf und ließ sich die Greiffenbergsche Spezialität auf der Zunge zergehen.

Karl blätterte fahrig in den Papieren, die vor ihm lagen, und deutete dann auf Herrn Becker. »Es geht um die … äh … Bilanzen der letzten Jahre«, begann er. »Ich weiß nicht, inwieweit Sie da auf dem Laufenden sind. Haben Sie mal die Gelegenheit gehabt, in die Bücher zu schauen?«

Pauline schüttelte den Kopf.

Ferdinand zuckte mit den Schultern. »Also, ich bin nicht auf dem Laufenden.«

»Nein«, sagte Oma Elsa. »Wir hatten nicht die Gelegenheit. Deshalb sind wir heute hier, Karl.«

»Verstehe … Dann schlage ich vor, dass Herr Becker ein paar erläuternde Worte dazu sagt.«

Herr Becker nickte mit ernstem Gesicht, schlug ein Bein über das andere und klappte seinen Ordner auf. »Nun, ich … also, Sie haben … gar keine Ahnung, ja?«

Oma Elsa zog erneut die rechte Augenbraue hoch. »Wenn Sie es so nennen wollen …«

»Ich frage nur, weil es Sie dann vielleicht … nun ja, überraschen wird, was ich Ihnen gleich sagen werde.«

Pauline blickte irritiert auf. Was sollte denn bitte jetzt schon wieder Überraschendes kommen? Hatten sie einen Millionengewinn erwirtschaftet? War ein Börsengang geplant? Oder hatte Onkel Wolfgang Geld unterschlagen?

»Gut, also Folgendes«, setzte Becker an.

Ferdinand zappelte auf seinem Stuhl herum. Wenn der Steuerheini nicht gleich mit der Sprache herausrückte, hätten sie ihn verloren.

»Es sieht nicht allzu gut aus«, platzte Becker auf einmal heraus.

»Wie meinen Sie das? Nicht allzu gut?« Oma Elsa lächelte gequält.

»Ich will es mal so ausdrücken.« Becker seufzte. »Es ist verheerend.«

Ihre Großmutter und Ferdinand warfen ihr irritierte Blicke zu, während Karl in seinen Papieren eine äußerst interessante Sache entdeckt zu haben schien, auf die er regungslos starrte.

Da niemand etwas sagte, versuchte sie eigenständig, das Wort ›verheerend‹ einzuordnen, und kam zu dem Schluss, dass es … nun ja … ziemlich verheerend klang.

»Sicher haben Sie mitgekriegt, dass es mit den Geschäften seit Jahren nicht zum Besten steht«, griff Becker den Faden wieder auf.

»Äh … NEIN?!«, rief Ferdinand.

Sie schwieg lieber, obwohl sie das alles gerade auch zum ersten Mal hörte. Ihr Vater hatte nie auch nur mit einem Wort erwähnt, dass es in irgendeiner Weise schlecht um die Firma stand. Im Gegenteil. Immer wieder hatte er in der Vergangenheit betont, wie großartig alles laufe.

»*Feinkost Greiffenberg* schreibt rote Zahlen«, fuhr Becker fort. »Seit Jahren.«

»Du meine Güte«, entfuhr es Oma Elsa.

»Krass.« Ferdinand starrte ins Leere.

»Ihr Vater …« Er blickte kurz zu ihrer Großmutter. »Beziehungsweise Ihr Sohn … hat das zuerst nicht ernst genommen. ›Es gibt gute Jahre und weniger gute‹, hat er immer gesagt. Doch leider ist es so, dass die guten Jahre seit längerem ausgeblieben sind. Die Umsätze sind von Jahr zu Jahr zurückgegangen. Bei gleichbleibenden Kosten.« Becker verzog den Mund und zuckte mit den Schultern. »Irgendwann kippt so ein Ding. Das können Sie sich ja denken.«

Karl schaute endlich von seinen losen Blättern auf. »Letzten Monat waren wir froh, dass wir die Gehälter noch zahlen konnten«, brummte er.

Pauline sog entsetzt die Luft ein.

Oma Elsa schlug sich eine Hand vor den Mund, und Pauline sah in ihren Augen, wie das perfekte Bild, das sie stets von ihrem Sohn gehabt hatte, in diesem Moment in tausend Einzelteile zerfiel. »Das ist doch nicht wahr, oder?«, flüsterte sie.

Pauline drückte Zeige- und Mittelfinger gegen ihre Schläfen.

»Karl?« Oma Elsa fixierte den Buchhalter mit starrem Blick.

»Doch. Leider. Es ist wahr, Frau von Greiffenberg«, gab er niedergeschlagen zu.

»Ich hatte Kurzarbeit vorgeschlagen. Oder Entlassungen«, fuhr Becker fort. »Doch Ihr Sohn hat sich strikt geweigert. Ich würde sagen, dass er die Augen vor der Realität verschlossen hat. Er wollte es einfach nicht wahrhaben. Man kann von Glück sagen, dass sie ihn nicht drangekriegt haben.«

»Drangekriegt?«, presste Pauline hervor. Wie erstarrt saß sie auf der vorderen Kante ihres Stuhls und konnte einfach nicht glauben, was sie da hörte.

»Wegen Insolvenzverschleppung.«

»Insol...« Sie schnappte nach Luft.

Oma Elsa trank einen Schluck und stellte die Tasse mit solcher Wucht zurück auf den Tisch, dass der Kaffee überschwappte. Ihre Miene war wie versteinert. »Warum hat er nie etwas gesagt?«, fragte sie tonlos und starrte wie gebannt auf die Kaffeepfütze.

Becker zuckte mit den Schultern. »Wir durften nichts verlauten lassen. Nicht einmal seinem Bruder war das Ausmaß bekannt.«

Ferdinand aß noch eine Praline. »Ähm, Frage«, sagte er, während er kaute, und zeigte mit dem Finger auf Becker. »Heißt das jetzt ... wir sind pleite?«

Der Steuerberater schwieg.

»Herr Becker?« Oma Elsas Stimme klang schrill.

»Nun ja, wir konnten das Schlimmste noch einmal abwenden. Aber wir haben ganz schön gebastelt.« Er wechselte einen Blick mit Karl. »Ihr Buchhalter weiß, wovon ich spreche. Wir mussten an die Immobilien ran und bei den Banken zu Kreuze kriechen. Die haben gleich mehrere Augen zugedrückt und Kredite gestundet. Dafür ist die Greiffenberg-Villa jetzt beliehen. Und das Geschäftshaus hier auch.«

»Himmel!«, entfuhr es Oma Elsa.

»Wow!«, sagte Ferdinand und leckte sich Schokolade von den Fingern. »Einfach nur wow! Ich hab dem Alten ja eine Menge zugetraut, aber dass er gleich die ganze Firma an die Wand fährt … das ist echt krass.«

»Krass«, echote ihre Großmutter und holte tief Luft.

»Aber …« Ferdinand sah Becker fragend an. »Wenn ich es richtig verstehe, ist die Kuh erstmal vom Eis?«

»Pfff …«, machte der Steuerberater. »So würde ich es nicht nennen. Die Kuh ist nur noch nicht eingebrochen. Aber es wird immer dünner.«

»Das Tier?«

»Das Eis, du Vogel«, zischte Pauline.

»Genau. Leider das Eis, Herr von Greiffenberg.« Becker verzog bedauernd den Mund. »Wie gesagt, es war nicht nur *ein* schlechtes Jahr. Das mit den roten Zahlen geht schon eine ganze Weile so. Das finanzielle Polster, das immer da war, ist nicht nur geschmolzen, um mal beim Eis zu bleiben, sondern inzwischen komplett aufgebraucht. In Zukunft wird es eng.« Er nickte, um das Gesagte zu unterstreichen. »Sehr, sehr eng.«

»Klingt erstmal scheiße«, resümierte Ferdinand.

»Nicht nur erstmal.« Becker schloss den Aktenordner.

»Und … was schlagen Sie vor?«, fragte Pauline. »Was sollen wir jetzt tun? Gibt es überhaupt noch eine Chance, dass wir wieder auf die Beine kommen?« Sie klang ziemlich verzweifelt, das hörte sie selbst.

Becker faltete seine Sommersprossenhände wie zum Gebet. »Klar. Es gibt immer eine Chance. Als Erstes müsste man mal analysieren, woran es liegt. Warum gehen denn die Umsätze seit Jahren zurück?« Er strich mit einem Finger über die Platte des zerkratzten Siebziger-Jahre-Schreibtisches. »Ist halt alles etwas … veraltet hier.« Er schaute zu Karl. »Auch die Strukturen und so. Aber ich bin kein Unternehmensberater. Da gibt es andere, die das besser beurteilen können. Sie müssen sich als zukünftige Erben halt überlegen, wo die Reise für Sie hingehen soll. Eine Möglichkeit wäre vielleicht auch ein Verkauf.«

Sie registrierte, wie ihre Großmutter einen Laserblick in seine Richtung schickte.

Der Steuerberater ignorierte ihn. »Ich weiß, dass die *Falter KG* Interesse an einer Übernahme hätte. Ich könnte vermitteln, wenn Sie wollen. Mit ein bisschen Glück zahlen die einen vernünftigen Preis, für den guten Namen, den die Marke *Greiffenberg* zweifellos noch immer hat.«

»Kommt nicht infrage!«, unterbrach Oma Elsa ihn scharf.

»An Ihrer Stelle würde ich es mir überlegen, Frau von Greiffenberg. Noch kann man diese Firma zu Geld machen, und mit ein wenig Glück und Verhandlungsgeschick wären Sie zumindest einen Großteil der Schulden los.«

Ferdinand lehnte sich zurück und faltete die Hände vor seinem Bauch. »Das klingt doch mal nach einem Plan, Leute.« Er nahm sich noch eine Praline von der Untertasse. »Die Kuh auf dem Eis melken, solange sie noch Milch gibt.« Er schien Gefallen an der Kuh-Metapher gefunden zu haben.

Sie betrachtete das goldene Greiffenberg-Logo auf Oma Elsas Kaffeetasse, das in der Hauptsache aus dem Familienwappen bestand. Ein Falke mit kräftigen Klauen war darauf zu sehen, keine Kuh, die vom Eis musste. *Feinkost Greiffenberg* war seit über hundert Jahren in Familienbesitz. Generationen hatten hier gearbeitet und davon leben können, und zwar ziemlich gut. Das alles jetzt zu verscherbeln, fühlte sich nicht richtig an. Andererseits – wahrscheinlich hatten sie gar keine andere Wahl. Ein gut laufendes Unternehmen zu leiten, ohne Erfahrung und Expertise, war schon riskant genug. Aber eines, das überschuldet war und kurz davorstand, Konkurs anmelden zu müssen? Vielleicht kamen sie nicht umhin, die Firma abzustoßen und das Geld mitzunehmen. Es würde Oma Elsa das Herz brechen, keine Frage. Und ihr selbst natürlich auch. Aber ein gebrochenes Herz war immer noch besser als ein gebrochenes Genick.

7. Die Wanderung

Keuchend stapfte sie den schmalen, steilen Pfad hinauf. Sie musste höllisch aufpassen, wohin sie trat, denn überall lagen Geröll und Steine. Oma Elsa schien das nichts auszumachen. Sie befand sich etwa zehn Meter vor ihr, rammte ihre Wanderstöcke abwechselnd in den Boden und marschierte so schnell bergan, dass Pauline kaum Schritt halten konnte. Gestern hatte ihre Großmutter sie gefragt, ob sie Lust auf eine Wanderung habe. »Das Wetter verspricht, schön zu werden, und ein paar Stunden in der Natur werden uns guttun«, hatte sie gesagt. Pauline hatte gezögert. Sie war ewig nicht mehr gewandert.

»Es wäre eine gute Gelegenheit zu reden, Pauline. Über die Firma und ... wie das alles weitergehen soll.«

»In Ordnung«, hatte sie schließlich erwidert, denn ein Nein hätte Oma Elsa sowieso nicht akzeptiert.

Sie blieb kurz stehen und wischte sich mit dem Ellbogen über die Stirn. Dann ging sie weiter, damit ihre Großmutter nicht noch ganz aus ihrem Sichtfeld verschwand.

»Warte mal kurz!«, rief sie irgendwann.

Oma Elsa stoppte abrupt und wandte sich zu ihr um. »Machst du etwa schon schlapp?« Kopfschüttelnd knotete sie ihr buntes Kopftuch neu.

»Natürlich nicht«, keuchte sie, als sie sie eingeholt hatte. »Aber eine Trinkpause wäre trotzdem nicht schlecht.«

»Na gut.« Oma Elsa ließ ihren Wanderrucksack vom Rücken gleiten und zog eine Wasserflasche daraus hervor.

Sie tat das Gleiche, trank ein paar kräftige Schlucke und nutzte die kleine Pause, um wieder zu Kräften zu kommen. »Schau mal!« Sie deutete auf lilafarbene Glockenblumen am Wegrand.

»Alpenglöckchen«, erklärte Oma Elsa. »Eine Augenweide, nicht wahr?«

Sie nickte. Am liebsten hätte sie ein paar davon gepflückt, um sie später zu Hause in eine Vase zu stellen. Obwohl seit dem Verschwinden ihres Vaters alles unverändert geblieben war, kam ihr die Villa jetzt grau und leer vor.

»Denk gar nicht erst drüber nach«, sagte ihre Oma. »Pflücken verboten. Sie sind geschützt. Oben auf der Alm gibt es übrigens noch jede Menge davon.« Zeit ihres Lebens war sie naturverbunden und eine passionierte Bergwanderin gewesen. Sie kannte hier in der Gegend nahezu jeden Weg und jede Alm – und eben auch vieles, was unterwegs wuchs. Heute hatten sie sich die Kampenwand vorgenommen, einen fast tausendsiebenhundert Meter hohen Berg, dessen gezackter Gipfelgrat an einen Hahnenkamm erinnerte. Eine mehrstündige Wanderung, die zunächst durch ein langes, steiles Waldstück führte, später über saftige Blumenwiesen und, wie Oma Elsa prophezeit hatte, auch durch die eine oder andere Kuhherde. Viele Landwirte hatten bereits mit dem Almauftrieb begonnen und ihre Kühe, Rinder, Schafe und Ziegen auf die Bergwiesen gebracht, wo sie den ganzen Sommer über bleiben würden.

Heute war Sonntag, und sie hätte gerne ausgeschlafen,

doch Oma Elsa hatte darauf bestanden, sich schon früh auf den Weg zu machen, um vor den Touristen und Wochenendausflüglern oben zu sein. Ihre Mutter hatte sich bereit erklärt, auf Ada und Max aufzupassen. Die Ablenkung durch die Kinder würde ihr guttun. Das jedenfalls hoffte Pauline. Seit ihr Vater verschwunden war, kam ihre Mutter manchmal den ganzen Tag nicht aus dem Bett. Pauline konnte es ihr nachfühlen. Sie selbst überkam auch immer wieder eine tiefe Traurigkeit, die sie förmlich lähmte. Doch sie hatte die Kinder und musste funktionieren. »Welchen Grund habe ich, aufzustehen?«, hatte ihre Mutter sie letzte Woche gefragt. Sie hatte ihre Hand gedrückt und »Ganz viele« gemurmelt. Doch es hatte wohl nicht sehr überzeugend geklungen. Es war ja auch schwer, jemandem Trost zu spenden, wenn man selbst untröstlich war.

»Es ist ein schwerer Verlust für uns alle«, hatte Oma Elsa vorhin erklärt. »Und ich frage mich, wie wir das überhaupt aushalten sollen. Ohne ihn. Ohne zu wissen, was ihm passiert ist. Aber wir müssen, Pauline. Wir müssen. Die Welt dreht sich immer weiter. Gnadenlos. Und dann, eines Tages, geht es plötzlich. Dass man es aushält, meine ich. Damals, als dein Opa starb, war es genauso. Irgendwann hat die Sonne plötzlich wieder geschienen. Nicht ganz so hell wie vorher. Aber geschienen hat sie. Und dass ich diese Erfahrung schon einmal gemacht habe, gibt mir Hoffnung.«

Pauline seufzte.

»Wollen wir?«, riss ihre Großmutter sie aus den Gedanken und verstaute ihre Trinkflasche.

Sie nickte. Bald kam der schönste Teil der Wanderung. Der Wald lichtete sich, und im nächsten Moment erblickte man die sanften, grünen Hügel der Alm. Sie hatte sich nie sattsehen können an den üppigen Blumenwiesen und den schneebedeckten Gipfeln, die sich am Horizont in den blauen Himmel reckten. Vielleicht würde dieser Anblick sie ihre Sorgen ein wenig vergessen lassen – für kurze Zeit wenigstens. »Auf geht's«, sagte sie also. »Der Berg ruft.«

Der Weg wurde jetzt ein wenig breiter, so dass sie nebeneinander her gehen konnten. Im gleichen Rhythmus schritten sie bergauf. Sie schnaufte, und sogar ihrer Großmutter schien langsam ein wenig die Puste auszugehen. Es war ein beschwerlicher Abschnitt, weshalb sie kaum sprachen, abgesehen von einem gelegentlichen »Ganz schön anstrengend« oder »Achtung, rutschig«. Sie hing ihren Gedanken nach, und auch Oma Elsa wirkte in sich gekehrt. Es gab so vieles, was sie beide sacken lassen, abwägen und entscheiden mussten.

»Und? Was spukt dir im Kopf herum?«, fragte ihre Oma, als das steilste Stück endlich hinter ihnen lag.

»Wo soll ich anfangen?« Sie keuchte. »Papa. Mama. Die Firma. Der Verkauf ...«

Oma Elsa nickte. »Genau darüber wollte ich mit dir reden.«

Herr Becker hatte inzwischen mit der *Falter KG* Kontakt aufgenommen und herausgefunden, dass dort nach wie vor Interesse bestand, *Feinkost Greiffenberg* käuflich zu erwerben, oder, wie ihre Großmutter sagte, es sich mit Haut und Haar einzuverleiben. Die *Falter KG* war ein international tätiger Lebensmittelkonzern aus Bremen, dessen größter Geschäftsbereich der Nahrungsmittelsektor war. Eine namhafte Feinkostmarke wie die der Greiffenbergs passte perfekt in ihr Portfolio, weshalb man einen guten Preis geboten hatte, den ihre Familie mit ein wenig Verhandlungsgeschick vermutlich sogar noch etwas in die Höhe treiben konnte. Natürlich würde es kein Vermögen werden. Kein Betrag, von dem sie alle bis ans Ende ihrer Tage leben konnten. Aber sie wären auf diese Weise in der Lage, einen großen Teil der Schulden zu tilgen und die Immobilien zu halten. Der Name *Feinkost Greiffenberg* würde als Marke bestehen bleiben, und das war ja auch schon etwas. Klar, *Falter* würde einige Umstrukturierungen vornehmen, und das schloss leider unter anderem den Abbau von Personal ein. Aber alles sozialverträglich und nur soweit wie unbedingt nötig, hatte das Management versichert. Im Grunde klang es nach einem perfekten Deal. Aus ihrer Sicht war die Kaufabsicht des Bremer Konzerns ein Glücksfall, zumal sie ja sowieso ein Nachwuchsproblem hatten. Weder Ferdinand noch sie hatten echtes Interesse, die Firma zu leiten. Natürlich, es wäre nicht im Sinne ihres Vaters gewesen, das Unternehmen abzustoßen, doch mit der Nachricht über den verheerenden Zustand von *Feinkost Greiffenberg* hatten sich die Vorzeichen für sie als seine Nachfolger geändert. Jetzt mussten sie, bei aller Trauer, schauen, wo sie blieben; es galt, den wirtschaftlichen Schaden zu begrenzen und das Bestmögliche für die Familie herauszuholen. Durch die Veräußerung würden sie einigermaßen glimpflich davonkommen. Und vor allem geräuschlos. Verkauf mangels Nachfolge – das passierte alteingesessenen Familienunternehmen ständig und war nicht der Rede wert. Dass die Firma kurz vor der Pleite gestanden hatte, würde man nicht an die große Glocke hängen müssen. Sie hatten schließlich einen Ruf zu verlieren. Es passte also vieles, und so schwer ein Verkauf emotional zu verkraften war: Im Prinzip waren sich alle einig, dass es das Beste wäre. Alle, außer Oma Elsa. Sie sträubte sich dagegen wie ein hungriger Hund, dem man seinen Knochen entreißen will. »*Feinkost Greiffenberg* gehört zu unserer Familie wie der Chiemsee zu Prien«, hatte sie schon mehrmals gesagt und auf ihre Urgroßeltern verwiesen, die das Unternehmen vor über hundert Jahren aus dem Nichts gegründet hatten. Gestern beim Abendessen hatte sie sogar theatralisch verkündet, eher lasse sie sich ein Bein abhacken, als dass sie einwillige, die Firma zu verkaufen, und dann war sie hinausgerauscht und hatte sich bis zum Frühstück nicht mehr blicken lassen. Oma Elsa besaß zwar bei *Feinkost Greiffenberg* keinerlei offizielles Stimmrecht mehr, doch ihre Worte hatten trotzdem Gewicht. Sie zu übergehen, war absolut undenkbar.

»Das ist *die* Gelegenheit«, hatte Ferdinand gestern gesagt, als sie ihm am Telefon von der bevorstehenden Wanderung erzählt hatte. »Was immer Oma mit dir besprechen will, du musst sie davon überzeugen, dass ein Verkauf das Beste für uns alle ist.«

Es war kein Geheimnis, dass sie Oma Elsas Lieblingsenkelkind war und somit vermutlich die Einzige, auf deren Meinung die alte Dame vielleicht noch etwas gab.

»Ich weiß, du bist dagegen, zu verkaufen, Oma«, sagte sie jetzt. Sie hatte sich im Vorfeld Sätze zurechtgelegt. Erst Verständnis zeigen für Oma Elsas Position, dann die ersonnenen Argumente vorbringen. Sachlich und nüchtern. Damit schließen, dass sie wünschte, es gäbe eine andere Lösung, man aber das Wohl der Familie im Blick haben und deshalb diese schmerzliche Entscheidung treffen müsse. Es hatte alles schlüssig geklungen, als sie das Gespräch heute Nacht im Bett noch einmal durchgespielt hatte, doch jetzt machte Oma Elsa ihr einen Strich durch die Rechnung.

»Was ist da eigentlich los mit dir und Sebastian?«, fragte sie unvermittelt.

Pauline schluckte. Darauf war sie nicht vorbereitet.

Ihre Großmutter drosselte ihr Tempo. »Schau mich mal an, mein Kind.«

Sie spürte, dass sie rot wurde wie ein Schulmädchen. »Was meinst du, Oma? Was … hat das denn jetzt mit der Firma zu tun?«

»Nun ja. Einiges.«

»Hmmm … wenn du meinst. Jedenfalls … jedenfalls ist alles okay mit Sebastian«, log sie.

Oma Elsa zog eine Augenbraue hoch. »Sicher?«

Offenbar hatte sie nicht sehr überzeugend geklungen. »Ja. Absolut sicher. Alles bestens. Klar, ab und zu ist es schon etwas … anstrengend mit ihm. Wie in jeder Ehe. Du weißt ja, wie das ist.« Sie machte eine wegwerfende Handbewegung. »Männer halt …«

Oma Elsa seufzte. »Es geht mich nichts an, Pauline, aber ich mache mir Sorgen. Du hast dich verändert, seit es ihn gibt.«

»Quatsch, Oma. Ich bin einfach nur älter geworden. Und Mutter. Jeder verändert sich, wenn die Lebensumstände andere werden. Das hat doch nichts mit Sebastian zu tun. Oder jedenfalls nur wenig«, fügte sie hinzu. Es klang gut, was sie da sagte, fand sie. Im Runterspielen war sie eine Meisterin. »Manchmal, da … na ja, da engt er mich schon ein wenig ein. Er ist eben ein besitzergreifender Typ. Eifersüchtig und so. Aber darauf habe ich mich eingestellt. Alles gut.«

»Du hattest doch immer deinen eigenen Kopf, Kind.« Oma Elsa ging jetzt wieder schneller. »Wo ist der denn eigentlich hin?«

Den Finger in die Wunde legen, mitten rein, darin war *sie* eine Meisterin, das musste man ihrer Oma lassen. Pauline zuckte mit den Schultern und hatte plötzlich einen Kloß im Hals. Sie schwieg und versuchte, Schritt zu halten.

»Ich vermisse das kleine, wilde Mädchen, das nie genug von allem kriegen konnte. Mutig war sie, hat uns andere in die Tasche gesteckt, ist immer vorangegangen, auf den Berg, ins Wasser oder dabei, der armen Oma einen Streich zu spielen.« Ihre Großmutter lächelte. »Ein Sack Flöhe war nichts dagegen.« Sie wurde wieder ernst. »Und nun? Wo ist dieser fröhliche Wirbelwind geblieben?«

»Oma, ich bin jetzt erwachsen.«

»Ein bisschen zu erwachsen für meinen Geschmack. Weißt du, was ich denke?«

Sie schüttelte den Kopf.

»Sebastian tut dir nicht gut.«

Sie seufzte. Oma Elsa konnte man wahrlich nichts vormachen. Aber was sollte sie tun? Sie hatte ihn nun mal geheiratet, und er war der Vater ihrer Kinder.

Allmählich lichtete sich der Wald. Ein paar Sonnenstrahlen drängten durch die Äste der Bäume und wärmten ihre rechte Wange.

»Ich gebe zu, dass ich mich manchmal klein neben ihm fühle.« Eigentlich hatte sie schnellstmöglich das Thema wechseln wollen, doch es war ihr einfach herausgerutscht.

»Wieso?«, wollte Oma Elsa wissen.

Sie dachte an seinen letzten Anruf. »Weil er … aggressiv ist«, gab sie zögerlich zu. »Streitsüchtig. Manchmal jedenfalls. Und dann wieder nicht. Ein Auf und Ab. Du weißt schon.«

»Er behandelt dich schlecht.«

»Na ja … manchmal«, sagte sie leise.

»Und die Kinder?«

»Er kümmert sich nicht viel.«

»Würdest du sagen, dass er ein guter Vater ist?«

»Na ja, was heißt guter Vater? Ja, schon. Klar, es kommt auch mal vor, dass er die Beherrschung verliert. Dann schimpft er und schreit rum.«

»Und dabei bleibt's?«

Sie nickte. »Ja. Ihnen gegenüber schon.« Sie biss sich auf die Lippe.

»Was heißt das?«

»Nichts. Er ...«

»Ich bringe ihn um!«, stieß ihre Großmutter hervor.

»Nein, Oma. So schlimm ist es nicht. Wirklich nicht. Er ist aufbrausend, ja. Aber ... er ist eben auch nur ein Mensch.«

Sie traten aus dem Wald. Jetzt schien die Sonne auf sie herab, hell und wohltuend. Dennoch schafften ihre Strahlen es nicht, die dunklen Gedanken aus Paulines Kopf zu verdrängen. Die Erinnerung an ihren letzten Hochzeitstag holte sie wieder ein. An das, was Sebastian getan hatte in jener Nacht. Ja, er war auch nur ein Mensch. Aber einer, dem das Menschliche zuweilen abhandenkam.

Sie gingen noch ein Stück über Geröll und Steine bergan, und dann waren sie da. Vor ihnen erstreckten sich saftig grüne Wiesen voller Margeriten und Akeleien. Hier und da grasten braun-weiß gefleckte Kühe, andere lagen im Gras und käuten wieder. Ab und zu, wenn eine von ihnen den Kopf hob, läutete die Glocke, die sie um den Hals trug. Pauline legte eine Hand über die Augen und blickte in die Ferne. Weiter hinten waren Ziegen zu sehen, die einen felsigen Hang hinaufkletterten und nach Kräutern suchten.

Sie stapften den sanften Hügel hinauf, auf einem Pfad, der mitten durch das saftige Grün führte.

»Wie bei Heidi«, murmelte sie und umrundete eine Kuh.

Unwillkürlich musste sie an Beckers Kuh auf dem Eis denken, und sie seufzte tief. »Am liebsten würde ich mit ihr tauschen.«

»Mit Heidi?«

»Nein, mit der Kuh. Den ganzen Tag nur grasen und wiederkäuen. Sonst nichts. Keine Geldsorgen. Keine Firmenpleite. Kein … Ehemann. Einfach nur … futtern.«

Oma Elsa lachte. Dann wurde sie wieder ernst. »Wie schlimm ist es wirklich mit Sebastian?«

Sie schwieg.

»Pauline?«

»Wie gesagt, wir kommen klar. Irgendwie.«

»Bevor du dich in eine Kuh verwandelst, könntest du ihn verlassen, Liebes.«

Sie liefen weiter. Schweigend. Von weitem sah man schon die kleine Almhütte. Dort wollten sie gleich einkehren.

Ihn verlassen. Natürlich hatte sie schon darüber nachgedacht. Mehr als einmal. Und es dann immer wieder verworfen. Weil er plötzlich doch wieder so charmant und aufmerksam gewesen war und sie auf Händen getragen hatte. Aber jetzt, nach der besagten Nacht, war ihr klar geworden, dass es nie aufhören würde. Nur: So einfach war die Sache leider nicht.

»Wovon sollte ich denn leben, Oma?«, fragte sie. »Wenn ich ihn verlasse, meine ich. Ich habe keinen Beruf. Und zwei Kinder, für die ich sorgen muss. Irgendwie … hatte ich mich immer auch auf das Erbe verlassen. Ich wusste ja nicht, dass wir … dass es gar nichts zu erben gibt. Außer Schulden.«

»Das darf kein Grund sein.«

»Ist es aber. Ich bin wirtschaftlich abhängig von ihm. Es ist schlimm, aber eine Tatsache. Und deshalb werde ich mich irgendwie arrangieren müssen. Zumindest, solange die Kinder noch klein sind.«

Inzwischen hatten sie die Almhütte erreicht. Nur wenige Bänke draußen waren besetzt. Sie streiften ihre Rucksäcke ab und zogen die Wanderjacken aus. Die Vormittagssonne entfaltete jetzt so viel Kraft, dass man im T-Shirt sitzen konnte. Pauline holte eine kleine Tube Sonnencreme aus ihrer Jackentasche, und sie rieben sich sorgfältig Arme, Gesicht und Dekolleté damit ein. Der Geruch der Creme vermischte sich mit dem von Bergluft und Kuhdung. Es riecht schon ein wenig nach Sommer, dachte sie. Sie schloss die Augen, atmete tief ein und aus und erinnerte sich wehmütig, dass sie und ihre Geschwister als Kinder auch ein paar Mal mit ihrem Vater hier oben gewesen waren. Er hatte ihnen dann Pommes und Almdudler bestellt, wie immer, wenn sie in den Bergen irgendwo eingekehrt waren.

Heute orderten sie und ihre Großmutter eine Brotzeit und dazu frische Buttermilch. Dann streckten sie Beine und Arme von sich und genossen die Sonne und die Ruhe, die nur ab und zu vom leisen Läuten einer Kuhglocke gestört wurde. Hier oben wogen die Sorgen tatsächlich ein bisschen weniger schwer. Vielleicht war es die Höhenluft oder die perfekte Schönheit der Natur, die einem fast den Atem raubte und das eine oder andere Unschöne für einen Augenblick in den Hintergrund rückte.

»Du hättest einen Beruf, wenn du die Firma retten würdest«, sagte Oma Elsa plötzlich.

»Was?«

»Ich habe nachgedacht. Es ist nicht unmöglich. Was *Falter* kann, kannst du auch. Warum sollten wir unser Familienunternehmen einem fremden Konzern überlassen?«

»Weil der Geld hat? Und wir nicht?«

»Wir brauchen keine Million, um *Feinkost Greiffenberg* wieder auf die Beine zu helfen. Was wir brauchen, ist analytisches Denken. Gute Ideen und ein Gespür für das, was unsere Kunden wollen. Und all das hast du, Pauline. In dir steckt viel mehr als du denkst. Du könntest das schaffen, das weiß ich.«

Sie seufzte. Wie es aussah, hatte sich ihre Großmutter auch gut vorbereitet.

»Oma, ich bin Hausfrau und Mutter. Und ich habe keine Ahnung von Unternehmensführung. Wie soll ausgerechnet ich ein Unternehmen wie *Feinkost Greiffenberg* vor der Pleite retten?«

»Man wächst mit seinen Aufgaben.«

»Nein, Oma. Ich kann das nicht …«

»Denk an die Familie. Denk an deine Kinder. Und denk an deine Unabhängigkeit«, fügte sie leise hinzu.

Die Kellnerin brachte Brotzeit und Getränke. »Lasst es euch schmecken«, sagte sie freundlich. »Ist alles ganz frisch.«

Sie setzte das Glas an und trank die eiskalte Buttermilch in einem Zug. Sie schmeckte köstlich. Oma Elsa deutete auf ihren Mund, und sie wischte sich mit dem Handrücken den Milchbart ab.

Ihre Großmutter biss in das frisch gebackene Brot mit Bergkäse.

Pauline betrachtete schweigend die grasenden Kühe.

»Und vergiss das mit dem Kuhsein, Liebes. Glaub mir, das würde dich auf Dauer langweilen.«

Sie musste lachen.

»Also?«

Sie dachte nach. Die Firma leiten. Unabhängig sein. Vielleicht wäre es wirklich ein Ausweg aus ihrer misslichen Lage. Doch natürlich nur dann, wenn sie es tatsächlich schaffte, *Feinkost Greiffenberg* in die Gewinnzone zu bringen. Wobei sie leider überhaupt keine Ahnung hatte, wie das gehen sollte. Und ob es überhaupt gelingen konnte. In jedem Fall wäre es eine Mammutaufgabe, so viel stand fest.

»Es wäre der Wille deines Vaters gewesen, Pauline.« Ihre Großmutter ließ nicht locker.

»Aber … er hat es mir doch gar nicht zugetraut.«

»Doch. Das hat er. Sonst hätte er dich wohl kaum als Bevollmächtigte eingesetzt.« Langsam schüttelte Oma Elsa den Kopf. »Ich kann immer noch nicht fassen, dass er es so weit hat kommen lassen. Und dass er nie etwas gesagt hat.«

»Ich glaube, er wollte dich nicht enttäuschen, Oma. Uns alle nicht. Und er hat vielleicht noch immer gehofft, dass er es irgendwie wieder hinkriegt.«

»Ja. Da könntest du recht haben.« Sie blickte nachdenklich in die Ferne. »Weißt du, am Ende waren es immer wir Greiffenberg-Frauen, die den Karren aus dem Dreck gezogen haben, wenn es brenzlig wurde. Nach dem Krieg zum Beispiel. Oder als dein Großvater starb. Und jetzt … jetzt wird es wieder so sein.«

Pauline spürte, dass ihre Handinnenflächen feucht wurden. Noch eine Bürde. Und was für eine! Wie sollte sie das denn alles tragen?

»Tu es für die Familie, Pauline. Tu es für uns.«

»Aber Sebastian …« Sie schluckte. Er würde toben. Ausrasten. Allein der Gedanke löste Panik in ihr aus.

»Schmeiß dein Leben nicht weg, mein Kind. Verschwende es nicht an diesen Kerl.« Oma Elsas Stimme klang eindringlich. »Die Firma, das ist deine Chance. Wenn du die Geschäftsführung übernimmst, ist das für alle gut. Für deine Kinder. Für unsere ganze Familie. Und für dich.«

Sie presste ihre Lippen aufeinander und sah zur Kampenwand hinauf. Plötzlich kamen ihr die Tränen.

Ihre Großmutter griff nach ihrer Hand und drückte sie fest. Auch ihre Augen waren feucht geworden. »Ich weiß, es ist viel verlangt.«

»Und …« Paulines Stimme brach.

»Ja?«

»Was … ist mit Ferdinand? Er ist auch Bevollmächtigter.«

»Ich weiß. Überlass das mir.« Ihre Großmutter ließ ihre Hand wieder los und blickte sie unverwandt an.

»Ich … muss darüber nachdenken, Oma.«

»Natürlich. Versprichst du es mir? Dass du das tust?«

»Ja. Ja, das verspreche ich dir. Ich werde versuchen, mir ein Bild zu machen. Woran es liegt, und was man tun könnte, um die Firma zu retten.«

»Gut«, sagte Oma Elsa und biss noch einmal in ihr Butterbrot. »Das ist meine Enkelin!«

»Es ist noch lange kein Ja«, entgegnete sie.

»Muh«, sagte ihre Großmutter, stieß ihr volles Glas Buttermilch gegen Paulines leeres und trank es gierig aus.

Irgendwann wanderten sie weiter. Oma Elsa hatte das Gipfelkreuz der Kampenwand als Ziel ausgewählt. Sie redeten nicht viel, während sie das felsige Stück hinaufkraxelten. Der alte bayerische Schüttelreim kam ihr in den Sinn: *I gangat gern auf d' Kampenwand, wann i mit meiner Wamp'n kannt*. Zu Hochdeutsch: Ich ginge gerne auf die Kampenwand, wenn ich es mit meiner Wampe könnte. Eine Wampe hatte sie zwar nicht, aber sie war ziemlich untrainiert. Wandern war

Hochleistungssport. Jedenfalls, wenn man mit Oma Elsa unterwegs war. Als sie endlich oben ankamen, lief ihr der Schweiß von den Schläfen, und ihre Oberschenkelmuskulatur brannte wie Feuer. Doch die Anstrengung war es wert gewesen: Sie wurden mit einem atemberaubenden Blick auf den Chiemsee belohnt. Erschöpft, aber stolz, es bis ganz hinauf geschafft zu haben, setzte sie sich neben Oma Elsa auf einen Felsbrocken am Fuße des Gipfelkreuzes und genoss die Aussicht. Langsam bekam sie wieder Luft.

»Fühlt sich toll an, ganz oben zu sein, oder?« Ihre Oma blickte in die Ferne.

Sie nickte. »Ja. Irgendwie … erhaben.«

»Merk dir das Gefühl. Und wenn dich das nächste Mal jemand kleinmachen möchte, dann schließt du die Augen und rufst es dir ins Gedächtnis.«

»Mach ich«, versprach sie und sog die kühle Bergluft ein.

Obwohl ihre Großmutter und sie sich an der Aussicht nicht sattsehen konnten, machten sie sich bald an den Abstieg. Die Zeit drängte, denn der Rückweg war weit. Sie wählten dafür eine andere Route als die, auf der sie gekommen waren. Irgendwann rückte wieder eine kleine Almhütte in ihr Blickfeld. »Ob es dort auch Buttermilch gibt?«, fragte sie hoffnungsvoll. Sie war durstig, und ihre Wasserflasche hatte sie bereits bis auf den letzten Tropfen geleert.

Oma Elsa schüttelte den Kopf. »Das ist eine private Hütte. Keine Gastwirtschaft.«

»Weißt du, wem sie gehört?«

»Den Hertzingers. Schau, sie haben ihr Vieh auch schon hier heraufgetrieben.« Sie deutete auf ein paar Kühe und Ziegen.

»Hertzinger? Leopold Hertzinger?«

»Genau der. Schau mal, sieht so aus, als wäre er sogar da.«

Sie sah einen Mann, der auf einer Leiter stand und sich am Vordach der Hütte zu schaffen machte.

»Grüß Gott, Leopold«, rief Oma Elsa ihm zu, als sie näherkamen.

Überrascht drehte er sich zu ihnen um und stieg von der Leiter. Pauline kniff die Augen zusammen, erkannte ihn jedoch erst auf den zweiten Blick. Sie waren in einer Jahrgangsstufe gewesen, damals am Priener Gymnasium. Viel miteinander zu tun gehabt hatten sie allerdings nie.

Er nickte Oma Elsa zu. »Grüß Gott, Frau von Greiffenberg«, murmelte er und sah dann sie an. »Ah, hi.« Ein Lächeln huschte über sein Gesicht. »Lange nicht gesehen.«

»Stimmt. Wie geht's?«

Er zuckte mit den Schultern. »Gut.« Dann wurde seine Miene ernst. »Mein … Beileid noch«, sagte er etwas unbeholfen. »Tut mir echt leid, das mit … Herrn von Greiffenberg.«

»Danke«, erwiderte sie.

Oma Elsa nickte stumm.

»Was … verschafft mir denn die Ehre? Kann ich etwas für euch tun?«

»Nein, wir sind nur zufällig …«, begann sie.

»Hast du Buttermilch da?«, fragte Oma Elsa unvermittelt.

Er schüttelte den Kopf. »Tut mir leid.«

»Macht nichts«, sagte Pauline.

»Vielleicht ein Schluck Wasser?«, fragte er.

In diesem Moment öffnete sich die alte Holztür der Hütte, und eine zierliche junge Frau trat heraus – mit braunem Wuschelkopf, Sommersprossen und einem riesigen Lächeln im Gesicht. Sie trug Jeansshorts, ein kariertes Hemd und knallgelbe Gummistiefel, die eher nach Nordsee aussahen als nach Alpen. Fröhlich winkte sie ihnen zu, als wären sie alte Freunde, und kam dann mit großen Schritten auf sie zu gestapft.

»Hi, ich bin die Christina«, stellte sie sich mit in den Hosentaschen vergrabenen Händen vor. »Ich mach hier heuer die Sennerin.« Sie deutete mit dem Kinn auf Leopold. »Wir sind vorhin erst hochgekommen, der Leo und ich. Ich bleibe den ganzen Sommer hier oben und kümmere mich um das Vieh.«

»Ganz allein?« Pauline sah sie ungläubig an.

Einen Sommer auf einer Alm zu verbringen, war gerade ziemlich angesagt. Oft suchten Städter auf diese Weise Entschleunigung – oder sich selbst. Doch meist war man zu mehreren auf einer Hütte und wechselte sich mit den anfallenden Aufgaben ab.

»Na ja, ich bin nicht *ganz* allein«, erklärte Christina und deutete lachend auf die grasenden Tiere. »Ich hab ja die da um mich rum.«

»Auch wieder wahr. Aber einen ganzen Sommer nur mit Kühen und Ziegen. Wird das nicht langweilig?«, fragte sie.

»Langweilig?« Christina lachte. »Nee. Das jetzt echt nicht. Ich hab hier jede Menge zu tun, das könnt ihr mir glauben. Hüten, melken, käsen, füttern …«

»Und wo kommen Sie her?«, wollte Oma Elsa wissen.

»Aus Übersee. Das im Chiemgau, nicht Amerika, ist ja klar. Ich studiere normalerweise. Beziehungsweise: hab studiert. Jetzt muss ich mich erstmal neu finden. Was hier oben gut funktioniert. Zeit zum Nachdenken habe ich jedenfalls.« Sie lachte. »Entschuldigt, dass ich so viel quatsche, aber ich nutze das heute noch schnell. Also, dass ich Gesprächspartner hab. Ab heute Abend kann ich ja höchstens noch die Kühe volltexten. Die sind zwar gute Zuhörer, aber sie antworten halt nie.« Sie zuckte lachend mit den Schultern. »Habt ihr Durst? Mögt ihr was trinken?«

Oma Elsa zog ihre rechte Augenbraue hoch, und Pauline musste grinsen. Ab tausend Meter wird geduzt. Das war eine alte Regel. Aber erstens bezweifelte sie, dass sie hier noch hoch genug waren, und zweitens galten ungeschriebene Gesetze dieser Art gemeinhin nicht für eine Elsa von Greiffenberg. Aber das konnte Christina natürlich nicht wissen.

»Frisch gemolkene Milch kann ich euch nicht anbieten«, erklärte sie. »Die gibt's hier erst ab heute Abend. Aber eiskaltes Quellwasser ist immer da. Megalecker!« Sie deutete auf einen steinernen Trog mit kupfernem Hahn, aus dem Wasser lief. »Also? Wollt ihr?«

Leopold schien es die Sprache verschlagen zu haben. Er stand wie festgefroren da und sagte keinen Ton.

»Ich hol schnell Becher.« Christina joggte in die kleine Almhütte, die sie für die nächsten Monate also ihr Zuhause nennen würde, und kam wenig später mit vier angeschlagenen Emailletassen zurück. Sie drückte jedem eine in die Hand. »Bedient euch«, sagte sie, besann sich dann jedoch eines Besseren und nahm ihnen die Becher wieder ab. Sie lief zum Trog, füllte sie nacheinander unter dem plätschernden Wasserhahn und balancierte sie auf ihren Händen zu ihnen zurück. »Wie heißt ihr eigentlich?«, fragte sie und verteilte die Tassen. »Ich glaub, ich hab euch noch gar nicht gefragt.«

Pauline sagte ihren Namen. Sie war spontan begeistert von diesem plappernden Wirbelwind.

»Und du?« Mit Unschuldsmiene wandte sich Christina an Oma Elsa.

Die sog hörbar die Luft ein. »Von Greiffenberg«, antwortete sie, schien dann jedoch nachzudenken und korrigierte sich im nächsten Moment: »Ich heiße Elsa.«

Pauline lächelte in sich hinein. Es geschahen noch Zeichen und Wunder.

Sie tranken ihre Becher in einem Zug leer, und sie stellte fest, dass das eiskalte Quellwasser beinahe genauso gut schmeckte wie die frische Buttermilch vorhin.

»Komm, ich schenk dir nach«, sagte Christina.

»Ich mach das«, meldete sich Leopold zu Wort und nahm Pauline den Becher aus der Hand. Offenbar war er aus seiner Erstarrung erwacht.

»Muh«, ertönte es hinter ihm, doch dieses Mal war es nicht Oma Elsa, sondern ein kleines, braunes Kälbchen, das ihn mit dem Kopf anstupste.

Leopold beugte sich hinunter und zog ihm sanft am Ohr. »Hey, wo hast du deine Mutter gelassen?« Dann wandte er sich wieder an sie und ihre Oma. »Wo wir gerade beim Vorstellen sind: Das ist Lilly. Vier Wochen alt. Ups …« Leopold machte einen Satz nach vorne und wäre fast zu Boden gegangen. Erschrocken drehte er sich um. »He!«, rief er der Kuh zu, die ihn geschubst hatte und ihn nun mit großen, unschuldigen Augen ansah. »Das ist Lisa. Lillys Mutter«, erklärte er. »Für sie ist es das erste Mal.«

»Was? Schubsen?«, fragte Pauline verständnislos.

»Nein. Dass ihr Kälbchen den ganzen Sommer über bei ihr bleiben darf.«

»Und das durften ihre Kinder vorher nicht?«

»Nein, die Kälber werden ihren Müttern eigentlich direkt nach der Geburt weggenommen, damit sie die Milch nicht wegtrinken.«

»Wie gemein«, entfuhr es ihr.

»Jepp«, bestätigte Leopold. »Es ist herzzerreißend. Die Kühe suchen ihre Neugeborenen manchmal tagelang und rufen nach ihnen. Richtig verzweifelt.«

»Das ist ja furchtbar.« Kurz dachte sie daran, wie es wäre, wenn man ihr die Zwillinge wegnehmen würde. Absolut unvorstellbar.

Lisa fuhr sanft mit der Zunge über Lillys Gesicht.

»Und wie macht ihr es jetzt mit der Milch?«, wollte Oma Elsa wissen und ging sicherheitshalber auf Abstand.

»Für uns bleibt weniger, klar. Aber Lisa geht es besser. Sie ist weniger gestresst, gesünder und hat deshalb eine höhere Lebenserwartung. Und Lilly dann später auch. Somit geht die Rechnung am Ende auf. Zumindest, wenn die Milchpreise fair sind«, murmelte er und strich gedankenverloren über Lisas braun-weißes Fell.

Pauline lächelte. »Ihr seid Freunde, was?«

Leopold grinste. »Klar.«

»Hat sich gemacht, der Hertzinger Leopold, was?«, sagte Oma Elsa später, als sie weiterwanderten. »Findest du nicht?«

»Ja, doch. Hat er.«

»Redet nicht viel, aber packt es an.«

»Was meinst du?«, fragte sie.

»Sein Vater ist auch …« Oma Elsa zögerte einen Augenblick. »… gestorben. Letztes Jahr. Von heute auf morgen. Ein Unfall. Im Schweinestall hat es gebrannt, und er wollte die Tiere retten, was ihm auch gelungen ist. Aber er selbst ist nicht mehr lebend rausgekommen. Schreckliche Geschichte. Muss schlimm gewesen sein für die Familie. Tja. Jetzt hat Leopold den Hof übernommen und krempelt alles um. Im

Sinne von Tierwohl, Nachhaltigkeit und so. Demeterqualität, da will er hinkommen. Bei allem, was er produziert.«

»Woher weißt du das?«

Ihre Großmutter lachte. »Woher ich das weiß? Erstens leben wir in Prien, und Prien ist ein Dorf. Und zweitens gehören die Hertzingers zu unseren Lieferanten. Da bekommt man so was natürlich mit. Das wirst du dann auch feststellen, wenn du die Leitung der Firma übernimmst.«

Sie seufzte. Für Oma Elsa schien es schon ausgemachte Sache zu sein. Für sie ganz und gar nicht.

»Hat mich jedenfalls beeindruckt, der Junge.«

»Wegen der Kälbchen, die nun bei ihrer Mutter bleiben dürfen?«

»Zum Beispiel. Dass sich das wirklich rechnet, bezweifle ich zwar. Aber wenigstens schreckt er vor Herausforderungen nicht zurück. Ich mag solche Menschen.«

»Willst du damit etwas Bestimmtes sagen, Oma?«

»Vielleicht …« Sie legte einen Schritt zu. »Und nun weiter. Die Familie wartet!«

8. *Das Fotoprojekt*

Nachdem sie die Zwillinge zu Bett gebracht hatte, klopfte sie leise an Antonias Zimmertür. Sie wollte ihr ein paar Margeriten bringen, die sie auf dem Rückweg noch gepflückt hatte. Und ihr bei der Gelegenheit von Oma Elsas fixer Idee erzählen, die Firma nicht zu verkaufen, sondern stattdessen sie, Pauline, zwecks Sanierung an die Spitze zu setzen. Sie lauschte. Kein ›Herein‹. Kein ›Moment‹. Kein ›Wer ist da?‹. Vorsichtig öffnete sie die Tür und schlüpfte ins Zimmer. »Antonia?« Sie blickte sich um und stieß einen leisen Pfiff aus. Hier herrschte das blanke Chaos. Unzählige Klamotten lagen auf dem Boden herum. Auf dem Schreibtisch türmten sich neben Büchern und Heften halbfertige Arbeiten aus Ton, Schminkutensilien und benutzte Kaffeetassen. Sie stellte die kleine Vase mit den Blumen auf die Fensterbank und beschloss, direkt wieder zu gehen. Doch dann blieb ihr Blick an den Fotos hängen, die wild verstreut auf dem hellen, flauschigen Teppich lagen. Sie schob ein paar Kleidungsstücke beiseite, kniete sich hin und betrachtete sie näher.

»Du meine Güte«, murmelte sie entsetzt und nahm eines der morbiden Fotos in die Hand. Die tote Taube darauf war schon halb verwest, und sie konnte den Gestank förmlich riechen, der von ihr ausgegangen sein musste. »Uähhh!« Angewidert legte sie das Bild beiseite und versuchte mit aller Macht, sich die Blumenwiese von heute Vormittag ins Gedächtnis zu rufen. Sie nahm ein weiteres Bild in die Hand. Irgendwie konnte sie nicht anders. Ein Kaninchen. Alle viere von sich gestreckt. Mausetot. Diese Bilderserie war wie ein Unfall. Man konnte nicht hinsehen, aber auch nicht weg. Dass ihre kleine Schwester ein Faible für merkwürdige Motive hatte, war nichts Neues. Pauline erinnerte sich lebhaft an die denkwürdige Tankstellenserie. Niemand hatte damals verstanden, was an Zapfsäulen so spannend war, dass man gleich fünfzig davon ablichten, rahmen und die Wände des ganzen Zimmers damit zupflastern musste, aber Antonia hatte darin wohl irgendeinen tieferen Sinn gesehen, der dem Rest der Familie verborgen geblieben war. Sehr gelungen hatte Pauline hingegen die erst kürzlich vollendete Nautikreihe in Schwarz-Weiß gefunden, mit alten Tauen, Fischernetzen, Ankern und Kompassen. Das, was hier vor ihr auf dem Teppich lag, war nun zweifellos ein neues Level. Ihr Blick glitt noch einmal über die Fotografien, die Antonia kürzlich in ihrer kleinen, selbstgebauten Dunkelkammer auf dem Dachboden entwickelt haben musste. Eine zerquetschte Spinne. Ein Rabe ohne Kopf. Auf der Wasseroberfläche dümpelnde Fischleichen. Der gemeinsame Nenner war schnell erfasst. Der Tod hatte viele Gesichter.

Ächzend stand sie auf, die lange Wanderung noch in den Knochen. Sie hatte genug gesehen. Was ging nur in ihrer kleinen Schwester vor? Nach außen hin wirkte sie cool und tough. Pauline hatte sie nach dem Tod ihres geliebten Vaters bisher noch keine einzige Träne vergießen sehen, obwohl die beiden ein so enges Verhältnis gehabt hatten. Es hätte sie stutzig machen müssen, doch sie war mit ihrem eigenen Schmerz beschäftigt gewesen, und mit der Zukunft des Familienunternehmens. So wie alle anderen auch. Niemand hatte sich um das Nesthäkchen gekümmert. Niemand hatte sich offenbar gefragt, wie es um ihr Seelenheil bestellt war. Nicht gut, das wurde ihr schlagartig klar. Antonia war ja praktisch noch ein Kind. Und die Fotos sprachen Bände.

Antonia starrte auf das spiegelglatte schwarze Wasser und fuhr sich mit den Fingern durch das kurzgeschnittene, platinblonde Haar. Sie hatte keine Ahnung, wie lange sie hier schon saß, ganz nah am Ufer, im kühlen Gras. Sie trug nur Shorts und T-Shirt, weshalb sie fror, doch das kümmerte sie nicht. Wie musste erst ihr Vater gefroren haben, als er in den aufgepeitschten Fluten des Sees ertrank? Sich vorzustellen, wie er über Bord gegangen war, verzweifelt um sein Leben gekämpft hatte, war furchtbar. Genauso der Gedanke, dass er nun irgendwo am Grund des Chiemsees lag, im eiskalten Wasser. Ihr traten schon wieder Tränen in die Augen. Was hatte sie nur geritten? Sie würde alles dafür tun, es rückgängig zu machen. Sie vermisste ihn so sehr, dass ihr ganzer Körper schmerzte, und der Gedanke, dass er ihr nie wieder mit dem Finger auf die Nase stupsen würde, war beinahe unerträglich. »Hey, mein kleiner Fratz«, hatte er dann immer gesagt. »Wie war dein Tag?«

»Beschissen«, hatte sie nicht selten geantwortet. Er hatte sie in den Arm genommen und ihr einen Kuss auf die Stirn gedrückt. »Erzähl mal, mein Engel.« Und sie hatte erzählt. Alles, was sie bedrückte und bewegte. Und vieles andere. Sie war immer ein Papa-Kind gewesen. Oft hatte er sie mit zum Segeln genommen, oder sie waren am Abend zusammen ins Dorf spaziert, um sich ein Eis zu holen. Dann hatte sie ihm von der Schule berichtet, von ihren Fotoprojekten und ihm sogar das mit Hendrik erzählt. Sie umfasste ihre Knie und weinte leise in sich hinein. Ihr fiel der Anruf ihres Vaters ein. Das Letzte, was sie miteinander gesprochen hatten. Und dann weinte sie noch mehr und konnte gar nicht mehr aufhören.

»Hey, Toni«, sagte da plötzlich jemand. Erschrocken fuhr sie herum. Sie hatte Pauline nicht kommen hören.

»Was willst du?«, fragte sie ungehalten und schniefte. Sie hatte keine Lust auf Gesellschaft. Sie wollte allein sein mit sich, ihrer Trauer und den lähmenden Schuldgefühlen, die sie überfielen, wo immer sie war und was immer sie tat.

»Ich muss was mit dir besprechen«, sagte Pauline leise und setzte sich neben sie.

»Lass mich!« Sie kramte ein Taschentuch aus ihrer Hosentasche und schnäuzte sich. »Geh bitte!« Es war ihr unangenehm, dass ihre Schwester sie weinen sah.

Pauline zog die knöchellange Strickjacke aus, legte sie um ihre Schultern und ließ sich neben ihr ins Gras sinken. »Du holst dir noch den Tod«, sagte sie und biss sich auf die Lippen. »Ich meine, dir muss doch kalt sein …«

»Mir ist nicht kalt«, log sie, aber dann kuschelte sie sich doch in die weiche Jacke, die nach Pauline roch.

»Ich hab deine Fotos gesehen. Die … mit den toten Tieren«, begann ihre Schwester.

»Wieso gehst du in mein Zimmer?«, zischte sie.

»Ich hab dich gesucht.«

Sie schwieg einen Moment. »Und, wie findest du sie?«

»Na ja … gruselig.«

Sie nickte. Gruselig also. Mehr sah Pauline nicht darin. Gut.

»Es ist wegen Papa, stimmt's?«

Sie seufzte und blickte aufs Wasser. Der Mond spiegelte sich darin, und ein paar kleine Wellen rollten an den Strand. Es plätscherte leise.

»Ich vermisse ihn auch sehr.«

»Ach ja?«, erwiderte sie schnippisch, froh, dass ihre Tränen versiegt waren.

»Und wie«, sagte Pauline. »Er fehlt mir an allen Ecken und Enden. Ständig denke ich, ich muss ihn anrufen. Ihn fragen, was er von diesem oder jenem hält, und dann fällt mir ein, dass er ja … dass er ja gar nicht mehr erreichbar ist.« Ihre Stimme brach.

»Geht mir genauso«, murmelte sie.

»Für dich muss es noch schlimmer sein«, sagte Pauline leise. »Ihr habt noch unter einem Dach gelebt. Und du bist noch ein Kind.«

Sie warf ihr einen Seitenblick zu.

»Na ja, fast jedenfalls. Es muss … sehr schwer für dich sein.«

Sie spürte, dass Pauline ihre warme Hand auf ihren Rücken legte, und sie widerstand dem Reflex, sie wegzuschieben. Sie musste zugeben, dass es ihr guttat, jemanden neben sich zu haben, der das Gleiche empfand wie sie. So gut, dass sie sogar etwas näher an ihre Schwester heranrückte. »Wir … wir konnten uns nicht einmal verabschieden«, sagte sie leise. »Er hat mich angerufen, weißt du?«

»An dem Tag, als er ertrunken ist?«

Sie nickte. Sie hatte es noch niemandem erzählt. Warum,

wusste sie selbst nicht. Sie hatte es einfach für sich behalten wollen. »Am Nachmittag, kurz bevor er losgesegelt ist, hat er auf meinem Handy angerufen. Das hat er oft gemacht. Wenn er im Auto saß oder ihm langweilig war, hat er meine Nummer gewählt, um ein bisschen mit mir zu quatschen.«

»Ihr wart sehr eng, du und Papa.«

»Für mich war er nicht nur ein Vater, sondern auch so was wie … ein guter Freund. Aber an dem Nachmittag, als er mich angerufen hat, da war ich gerade bei … einem Klassenkameraden. Hendrik. ›Ich kann jetzt nicht, Papa‹, hab ich in den Hörer gerufen. Und: ›Ich meld mich später.‹« Sie schluckte. »›Alles klar. Bis nachher. Ich hab dich lieb, mein Engel!‹, hat er geantwortet. Wenn ich doch nur gewusst hätte, dass es ein Nachher nie geben würde. Dass es das letzte Mal war, dass ich seine Stimme gehört hab. Dann hätte ich Hendrik Hendrik sein lassen und mit ihm geredet. Solange wie möglich, und zum Abschied ›Ich hab dich auch lieb‹ gesagt.« Jetzt kamen ihr doch wieder die Tränen. »Aber vor Hendrik war es mir peinlich, so was zu meinem Vater zu sagen. Also hab ich nur ›Bis dann‹ gesagt und einfach aufgelegt.« Sie schniefte. »›Bis dann‹, das war das Letzte, was Papa von mir gehört hat.«

Pauline drückte sie an sich. »Er wusste auch so, wie sehr du ihn geliebt hast, Toni. Ganz bestimmt wusste er das.«

Sie saßen eine ganze Weile da und blickten schweigend in den sternenklaren Himmel. »Glaubst du, er ist jetzt irgendwo da oben?«

Pauline zuckte mit den Schultern. »Wer weiß? Ich stelle es mir jedenfalls vor. Dass er auf uns herabschaut und denkt, ich hab tolle Kinder.«

Sie nickte. »Ja. So stelle ich es mir auch vor. Dass er noch da ist und uns sieht. Von irgendwo da oben.«

»Das Verrückte am Leben ist, dass es einfach weitergeht«, sagte Pauline. »Papa ist plötzlich weg und hat alle Freude mitgenommen. Und doch geht die Sonne jeden Morgen auf und jeden Abend unter. Und irgendwann wird es uns wieder besser gehen.«

»Ja«, sagte sie, auch wenn sie es bezweifelte. Sie hatte etwas getan, das sie sich nie verzeihen würde. Nicht in diesem Leben.

»Wir werden Papa nie vergessen, aber wir müssen nach vorne blicken, Toni.«

»Ich weiß.«

»Willst du wissen, wie unsere Wanderung heute war?«

»Ja.«

»Schön«, sagte Pauline. »Ich hab dir Blumen mitgebracht. Aber … Oma will, dass ich die Firma rette.«

»Hmmm …«

»Das ist doch Wahnsinn. Ich kann das nicht.«

Natürlich ist es Wahnsinn, dachte Antonia. Aber das ganze Leben ist doch irgendwie Wahnsinn. »Papa hat es so gewollt«, sagte sie leise. »Schon deshalb musst du es versuchen, Pauline. Und du kannst es schaffen. Du kannst alles schaffen! Auch wahnsinnige Sachen.«

9. Nacht der Entscheidung

Es war schon nach Mitternacht, als Pauline zu Bett ging. Doch trotz der späten Stunde und der anstrengenden Wanderung wollte der Schlaf nicht kommen. Sie wälzte sich von einer Seite auf die andere und grübelte. Der Tod ihres Vaters hatte alles verändert und würde ihr Leben in eine neue Richtung lenken, wenn sie es zuließ. Sollte sie versuchen, das Familienunternehmen zu retten? Die Entscheidung musste wohlüberlegt sein, denn sie betraf nicht nur sie, sondern auch ihre kleine Familie. Die Stunden vergingen. Die Gedanken kreisten. Sie wog Für und Wider ab, fertigte im Geiste Pro-und-Contra-Listen an und spielte gedanklich jede Möglichkeit bis zum Ende durch. Es war kurz nach vier, als sie plötzlich klarsah. An Schlaf war nun endgültig nicht mehr zu denken. Sie stand auf, schlüpfte in ihren Morgenmantel und schlich hinunter in die Küche. Kurz überlegte sie, das Deckenlicht anzuknipsen, entschied sich dann aber dagegen. Sie nahm die Taschenlampe ihres Smartphones zu Hilfe, als sie sich ein Glas aus dem Schrank holte und es mit Leitungswasser füllte. Plötzlich hörte sie ein Motorengeräusch. Sekunden später knirschte der Kies vor dem Haus, und grelle Scheinwerfer warfen ihr Licht durch das Küchenfenster. Wer kam denn zu so später Stunde noch zu Besuch? Merkwürdigerweise war ihr erster Gedanke, dass es ihr Vater war. Doch nicht ertrunken, sondern aus irgendeinem triftigen Grund einige Zeit untergetaucht und nun wieder da. Mit dem Taxi vielleicht und einem kleinen Rollkoffer. Solche Geschichten gab es doch immer wieder. Sie trat ans Fenster und blickte hinaus. »Verdammt«, flüsterte sie. Ihr Herz begann zu rasen, und ein leichter Schwindel erfasste sie. Sicherheitshalber hielt sie sich an der Fensterbank fest. Es war kein Taxi, dessen Motor nun abgeschaltet wurde. Und es war auch nicht ihr Vater, der aus dem Auto stieg. Es war niemand anders als Sebastian. Früher zurück als erwartet. Dass er mitten in der Nacht hier in Prien aufkreuzte, wertete sie nicht unbedingt als gutes Zeichen. Sie atmete tief ein und aus und ging zur Tür, um ihm zu öffnen, bevor er das ganze Haus wachklingeln konnte.

»Sebastian, was machst du hier?«, fragte sie leise, ließ ihn herein und führte ihn in die Küche. Jetzt knipste sie doch das Licht an. »Wieso bist du schon zurück?« Ihre Stimme klang ruhig, was sie selbst wunderte.

»Wieso bist du noch hier?«, entgegnete Sebastian kühl.

Er klang auch ruhig. Zu ruhig. Es war die Ruhe vor dem Sturm. Sie kannte das.

»Wir hatten vereinbart, dass du wieder zu Hause bist, wenn ich komme. Erinnerst du dich?«

Er war früher zurückgekehrt als erwartet. Und außerdem hatten sie nichts dergleichen vereinbart. Er hatte es so bestimmt. Ein kleiner Unterschied, doch daran wollte sie sich jetzt nicht aufhängen. Sie hatte gerade einen Beschluss gefasst und deshalb Wichtigeres zu sagen. Sie würde es ohne

Umschweife tun, jetzt sofort, bevor sie es sich wieder anders überlegte.

»Möchtest du deinen Ehemann nicht richtig begrüßen, Pauline?«, fragte er und blickte sie herausfordernd an.

Sie schwieg und nahm dann allen Mut zusammen. »Sebastian, ich werde erstmal hierbleiben. Mit den Kindern. Bis auf Weiteres.«

»Wie bitte?« Ungläubig starrte er sie an.

»Es tut mir leid, aber ... ich werde hier gebraucht.«

Er lächelte kühl. »Nein, Pauline. Falsch. Du wirst in Chieming gebraucht. Und deshalb packst du jetzt deine Sachen und holst die Kinder. Wir fahren! Sofort!«

»Du verstehst nicht.« Plötzlich zitterte ihre Stimme, und als sie ihr Glas vom Tisch nahm, um zu trinken, spürte sie, dass auch ihre Hand zitterte. »Ich ... ich muss mich kümmern. Um die Familie. Nach all dem, was passiert ist.« Ihr Mund fühlte sich trocken an, weshalb sie einen großen Schluck Wasser trank. Das Glas stellte sie zurück auf den Tisch.

Sebastian sah sie an. Regungslos. Verständnislos. Dann lachte er auf einmal laut auf. »Das hast du dir ja fein ausgedacht, Pauline von Greiffenberg. Du kommst also nicht mit zurück, ja?« Im nächsten Moment wirkte sein Blick wie der eines wilden Tieres. »Sag mal, haben sie dir ins Gehirn geschissen?«, brüllte er. Dann lachte er wieder. »Ist das dein Ernst?«

»Ja, Sebastian. Das ist mein Ernst.«

»Wir wissen beide, dass das Blödsinn ist. Also los! Hol die Kinder!«

Pauline rührte sich nicht.

»Beweg dich!«, brüllte er.

Sie schloss die Augen und versuchte, Oma Elsas Rat zu beherzigen. Sich das Gefühl von Erhabenheit ins Gedächtnis zurückzurufen, das sie heute Mittag auf dem Gipfel der Kampenwand gespürt hatte.

»Mach gefälligst die Augen auf, wenn ich mit dir rede!«, schrie Sebastian.

Sie straffte ihren Körper und blickte ihn an. Ein wenig erhabener fühlte sie sich tatsächlich, und sie beschloss, nicht klein beizugeben.

Er kam einen Schritt näher und sah sie mit kalten Augen an. Dann packte er ihren Oberarm und drückte zu. »Pack deine Sachen. Ich bin müde.«

»Ich …« Sie schluckte. Nackte Angst kroch in ihr hoch. Wieder schloss sie die Augen und stellte sich vor, die ganze Familie stünde hinter ihr, bereit, sie zu beschützen. Oma Elsa, ihre Mutter, Ferdinand, Antonia. Und ihr Vater. Auch er. Sie atmete schneller. Dann öffnete sie die Augen wieder. »Nein, Sebastian. Ich bleibe hier. Hier bei meiner Familie. Ich muss ihnen beistehen.«

»Beistehen?« Plötzlich wirkte er amüsiert. »Verstehe. Ist ja auch nicht einfach, wenn man alles verloren hat.« Er lachte auf. »Erst das Oberhaupt. Und dann noch die Firma. *Feinkost Greiffenberg* ist pleite, wie man hört. Das ist wirklich köstlich. Aber seien wir ehrlich: Es ist nicht dein Problem.«

»Doch, ist es. Weil ich nämlich …« Sie stockte. »… die Geschäftsführung übernehmen werde. Ich werde die Firma retten.«

»Nicht dein Ernst!«

»Einer muss es tun. Auch deshalb bleibe ich erstmal in Prien. Es ist einfacher, wegen der Kinder.«

Lächelnd schüttelte er den Kopf. »Du bist wirklich noch

dämlicher, als ich dachte.« Dann brüllte er plötzlich wieder: »DU KOMMST JETZT MIT!«

In diesem Moment öffneten sich oben im ersten Stock zwei Türen, und wenig später waren Schritte auf der Treppe zu hören. Kurz darauf betraten Oma Elsa und ihre Mutter die Küche.

»Sebastian!« Oma Elsas zarte Gestalt steckte in einem hellblauen Pyjama.

»Guten Morgen, die Damen.« Sebastian lächelte, als wäre es völlig normal, zu nachtschlafender Zeit hier aufzukreuzen und aus Leibeskräften herumzuschreien.

Die Damen lächelten nicht. »Verlass bitte unser Haus«, sagte Oma Elsa stattdessen kühl.

»Sofort«, schickte ihre Mutter hinterher und knotete den Gürtel ihres seidenen Morgenmantels enger.

Plötzlich tauchte auch Antonia auf – in Boxershorts und knappem T-Shirt. Schlaftrunken rieb sie sich die Augen. »Was ist das hier für ein Scheißlärm?«, fragte sie genervt. Dann fiel ihr Blick auf Sebastian. »Was machst *du* denn hier?«

»Gehen«, sagte ihre Mutter und deutete auf die Tür.

»Richtig«, bestätigte Oma Elsa.

Sebastian schnaubte etwas, das keiner verstand. Dann trat er tatsächlich den Rückzug an. Als er an ihr vorbeikam, ergriff er noch einmal ihren Oberarm und drückte so fest zu, dass sie beinahe aufschrie. »Das wirst du bereuen«, raunte er ihr ins Ohr. Dann verließ er die Küche, und Sekunden später fiel die Haustür ins Schloss.

Sie atmete erleichtert auf und ließ sich auf einen der Küchenstühle sinken.

»Was hat er gesagt?«, wollte Antonia wissen.

Sie winkte ab. »Nichts von Bedeutung. Er will nur nicht begreifen, dass …«

Oma Elsa horchte auf. »Dass was?«

»Dass ich vorerst hier bleibe. Mit den Kindern. Bei euch. Und dass ich versuchen werde, die Firma zu retten.«

»Was?«

Alle starrten sie an.

»Gott sei Dank«, entfuhr es ihrer Großmutter.

Ihre Mutter kam zu ihr herüber und nahm ihre Hand. »Und? Wie fühlst du dich jetzt?«

Wie fühlte sie sich jetzt? Sie hörte in sich hinein. »Befreit«, sagte sie dann. »Ein wenig aufgeregt. Und paradoxerweise … nicht mehr allein.«

10. Bei Schumann's

»Georgio! Champagner!«, rief Ferdinand dem dunkelgelockten Barkeeper hinter der langen Theke zu und streckte Zeige- und Mittelfinger hoch.

Georgio verstand, nickte und zauberte zwei Gläser unter der Theke hervor.

»Wenn ich noch mehr trinke, dann … graran … tiere ich für nichts«, lallte Nina und klammerte sich an ihn.

»Das ist doch wunderbar.« Er lachte und legte der schönen Regieassistentin einen Arm um die Taille, während er mit der anderen Hand die Champagnergläser entgegennahm. Heute war Bergfest. Das Historiendrama *Des Wilden Kaisers König* war halb abgedreht, was die Constantin dazu bewogen hatte, das gesamte Schumann's in München anzumieten und es krachen zu lassen. Das Team musste bei Laune gehalten werden, jetzt, wo sie langsam auf die Zielgerade einbogen – und der eine oder andere Kameramann auf einen Burnout zusteuerte. Die Dreharbeiten in den Bergen waren beschwerlich. Die gesamte Technik und sich selbst an diese unwirtlichen Orte zu schaffen, die schon ohne schweres Gepäck kaum erreichbar waren, zehrte an ihren Kräften und war mitunter nicht ungefährlich. Doch wenn man heutzutage einen Blockbuster produzieren wollte, konnte man nicht mit Aufnahmen von der Stange kommen. Sie mussten atemberaubend, fulminant und nie dagewesen sein. ›Größer, schneller, weiter‹ lautete das Motto, weshalb man die Crew dazu bringen musste, an ihr Limit zu gehen. Ferdinand selbst war während dieser Dreharbeiten auch schon das eine oder andere Mal an seine Grenzen gekommen, was etwas heißen sollte, denn ›Limit‹ war für ihn ein Fremdwort. Zumindest in sportlicher Hinsicht. In *Des Wilden Kaisers König* doubelte er Matthias Koeberlin, der den Bergsteiger Hannes König mimte. Es war die Hauptrolle und für ihn, Ferdinand, ein Karrieresprung. ›Du wirst es noch bis nach Hollywood schaffen‹, hatte Regisseur Rainer Poppe ihm kürzlich prophezeit, und wenn er vorgehabt hatte, ihn mit diesen Worten zu beflügeln, um ihn zu Höchstleistungen anzutreiben, war ihm das gelungen. Hollywood. Dieses Wörtchen klang wie Musik in seinen Ohren. Ganz wunderschöne Musik sogar. Natürlich, es war ein hehres Ziel, doch groß denken war etwas, das ihm in die Wiege gelegt worden war. Nichts war unmöglich.

»Ferdi, altes Haus!« Jemand rempelte ihn von der Seite an und riss ihn aus seinen großen Gedanken. Er strauchelte leicht, und fast verlor die süße Nina in seinem Arm das Gleichgewicht. Doch er fing sie reflexartig auf, und sie schmiegte sich zum Dank noch enger an ihn. Heute würde er nicht allein nach Hause gehen, so viel stand schon mal fest. Wenn es lief, dann lief es. Er drehte sich nach rechts, um den Störenfried auszumachen. Hier vorne an der Bar war es dermaßen voll, dass man glatt den Überblick verlieren konnte. Doch dann stand er plötzlich vor ihm, mit breitem Grinsen und Kaviarresten zwischen den Zähnen, und boxte ihm kumpelhaft auf den Solarplexus. »Hallo, Herr Nachbar.«

»Mike!«, erwiderte er wenig begeistert. »Du hier?« Es war eine rhetorische Frage. Mike und Britta Grindler, die ungeliebten Nachbarn aus Prien, waren immer da, wenn die Filmbranche sich feierte. Vor einiger Zeit war ihnen ein großer Coup geglückt, indem sie den koffeinhaltigen Energy Drink *Wild Dog* erfunden und ihm mit geschicktem Marketing zu internationalem Erfolg verholfen hatten. Der schlichte, aber eingängige Slogan ›Stay wild‹ war eingeschlagen wie eine Bombe. Seither galten die beiden als freigiebige Sponsoren, immer bereit, eine gewisse Summe zuzuschießen, wenn im Gegenzug die Protagonisten in der einen oder anderen Szene gut sichtbar einen *Wild Dog* schlürften. Wenn es denn passte. In *Des Wilden Kaisers König* passte es nicht, da der Film in den dreißiger Jahren spielte und das Drehbuch keine Anachronismen vorsah. Doch da die Constantin jede Menge andere, *Wild-Dog*-geeignetere Projekte in der Pipeline hatte, war Mike hier heute Abend selbstverständlich ein gern gesehener Gast. Sicher hatte er bereits erfolgreich genetzwerkt und vielleicht sogar den einen oder anderen Deal auf die Schiene gesetzt.

Sie stießen an, er stellte ihm Nina vor, und sie smalltalkten ein wenig über die abenteuerlichen Dreharbeiten am Wilden Kaiser in Tirol und die großartigen schauspielerischen Leistungen der Darsteller.

»Ich hab schon ein paar Szenen gesehen«, erklärte Mike anerkennend. »Das wird ein Riesending. Und deine Szene, der Sturz in die Gletscherspalte …« Er reckte einen Daumen hoch. »Respekt, Alter!«

»Danke für die Blumen.« Er versuchte, so cool wie möglich zu klingen. Der Sturz in die Gletscherspalte hatte ihm einiges abverlangt, einschließlich eines Schleudertraumas, doch das mussten weder Nina noch *Wild Dog*-Mike wissen. Besser so rüberkommen, als wäre es eine seiner leichtesten Übungen gewesen.

»Sag mal, was ist eigentlich mit eurer Firma los?«

Während er noch mit dem Aufsetzen seines Pokerface beschäftigt gewesen war, hatte Mike rasant das Thema gewechselt.

»Welche Firma?«

Nina kicherte unmotiviert und kniff ihm unauffällig in die Seite.

»Hey«, sagte er grinsend. »Unterlassen Sie das bitte, schöne Frau.« Er war froh über die Ablenkung, doch Mike ließ nicht locker.

»Man erzählt sich, ihr verkauft?«

»Ah, *die* Firma. Ja. Ist im Gespräch.«

»An wen?«

»*Falter* ist interessiert«, erklärte er und fragte sich im selben Moment, ob es klug war, Greiffenbergsche Firmeninterna ausgerechnet Mike gegenüber auszuplaudern. Sei's drum. Jetzt war es sowieso raus.

»Spannend. Ich wäre nämlich auch interessiert.«

»Woran?«

»An eurer Firma.«

»Du?«

»Ja. Die Zeit ist günstig. Ich will investieren. Warum nicht in ein Feinkostunternehmen mit gutem Namen.«

Ferdinand winkte ab. »Vergiss es, Mike. Das Thema ist durch.«

»Das heißt, *Falter* hat schon unterschrieben?«

»Noch nicht, aber sie zahlen gut, und wenn wir verkaufen, dann an sie.«

»Sicher?«

»Jepp.«

»Apropos zahlen. Gerade heute habe ich mich gefragt, wann ich eigentlich meine Kohle kriege.«

Er trank einen Schluck Champagner. »Bald. Versprochen.« Er lachte, obwohl ihm gar nicht nach Lachen zumute war. Aber das galt es jetzt so gut es ging zu vertuschen.

Wild Dog-Mike hatte ihm in letzter Zeit ein paar Mal aus der Patsche geholfen. Unkompliziert und schnell. »Mach dir keinen Kopf«, hatte er gesagt und ihm ein paar Scheine zugesteckt. Ferdinand war nämlich zuweilen etwas knapp bei Kasse gewesen. Schnelle Autos, schöne Frauen und eine saftige Steuernachzahlung hatten sich ungünstig auf seinen Kontostand ausgewirkt. Und dann war die Scheiße mit dem Jaguar passiert. Mikes Jaguar. Er hatte ihn sich vor einigen Wochen für eine kleine Spritztour ausgeliehen. Mike war mit so was immer großzügig. Blöderweise hatte Ferdinand an dem Abend etwas zu viel getrunken und dann eine Situation auf der B 305 falsch eingeschätzt … Lange Rede, kurzer Sinn: Der Jaguar hatte das Zeitliche gesegnet und Ferdinand jetzt summa summarum fünfzig Riesen bei Mike auf der Uhr – und derzeit noch keinen Schimmer, wie er die zurückzahlen sollte.

»Denk noch mal über den Verkauf der Firma nach«, meinte Mike gerade. »Ich würde sagen, in Anbetracht der Umstände müsste doch für mich ein Vorkaufsrecht drin sein, oder nicht?« Er zwinkerte ihm zu und verpasste seiner Schulter einen kräftigen Schlag. »Es soll auch dein Schaden nicht sein.«

»Was heißt das?«

»Dass wir noch mal neu denken können. Die fünfzig

Scheine, *you know*? Vielleicht finden wir da eine neue … Modalität.« Er zuckte mit den Schultern. »Ist jetzt alles in die Tüte gesprochen. Ich denke nur laut. Aber lass uns morgen mal in Ruhe quatschen. Ich ruf dich an. Jetzt brauch ich erstmal Nachschub.« Er fuhr sich grinsend mit dem Finger unter der Nase entlang und entschwand Richtung Nassraum.

»Irgendwie …« Nina hickste. »Irgendwie mag ich den Typen nich …«

»Ich auch nicht. Aber dich mag ich.« Ferdinand küsste sie und ließ Mikes Worte sacken. Mal sehen, was er morgen zu bieten hatte. Für Mittwoch hatte Oma Elsa den Familienrat in die Bibliothek der Greiffenberg-Villa einbestellt. Gutes Timing, denn bis dahin würde er mehr wissen. Jetzt galt erstmal die Devise: Keine Pferde scheu machen und sich den schönen Dingen des Lebens widmen. Er nahm Nina das Champagnerglas aus der Hand, stellte es zusammen mit seinem auf einem Tablett ab und zog sie an sich. »Gehen wir zu mir?«, fragte er leise.

»Unbedingt«, hauchte Nina.

Wenn es lief, dann lief es.

11. *Familienrat*

»Hey, Schwesterherz.« Er formte mit den Fingern das Victory-Zeichen.

»Hallo, Ferdi.« Pauline schleppte einen Stuhl heran und stellte ihn neben den Ohrensessel.

Die ganze Familie war Oma Elsas Ruf in die Bibliothek gefolgt und wartete gespannt darauf, was sie zu sagen hätte. Es würde um die Firma gehen, so viel war klar, zumal Onkel Wolfgang auch da war und in einem Sessel neben dem Barwagen Platz genommen hatte. Strategisch nicht unklug, dachte Ferdinand ein wenig neidisch. Sein Onkel saß direkt an der Quelle und hatte sich bereits einen Whiskey eingeschenkt, den er nun lässig im Glas kreisen ließ, während er Pauline dabei beobachtete, wie sie sich mit dem Stuhl abrackerte. Seine Lebensgefährtin Helga hatte er nicht mitgebracht. Wie üblich war sie zu Hause in Rimsting geblieben, zusammen mit der Labradorhündin Hilda. Manchmal fragte Ferdinand sich, ob es sie überhaupt noch gab. Also, Helga. Nicht Hilda. Die Hündin hatte er kürzlich noch gesehen.

Er selbst war heute Morgen extra aus München angereist, mit Ninas kleinem Cabrio, und er hatte einen Vorschlag im

Gepäck, der seines Erachtens eine gute Lösung für die Misere von *Feinkost Greiffenberg* darstellte. Und nebenbei auch für ihn. Sozusagen win-win. Aus seiner Sicht. Was er allerdings in diesem Rahmen nicht genauer auszuführen gedachte. Wie vereinbart hatte er mit Mike Grindler telefoniert, und der hatte ihm ein Angebot unterbreitet, das sich sehen lassen konnte. Soweit er es überschaute, war es deutlich besser als das von der *Falter KG*. Man konnte eigentlich nicht Nein sagen. Klar, es müsste alles noch einmal von diesem rothaarigen Steuerberater-Heini gegengecheckt werden, aber im Grunde sprachen die Zahlen für sich, und er war stolz, dass er derjenige war, der diesen grandiosen Deal an Land gezogen hatte. Er beschloss, nicht gleich mit der Tür ins Haus zu fallen, sondern Oma Elsa und die anderen erstmal kommen zu lassen. Abwarten, was sie zu sagen hätten, und dann, quasi aus dem Hinterhalt, der Familie das Angebot von *Wild-Dog*-Mike um die Ohren knallen. Er rieb sich in Gedanken die Hände und konnte es kaum erwarten.

Antonia stöhnte. »Wo bleibt Oma denn?« Sie hatte sich auf die Fensterbank gesetzt, baumelte mit ihren langen Beinen und donnerte dabei mit den Hacken immer wieder gegen die Heizung.

Ihre Mutter drückte entnervt ihre Fingerspitzen an die Schläfen. »Toni, bitte!«

Seine kleine Schwester verdrehte die Augen, zog die Beine an und tippte etwas in ihr Handy.

»Keine Ahnung, wo sie steckt.« Ferdinand fläzte sich auf die Chaiselongue, ohne vorher seine Sneakers auszuziehen, und nahm nun auch sein Smartphone zur Hand. Wenn Oma Elsa nicht kam, vertrieb er sich die Zeit eben mit YouTube. Pannenvideos mit Tieren gingen immer. Er liebte es. Eine

Katze, die kopfüber in einen Bottich mit Erbsensuppe fällt. Herrlich. Er hielt Pauline sein Handy hin, um es ihr zu zeigen.

»Witzig«, sagte sie und verzog keine Miene. Na ja, war wohl nicht jedermanns Humor. Jetzt hatte er auch keine Lust mehr. Er legte sich sein iPhone auf den Bauch, verschränkte die Arme hinter dem Kopf und gähnte herzhaft.

In diesem Augenblick betrat Oma Elsa den Raum, grüßte alle und bedachte ihn mit einem strafenden Blick. Sie setzte sich auf die vordere Kante ihres Ohrensessels, während er sich beeilte, eine aufrechte Position einzunehmen.

»Hallo, Oma.« Er versuchte sich an einem gewinnenden Lächeln und angelte nach dem Handy, das durch seine hektischen Bewegungen zu Boden gefallen war.

»Schön, dass du kommen konntest, Ferdinand. Und dem Geschehen sogar im Sitzen folgen möchtest.«

»Ähm, ja. Klar. Apropos Geschehen. Worum geht es denn heute?«, lenkte er schnell ab.

»Das wirst du gleich erfahren, mein Junge.«

»Du machst es ja ganz schön spannend, Oma.« Sein Blick fiel auf Pauline. Sie saß inzwischen auf dem Stuhl und wippte nervös mit dem rechten Knie. Überhaupt wirkte sie ein wenig so, als stünde sie neben sich. Am Telefon hatte sie ihm erzählt, dass sie vorerst nicht nach Chieming zurückkehren würde, sondern plante, bis auf Weiteres in der Villa zu bleiben. Etwas gewundert hatte er sich schon darüber, doch sie hatte erklärt, sie würde hier dringend gebraucht. Und zweifellos war sie eine große Stütze für Oma Elsa, seine Mutter und Antonia, und nebenbei brachten die Zwillinge Leben ins Haus. Das lenkte alle etwas von ihrer Trauer ab – und dem Schock über den desaströsen Zustand der Firma. Dass seine Schwester zu Hause alles stehen und liegen ließ, rechnete er ihr hoch an, und er hoffte, dass nicht noch etwas anderes dahintersteckte.

»Vielleicht habt ihr es euch schon gedacht«, begann Oma Elsa endlich. »Es geht um die Firma. Wie ihr wisst, sieht die wirtschaftliche Situation nicht eben rosig aus, weshalb einige von uns einen Verkauf erwogen haben.«

»Was das einzig Richtige ist«, unterbrach Onkel Wolfgang sie.

»Möglich, dass es einiges gibt, was für einen Verkauf sprechen könnte, aber *Feinkost Greiffenberg* ist nun mal ein Familienunternehmen. Es ist *unsere* Firma«, erwiderte seine Großmutter.

Okay, das läuft jetzt in die falsche Richtung, dachte er. Aber kein Grund zur Sorge. Dass sie unter keinen Umständen verkaufen wollte, daraus hatte sie kein Geheimnis gemacht, und die Wanderung mit Pauline war ja auch nicht von Erfolg gekrönt gewesen.

»Mission gescheitert«, hatte Pauline lapidar am Telefon erklärt. Was nichts heißen musste. Das Angebot von Mike rückte die ganze Sache noch einmal in ein neues Licht. Klar, Oma Elsa hasste die Grindlers, aber am Ende war doch alles eine Frage des Geldes.

»Eure Vorfahren Josefine und Eduard haben *Feinkost Greiffenberg* einst gegründet«, fuhr sie fort. »Und euer Großvater und meine Wenigkeit haben dafür gesorgt, dass der Name von Greiffenberg heute in ganz Bayern ein Begriff ist – und für beste Qualität steht.«

Er schwieg und machte gute Miene zum bösen Spiel.

»Und nun stehen wir also vor einer großen Entscheidung, die wir uns nicht leicht machen sollten.«

»Absolut nicht!« Er nickte heftig.

Onkel Wolfgang ebenfalls. Dann blickte er auf sein Handy, als wäre dort die Lösung des Problems zu finden. Dabei checkte er vermutlich nur die Fußballergebnisse.

»Folgendes möchte ich vorausschicken«, erklärte Oma Elsa. »Pauline und ich haben lange über alles nachgedacht, Für und Wider sorgfältig abgewogen und sind zu einem Schluss gelangt.«

»Zu welchem denn?« Er spitzte die Ohren.

»Dass ein Verkauf nicht infrage kommt.«

Mit einem Satz sprang er auf. »Kann ich etwas dazu sagen?«

»Später. Erst ist deine Schwester dran. Pauline! Du hast das Wort.«

Pauline richtete sich auf. »Ich mache es kurz«, sagte sie, doch ihre Stimme drang nicht durch, denn plötzlich redeten alle durcheinander.

»Kein Verkauf? Das verstehe, wer will«, sagte Onkel Wolfgang. »Uns bleibt doch gar nichts anderes übrig!«

»Eben!«, pflichtete er ihm bei. »Ich bin absolut Team ›Verkaufen‹ und hätte da …«

»Könnt ihr mal die Klappe halten?«, rief Antonia dazwischen. »Hört euch doch erstmal an, was Pauline zu sagen hat!«

Pauline warf ihrer Schwester einen dankbaren Blick zu. »Ich …«, begann sie, als Stille eingekehrt war. »Ich … ich kann mir nach reiflicher Überlegung vorstellen, in die Fußstapfen unseres Vaters zu treten. Und die alleinige Geschäftsführung der Firma zu übernehmen. Ich würde sie gerne … retten!«

Er starrte sie an. »Wie … alleinige Geschäftsführung? Und was ist mit mir?« Er fasste es nicht. Erst stellte man ihm seine Schwester als Babysitterin an die Seite, und jetzt sollte sie es sogar ganz ohne ihn machen? Das wurde ja immer besser. »Fragt mich vielleicht auch mal jemand?« Wütend blickte er von Pauline zu Oma Elsa und zurück. »Das habt ihr euch ja fein ausgedacht. Aber ihr könnt das nicht einfach so entscheiden.«

»Glaub mir, deine Großmutter kann«, murmelte Onkel Wolfgang resigniert.

»Wir wollen es auch nicht allein entscheiden«, warf Oma Elsa ein. »Sondern mit euch allen zusammen. Deshalb sind wir ja heute hier.«

»Es klingt aber so, als wäre es längst ausgemacht«, rief er trotzig.

»Nein, das ist es natürlich nicht«, erklärte seine Oma. »Aber es ist eben das einzig Sinnvolle.«

»Sinnvoll? Wir sind pleite, verdammt noch mal!«

»Wir stecken in Schwierigkeiten. Ja. Aber nicht so sehr, dass wir da nicht wieder rauskommen könnten. Und deine Schwester ist bereit, das anzugehen. Sie wird versuchen, das Familienunternehmen in die Gewinnzone zu führen.«

»Und was ist mit mir? Ich könnte das auch!«, hörte er sich sagen.

»Könntest du nicht«, zischte Antonia.

Er sah zu seiner Mutter hinüber, doch wie es schien, war von ihr auch keine Hilfe zu erwarten. Blass wie ein nebliger Novembermorgen blickte sie aus dem Fenster, als ginge sie das alles überhaupt nichts an. Sie war nur noch ein Schatten ihrer selbst.

»Mama?«, sagte er viel zu laut.

Sie zuckte zusammen und wandte ihm dann müde den Kopf zu.

»Sag du doch auch mal was!«

Einen Augenblick schien sie nachzudenken. »Was hätte Ludwig gewollt?«, fragte sie schließlich.

»Danke, Mama. Er wollte, dass wir uns *gemeinsam* kümmern. Pauline *und* ich.«

»Möchtest du das denn, Ferdinand?«, fragte seine Großmutter. »Im operativen Geschäft arbeiten? Jeden Tag ins Büro? Den Karren aus dem Dreck ziehen?«

»Ist viel mit Zahlen.« Antonia lächelte süßlich.

Nein, er wollte nicht jeden Tag ins Büro. Aber es wurmte ihn trotzdem gehörig, dass Pauline das jetzt vorhatte, obwohl sie sich doch eigentlich schon einig gewesen waren. Und es wurmte ihn, dass man ihm hier anscheinend gar nichts zutraute.

»Ich möchte verkaufen«, sagte er. »Dabei bleibe ich.«

»*Das* hätte Ludwig nicht gewollt«, erklärte seine Großmutter. »Warum du?«

Er dachte fieberhaft nach. Den wahren Grund konnte er schlecht sagen. Aber es gab ja noch genügend andere gute Argumente. »Ein Rettungsversuch ist viel zu riskant. Was, wenn es nicht klappt? Dann hängen wir alle drin. Finanziell … und überhaupt. Mit einem Verkauf sind wir fein raus.«

»Eben«, mischte sich Pauline ein. »Fein *raus* wollen wir aber gar nicht sein.«

»Doch!«, rief er. »Ich schon.«

»Ich auch«, pflichtete Onkel Wolfgang ihm bei.

»*Feinkost Greiffenberg* ist UNSERE Firma«, erinnerte Oma Elsa ihn. »Sie gehört zu uns und macht uns als Familie aus. Und außerdem: *Fein* raus wären wir bei einem Verkauf nicht. Pauline und ich haben das *Falter*-Angebot noch einmal durchgearbeitet. Es ist nicht gut! Insofern haben wir eigentlich gar keine Wahl.«

»Doch!«, rief Ferdinand.

»Inwiefern?« Oma Elsa fixierte ihn mit ihrem Blick.

»Ich habe ein besseres Angebot! Und das ist super!«

»Von wem?«, fragte seine Großmutter überrascht.

»Von … von Mike.«

Seine Mutter runzelte die Stirn. »Welcher Mike?«

»Grindler«, ergänzte er kleinlaut.

»*Der* Mike Grindler?« Antonia deutete aus dem Fenster.

»Ja, genau der«, gab er entnervt zur Antwort.

»Wow!« Antonia nickte gespielt anerkennend.

Jetzt blickten alle erwartungsvoll Oma Elsa an.

»Mike Grindler will unsere Firma schlucken?«, stieß sie ungläubig hervor.

»Na ja, was heißt schlucken …«, wiegelte er ab. »Kaufen halt. Und einen guten Preis dafür zahlen.«

»Aha.« Quälend langsam erhob sich seine Oma aus ihrem Sessel und ging zum Fenster. Sie blickte in die Richtung, in der sich die Grindlersche Bausünde befand. Und als hätte es jemand in ein Drehbuch geschrieben, heulte in diesem Moment ein Motor auf, so laut, dass es durch das geschlossene Fenster deutlich zu hören war.

Er stöhnte. Das nannte man Timing. Musste Mike ausgerechnet jetzt sein Quad anwerfen?

Oma Elsa starrte wortlos nach draußen und wiegte den Kopf hin und her. Dann drehte sie sich wieder um und blickte entschlossen in die Runde. »NUR ÜBER MEINE LEICHE!«

Dieses Mal wagte niemand zu widersprechen. Nicht einmal er. Er sah Onkel Wolfgang an. Der fing seinen Blick auf und machte eine wegwerfende Handbewegung. ›Widerstand zwecklos‹ sollte das wohl heißen. Sie hatten den Kürzeren gezogen. Wieder einmal.

»Pauline soll in die Fußstapfen meines Sohnes treten und die Leitung der Firma übernehmen«, erklärte Oma Elsa. »Wer ist dafür?«

Seine Mutter, Antonia, Pauline und sie selbst hoben die Hand.

»Wer dagegen?«

Er machte sich gar nicht erst die Mühe, ein Handzeichen zu geben. Auch Onkel Wolfgang schüttelte nur den Kopf.

»Gut. Dann ist es entschieden.« Zufrieden nahm Oma Elsa wieder ihren Platz ein.

Er sprang auf, lief zum Fenster und riss es auf. »Ruhe!«, brüllte er hinaus und schloss es wieder mit einem lauten Knall. Er wusste, dass er verloren hatte. Vorerst zumindest. Also blickte er in Paulines Richtung und zuckte mit den Schultern. »Dann soll sie es halt versuchen, verdammt«, knurrte er. »Aber ich bleibe weiterhin bevollmächtigt und habe uneingeschränktes Mitspracherecht«, fügte er schnell hinzu. »Bei allen großen Entscheidungen.«

»Natürlich«, versprach Oma Elsa. »Genau wie Wolfgang. Im Gegenzug werdet ihr zwei …« Sie deutete auf ihn und seinen Onkel. »Werdet ihr Pauline unterstützen, wo es nur geht. Es wäre …« Sie schluckte. »Es wäre in Ludwigs Sinne gewesen.«

Seine Mutter nickte. »Ja, das wäre es«, stimmte sie leise zu.

In diesem Moment setzte das Motorengeräusch zum Crescendo an. Mike peitschte sein Quad auf Hochtouren.

Oma Elsa schaute zum Fenster und schüttelte missbilligend den Kopf. Dann wandte sie sich wieder ihrer Familie zu. »Damit ist das beschlossen«, verkündete sie feierlich. »Herzlichen Glückwunsch, Pauline. Du bist nun Geschäftsführerin von *Feinkost Greiffenberg.*«

»Was für ein Karrieresprung«, murmelte er sarkastisch und setzte sich wieder.

Pauline seufzte leise. Besonders glücklich sah sie nicht aus, fand er. Vielleicht versuchte sie nur zu verbergen, wie aufgewühlt sie war. Es war schließlich ein großer Augenblick. Vielleicht würde dieser Tag einmal in der Firmenchronik vermerkt sein:

> *Im Jahre 2023 übernahm die junge Pauline von Greiffenberg die Geschäftsführung. Dieser Tag läutete einen Wendepunkt in einer langen Firmengeschichte ein. Sie tat alles, um das Familienunternehmen wieder auf Kurs zu bringen …*

Sein Name würde wohl nie auch nur mit einem einzigen Wort in einer Chronik erwähnt werden, und das ärgerte ihn. Andererseits: Die Frage war, ob es Pauline überhaupt gelingen würde, die Firma zu retten. Er hatte es ja eben gesagt: Es war ein Risiko. Möglicherweise wäre er am Ende froh, nicht mit dem Ergebnis in Verbindung gebracht zu werden.

Seine Schwester erhob sich und lächelte tapfer. »Ich werde mein Bestes geben«, sagte sie. »Das verspreche ich euch. Hoch und heilig.«

Na dann, dachte er. Auf dass dein Bestes ausreicht. Er selbst musste nun auch sein Bestes geben. Er würde Mike beichten müssen, dass der Verkauf vom Tisch war, und ihn trotzdem irgendwie bei Laune halten. Die fünfzig Riesen waren nicht weniger geworden, und er konnte nur hoffen, dass Mike der Geduldsfaden nicht riss.

12. *Team-Meeting*

Beinahe ehrfürchtig strich Pauline über das helle Eichenholz des wuchtigen Schreibtisches, der noch bis vor wenigen Wochen ihrem Vater gehört hatte. Heute Morgen hatte sie sein Büro bezogen und gleich losgelegt mit der Arbeit. Es gab so viel zu tun, dass sie gar nicht dazu gekommen war, darüber nachzudenken, an welchem Ort sie sich befand. Sie atmete durch und warf nachdenklich einen Blick aus dem gegenüberliegenden Fenster. Von hier aus konnte man einige der hübschen alten Häuser sehen, die den Priener Marktplatz säumten. Die meisten im traditionell alpenländischen Baustil errichtet und in unterschiedlichen Pastelltönen gestrichen. Die Fensterläden waren mit kunstvollen Schnitzereien versehen, die Simse und hölzernen Balkonbrüstungen mit üppig blühenden Geranien bepflanzt. Auch auf ihrer Fensterbank blühten sie, die Geranien. Ihr Vater hatte sie stets gehegt und gepflegt. An den hellgestrichenen Wänden des Büros hingen zahlreiche Familienfotos und selbstgemalte Bilder von Ada und Max. Überall lagen Erinnerungsstücke von vergangenen Familienurlauben herum, und auf dem Schreibtisch stand eine Miniaturversion seines Segelbootes *Therese*. Alles zeugte davon, dass dieses Büro sein zweites Zuhause gewesen war. Auf ihren Wunsch hin hatte man fast alles so gelassen, wie es war. Sie seufzte. Es waren große Fußstapfen, in die sie nun treten würde, das wurde ihr einmal mehr bewusst.

Sie wandte sich dem Computerbildschirm zu, doch in diesem Moment klopfte es zaghaft an der Tür.

»Herein«, sagte sie.

Frau Steiner vom Vertrieb trat ein. Auch sie war, wie viele hier, ein Urgestein der Firma. »Entschuldigen Sie bitte.« Sie lächelte unsicher und legte eine Unterschriftenmappe vor sie auf den Schreibtisch. »Könnten Sie die kurz unterschreiben?«

»Worum geht es da?«, fragte sie.

»Es sind Briefe, die an alle Filialen geschickt werden. Die Leberpaté mit Trüffeln soll flächendeckend reduziert und überall direkt am Eingang positioniert werden. Das hatte Ihr … werter Herr Vater noch für diese Woche angeordnet.«

»Aha. Ich verstehe. Und dazu brauchen Sie meine Unterschriften?«

Frau Steiner sah sie irritiert an. »Ähm, ja. Oder soll ich Ihren Onkel …«

»Nein, nein. Ich frage mich nur, warum Sie sie nicht einfach selbst unterschreiben.«

»Es ist ja eine … recht große Sache«, stammelte Frau Steiner. »Ich meine, das Schreiben ist schließlich an alle Filialen gerichtet. So etwas geht über den Schreibtisch des Chefs. Haben wir immer so gemacht.«

»Na dann.« Sie zückte einen Stift und unterschrieb die Briefe. »Wird so etwas denn hier nicht per Mail kommuniziert?«

»Nein, nicht bei einer Preisaktion.«

»Ah …« Sie reichte Frau Steiner die Mappe zurück.

»Danke«, sagte die und schloss leise die Tür hinter sich.

Das wird ein hartes Stück Arbeit, dachte Pauline. Den Vormittag hatte sie genutzt, um sich einen groben Überblick über Firmenstruktur, Produkte und Marketingmaßnahmen zu verschaffen und dabei immer im Hinterkopf gehabt, dass es mit den Verkaufszahlen stetig bergab gegangen war. Diesem Mysterium wollte sie auf den Grund gehen, und allzu lange musste sie nicht fahnden. Schnell hatte sie etwas ausgemacht, das ihrer Meinung nach mitverantwortlich war: Die Welt hatte sich weitergedreht, während *Feinkost Greiffenberg* auf der Bremse gestanden hatte. Zum Beispiel hatte sich seit Jahren die Produktpalette kaum verändert. Vielleicht war es ihrem Vater nicht klargewesen, doch Schinken in Aspik oder Gänseleberpastete waren nicht mehr en vogue, Letzteres schon wegen des Tierwohls nicht. Auch das Packaging und das Greiffenbergsche Logo hatten seit Jahren keinen Relaunch erfahren, und Onkel Wolfgangs Marketingmaßnahmen waren definitiv in den frühen Neunzigern steckengeblieben. Social Media spielte eine völlig untergeordnete Rolle, und einen Online-Shop gab es auch nicht. Der Führungsstil ihres Vaters war zudem offenbar ziemlich autoritär gewesen. Eigenverantwortung schien unter den Mitarbeitern ein Fremdwort zu sein. Frau Steiners Auftritt hatte ihr das eben noch einmal bestätigt. Auch da konnte man sicher ansetzen. Nach nur wenigen Stunden Spurensuche war ihr klar, dass Veränderungen nicht Ludwigs Sache gewesen waren und das Unternehmen *Feinkost Greiffenberg* eine dicke Staubschicht angesetzt hatte. Sofort schossen ihr einige Ideen für Verbesserungen in den Kopf, und sie nahm sich vor, morgen mit Onkel Wolfgang darüber zu sprechen. Vielleicht konnte sie ihm schon erste Ansatzpunkte für einen Richtungswechsel unterbreiten. Natürlich musste sie behutsam vorgehen, um ihn und seine Mitarbeiter nicht gleich vor den Kopf zu stoßen. Ihr war klar, dass es nicht gut ankäme, wenn sie nach nur einem Tag in ihrer neuen Funktion alles infrage stellte, was jahrzehntelang funktioniert hatte. Sie würde sich gut überlegen müssen, wie sie Onkel Wolfgang auf ihre Seite ziehen konnte. Das Letzte, was sie jetzt brauchte, war interne Rivalität. Allerdings würde sie sich damit später beschäftigen müssen. Am Nachmittag sollte nämlich das große Meeting stattfinden, und es galt, sich mental und inhaltlich darauf vorzubereiten. Sie hatte das Treffen selbst einberufen, um sich der gesamten Belegschaft als neue Geschäftsführerin vorzustellen, und so langsam wuchs ihre Nervosität. Allein die Vorstellung, vor so vielen Menschen zu sprechen, jagte ihr einen Höllenrespekt ein.

Sie trat ans Fenster, öffnete es und zupfte verwelkte Blüten aus den Geranien. Dabei ging sie in Gedanken noch einmal ihre kleine Ansprache durch, die sie sich für den Nachmittag zurechtgelegt hatte. Sie hatte nicht die Absicht, großes Aufheben um sich zu machen. Sie würde sich kurz vorstellen. Die meisten kannten sie ja sowieso schon. Dann umreißen, wie sie sich die Zusammenarbeit vorstellte. Selbstbestimmt, verantwortungsvoll, mit Homeoffice-Tagen, sofern gewünscht. Und, auf diese Idee war sie besonders stolz, einem regelmäßigen monatlichen Frühstücksmeeting, bei dem neben vielen köstlichen Greiffenbergschen Produkten alle aktuellen Entwicklungen in Bezug auf die Firma auf den Tisch kommen sollten. So wollte sie Identifikation mit dem Unternehmen und Transparenz schaffen. Die Mitarbeiter mitnehmen, damit sie nicht nur Dienst nach Vorschrift machten, sondern eigene Ideen einbrachten und sich zuständig fühlten. In den letzten Tagen hatte sie viel über moderne Unternehmensphilosophie und Führungsstile gelesen und sich vorgenommen, das im Großen und Ganzen recht betagte Team bei *Feinkost Greiffenberg* aus dem Dornröschenschlaf zu wecken. Frischer Wind eben, und den konnte man nicht allein erzeugen. Es brauchte Mitarbeiter, die Spaß an der Arbeit hatten. Die aufblühten und Verantwortung übernahmen. Blühen tat hier, so ihr Eindruck, außer den Geranien nämlich keiner mehr so recht, und das galt es, schnellstmöglich zu ändern.

Sie saß am Kopfende des langen Konferenztisches und räusperte sich nervös. Die Mitarbeiter aller Abteilungen – Marketing, Vertrieb, Buchhaltung, Controlling, Produktion und Verkauf – waren in den großen Konferenzsaal gekommen, um sie, die Neue, in Augenschein zu nehmen und zu hören, was sie zu sagen hatte. Der Raum platzte aus allen Nähten. Viele hatten keinen Sitzplatz mehr gefunden und lehnten an der Wand. Onkel Wolfgang hatte man natürlich einen Stuhl freigehalten. Er saß direkt neben ihr und trommelte ungeduldig mit den Fingern auf die Tischplatte. Pauline wollte noch zwei Minuten warten, bis sie vollzählig waren. Tatsächlich betraten wenig später zwei Nachzügler den Raum und stellten sich in den Türrahmen. Jetzt waren vermutlich wirklich alle da. Alle, außer Hanne. Sie hatte sich entschuldigen lassen. Einer musste ja unten den Laden schmeißen.

Ihr Herz pochte, und sie spürte, dass ihre Handinnenflächen feucht wurden.

»Na, dann mal los, Mädel«, forderte Onkel Wolfgang sie auf und fuhr sich mit der Hand durch das ergraute, schüttere Haar. Aufmunternd zwinkerte er ihr durch seine randlose Brille zu, als wäre sie die neue Praktikantin, die auch mal etwas sagen wollte.

Sie schluckte. Dann lächelte sie und versuchte, möglichst selbstsicher zu wirken, auch um wettzumachen, dass Onkel Wolfgang sie gerade ›Mädel‹ genannt hatte. Sie straffte ihren Oberkörper, setzte den freundlichen, aber bestimmten Gesichtsausdruck auf, den sie heute Morgen schnell noch vor dem Spiegel eingeübt hatte, und sagte mit etwas zittriger Stimme: »Hallo zusammen. Schön, dass Sie alle gekommen sind.«

»Wenn die neue Chefin ruft, sind wir da. Ist doch klar«, dröhnte Onkel Wolfgang und lachte.

Sie spürte, dass sie rot wurde, und wusste selbst nicht, ob sie sich mehr *darüber* ärgern sollte oder über die Tatsache, dass ihr Onkel sie schon demontiert hatte, bevor sie überhaupt einen einzigen vernünftigen Satz herausgebracht hatte.

»Ja. Ähm … super«, fuhr sie fahrig fort. »Die meisten wissen es ja schon. Mein Name ist Pauline von Greiffenberg. Ich bin neunundzwanzig Jahre alt und habe hier heute meinen ersten Arbeitstag.« Mein Gott. Jetzt klang sie wirklich wie eine Praktikantin.

»Erster Arbeitstag als Chefin. Meine Nichte ist jetzt hier der Boss«, fiel Onkel Wolfgang ihr erneut ins Wort. Er hielt seinen Zeigefinger in die Luft und grinste. »Also, nehmt euch in Acht, Leute. Sie kann unheimlich streng sein.«

Einige lachten. Pauline auch. Gezwungenermaßen allerdings, und ziemlich angestrengt. Am liebsten wäre sie ihrem Onkel an die Gurgel gegangen, doch für einen Mord gab es in diesem Raum definitiv zu viele Zeugen. Also verwarf sie den Gedanken wieder, ermahnte sich zu mehr Konzentration und blickte kurz auf den Zettel mit den Stichpunkten, der vor ihr auf dem Tisch lag. Sie hüstelte, um zu verschleiern, dass sie aus dem Konzept war, bevor sie richtig begonnen hatte, und auch, um den Kloß loszuwerden, der sich gerade in ihrem Hals festzusetzen begann. Sie war schon jetzt kurz davor, in Tränen auszubrechen, doch auch dafür waren zu viele Zeugen zugegen. Also beschloss sie, einfach weiterzumachen, obwohl die Belegschaft bereits zu tuscheln begann.

»Kurz zu mir.« Sie hüstelte erneut. »Also, wie gesagt. Pauline von Greiffenberg ist mein Name, und ich habe zwei Kinder. Zwillinge im Alter von sechs Jahren.« Bis eben hatte sie noch gedacht, es sei eine gute Idee, das zu erwähnen, doch jetzt hegte sie plötzlich Zweifel. Sie rechnete schon fest mit einem ›Und nun will Mutti Chef werden‹ von ihrem Onkel, doch zum Glück verkniff er sich dieses Mal eine Bemerkung.

»Ich werde das Unternehmen von nun an leiten und Ihnen allen in den nächsten Tagen einen kurzen Besuch in Ihren Büros abstatten«, fuhr sie fort.

»Muss ich da was Schickes anziehen?«, fragte Onkel Wolfgang augenzwinkernd.

Sie beschloss, ihn von nun an zu ignorieren. »Ich würde Sie nämlich alle gerne persönlich kennenlernen und erfahren, was Ihre Aufgaben in diesem Unternehmen sind. Woran Sie aktuell arbeiten und was wir möglicherweise besser machen können. Seien Sie mir bitte nicht böse, wenn ich Ihnen Löcher in den Bauch frage. Ich bin ja ganz neu und muss mich erst einarbeiten. Ich würde mich jedenfalls sehr über Ihre Unterstützung freuen.«

»Die wirst du auch brauchen«, prophezeite Onkel Wolfgang feixend.

»Ähm, ja, das … denke ich auch.« Kurz schloss sie die Augen. Konzentration, sagte sie sich im Stillen, öffnete sie wieder und warf einen Blick auf ihre Stichpunkte. »Ich kenne ja die Firma und bin mit den Produkten groß geworden«, hob sie an, denn jetzt erinnerte sie sich, dass sie eine kleine Anekdote aus ihrer Kindheit erzählen wollte. Sich nahbar geben, so hatte sie gelesen, war eine gute Strategie, wenn man ein beliebter Boss sein wollte. »Zum Frühstück gab es bei uns jeden Morgen Greiffenberger Hagebuttenmarmelade. Die kennen Sie alle, denke ich.« Sie blickte auf und sah in verschlossene Gesichter. Der Funke war offenbar noch nicht übergesprungen. »Außer einmal«, sagte sie, denn nun hatte sie die Geschichte schon begonnen. »Ich muss etwa sechs Jahre alt gewesen sein. Die Hagebuttenmarmelade war aus, und ich sollte auf Erdbeermarmelade aus dem Supermarkt ausweichen. Ich habe damals einen Tobsuchtsanfall gekriegt und mich geweigert, auch nur einen einzigen Bissen von dem Brötchen mit der falschen Marmelade zu essen. Mein Vater nahm es mir damals lachend vom Teller und sagte: ›Test bestanden, Pauline. Du bist eine echte Greiffenberg. Jede Wette: Du kommst bei uns mal groß raus!‹ Tja, ob ich hier groß rauskomme, weiß ich natürlich nicht, aber immerhin … bin ich schon mal hier, und ich werde mein Bestes geben, für Sie und den Betrieb.«

Karl Müller aus der Buchhaltung nickte ihr wohlwollend zu. Der Rest der Belegschaft starrte Löcher in die Luft. Sie fühlte sich furchtbar. Was hatte sie verbrochen, dass man sie so hängen ließ? Sicher, die meisten arbeiteten hier schon ihr halbes Leben. Natürlich vermissten sie ihren alten Chef und trauerten um ihn. Aber sie war seine Tochter, und sie gab sich Mühe. Es war einfach nicht fair.

»Na ja«, schloss sie beschämt. »Ich hoffe, mein Vater hatte damals den richtigen Riecher.«

»Das hoffe ich auch«, witzelte Onkel Wolfgang, und sie sank in sich zusammen wie ein missglücktes Soufflé.

Plötzlich kam ihr ein Gedanke. War ihr Onkel womöglich vor der Versammlung durch die Büros gezogen und hatte sie bei der Belegschaft angeschwärzt? ›Vorsicht, Leute! Das Mädel ist ein Wolf im Schafspelz. Wenn wir nicht aufpassen, krempelt die hier alles um. Und vor Kündigungen schreckt die auch nicht zurück‹, hörte sie ihn im Geiste raunen. Es war ihm zuzutrauen. Hundertprozentig. Es musste ein harter Schlag für ihn sein, dass er schon wieder übergangen wurde und man ihm seine ›kleine‹ Nichte vor die Nase setzte.

Ihre Handflächen waren inzwischen klitschnass und ihr Puls gefühlt auf hundert. Sie hatte sich im Vorfeld alle möglichen Horrorszenarien ausgemalt, doch dass es so schlimm werden könnte, hätte sie im Traum nicht gedacht. Wieder schaute sie verzweifelt auf ihren Spickzettel. Sie hatte noch so viel sagen wollen, aber in ihrem Gehirn tat sich plötzlich ein riesiges Vakuum auf. Sie schwitzte, und ihr war schwindelig. Veränderungen, dachte sie. Sie wollte über Veränderungen sprechen. War das klug? Aber irgendwas musste sie jetzt sagen. »Es werden sich hier ein paar Sachen ändern«, erklärte sie also wie aus dem Nichts.

»Zum Beispiel?«, fragte eine ältere Dame kühl. Pauline hatte sie noch nie gesehen.

»Ja, also …«, stammelte sie. »Ich hatte eben von der Hagebuttenmarmelade gesprochen … ich plane, einmal im Monat ein großes Firmenmeeting mit Frühstück zu veranstalten. Da werden wir alle Gelegenheit haben, uns gegenseitig auf den neuesten Stand zu bringen. Ich möchte, dass jeder in alles involviert ist und zu jedem Zeitpunkt weiß, wo die Firma gerade steht.«

Onkel Wolfgang schaute auf die Uhr. »Gut«, sagte er. »War's das?«

»Ähm … im Grunde … ja. Haben Sie vielleicht noch Fragen?« Sie sah sich um.

Einige schüttelten kaum merklich den Kopf.

»Keiner?«

»Keine Fragen. Wunderbar!« Onkel Wolfgang klopfte mit den Fingerknöcheln auf den Tisch. »Dann begrüße ich noch einmal offiziell und im Namen der Firma unsere neue Frühstücksdirektorin Pauline von Greiffenberg.«

Ein paar Leute grinsten verstohlen.

Sie schluckte und versuchte ein Lächeln. Selten hatte sie sich so bloßgestellt gefühlt.

»Herzlich willkommen und … ja, viel Erfolg, liebe Pauline. Ich denke, den kannst du gebrauchen.«

Jetzt klopften auch ein paar andere unmotiviert auf den Tisch, wie nach einer endlos langen, uninteressanten Vorlesung an der Uni. Dann standen sie auf, tuschelten und verließen den Raum in Richtung ihrer Büros, ohne Notiz von ihr zu nehmen.

Sie stützte ihren Kopf in beide Hände und schloss kurz die Augen.

»Ist doch ganz gut gelaufen, oder?« Onkel Wolfgang verzog sein golfplatzgebräuntes Gesicht zu einem Grinsen und haute ihr mit solcher Wucht auf die Schulter, dass sie fast mit der Stirn auf die Tischplatte schlug.

»Na ja«, murmelte sie. »Warum hast du eigentlich dauernd dazwischengeredet?« Sie konnte sich die Frage nicht verkneifen.

»So was muss man locker gestalten, Mädel. Die Leute sind ja fast eingeschlafen. Nur für die Zukunft: Immer mal ein kleines Witzchen einbauen, dann hat man sie auf seiner Seite.«

»Ich würde das gerne auf meine Art machen, Onkel Wolfgang«, erklärte sie schwach. »Und übrigens: Ich bin fast dreißig und kein ›Mädel‹.«

Er lachte. »Nichts für ungut, Pauline, aber ich fürchte, du musst trotzdem noch ein bisschen auf die Weide. Als Chefin muss man sich den Respekt der Leute verdienen. Mit deinem Frühstücksgedöns kommst du da nicht weit. Lass dir das von einem alten Hasen wie mir gesagt sein.« Noch einmal schlug er ihr gönnerhaft auf die Schulter und sah dann auf die Uhr. »So, ich mach mal Feierabend, Frau Direktorin. Wenn es denn genehm ist.« Wieder lachte er sein dröhnendes Lachen. »Viel Spaß noch, und äh … ja, bis morgen dann. Schätze, wir sehen uns jetzt öfter.« Mit diesen Worten verschwand er in den sonnigen Nachmittag und Pauline in ihr Büro.

Sie schloss die Tür hinter sich und setzte sich an den Schreibtisch, der ihr plötzlich noch größer vorkam als vorhin. Sie stützte ihr Kinn in die Hände und schaute aus dem Fenster. Die Glocke des Kirchturms schlug drei, vier oder fünf – sie zählte nicht mit. Sie war damit beschäftigt, sich zu fragen, ob sie wirklich die richtige Entscheidung getroffen hatte. Nach diesem Meeting würde sie am liebsten jetzt schon alles hinschmeißen, nach Hause fahren und mit den Zwillingen spielen. Doch sie hatte Oma Elsa und dem Rest der Familie versprochen, ihr Bestes zu geben. Für einen Rückzieher war es zu spät.

13. Freier Fall

»Uuuuund Äääääction!«, hörte er Rainer Poppe ins Megafon brüllen.

»Endlich«, murmelte er und griff mit der rechten Hand Richtung Felsvorsprung, um sich hinaufzuziehen. Bi- und Trizeps brannten schon ordentlich, und er spürte, wie ein dicker Schweißtropfen über seine rechte Schläfe lief. Die Sonne knallte, ihm war heiß. Das Flanellhemd und die Lederhose, die er drehbuchhalber tragen musste, machten die Sache nicht besser. Er hatte schon einige Minuten in der Felswand gehangen und sehnsüchtig auf den Startschuss des Regisseurs gewartet. Viel länger hätte er sich nicht mehr halten können. Natürlich war er mit einem Karabinerhaken und einem Kletterseil gesichert, so dass ein etwaiger Absturz sein Leben nicht gefährden würde. Trotzdem. Es wäre der absolute Super-GAU, wenn er hier abschmierte. Dieser Dreh heute war mit Abstand der spektakulärste des gesamten Films, weshalb sich alles, was bei Constantin Rang und Namen hatte, unten auf dem Bergplateau versammelt hatte. Ein Scheitern würde seinem Stuntman-Ego schwer zusetzen und wäre auch seiner Karriere nicht unbedingt zuträglich. Sogar Mike hatte angekündigt, heute ans Set zu kommen. Ein bisschen Berg- und Filmluft schnuppern, hatte er gesagt, und Ferdinand hatte sich gefragt, ob der Mann eigentlich nichts Besseres zu tun hatte. Er hatte ihn noch immer nicht darüber informiert, dass der große Familienrat bereits getagt hatte und ein Verkauf der Firma erstmal vom Tisch war. Er würde wohl nicht umhinkommen, ihm später zu gestehen, dass er in dieser Sache nichts für ihn hatte ausrichten können. Umso wichtiger, dass er heute, vor den fachmännischen Augen des Who's Who der Filmbranche, an der Wand performte. Er brauchte Angebote von namhaften Produzenten. Er brauchte Kohle. Und er wollte Hollywood.

»*Damn*«, stieß er hervor und biss die Zähne zusammen. Er musste alle Kraft bündeln, um diesen nackten Felsen, der kaum Vorsprünge bot, hinaufzukraxeln. Der nackte Wahnsinn, schoss es ihm durch den Kopf, während er mit einem Arm einen Klimmzug machte, um mit der anderen Hand eine winzige Spalte zu erreichen. Er schaffte es. »Alter!«, murmelte er, legte kurz den Kopf in den Nacken und blickte nach oben. Nur noch knapp eineinhalb Meter bis zum Ziel. Machbar, feuerte er sich selbst in Gedanken an, während ihm der Schweiß den Rücken hinunterrann. Er peilte einen winzigen Felsvorsprung an, zog sich mit dem linken Arm hoch und griff mit rechts danach. Check. Für seine Füße gab es in dieser Position allerdings keinen Halt. Sein Körper baumelte in der Luft wie ein Schinken, den man zum Trocknen aufgehängt hat. Was aus filmischer Perspektive spektakulär aussehen musste, ihn jedoch unmenschliche Kraft kostete. Sein linker Bizeps begann zu zittern. »*Come on*«, presste er hervor. »Du packst das, Großer.« Er hatte keine Ahnung, warum ihm dieser Satz gerade jetzt in den Sinn kam. Seine Mutter hatte ihn oft zu ihm gesagt, wenn der Leistungsdruck seitens seines Vaters zu heftig geworden war. »Du packst das,

Großer«, flüsterte er mit zusammengebissenen Zähnen in Richtung seines bebenden Muskels, doch das Zittern wurde stärker. Wie in Zeitlupe spürte er, dass seine Hand langsam wegrutschte. Verzweifelt krallte er seine Finger in die Spalte, doch sie fanden keinen richtigen Halt mehr. Die Katastrophe stand unmittelbar bevor. Er musste handeln. Noch einmal nahm er alle Kraft zusammen, zog sich mit dem rechten Arm laut stöhnend hoch und suchte mit einem Fuß die kleine Unebenheit im Felsen, die er eben entdeckt hatte. Er fand sie gerade noch rechtzeitig. Für einen Moment schloss er die Augen. »Danke, Gott«, flüsterte er und lachte dann vor lauter Erleichterung laut auf. Er lauschte. Ganz entfernt meinte er, Applaus zu vernehmen. Wahrscheinlich die Crewmitglieder, die mit angehaltenem Atem dort unten standen und seinen Stunt verfolgten. Sein linker Bizeps hatte sich wieder einigermaßen beruhigt, und kurz überlegte er, eine Hand von der Wand zu lösen, um lässig hinunterzuwinken. Er entschied sich dagegen. Jetzt nicht leichtsinnig werden. Viel zu viel hing vom Gelingen dieser Operation ab, und feiern lassen konnte er sich auch später noch, wenn er wieder unten war und sich das Catering schmecken ließ. Zum Glück war das Schlimmste jetzt geschafft. Das letzte Teilstück würde er mit links zurücklegen, oder vielleicht doch besser hauptsächlich mit rechts, wegen des geschundenen Muskels. Jedenfalls war ab hier der Wahnsinn nicht mehr ganz so nackt. Er atmete auf, stieß sich mit dem rechten Fuß ab und löste die linke Hand, um in die nächste Spalte zu greifen, die sich schräg über ihm befand. Ein Kinderspiel, verglichen mit dem, was er gerade hinter sich hatte. Dann ging alles ganz schnell. Ein leises Geräusch. Ein Ruck am Fuß. Die plötzliche Leere darunter. Der kleine Vorsprung, auf dem er gestanden hatte, war weggebrochen. »SCHEISSE«, zischte er und registrierte im selben Moment, dass er nur noch an seinem linken Arm hing. Von unten hörte er die Crew aufschreien, seine Finger rutschten ab, und dann war da nur noch dieses Achterbahngefühl in seinem Bauch und die schreckliche Gewissheit, dass er sich gerade im freien Fall befand.

Die Rückkehr ans Filmset kam ihm vor wie ein Gang nach Canossa. Dabei waren alle nett und verständnisvoll. Natürlich. Der Stunt war riskant gewesen. Da konnte so was passieren. Aber nicht ihm, dachte er ärgerlich.

»Hey, bist du okay?«, rief Rainer Poppe und eilte mit besorgtem Gesichtsausdruck auf ihn zu.

»Ja, ja, passt schon.«

Der Regisseur klopfte ihm auf die Schulter. »Sah spektakulär aus, Mann. Vielleicht können wir trotzdem was davon verwenden. Schauen wir mal, mit dem Licht und so. Den Dreh müssen wir aber in jedem Fall wiederholen. Hab schon mit Dirk gesprochen. Er weiß Bescheid.«

Dirk war der Produzent und somit derjenige, der den Film bezahlte.

»Er war bestimmt begeistert, was?« Ferdinand lachte gequält.

Rainer zuckte mit den Schultern. »Ging so. Er war natürlich vor allem froh, dass dir nichts passiert ist, Ferdi.«

»Logisch.« Er verabschiedete sich vom Regisseur und bahnte sich einen Weg zu der kleinen Berghütte, in der das Catering aufgebaut war. Er hatte Hunger.

»Gott, Ferdinand!« Nina hatte sich gerade einen Almdudler geholt und kam ihm erleichtert entgegen, als er die Hütte betrat. Sie schlang ihre Arme fest um ihn und schien ihn gar nicht mehr loslassen zu wollen. »Ich bin so froh, dass dir nichts passiert ist«, murmelte sie.

»Ich war ja gesichert«, sagte er und löste sich aus ihrer Umklammerung.

In dieser Sekunde betrat Mike Grindler die Hütte, kam zu ihm und klopfte ihm gönnerhaft auf die Schulter.

»Hast du's gesehen?«, fragte er ihn.

»Ja. Sicher. Dumm gelaufen. Am Anfang hast du eine richtig gute Figur gemacht, Alter. Was ist passiert?«

»Die Felswand hat sich nach einer Million Jahren entschieden, ein Stück von sich abzustoßen. Ausgerechnet, als ich draufstand. Tja …« Gespielt gleichgültig zuckte er mit den Schultern. »Das Leben geht weiter.«

»Ja. Sogar deins. Warst ja gut gesichert.« Mike deutete mit dem Kinn auf das Essen. »Du, ich brauch dringend mal was zwischen die Kiemen.«

»Dito.« Er marschierte zum Büffet.

Mike folgte ihm. »Bayerische Tapas. Wie originell.«

Er holte zwei Teller, reichte einen an Mike weiter und nahm sich Weißwurst, Obazda und Radieschensalat.

»Komm, lass uns da hinhocken.« Mike deutete auf einen kleinen Holztisch am Fenster, nachdem er sich ebenfalls den Teller beladen hatte.

Sie setzten sich und begannen, sich die bayerischen Spezialitäten einzuverleiben.

»Was gibt's denn Neues im Hause von Greiffenberg?« Mike tauchte ein Stück Weißwurst in süßen Senf und ließ es anschließend in seinen Mund wandern.

Ferdinand biss auch erstmal ein Stück von der Wurst ab. Was er jetzt antwortete, musste wohlüberlegt sein. Mike hatte ihn in der Hand. Jetzt erst recht. Hollywood konnte er erstmal knicken. »Der Familienrat hat getagt, und …« Er versuchte, es beiläufig klingen zu lassen.

»Und?«

»Sie haben sich gegen einen Verkauf entschieden.«

Mike sah ihn überrascht an. »Ach?«

»Vorerst«, beeilte er sich zu sagen. »Meine Großmutter hat sich in den Kopf gesetzt, die Firma zu retten. Und, na ja … du kennst sie ja.«

Mike lachte auf. »Allerdings!«

»Was sie sagt …«

»… wird gemacht.«

»Genau.«

»Damit ist mein Angebot also hinfällig?« Mike schenkte sich Wasser aus einer Karaffe ein und trank einen Schluck.

»Nicht unbedingt.« Er spießte eine Radieschenscheibe auf. »Meine Schwester ist diejenige, die die Firma retten soll.«

»Pauline?«

»Jepp.«

Mike runzelte die Stirn. »Hat die Ahnung?«

»Nee. Aber sie glaubt trotzdem, dass sie es schafft.«

»Bezweifle ich.«

»*Same.* Zumal sie kein Geld zum Investieren hat. Also abwarten. Ich hab dein Angebot im Kopf.«

»Es gilt nicht ewig. Gibt noch andere spannende Firmen, die nur auf den guten alten Mike mit der dicken Brieftasche gewartet haben.« Er grinste und biss noch einmal in seine Weißwurst. »Irgendwann brauch ich ansonsten auch mal meinen Zaster zurück.«

»*I know.* Ich … ich halt dich auf dem Laufenden.« Er schob seinen Teller beiseite. Irgendwie war ihm der Appetit vergangen.

14. *Dreizehn Briefe*

»Ja, bitte!«, rief Pauline, nachdem sie ein zartes Klopfen an der Bürotür vernommen hatte.

Frau Kantlmayr trat ein. »Guten Morgen, Frau von Greiffenberg«, flötete sie und legte ihr eine Postmappe auf den Schreibtisch.

»Meine Güte, ist die dick.«

»Ja, heute ist einiges«, erklärte die Vorzimmerdame mit vielsagendem Blick.

»Was Besonderes?«, fragte sie irritiert.

Frau Kantlmayr zuckte mit den Schultern. »Da schauen Sie am besten mal selbst«, sagte sie und marschierte hinaus.

»Hmmmm«, machte sie und schlug die Mappe auf. Langsam blätterte sie durch die Papiere. Ein paar Rechnungen, ein Knöllchen aus München, noch von ihrem Vater. Dann ein Schreiben von Gerti Traunstein. Ihr gehörte eine kleine Käserei in Prien. Seit Pauline denken konnte, lieferte sie verschiedene Sorten exzellenten Käses an *Feinkost Greiffenberg*. Gespannt nahm sie den Brief zur Hand und las. Er war kurz und sehr förmlich:

Sehr geehrte Damen und Herren,

anbei erhalten Sie unsere aktualisierte Preisliste. Aufgrund gestiegener Produktionskosten haben wir neu kalkuliert und erhöhen die Preise für unseren Käse.

Mit freundlichen Grüßen

Gerti Traunstein

»Das hat gerade noch gefehlt«, seufzte sie und warf einen Blick auf die Preisliste. »Boah!« Die Erhöhung war happig. Der Ziegenfrischkäse kostete ganze fünfundzwanzig Prozent mehr als vorher. Bei den anderen Sorten sah die Sache ähnlich aus. Sie nahm sich vor, Gerti in den nächsten Tagen anzurufen. Vielleicht ließ sie noch mit sich reden.

Sie las den nächsten Brief in der Mappe. Absender war die Kornmühle Kaltenberg – ebenfalls ein lokaler Zulieferer. Burgi Kaltenberg, die die Mühle mit ihrem Mann in fünfter Generation betrieb, kannte sie noch aus Kindertagen.

Sehr geehrte Damen und Herren,

anbei erhalten Sie unsere aktualisierte Preisliste …

Pauline runzelte die Stirn. Auch die Kaltenbergs erhöhten ihre Preise. Sie blätterte weiter. »Das glaube ich jetzt nicht«, murmelte sie, als sie auf einen Brief von Gustav Kirchner stieß, der eine kleine Schnapsdestillerie in den Bergen betrieb. Sein Obstler war der beste weit und breit. Das jedenfalls hatte ihr Vater stets behauptet.

Sehr geehrte Damen und Herren,

aufgrund gestiegener Produktionskosten haben sich die Preise für Spirituosen erhöht …

»Das ist ja wohl ein Witz«, schnaubte sie. Es waren noch zehn weitere Briefe in der Postmappe. Immer der gleiche Wortlaut. Brauerei, Bäckerei, Molkerei, Kaffeerösterei, Metzgerei. Und die Bauern aus der Umgebung, die Fleisch, Obst und Gemüse lieferten. Die Hubers, die Hertzingers, die Maiers … Das ganze Chiemgau schien sich gegen sie verschworen zu haben und erhöhte die Preise, und zwar so drastisch, dass es unmöglich wäre, sie eins zu eins an die Endverbraucher weiterzugeben. Warum alle? Warum jetzt? Sie schüttelte den Kopf. Das war eine Katastrophe! Sie wusste ja so schon nicht, wie sie die Rechnungen bezahlen sollte. Und jetzt das! Wenn die Chiemgauer Ernst machten mit dem, was sie hier androhten, rechnete sich das Geschäft nicht mehr und sie müssten Konkurs anmelden, bevor sie überhaupt den Versuch gestartet hätte, das Unternehmen zu sanieren.

Seufzend stand sie auf und trat ans Fenster. Selbst die Geranien schienen zu ahnen, dass Ärger in der Luft lag: Sie ließen die Köpfe hängen. Schnell nahm sie die kleine Gießkanne von der Fensterbank, wässerte die Pflanzen und dachte währenddessen angestrengt nach. Dreizehn Briefe. Eine konzertierte Aktion. Was hatte das zu bedeuten? Wer wollte ihr jetzt schon wieder Steine in den Weg legen? Nahm sie denn hier keiner ernst? Nicht einmal die Zulieferer? Oder steckte womöglich jemand ganz anders dahinter? Mit einer heftigen Bewegung schloss sie das Fenster und schnappte sich die Schreiben. Seit dem Team-Meeting versuchte sie, einen möglichst großen Bogen um ihren Onkel zu machen, doch das hier musste sie mit ihm besprechen. Umgehend. Sie stiefelte in sein Büro und knallte ihm den Stapel Briefe auf den Schreibtisch. »Wusstest du davon?«

Er überflog die Schreiben. »Das ist ja ein dickes Ding!«, schimpfte er. »Nein. Davon hatte ich keine Ahnung.«

Es klang überzeugend.

»Eins ist klar«, sagte sie. »Irgendjemand hat die Zulieferer angestachelt. Aber wer? Wer will uns an den Karren fahren?«

»Gute Frage«, brummte Onkel Wolfgang.

»Hast du eine Idee?«

»Nein, keine Ahnung. Da fällt mir niemand ein.«

»Na gut. Dann finde ich es eben heraus«, erklärte sie entschlossen, schnappte sich die Briefe und ging zurück in ihr Büro. Noch einmal blätterte sie die Schreiben durch. Gustav Kirchner war also auch mit im Boot. Von ihm hätte sie es am allerwenigsten erwartet. Sie kannte den alten Mann von Kindesbeinen an. Dieser förmliche Text, ohne Vorwarnung … das war seltsam. Sie warf einen Blick in den Kalender und beschloss kurzerhand, noch heute Nachmittag auf die Steinlingalm zu wandern, um dem alten Gustav einen Besuch abzustatten. Als Kind hatte ihr Vater sie oft mit zu ihm hinaufgenommen. Sie hatte es geliebt, in seiner alten Hütte mit seinen hübschen selbstgeschnitzten Holzeseln zu spielen, während der Papa den Obstler verkostete, den Gustav in seiner kleinen Destillerie in den Bergen herstellte. Auf dem Rückweg war der Papa meist ausnehmend fröhlich gewesen. Oft hatten sie zusammen Lieder gesungen oder *Ich sehe was, was du nicht siehst* gespielt.

Kurz nach dem Verschwinden ihres Vaters hatten sie und ihre Geschwister sich über ihre schönsten Kindheitserinnerungen mit ihm ausgetauscht. Für Ferdinand waren es die Sommerurlaube in Saint-Tropez gewesen. Antonia fiel sofort ein Segeltörn in Dänemark ein und ihr selbst die Sonntagsausflüge mit Papa zum stets etwas grantigen, aber herzensguten Gustav auf die Steinlingalm.

Gustav Kirchner war taub, von Geburt an, doch gut darin, von den Lippen zu lesen. Wenn er etwas sagen wollte, schrieb er es mit Kreide auf eine Schiefertafel. So war es immer gewesen. Und so wird es auch heute sein, dachte sie. Wenn er denn etwas zu sagen hat.

Gustav saß auf einem Holzklotz, draußen vor seiner Hütte. Vor ihm auf dem Boden stand ein riesiger Bottich mit Himbeeren, die er, eine nach der anderen, in aller Seelenruhe verlas.

»Grüß Gott, Gustav!« Sie nickte dem alten Mann zu. Der brummte etwas Unverständliches und deutete auf einen Baumstumpf neben sich. Sie verstand es als Einladung und setzte sich zu ihm.

Wenn Gustav über ihren Besuch erstaunt war, ließ er es sich nicht anmerken. Er hielt ihr eine Schüssel mit verlesenen Früchten unter die Nase, und sie griff zu. Sie schmeckten süß und köstlich. »Sind die für deinen Himbeergeist?«

Er sah sie fragend an. Offenbar hatte er sie nicht verstanden. Sie sprach etwas deutlicher und mit leerem Mund. Da nickte er und gab einen Laut von sich, der wohl Zustimmung bedeutete.

»Gustav, was soll der Brief?« Sie hatte beschlossen, den Grund ihres Kommens ohne Umschweife anzusprechen. Sie nahm ihren Rucksack vom Rücken, öffnete ihn und zog das Schreiben hervor. »Warum?«, fragte sie und hielt es dem alten Mann unter die Nase. »Warum erhöhst du die Preise um über zwanzig Prozent? Und vor allem: Warum tun das auch die anderen?«

Wieder blickte Gustav sie fragend an, doch diesmal war sie sicher, dass er sie genau verstanden hatte. »Gustav!?«

Statt zu antworten, strich er über seinen grauen Almöhi-Bart und zuckte mit den Schultern. Da griff sie nach der kleinen Schiefertafel und der Kreide. Beides lag neben seinem Holzklotz auf dem Boden. Sie legte ihm die Utensilien auf die Knie und fragte noch einmal eindringlich: »Warum, Gustav?«

Er schob sich eine Himbeere in den Mund und starrte geradeaus.

»Gustav?« Sie rüttelte leicht an seinem Oberarm, doch auch das half nichts.

»Du willst also nicht reden«, schloss sie.

Gustav nickte.

»Verstehe.« Sie nahm sich auch noch eine von den Früchten. Es war eine blöde Idee gewesen, ausgerechnet ihn zu fragen. Sie hätte sich denken können, dass er dichthielt – auch wenn sie sich noch so lange kannten. Gustav war schon immer stur wie ein Esel gewesen, und die Tatsache, dass er nicht sprechen konnte, hatte er sich zunutze gemacht, wann immer es ihm passte. Na ja, wer will es ihm verdenken, dachte sie. »Krieg ich dann wenigstens einen Schnaps?«

Überrascht zeigte er mit dem Finger auf sie.

»Ja, ich, Gustav. Stell dir vor, die Zeiten, in denen ich mit deinen Holzeseln gespielt habe, sind vorbei.«

»Hmmmm.« Über das wettergegerbte Gesicht des Alten huschte ein Lächeln. Ächzend erhob er sich, schlurfte in die Hütte und kehrte wenig später mit einer Schnapspulle und zwei Gläsern zurück. Mit einem leisen Plopp entkorkte er die Flasche und schenkte eine kleine Menge von der klaren Flüssigkeit in die Gläser.

»Was ist das?«, fragte sie.

Er deutete auf das Etikett. *Marille* stand da in krakeliger Gustav-Schrift.

Sie hob das Glas und stieß mit ihm an. Dann kippte sie den Schnaps in einem Zug hinunter. Er brannte in ihrer Speiseröhre und verursachte kurz darauf ein herrlich warmes Gefühl in ihrer Magengegend.

»Lecker«, sagte sie und hielt Gustav das leere Glas hin. »Auf einem Bein kann man nicht stehen.«

Er nickte zustimmend und schenkte ihr und sich noch einmal nach.

Sie bedankte sich und trank.

Gustav deutete erneut auf ihr Glas.

»Na gut, einen noch!«

Nach dem dritten Glas hatte sie genug. Sie spürte deutlich, wie ihr der Alkohol zu Kopf stieg. Gustavs Selbstgebrannte enthielten ordentlich Umdrehungen, und sie hatte einen langen Rückweg vor sich.

»Danke für den Schnaps, Gustav«, sagte sie und stibitzte noch ein paar Himbeeren. »Ich muss mal los.«

Er nickte. Dann zog er ein Handy aus seiner Hosentasche.

»Ach, guck mal«, murmelte sie perplex. Sie hätte ihm alles zugetraut, aber nicht, dass er ein iPhone besaß. Die Schiefertafel samt Kreide war inzwischen wohl nur noch Folklore.

»Gustav, du überraschst mich.«

Er öffnete die Notizen-App, tippte etwas ein und hielt ihr das Gerät unter die Nase. ›Frag Gerti‹ stand da.

»Gerti? Wieso?«

Doch Gustav hatte sich bereits wieder seinen Himbeeren zugewandt.

»Okay, ich frag sie«, sagte sie. »Danke für den Hinweis. Und für den Schnaps.«

Sie schwankte etwas, als sie sich an den Abstieg machte, doch zu Hause angekommen, war sie auf einen Schlag wieder nüchtern. Im Garten der Villa herrschte heller Aufruhr.

Ada kam ihr schon entgegengerannt, als sie die Stufen der Terrasse hinunterjoggte. »Mama! Mama! Max ist verschwunden!«

»Was? Wie denn verschwunden?«

»Wir haben Verstecken gespielt, und dann habe ich ihn plötzlich nicht mehr gefunden.«

Ihre Tochter war den Tränen nahe. Sie nahm sie auf den Arm. Paulines Herz raste. »Wie … wie lange ist er schon … weg?«

»Seit etwa einer Stunde.« Oma Elsa war inzwischen auch herbeigeeilt. »Deine Mutter telefoniert gerade alle Nachbarn ab. Und Ada und ich suchen. Aber bisher …«

»Mein Gott, er muss doch irgendwo sein«, rief Pauline panisch. Unwillkürlich musste sie an ihren Vater denken. Er war auch plötzlich verschwunden und … Sie zwang sich, den Gedanken nicht zu Ende zu denken.

Ada versteckte ihr Gesicht an ihrer Schulter und begann zu weinen.

»Habt ihr in den Büschen dahinten geschaut?«

Oma Elsa nickte.

»Den Strand abgesucht?«

»Natürlich!«

»Hoffentlich ist er nicht ins Wasser gefallen. Er kann doch noch gar nicht richtig schwimmen!«

»Er weiß, dass er allein nicht in die Nähe des Sees darf«, erinnerte ihre Großmutter sie.

»Glaubst du, er ist … entführt worden?« Sie musste auf einmal an all die schrecklichen Geschichten von entführten Kindern betuchter Familien denken. »Oh, mein Gott. Ich meine … es könnte doch sein!«

»Ist es schlimm, wenn man entführt ist?«, piepste Ada schniefend.

Sie strich ihrer Tochter sanft über das Haar und ärgerte sich über sich selbst, dass ihr etwas Derartiges herausgerutscht war. »Nein, nein … es ist …«

Oma Elsa tätschelte Ada den Rücken. »Er wird irgendwo etwas Spannendes zum Spielen gefunden haben. Und dann hat er die Zeit vergessen.«

Die Kleine nickte. »Das ist ihm schon öfter passiert.«

»Siehst du …«, flüsterte Pauline und versuchte, sich ihre Angst nicht anmerken zu lassen.

Ada hatte aufgehört zu weinen. Pauline setzte sie ab. »Ich guck noch mal dahinten beim Steinengel«, sagte ihre Tochter und rannte los.

»Ja, mach das!«, rief sie ihr hinterher. Dann kam ihr plötzlich ein Gedanke. »Vielleicht ist er weggelaufen.«

»Wieso sollte er?«, fragte ihre Oma.

»Ich hab es ihnen gestern gesagt«, erklärte sie. »Dass wir vorerst nicht nach Chieming zurückkehren. Ada hat es mit Fassung getragen, aber Max … Er hat es nicht besonders gut aufgenommen. Er wollte nach Hause. Womöglich … hat er sich auf den Weg dorthin gemacht.«

Oma Elsa zog die Stirn in Falten. »Zu Fuß?«

»Na ja, Autofahren kann er ja noch nicht.«

»Aber er würde doch nie ohne seine Schwester gehen.«

Sie nickte langsam. »Stimmt. Das würde er nicht tun.«

»Was würde er nicht tun?«, fragte da jemand hinter ihr. Erschrocken drehte sie sich um. »Mein Gott, Sebastian, was machst du denn hier?«

»Meine Kinder besuchen. Offensichtlich geht es ihnen nicht gut.«

»Ähm … wieso?«

»Max hat mich heute Nachmittag angerufen. Er wollte wissen, ob ich noch sein Papa bin. Was hast du den Kindern erzählt, Pauline?«, fragte er scharf.

»Nichts. Nur dass … na ja, was wir besprochen haben. Dass wir erstmal in Prien bleiben. Sie dich aber jederzeit sehen können.«

»Das scheinst du ihnen nicht besonders gut verkauft zu haben. Max war völlig aufgelöst.« Er blickte sich suchend um. »Wo sind die Kinder denn?«

Sie deutete hinter ihn. »Ada ist dort drüben. Und Max … er … er ist weg.«

»Wie … weg?«

»Na ja …«, stammelte sie kleinlaut. »Ich bin eben nach Hause gekommen …«

»Sie haben Verstecken gespielt, und Max hat offenbar ein sehr gutes Versteck gefunden. Er wird irgendwo hier sein und die Zeit vergessen haben«, schaltete Oma Elsa sich ein.

»WAS?« Sebastian brüllte beinahe. »Wie lange ist er schon verschwunden?«

»Etwa eine Stunde«, erklärte Pauline.

»EINE STUNDE? Er könnte sonst wo sein! Auf der Straße, im Wasser oder … entführt!«

Sie begann zu schwitzen. Sebastian hatte natürlich völlig recht. Ihr wurde fast schlecht bei dem Gedanken, ihrem Kleinen könnte etwas zugestoßen sein.

»Und wo warst du, während unsere Kinder unbeaufsichtigt im Garten gespielt haben?«, blaffte er wütend.

»Ich …« Sie schnappte nach Luft. »Ich war bei Gustav. Beruflich. Meine Oma und meine Mutter waren hier. Sie betreuen die Kinder nach der Kita, wenn ich mal später komme. Das weißt du doch.«

»Nein, das wusste ich nicht. Und ganz offensichtlich sind sie auch nicht in der Lage dazu.«

»Das sind wir sehr wohl!« Oma Elsa warf ihm einen abfälligen Blick zu.

»Bei aller Liebe, Elsa, aber du bist über achtzig.«

»Vielleicht konzentrieren wir uns lieber darauf, zu überlegen, wo Max sein könnte«, ging Pauline dazwischen.

Sebastian kam näher an sie heran und schnüffelte plötzlich wie ein Fährtenhund vor ihrem Gesicht herum. »Sag mal, hast du getrunken?«

»Äh …«

»Du hast ja eine Fahne, Pauline!«

»Ich hab nur …«

»Mein Gott, was seid ihr Greiffenbergs nur für ein kaputter Haufen. Eure Glanzzeiten habt ihr weiß Gott hinter euch«, stieß er verächtlich hervor. »Und euch vertraue ich meine Kinder an … ich fasse es nicht!«

In diesem Moment kam ihre Mutter in den Garten. »Sebastian«, sagte sie kühl. »Was machst du hier?«

»Meine Kinder vor euch bewahren«, antwortete er.

»Mach dich nicht lächerlich!«, schnaubte sie. Langsam fand sie offenbar zu alter Form zurück. »Hast du etwas erreicht, Mama?« Paulines Nerven waren zum Zerreißen gespannt.

Ihre Mutter schüttelte den Kopf. »Leider nein. Niemand hat ihn gesehen.«

»Dann informieren wir jetzt die Polizei«, schlug sie vor.

»Das übernehme ich.« Sebastian zückte sein Handy.

»Ich fahre die Straße nach Chieming ab«, erklärte Oma Elsa. »Vielleicht ist er ja doch dorthin unterwegs.«

Pauline nickte. »Ich suche noch einmal in der Umgebung.«

»Und ich halte hier mit Ada die Stellung«, versprach ihre Mutter. »Alle Nachbarn wissen Bescheid und rufen an, sobald sie etwas hören oder sehen.«

Pauline blickte sie dankbar an. So aufgeräumt hatte sie ihre Mutter seit dem Tod ihres Vaters nicht mehr erlebt. Wenn es drauf ankam, war sie da, die alte Therese. Hoffentlich ein gutes Zeichen. Vielleicht ging es ja langsam bergauf mit ihr. Das wäre wenigstens etwas Gutes. Max brachte es nur leider auch nicht zurück.

Verzweifelt versuchte sie, sich in seinen Kopf hineinzudenken. Wo konnte er hingegangen sein? Was wäre aus seiner Sicht ein gutes Versteck? Ihr fiel das kleine Bootshaus am Strand ein. Eigentlich durfte er nicht allein in die Nähe des Wassers, aber vielleicht hatte er nicht widerstehen können oder sogar absichtlich gegen diese Regel verstoßen. Weil er wütend auf sie war. Er hatte ja gestern erst erfahren, dass sie erstmal nicht nach Hause zurückkehren würden. Sie hätte nicht gedacht, dass ihm das so zusetzen würde. Obwohl sie während Sebastians Abwesenheit einen Großteil der Spielsachen geholt hatte, vermisste Max sein Zimmer. Und seine Freunde in der Nachbarschaft natürlich auch. Seine Tränen gestern hatten sie einmal mehr zweifeln lassen, ob sie das Richtige tat.

Sie joggte über das Gras zu dem alten Bootshaus, das ihr Vater vor Jahren selbst gezimmert hatte. Irgendetwas sagte ihr, dass sie ihren Sohn hier finden würde.

»Max?«, rief sie leise, als sie den kleinen Holzverschlag betrat. Zwei alte Ruderboote, ein Stand-up-Paddleboard und ein Schlauchboot ohne Luft lagerten hier und setzten Staub an. Sie schaute in die Ruderboote: leer. Sie hob das schlaffe gelbe Schlauchboot an. Auch hier: kein Max. Hektisch verließ sie das Häuschen und suchte mit den Augen den Uferbereich ab. »Wow, was ist das denn?«, murmelte sie. Am Bootssteg der Grindlers schaukelte eine nagelneue Segelyacht, groß und rotglänzend lackiert. Offenbar eine weitere Neuanschaffung. Plötzlich wusste sie, wo ihr Sohn war. Natürlich, Max liebte Boote, genau wie sein Großvater! Er musste sich magisch angezogen gefühlt haben von diesem Wunder der Nautik. Und dann hatte er nicht widerstehen können, kurz an Deck zu klettern, um alles ganz genau zu inspizieren. Sie kannte doch ihren Maxi!

Sie rannte los, lief auf den Steg und erklomm von da aus das Boot, das originellerweise *Britta* hieß. »Max?«, rief sie. »Max bist du hier?« Die Yacht schwankte unter ihren Füßen, während sie sich zum Bug vorarbeitete. Sie sah sich um. Die edle Holzverkleidung glänzte. Sogar hier draußen roch es neu. »Maxi?«, rief sie noch einmal, nur dieses Mal viel lauter. Wieder keine Antwort. Ihr Herz schlug bis zum Hals. Sie zögerte kurz und stieg dann eine kleine Leiter hinunter. Unter Deck roch es noch neuer. Nach Holz und frischer Farbe. Sie sah sich um. Rechts und links befanden sich mit hellem Leder bezogene Bänke. »Max?«

Ein leises Seufzen drang an ihr Ohr. Sie ging in die Hocke, und dann fiel ihr ein ganzer Felsbrocken vom Herzen. Auf dem nackten Holz unter einer der Bänke lag ein kleiner Mensch, eingerollt wie ein Welpe, und schlief tief und fest.

»Maxilein«, stieß sie erleichtert hervor, setzte sich neben ihn auf den Boden und streichelte ihm übers Haar. »Mein Schatz, da bist du ja.« Vorsichtig zog sie ihn unter der Bank hervor. Er schlief einfach weiter. Sie nahm ihr Handy und schickte schnell eine WhatsApp-Nachricht an ihre Mutter. ›Ich hab ihn gefunden. Er ist wohlauf.‹

»Mein Gott, bin ich froh, dass du da bist«, flüsterte sie ihm ins Ohr.

»Ich bin auch froh, dass du da bist, Mama«, erwiderte er mit müder Stimme und richtete sich langsam auf. »Wo bin ich?«, fragte er verwirrt.

»Auf dem Boot von den Grindlers. Du musst eingeschlafen sein.«

»Ah«, sagte er. Offenbar kehrte seine Erinnerung allmählich zurück. »Gutes Versteck, oder? Hat Ada mich gefunden?«

Sie schüttelte den Kopf.

Er reckte eine Faust in die Luft. »Cool! Ich hab gewonnen.«

Sie musste lachen. »Ja, du hast gewonnen. Aber wir haben uns schreckliche Sorgen gemacht.«

»Warum?« Verständnislos blickte er sie an.

»Weil wir über eine Stunde nach dir gesucht haben.«

»Uuups …«

Sie schlang die Arme um seinen kleinen Körper und drückte ihn fest an sich. »Ja, das hab ich auch gedacht. Mach so was nie wieder, versprochen?«

»Versprochen, Mama«, sagte er, nahm ihr Gesicht in seine kleinen, schmutzigen Händchen und schmatzte ihr einen feuchten Kuss auf die Stirn. »Und jetzt lass mich los. Ich krieg keine Luft mehr.«

15. *Nicht mit uns*

Natürlich war der Vorfall mit Max Wasser auf Sebastians Mühlen gewesen. Nachdem er bei der Polizei Entwarnung gegeben hatte, war er ihr auf die Terrasse der Villa gefolgt und hatte sie lautstark mit Vorwürfen überhäuft. Einmal mehr forderte er, dass sie unverzüglich mit den Kindern zu ihm nach Chieming zurückkehrte.

»Ich brauche Zeit«, hatte sie erwidert.

»Wofür?«

»Um nachzudenken.«

»Nachdenken? Worüber, zum Teufel?«

»Über uns, Sebastian«, hatte sie geflüstert.

»Über … Wie meinst du das?« Plötzlich hatte er ein wenig atemlos geklungen und war sich mit den Händen durch die Haare gefahren.

Sie hatte ihn lange angesehen und schließlich den Kopf geschüttelt. »Ich meine unsere ewige Streiterei, Sebastian. Deine Wut. Deinen Jähzorn. Und ich meine das, was du getan hast … an unserem Hochzeitstag.«

»Das ist also der Grund«, hatte er leise geantwortet und beinahe zerknirscht geklungen.

»Ja.«

»Es kommt nicht wieder vor.«

»Sebastian, das sagst du jedes Mal.«

Er war rot angelaufen. »ICH BIN AUCH NUR EIN MENSCH!«, hatte er plötzlich gebrüllt. »Darf ich keine Fehler machen? Schau dich an. Du machst einen nach dem anderen. Heute hast du sogar unseren Sohn verloren. UNSEREN SOHN! Das muss man sich mal vorstellen.«

Mit diesen Worten war er einfach davongestürmt, aber er würde wiederkommen, das wusste sie. Er würde nicht ruhen, bevor sie und die Kinder wieder bei ihm waren. Allein der Gedanke daran löste Übelkeit in ihr aus. Alles in ihr sträubte sich dagegen, und die Zweifel, die sie zuvor noch gehegt hatte, lösten sich in Luft auf.

Hinter ihr hupte ein Auto. Sie befand sich auf der Landstraße dorfauswärts und war immer langsamer geworden. Schnell wischte sie ihre düsteren Gedanken beiseite und gab Gas. Sie hatte schließlich eine wichtige Mission.

Gerti Traunsteins kleine Hofkäserei befand sich etwas außerhalb von Prien auf einem einsam gelegenen Hof inmitten grüner Hügel. Dass man am besten Gerti fragte, darauf hätte sie auch selbst kommen können. Die Käserin war schon immer redselig gewesen, und wenn Pauline Glück hatte, würde sie ihr vielleicht erzählen, was beziehungsweise wer hinter den horrenden Preiserhöhungen steckte.

Sie parkte neben einem Traktor und sprang aus ihrem Mini. Auch hier war sie schon als Kind gewesen. Viel hatte sich seither nicht verändert. Mindestens fünfundzwanzig Ziegen grasten auf einer Weide am Haus. Sie lieferten die Milch für Gertis leckeren Ziegenkäse.

Die Produktionsstätte war in einem Stall untergebracht,

einem alten, weiß verputzten Gebäude mit kleinen Fenstern und einem leuchtend blau getünchten Holztor. Pauline öffnete es schwungvoll und betrat den weiß gekachelten Innenraum, in dessen Mitte ein großer Bottich stand. Als Mitglied einer Feinkostdynastie wusste sie, dass darin die Milch für den Käse erwärmt und mit Milchsäurebakterien und Lab versehen wurde. So erhielt man die sogenannte Gallerte, aus der anschließend der Käse hergestellt wurde.

»Gerti?« Sie blickte sich suchend um.

»Sie ist unten.« Ein junger Mann mit dunklem Haar und weißem Kittel kam auf sie zu und deutete auf eine kleine Tür, die in den Keller führte.

Sie lächelte freundlich. »Kann ich einfach runtergehen?«

Der Mann nickte und hielt ihr die Kellertür auf. »Unten rechts und dann immer geradeaus. Ist nicht zu verfehlen.«

Sie bedankte sich und stapfte die schmale Stiege hinab in einen kühlen Gewölbekeller. Sie horchte. Jemand pfiff ein Lied. *Tainted Love* von Soft Cell. Sie folgte der Melodie. Wenig später betrat sie einen Raum, dessen Wände bis an die gewölbten Decken mit Regalen versehen waren. Auf den dicken Brettern reihten sich runde Käselaibe aneinander und reiften vor sich hin.

»Gerti?«

An einem Tisch in der Mitte des Raumes stand sie, in weißem Kittel und mit Haarnetz auf dem Kopf. »*Take my tears and that's not nearly all*«, sang sie leise vor sich hin und bepinselte im Rhythmus des Liedes einen der großen Käselaibe.

»Gerti?«, rief Pauline etwas lauter.

Die Käserin reagierte nicht.

Lächelnd ging sie zu ihr und klopfte ihr vorsichtig auf die Schulter.

Gerti zuckte zusammen, drehte sich um und rief: »Himmel!« Sie zog sich die Airpods aus den Ohren und sah sie vorwurfsvoll an.

»Entschuldige! Ich wollte dich nicht erschrecken.«

»Was … wer … was tun Sie hier?«

»Ähm. Also, ich bin's. Pauline. Von Greiffenberg.«

Gerti schlug sich mit der Hand an die Stirn. »Pauline! Menschenskind, na klar! Fast hätte ich dich nicht erkannt. Ist aber auch schon ein Weilchen her.« Sie musterte sie unverhohlen. »Gut schaust aus.«

»Danke, du auch.«

Gerti lachte. »Ja, das Outfit steht mir, oder?« Sie strich mit den Händen über ihren weißen Kittel und drehte sich, als wäre sie gerade probeweise in ein Abendkleid geschlüpft. »Wie hast du mich gefunden?«

»Der nette junge Mann oben hat mir einen heißen Tipp gegeben.«

»Ah, das war Erkam aus Usbekistan. Der macht hier gerade ein Praktikum. Begabter Junge. Ich hoffe, er bleibt mir lange erhalten. Ein bisschen Hilfe kann ich nämlich schon gebrauchen.« Sie deutete auf ein Regal. »Die schweren Dinger – so langsam kriege ich es im Kreuz. Ich bin nicht mehr die Jüngste, weißt du?« Sie griff sich mit der Hand an den Rücken und verzog das Gesicht.

Pauline nickte. Gerti war sicher schon über sechzig und das Käsen ein Knochenjob.

»Und? Wie geht es dir? Tut mir leid, das mit deinem Vater.«

»Ja, es ist so … unwirklich. Dass er einfach nicht mehr da ist, meine ich. Noch immer denke ich manchmal, gleich kommt er durch die Tür.«

Gerti seufzte. »Kann ich mir vorstellen. Ich kann es auch immer noch nicht richtig glauben. Niemand hier kann das.« Sie schwieg einen Augenblick. »Wie ich hörte … bist du jetzt die neue Chefin von *Feinkost Greiffenberg.*«

»Da hast du richtig gehört.«

»Und jetzt wolltest du dir mal meine Produkte anschauen?« Sie tippte mit ihrem gummibehandschuhten Zeigefinger auf den Laib, der vor ihr auf dem Tisch lag. »Meinem Käse geht's gut, falls du dich das fragst.« Sie lächelte. »Der hier kriegt gerade seine Streicheleinheiten.« Sie tauchte den Pinsel in eine rötliche Flüssigkeit und bestrich ihn gleichmäßig damit.

»Was ist das?«, fragte Pauline interessiert.

»Rotschmierkultur. Um zu verhindern, dass der Käse von unerwünschten Bakterien befallen wird. Meine Käsesorten haben alle Demeterqualität. Künstliche Konservierungsstoffe kommen mir nicht in die Tüte. Beziehungsweise in den Käse. War schon immer so. Und wird auch so bleiben.«

Pauline nickte.

»So, und jetzt raus mit der Sprache. Du bist wegen der Briefe hier, stimmt's?«

»Stimmt. Richtig geraten. Es … es kam ziemlich überraschend, weißt du. Preiserhöhung, okay. Aber gleich um über zwanzig Prozent?«

Gerti bepinselte weiter den Käse.

»Und warum alle gleichzeitig? Was steckt dahinter?«

»Hmmmm«, machte Gerti und wuchtete den Käse herum. Es hatte ihr offenbar die Sprache verschlagen.

»Ist es, weil mein Vater nicht mehr da ist?«, fragte sie leise. »Denkt ihr … mit mir könnt ihr es machen?«

»Das hat damit gar nichts zu tun, Pauline!«, ereiferte sich

Gerti auf einmal. »Das war schon vorher geplant. Also, bevor dein Vater …« Sie ließ den Satz unvollendet im Raum stehen.

»Es war also geplant.«

»Tja … ja.«

»Und von wem? Ich meine … wer hat es geplant? Und warum?«

»Warum, das kann ich dir sagen. Weil alles teurer geworden ist. Energie. Produktion. Lohnkosten. Und weil bei uns alles noch händisch gemacht wird. Siehst du ja.« Sie deutete mit dem Kinn auf ihren Pinsel. »Was die Qualität verbessert. Und gute Qualität hat eben ihren Preis. Ich arbeite fast rund um die Uhr und habe kaum Hilfe. Und trotzdem lebe ich von der Hand in den Mund.« Sie stockte und biss sich auf die Unterlippe, sprach dann aber doch weiter. »Während ihr Greiffenbergs in eurer Villa residiert, Partys feiert und Boote besitzt. Dicke Autos, teure Kleider.«

Unwillkürlich sah Pauline an sich hinab. Jeans und Baumwollbluse. Alles gut.

»Weil ihr … weil ihr das ganze Geld abgreift mit euren hohen Margen und wir Produzenten in die Röhre gucken«, fuhr Gerti trotzig fort. »Greiffenberg. Der Name ist ja Programm. War es schon immer.«

Sie starrte die Käserin perplex an. So wurde das also gesehen. Die Greiffenbergs als Ausbeuter der Bauernmanufakturen. »So ist es aber nicht, Gerti.«

»Ach, nein? Wie ist es dann?«

»Na ja, wir … wir haben auch kein Geld.«

Gerti lachte auf. »Entschuldige, Pauline, aber das ist echt ein Witz.«

»Leider nein. *Feinkost Greiffenberg* … wir … wir müssen auch kämpfen. Die Bilanzen ... das sieht alles gar nicht gut aus«, gestand sie und fragte sich im selben Moment, ob es klug war, Gerti von den finanziellen Problemen der Familienfirma zu erzählen. Aber jetzt war es auch egal, und sie beschloss, ihr die ganze traurige Wahrheit zu offenbaren. Vielleicht konnte sie damit ja etwas bewirken. »Meine erste Amtshandlung als Geschäftsführerin war der berühmte Kassensturz. Tja, und was dabei herausgekommen ist, ist alles andere als erfreulich. *Feinkost Greiffenberg* macht schon länger keine Gewinne mehr. Was ich nicht wusste. Keiner wusste es. Mein Vater hat es niemandem erzählt. Na ja, ich bin jedenfalls angetreten, um die Firma zu retten. Auch wegen euch. Unsere Mitarbeiter, ihr Zulieferer – es hängen ja alle mit drin. Und nun kommt ihr mir mit diesen Preiserhöhungen. Alle auf einmal. Ich meine ... wie soll ich so die Firma retten?«

»Hmmm«, brummte Gerti. Für ihre Verhältnisse schwieg sie schon ganz schön lange. Mit einem lauten Ächzen schob sie den fertig eingepinselten Käse beiseite und machte sich daran, den nächsten Laib aus dem Regal zu hieven.

»Warte, ich helfe dir«, beeilte Pauline sich zu sagen. Sie schleppten das runde Monstrum zu zweit auf den Tisch. »Mann, sind die Dinger schwer.« Gertis Gesicht war rot angelaufen. »Klar, eure Arbeit ist hart«, fuhr sie fort. »Aber wir müssen trotzdem irgendeine Lösung finden. So geht das nicht. Ihr könnt nicht einfach alle den gleichen Brief schreiben und mir nichts, dir nichts die Preise erhöhen. Das ist nicht in eurem Interesse. Ihr schneidet euch ins eigene Fleisch.«

»Mhmmm.«

»Mit wem muss ich sprechen, Gerti?« Sie sah sie eindringlich an. »Es hängt verdammt viel davon ab. Für uns genauso wie für euch. Das kannst du mir glauben. Also: Wer ist der Drahtzieher?«

»Leopold«, näselte Gerti.

»Wer?«

»Leopold. Der junge Hertzinger. Der hat das vorgeschlagen. Kürzlich. Und dann die Briefe entworfen.«

»Leopold Hertzinger«, murmelte sie und dachte an die Begegnung mit ihm. Oben auf der Alm, als sie mit Oma Elsa gewandert war. Hatte er da nicht auch schon irgendwas von fairen Preisen erzählt? »Und wie?«, fragte sie.

»Wie ›wie‹?«

»Na ja, wie seid ihr organisiert? Ich meine, habt ihr so was wie eine … Gewerkschaft? Oder einen Verband? Oder hat er euch einfach eine Mail geschrieben? ›Kommt, lasst uns die Preise erhöhen. Mal sehen, was passiert?‹« Sie redete sich in Rage. Der saubere Leopold nervte sie plötzlich, obwohl er gar nicht anwesend war.

»Also, von mir hast du's nicht, klar?«

»Klar.«

»Wir haben eine WhatsApp-Gruppe«, erklärte Gerti. »Nicht mit uns.«

»Wie ›nicht mit uns‹?«

»So heißt die Gruppe«, sagte sie verlegen.

»Aha.«

»Und wir haben uns einmal getroffen. Bei ihm zu Hause.«

»Bei wem?«

»Na, beim Leopold. Auf dem Hertzinger-Hof.«

»Ah! Und wer ist jetzt genau ›wir‹?«

»Die … die Zulieferergruppe. Alle, die an Greiffenberg liefern.«

»Verstehe.«

Gerti zuckte mit den Schultern. »Ist ganz gut, mal zu reden und … sich auszutauschen.«

Sie nickte. »Sicher. Klar. Ähm … danke, dass du es mir gesagt hast.«

Mein ehemaliger Mitschüler Leopold also, dachte sie, nachdem sie sich verabschiedet hatte und in ihren Mini gestiegen war. Sie drehte das Radio lauter. Ed Sheeran sang *Bad Habits*, während sie über die kurvige Landstraße fuhr, die mitten durch die sanften Hügel Richtung Prien führte. Er war der Rädelsführer. Jemand, der auch seinen Anteil vom Kuchen haben wollte, was ja verständlich war. Aber wenn der Kuchen nur noch aus ein paar Krümeln bestand, dann hatte keiner mehr genug zum Leben, und das war genau das, was sie ihm klarmachen musste. Zum Hertzinger-Hof ging es links ab. Warum nicht jetzt gleich, dachte sie und setzte den Blinker. Sie hatte keine Zeit zu verlieren.

16. Robin Hood

Leopold sah sie schon von weitem. Er rammte die Heugabel in den Boden und hielt schützend eine Hand über seine Augen. Kein Zweifel. Es war Pauline von Greiffenberg, die mit ausladenden Schritten den Berg heraufgestapft kam. Wenige Minuten später stand sie vor ihm und pustete sich eine Strähne ihres langen, dunkelblonden Haars aus dem Gesicht.

»Tachchen«, sagte er und schlug sich im Geiste selbst vor die Stirn. Hatte er wirklich ›Tachchen‹ gesagt? »So … sieht man sich wieder. Was … ähm … tust du hier?« Natürlich ahnte er es längst. Die Briefe mussten inzwischen auf ihrem Schreibtisch gelandet sein. Dass sie so schnell herausfinden würde, auf wessen Initiative sie geschrieben worden waren, hatte er allerdings nicht erwartet. Gerti hatte gesungen, jede Wette. Egal. Irgendwann wären die Greiffenbergs ihm sowieso auf die Schliche gekommen. Wie auch immer – es musste sie ganz schön getroffen haben, wenn die neue Chefin extra auf die Alm gekraxelt kam.

»Hallo, Leopold«, begrüßte Pauline ihn mäßig freundlich und war dann erstmal damit beschäftigt, Atem zu holen. »Ich komme wegen der …« Sie schnappte nach Luft. »… Briefe.«

»Ah«, sagte er und wartete gespannt, was als Nächstes käme.

»Leeeooo!«, hörte er da jemanden rufen. Es klang irgendwie panisch.

Pauline runzelte die Stirn.

»Das muss Christina sein«, sagte er und wandte sich um.

Tatsächlich kam sie den Hügel heruntergerannt, so schnell ihre Gummistiefel sie trugen. »Lilly! Sie blutet!«, stieß sie hervor, als sie vor ihnen stand. »Die rechte Flanke. Ein Schnitt. Keine Ahnung, wie sie das wieder gemacht hat.«

Er blieb ruhig. Oft sahen Wunden bei Tieren schlimmer aus, als sie waren. »Ist es ein tiefer Schnitt? Eine klaffende Wunde?«

»Klaffend nicht, nein. Aber sicher zehn Zentimeter lang und … na ja, es blutet eben ziemlich.«

»Oje.« Pauline sah erschrocken aus.

»Ich schau's mir an«, sagte er. »Sorry, Pauline.« Er joggte zur Hütte, um die lederne Erste-Hilfe-Tasche zu holen. Hoffentlich war es keine ernsthafte Verletzung. Falls doch, müsste er den Tierarzt holen, und der würde sich bedanken, wenn er extra hier hochmüsste. Kurz überlegte er, was er noch brauchte. Frisches Wasser vielleicht, um die Wunde zu reinigen. Und ausreichend Desinfektionsmittel. Sicherheitshalber packte er noch etwas mehr davon ein, für den Fall, dass das Fläschchen in der Tasche nicht ausreichte. So beladen, rannte er wieder nach draußen und nickte Christina zu. »Dann los!« Sein Blick fiel auf Pauline, die unschlüssig dastand. »Ich weiß nicht, wie lange es dauert«, erklärte er ihr. »Du kannst warten. Oder ein anderes Mal wiederkommen.«

»Ich komme mit«, sagte sie. »Vielleicht kann ich helfen.«

»Ooookay …« Er schaute auf ihre weißen Sneakers. Dass sie eine große Hilfe sein würde, wagte er zu bezweifeln, aber sicher schadete es auch nicht, wenn sie dabei war. »Na gut«, murmelte er und marschierte hinter Christina her. »Aber das wird kein Spaziergang«, rief er ihr über die Schulter zu.

»Kein Problem«, entgegnete Pauline. »Ich hab letztens eine Wanderung mit meiner Oma überlebt.«

Christina kraxelte die steilen, grasbewachsenen Hänge in einem Tempo hinauf, mit dem sie jeder Bergziege Konkurrenz gemacht hätte. Er kam kaum hinterher, und auch Pauline schien trotz des Trainings mit ihrer Großmutter an ihre Grenzen zu stoßen. Sie schnaufte hörbar, und einmal fluchte sie sogar laut. Er drehte sich zu ihr um und fragte: »Alles okay?«

»Bin abgerutscht, aber ja, alles okay«, keuchte sie. »Meine Schuhe sind nicht ideal.«

Dann endlich, nach etwa zwanzig Minuten Fußmarsch, erreichten sie die Wiese, auf der seine Kühe heute weideten. Die kleine Lilly und ihre Mutter Lisa standen etwas abseits der Herde im Schatten unter einem Baum und ließen die Köpfe hängen. Er sprintete zu dem Kälbchen und begrüßte es, indem er vorsichtig über seinen kleinen Kopf strich. Dann begutachtete er die Verletzung an Lillys Flanke. Christina hatte recht gehabt. Es war ein langer Kratzer, aus dem noch immer Blut quoll. Wahrscheinlich hatte das ungestüme Jungtier ihn sich an einem der scharfen Felsen zugezogen.

»Und?«, fragte Pauline. Sie und Christina waren neben ihn getreten und betrachteten die Wunde mit sorgenvollen Mienen.

»Es scheint nicht allzu tief zu sein. Das verheilt wieder. Ohne Nähen.«

»Gott sei Dank!«, stieß Christina hervor.

»Ich werde die Wunde säubern und desinfizieren. Das sollte genügen.« Er öffnete die Erste-Hilfe-Tasche. »Kannst du sie ein wenig ablenken?«

Christina kniete sich vor Lilly hin und streichelte ihren Kopf.

Er holte Tupfer, Wasser und Desinfektionsmittel aus der Tasche und begann, die Wunde zu reinigen. Es schien dem Kälbchen wehzutun, denn es wich aus und muhte kläglich.

»Mist!«, zischte er. »So geht das nicht.«

»Warum haltet ihr sie nicht zu zweit fest«, hörte er Pauline sagen. »Dann versorge ich schnell die Wunde.«

»Du?« Er staunte. Die hohe Greiffenberg-Tochter traute sich ja einiges zu. »Kennst du dich denn aus mit Wunden?«

»Meine Schwester hatte ein Pferd. Und ich hab sechsjährige Zwillinge. Also: Ja, ich kenne mich aus mit Wunden.«

»Na dann.« Er nickte Christina zu. Sie nahm Lillys Kopf in beide Hände und redete beruhigend auf sie ein, während er versuchte, das Hinterteil festzuhalten.

Pauline krempelte die Ärmel ihrer Bluse hoch, schnappte sich einen Tupfer und brachte mit geschickten Handgriffen Wunddesinfektion auf den Schnitt auf. Es ging so schnell, dass Lilly gar nicht mehr dazu kam, sich zu wehren.

»So, das war's«, sagte Pauline und streichelte den Rücken des Kälbchens. »Gut gemacht, tapferes Mädchen.« Sie lächelte. »Meinen Kindern würde ich jetzt ein Piratenpflaster draufkleben, aber ich nehme an, in deiner Tasche gibt's so was nicht, oder?«

»Nee, nicht in der Größe«, erwiderte er und musste grinsen. Paulines feine Bluse war nun nicht mehr hell, sondern voller Blut- und Jodflecken. »Das sieht aber gar nicht gut aus«, sagte er.

Sie winkte ab. »Kein Problem. Wie gesagt: Zwillinge.«

Sie verabschiedeten sich von Christina, die hier oben bleiben würde, um die Herde zu hüten und die verletzte Lilly im Auge zu behalten. Dann machten sie sich zu zweit auf den Rückweg Richtung Almhütte.

»Sie ist toll«, meinte Pauline irgendwann zu ihm.

»Lilly?«

Sie lachte. »Die auch. Aber ich meine Christina. Die Sennerin.«

Er nickte. »Ja, stimmt. Ich bin echt froh, dass ich sie habe. Sie hat mir früher schon ab und zu geholfen. Sie liebt Kühe und die Alm. Apropos. Woher wusstest du eigentlich, wo du mich findest?«

»Deine Mutter hat's mir gesagt. Ich war bei euch, weil …«

»Die Briefe«, sagte er und wappnete sich.

Sie verlangsamte ihre Schritte. Die Stimmung zwischen ihnen änderte sich schlagartig. »Ich hab sie gestern bekommen, und … wow. Ich konnte es kaum glauben. Das ist echt happig. Von jetzt auf gleich so viel mehr Geld. Und … diese Verschwörung. Dass ihr euch alle zusammengetan habt. Gegen mich. Das ist auch happig.«

»Nun ja, es ist die einzige Möglichkeit.«

»Wofür?«

»Um faire Preise durchzusetzen.«

»Und du bist der Rädelsführer.«

»Rädelsführer. Das klingt ja, als würde ich einen politischen Umsturz planen. Oder einen Banküberfall. Aber ja, ich hab das angeregt. Dass wir faire Preise verlangen für unsere Produkte. Die gut sind. Sehr gut sogar. Wir Landwirte und die Leute aus den Manufakturen arbeiten hart dafür. Und es ist unser gutes Recht, ein sicheres Auskommen zu verlangen.«

»Das verstehe ich, aber …«

»Meine Milch, das Getreide. Das Obst und das Gemüse. Alles ist von bester Qualität. Ich habe komplett auf bio umgestellt. Besser gesagt, auf Demeter, was bedeutet, dass ich keinen Kunstdünger verwende, keine Pflanzenschutzmittel, keine Antibiotika. Du hast meine Kühe selbst gesehen. Sie sind den ganzen Sommer über auf der Weide. Keine Massentierhaltung in einem engen Stall, sondern saftiges Gras auf der Alm. Tierwohl ist mir sehr wichtig. Und wenn man seinen Hof so führt, wie ich es tue, dann hat das seinen Preis. Es kann nicht angehen, dass Lebensmittel zu einem Spottpreis verkauft werden, und wir, die Erzeuger, am Ende draufzahlen.«

»Spottpreis, na ja …«, warf Pauline ein.

»Eins fünfzig für einen Liter Demeter-Milch ist ein Spottpreis.«

»Okay. Aber gleich eine Erhöhung um über zwanzig Prozent? Wir haben auch unsere Kalkulationen, und …«

»Na klar, die Villa und die dicken Autos, das will ja alles bezahlt werden. Logisch. Aber von nun an eben nicht mehr von uns.« Langsam redete er sich warm. Bei diesem Thema war er in seinem Element. Wenn er darüber nachdachte, dass sein Vater sich sein ganzes Leben krummgemacht hatte, immer nur malocht, von morgens bis abends, um Leuten wie den Greiffenbergs ihren Wohlstand zu finanzieren, dann packte ihn die Wut. »Versteh mich nicht falsch«, fuhr er fort.

»Dicke Autos, Partys und Segelyachten, das brauche ich nicht. Echt nicht. Ich will einfach nur fair bezahlt werden. Und die anderen auch. Das reicht uns schon. Also haben wir gerechnet, wie unsere Preise sein müssen, damit wir das bekommen, was uns zusteht. Tja, und das Ergebnis liegt nun auf deinem Schreibtisch. Du nennst es happig. Klar, ist es vielleicht auch auf den ersten Blick. Aber das zeigt im Grunde ja nur, was wirklich das Problem ist, nämlich, mit welchen Dumpingpreisen wir uns bisher begnügen mussten.« Er holte Luft. So viel hatte er schon lange nicht mehr an einem Stück geredet, aber Ungerechtigkeiten konnte er nun mal nicht ertragen. Deshalb würde er für diese Sache kämpfen, auch wenn es bedeutete, dass er sich mit den Greiffenbergs anlegte. Er war zu allem bereit und würde im Übrigen einen Teufel tun, sich von Pauline einwickeln zu lassen. Da konnte sie noch so oft Kälbchen verarzten.

»Ich verstehe euch«, sagte sie jetzt und ging vorsichtig weiter, um nicht abzurutschen. Ihre glatten Sohlen waren wirklich denkbar ungeeignet für diesen steilen Weg. »Aber es ist eine Milchmädchenrechnung.«

Er schüttelte den Kopf. »Alles immer billiger zu machen, ist eine Milchmädchenrechnung, Pauline«, entgegnete er. »Denn am Ende bezahlen wir alle und zwar zigfach, mit Umweltschäden, Klimawandel und einem Ökosystem, das nicht mehr funktioniert.«

»Und du willst jetzt die Welt retten, indem du die Chiemgauer anstachelst, ihre Preise zu erhöhen, Robin Hood?«

»Ich will meinen Teil dazu beitragen, ja. Was ist falsch daran?«

»Kann ich dir sagen. Ihr schaufelt euch gerade euer eigenes Grab.«

»Wohl kaum. Wieso?«

»Weil …« Abrupt blieb sie stehen und holte tief Luft. »Weil ihr *Feinkost Greiffenberg* in den Ruin treibt.« Ihre Stimme war auf einmal ganz leise.

»Ach, komm …«

»Doch. Ist so. Ich hatte selbst keine Ahnung, bis ich … bis ich den Platz meines Vaters eingenommen habe. Das ist kein Witz. Es sieht nicht gut aus.«

Das überraschte ihn. »Was heißt ›nicht gut‹?«

»Na ja, wir schreiben seit längerem rote Zahlen.«

»Wow. Das muss man auch erstmal schaffen.«

»Es geht schnell, das kannst du mir glauben«, erwiderte Pauline kühl. »Ich will versuchen, das Unternehmen zu retten, aber … aber wenn ihr mir jetzt auch noch mit total überteuerten Preisen kommt, dann wird es halt … schwierig.« Sie biss sich auf die Lippe.

»Das ist bitter. Und das tut mir auch leid für euch. Aber ehrlich gesagt: Es ist nicht mein Problem.«

»Doch, genau das ist es.« Er sah, dass sich hektische Flecken an ihrem Hals gebildet hatten. »Es ist absolut dein Problem. Und das von deiner ganzen WhatsApp-Gruppe. Wenn *Feinkost Greiffenberg* nämlich pleite ist, dann kostet das Arbeitsplätze. EURE Arbeitsplätze. Warum also nicht an einem Strang ziehen? Ihr überlegt euch das noch mal mit den Preisen. Vielleicht finden wir einen Kompromiss. Und ich … ich sorge dafür, dass ihr eure Arbeit behaltet. Beziehungsweise euren wichtigsten Kunden.«

Er schüttelte den Kopf. »Sicher nicht.«

»Aber …«

»Es überrascht dich vielleicht, aber es gibt noch andere Abnehmer für unsere Produkte. Die Welt dreht sich nicht nur um *Feinkost Greiffenberg*. Die Konkurrenz schläft nicht, wie man so schön sagt, und ohne dir zu nahe treten zu wollen: Vielleicht ist das genau euer Problem. Dass ihr die Konkurrenz aus den Augen verloren habt.«

»Danke für den Hinweis, aber ich weiß, was unser Problem ist«, erwiderte sie schnippisch.

»Sorry, ich wollte nur helfen.«

»Danke, aber ich komme ohne deine tollen Ratschläge klar. Kümmer du dich um deine Kühe. Ich mache mein Ding.«

»Alles klar. Verstanden. Wir sind jedenfalls nicht abhängig von euch. Meine Eltern und viele andere im Chiemgau haben das lange nicht verstanden. Ich war so frei und habe ihnen die Augen geöffnet. Die Vertriebswege sind vielfältig und Bioprodukte gefragt. Auch hier in der Region. Es bleibt bei den Preisen. Wir bereichern uns nicht. Wir wollen nur das, was uns zusteht. Und wir wollen weg von der Idee, dass Lebensmittel billig sein müssen, denn das bedeutet, dass Tiere gequält werden und die Natur ausgebeutet. Was uns am Ende teuer zu stehen kommen wird. Teurer als alles andere.«

Inzwischen hatten sie die Hütte erreicht. Die Heugabel steckte noch immer dort, wo er sie vorhin in den Boden gerammt hatte. Schnell nahm er sie an sich, bevor Pauline noch auf die Idee kam, ihn damit aufzuspießen. Sie schien wirklich wütend zu sein, und er musste zugeben, dass sich bei ihm ganz leise ein schlechtes Gewissen meldete. Dass er *Feinkost Greiffenberg* nun vielleicht mit seiner Preisaktion endgültig in den Ruin treiben würde, war nicht der Plan gewesen. Andererseits: Er konnte und wollte nicht ausbaden, was Paulines Vater offenbar mit jahrelanger Misswirtschaft angerichtet hatte. Er hatte es ihr ja schon gesagt: Es war nicht sein Problem.

»Danke für das …« Sie malte Anführungsstriche in die Luft. »… angenehme Gespräch. Ich bin dann mal weg.«

»Alles klar.« Er stützte sich auf die Heugabel. »Danke für deine Hilfe mit Lilly. Das war … echt cool.«

Sie machte eine wegwerfende Handbewegung und marschierte los. Dann blieb sie noch einmal stehen, drehte sich um und deutete auf das riesige Alphorn, das an einem Baum lehnte. »Spielst du etwa?«, fragte sie.

Er schüttelte den Kopf. »Nicht mehr. Ich habe es für Christina hier hochgebracht. Das Handynetz ist nicht sehr zuverlässig. Wir haben geübt und verabredet, dass sie in das Alphorn bläst, wenn irgendwas sein sollte. SOS sozusagen. Man hört es im ganzen Tal.«

»Ah … gute Idee.«

»Ja, aber die ist ausnahmsweise nicht von mir. Man hat das früher schon so gemacht, als es noch keine Telefone gab.«

»Verstehe.«

»Und so mancher Hirte hat seiner Liebsten hier oben ein Gutenachtlied gespielt, damit sie unten im Dorf in Gedanken an ihn einschläft. Aber da meine Cousine weder Gutenachtlieder spielen kann, noch einen Geliebten unten im Dorf hat, soweit ich weiß, bleibt's wohl beim SOS-Tröten im Notfall – den es hoffentlich nicht geben wird.«

Pauline runzelte die Stirn. »Christina ist deine Cousine?«

»Ja, hatte ich das nicht erwähnt?«

»Nein, hattest du nicht. Ihr seid euch gar nicht ähnlich.«

»Weil sie nett ist?«

»Genau«, sagte Pauline und stapfte davon.

»Magst du noch eine Buttermilch trinken?«, rief er ihr hinterher.

Sie war schon halb den Hügel hinunter, drehte sich jedoch

noch ein zweites Mal um. »Deine kostbare Buttermilch? Nee, danke. Das kann ich echt nicht annehmen.«

Kopfschüttelnd sah er ihr nach, bis sie aus seinem Blickfeld verschwunden war. »Robin Hood«, murmelte er. »Warum eigentlich nicht?«

»Mähhh«, machte es da auf einmal.

»He, du.«

Neben ihm war Kathi aufgetaucht, eins seiner Zicklein. Mit ihren winzigen Hörnern stieß sie ihm forsch in die Kniekehlen. »Hast du gehört, was Pauline gesagt hat?«, fragte er sie. »Die ist wie du, Kathi: eine Ziege. Bockig, stur und uneinsichtig.«

17. Birdie

»Jetzt bin ich gespannt«, sagte er und starrte auf den Golfball vor den Füßen seines Onkels.

»Kannst du auch sein«, versprach der und holte aus. Die Luft sirrte, der Ball flog in hohem Bogen und landete irgendwo außer Sichtweite auf dem Fairway.

»Guter Schlag!« Ferdinand nickte anerkennend.

»Joa, gar nicht übel«, stimmte Onkel Wolfgang zufrieden zu und überließ seiner Schwester das Feld.

Auch wenn es auf den ersten Blick nicht so wirkte: Dies hier war eine Gesellschafterversammlung, die Pauline einberufen hatte und die eigentlich im firmeneigenen Konferenzraum hätte stattfinden sollen. Doch heute Mittag hatte Onkel Wolfgang festgestellt, dass das Wetter so schön war, und vorgeschlagen, das Meeting im Priener Golfclub abzuhalten. Er selbst hatte das begrüßt, Pauline hingegen hatte sich zunächst gesträubt. Sie war der Meinung, das Thema sei zu wichtig, um nebenher mit Schlägern auf Bälle einzudreschen. Außerdem hasste sie Golf, wenngleich sie die Platzreife bereits mit vierzehn Jahren erlangt hatte – allerdings nur ihrem Vater zuliebe. Seufzend marschierte sie zu ihrem Ball, zog das Fünfer-Holz aus dem Golfbag und versuchte einen Probeschwung.

Onkel Wolfgang stellte sich daneben, stützte sich auf seinem Schläger ab und beobachtete sie. »Puh …«

»Was ›puh‹?«, fragte Pauline ärgerlich.

»Ich will dir ja nicht reinreden, aber …«

»Aber was?«

»Ich würde den Driver nehmen.«

»Ach ja?«

»Ich sag's nur …«

Pauline tauschte fluchend das Holz aus und machte sich für den Schlag bereit. Sie stellte sich seitlich zum Ball, holte aus und ließ den Driver nach unten sausen. Ein Rasenstück flog in hohem Bogen durch die Luft. Ferdinand musste ausweichen, damit es nicht seine frisch gewaschene weiße Hose traf.

Onkel Wolfgang schüttelte seufzend den Kopf. »Mehr in die Knie, Mädel!«

Der Golfball lag noch immer genau da, wo er vor dem Schlag gelegen hatte. Dafür tat sich neben ihm eine unschöne braune Stelle auf. »Sag nichts!«, zischte Pauline in Ferdinands Richtung.

Er hob beide Hände. »Alles gut. Passiert den Besten.« Nur mit Mühe unterdrückte er ein Lachen, hob den Rasenfetzen auf und legte ihn dorthin, wo er hergekommen war.

»Lasst uns lieber darüber reden, wie es mit der Firma weitergehen soll«, maulte Pauline. »Wir brauchen einen Plan für eine Neuausrichtung. Sonst sind wir pleite, bevor wir das neunte Loch erreicht haben.«

»So wie du spielst, auf jeden Fall, Mädel.« Onkel Wolfgang lachte sein dröhnendes Lachen.

»Witzig! Und noch mal: Könntest du mich in Zukunft bitte nicht mehr Mädel nennen!«

»Du meine Güte. Seit wann bist du so empfindlich? Soll ich vielleicht noch anfangen zu gendern, Paul-Ine?«

Sie verdrehte die Augen, holte erneut aus und schlug. Dieses Mal traf sie. Der Ball flog zwar längst nicht so weit wie der von Onkel Wolfgang, aber immerhin flog er, und sogar halbwegs in die richtige Richtung.

»Glückwunsch.« Er klopfte seiner Schwester anerkennend auf die Schulter, nahm sein Golfbag und marschierte weiter. Die anderen folgten ihm. »Ganz ehrlich, Leute«, sagte er, während sie über den Rasen schlenderten. »Ich bin immer noch dafür, dass wir die Firma abstoßen. Ich verstehe nicht, wieso wir nicht mit Mike sprechen. Sein Angebot war überzeugend, und über kurz oder lang müssen wir sowieso verkaufen. Das blüht vielen mittelständischen Familienunternehmen in Deutschland. Glaubt mir, wir werden nicht drum herumkommen. Da kann Oma Elsa sich auf den Kopf stellen.« Er hatte beschlossen, es noch einmal zu versuchen. Ganz hatte er die Hoffnung nicht aufgegeben, schon bald den Deal mit Mike eintüten zu können, doch Pauline schüttelte energisch den Kopf.

»Wir haben es jetzt so beschlossen, Ferdinand, und dabei bleibt es auch. Wieso fängst du immer wieder davon an?« Misstrauisch sah sie ihn an. »Springt dabei etwa was für dich raus, Bruderherz?«, fragte sie spitz.

Er biss sich auf die Lippe. Seine Schwester kannte ihn besser, als ihm lieb war. »Quatsch«, beeilte er sich zu sagen. »Ich … ich bin nur realistisch. Aber gut …« Er zuckte mit den Schultern. »Wenn du meinst, du kriegst den Karren aus dem Dreck … Sag nur bitte später nicht, ich hätte dich nicht gewarnt.«

Pauline schwieg. Sie war verunsichert, das sah er ihr an.

Die konzertierte Preiserhöhungsaktion hatte ihr ordentlich zugesetzt. Aber klar, sie konnte jetzt nicht mehr zurück. Jedenfalls nicht ohne Gesichtsverlust. Ihm blieb nichts anderes übrig, als abzuwarten. Sei's drum. Es war sowieso nur eine Frage der Zeit, bis irgendeine größere Katastrophe passierte und somit endlich auch der Verkauf anstand. Also: Gute Miene zum bösen Spiel machen, bevor noch jemand Verdacht schöpfte.

Pauline hatte ihren Ball gefunden. Sie nahm erneut einen Schläger aus dem Bag und schlug. Der Ball flog nicht weit, aber dafür mitten ins Rough.

»Oh, Mann.« Onkel Wolfgang schüttelte fassungslos den Kopf. »Bälle und Frauen.«

»Soll ich ihn dir holen?« Er machte sich bereits auf den Weg Richtung Gestrüpp, doch Pauline hielt ihn zurück.

»Lass. Ich bin raus.«

»Okay. Noch mal zur Firma«, sagte er, während sie weitergingen. »Eine Neuausrichtung also. Was schwebt dir da vor, Schwesterherz?«

»Nun ja, mir ist aufgefallen, dass …«

»Ich sag euch, was wir machen«, unterbrach Onkel Wolfgang sie unwirsch. »Wir expandieren.«

»Wie meinst du das?«, wollte Pauline wissen.

»Expandieren. Das heißt, größer werden, Mädel. Entschuldige. Paul–Ine.«

Ferdinand konnte förmlich sehen, wie der Hals seiner Schwester um mehrere Zentimeter Durchmesser anschwoll.

»Ich weiß, was expandieren heißt«, erklärte sie kühl. »Mich interessiert nur, was das konkret in unserem Fall bedeuten würde, und vor allem: Wie wir das finanzieren sollen.«

Ferdinand rückte sein weißes Baseballcap zurecht. Die Sonne schien ihm ins Gesicht und blendete ganz schön.

»Nichts leichter als das«, erklärte Onkel Wolfgang und hielt nach seinem Ball Ausschau. »Weitere Fertigungsstätten anmieten. In Asien zum Beispiel. Überhaupt mehr Ware aus aller Welt importieren. Günstige Produkte, die man hier edel verpackt und teuer verkauft. Dann wäre auch die Preiserhöhung der Chiemgauer egal.«

»Fertigungsstätten in Asien anmieten. Mehr Ware importieren. Das kostet doch Unmengen Geld, das wir nicht haben«, wandte Pauline ein.

»Lass deinen alten Onkel mal machen. Samstag war hier Herrenturnier, und was soll ich sagen? Es hat sich gelohnt mitzuspielen. Es gibt nämlich gleich zwei gute Nachrichten zu vermelden. Das Wichtigste zuerst: Ich konnte mein Handicap auf sechs verbessern.«

»Glückwunsch«, sagte Pauline sarkastisch.

»Und das zweite: Ich habe meinen alten Freund und Kupferstecher Faber getroffen.« Onkel Wolfgang hatte seinen Ball gesichtet und marschierte zielstrebig darauf zu.

Er und Pauline folgten ihm auf dem Fuße.

»Faber von der Sparkasse?«, fragte seine Schwester.

»Jawoll, genau der.« Onkel Wolfgang hatte seinen Ball erreicht, nahm einen kleinen Lasermesser aus seinem Bag und hielt ihn sich ans rechte Auge. »Hundertfünfzig Meter«, murmelte er. »Wenn der sitzt, wird das ein blitzsauberer Birdie, liebe Leute.« Er rieb sich die Hände, brachte sich in Stellung und fuhr mit dem Ärmel über seine braungebrannte Stirn.

»Und was sagt er? Dein Freund Faber von der Sparkasse?«, wollte Pauline wissen.

»Na ja, was diese Bankfritzen immer sagen. Tragfähiges

Konzept. Businessplan. Zukunftsszenario. Und wenn sie nicht gestorben sind … bla, bla, bla. Kriegen wir aber alles hin, und dann bekommen wir einen weiteren Kredit. Und zwar keinen kleinen.« Er lachte. »Es geht doch nichts über gute Kontakte. Aber …« Er hob den Zeigefinger. »Innovationen wollen sie sehen. Und das, was ich vorschlage, ist Innovation. Wir leben in einer globalisierten Welt, und wenn wir mithalten wollen, müssen wir größer, stärker, besser werden. Sonst werden wir von denen geschluckt, die schon groß und stark sind. Da gebe ich deinem Bruder vollkommen recht.«

Ferdinand lächelte. Er mochte es, recht zu haben. Und Onkel Wolfgang mochte es, Stärke zu demonstrieren. Vor allem gegenüber jungen Frauen, die glaubten, sie könnten es besser. Keine Frage, er witterte, dass seine Zeit gekommen war. Endlich. Er holte aus, sagte »Sehet zu und lernet« und schlug den Ball. Mit beeindruckender Geschwindigkeit flog er im hohen Bogen durch die Luft, landete genau dort, wo er landen sollte, und rollte noch ein Stück in Richtung Loch, wo er schließlich liegen blieb. Ihn einzulochen, wäre ein Kinderspiel. »Sag ich doch. Birdie!«, stellte er zufrieden fest. »Ich hab übrigens mit Sebastian gesprochen.« Er zog ein gebügeltes Stofftaschentuch aus seinen karierten Bermudashorts und fuhr sich damit über die Stirn.

»Wieso?«, fragte Pauline tonlos.

»Na, drei Mal darfst du raten, Mädel.«

Sie rollte entnervt mit den Augen. »Keine Ahnung.«

»Er wäre bereit, mit modernen Verpackungen in Vorleistung zu gehen und sich im Gegenzug finanziell an der Firma zu beteiligen«, erklärte Onkel Wolfgang, als wäre es nichts. »Und das, liebe Leute …« Er steckte das Taschentuch wieder ein und rieb sich die Hände. »Das wird das Sahnehäubchen unserer Strategie.« Er lächelte siegesgewiss. »Um Faber und seine Sparkassenheinis zu überzeugen.«

Pauline starrte ihn entgeistert an. »Nein«, sagte sie dann leise.

»Wie bitte?«

»Kommt nicht infrage, Onkel Wolfgang. Auf gar keinen Fall!«

»Warum nicht?«

Seine Schwester schwieg.

Egal, man musste kein Hellseher sein, um diese Frage zu beantworten. Pauline lebte nun schon seit Wochen in der Villa, und wie er hörte, gab es jedes Mal Streit, wenn Sebastian vorbeikam. Es lief gerade nicht zwischen ihnen. Überhaupt nicht. Trotzdem, Sebastian als Investor – das wäre natürlich perfekt. Zumindest aus wirtschaftlicher Sicht.

»*Come on*, Schwesterherz«, sagte er also. »Er hat Kohle. Und eine Papierfabrik. Besser geht's echt nicht. Da muss ein Ehestreit eben mal hintangestellt werden. Alles andere wäre … unprofessionell und …«

»… dumm«, ergänzte Onkel Wolfgang. »Wozu hast du diesen Typen denn sonst geheiratet?« Er lachte und tätschelte ihre Wange.

Pauline starrte vor sich auf den Rasen. Ferdinand wusste, was das bedeutete. Es war ihr Kurz-vor-Weinen-Gesicht. Er kannte es von früher, als sie Kinder waren, und schon damals hatte er nicht ertragen können, wenn bei seiner Schwester Tränen flossen.

»Nein«, sagte Pauline tonlos. »Nicht Sebastian.«

Schnell legte er einen Arm um ihre Schultern. Was war denn da los? Die Vorstellung, ihren Mann bei *Feinkost Greiffenberg* an Bord zu haben, schien sie ja regelrecht zu erschüttern. »Schon gut«, sagte er schnell. »Sebastian wird nicht einsteigen, wenn du das nicht willst.«

Onkel Wolfgang packte das Neuner-Eisen zurück in sein Bag und schüttelte den Kopf. »Das ist nicht euer Ernst, Leute.«

»Es ist mein *voller* Ernst«, erwiderte Pauline leise.

»Mann, Mann, Mann! Du musst noch viel lernen, Mädel«, knurrte ihr Onkel. »Da vorne liegt übrigens dein Ball, Ferdinand«, sagte er und setzte sich in Bewegung.

»Ich hab sowieso kein gutes Gefühl dabei, das Unternehmen größer zu machen«, tat Pauline auf einmal kund.

Abrupt machte Onkel Wolfgang kehrt. »Wie meinst du das?«

Das fragte Ferdinand sich allerdings auch.

»Wie ihr wisst, habe ich letzte Woche mit Leopold Hertzinger gesprochen. Wegen der Preiserhöhungen.«

»Der Ökobauer. Ja.« Onkel Wolfgang trat von einem Fuß auf den anderen.

»Man mag über ihn denken, was man will«, fuhr sie fort. »Aber mit dem, was er sagt, hat er nicht ganz unrecht. Und er hat mich auf eine Idee gebracht.«

Jetzt bin ich aber gespannt, dachte Ferdinand.

»Er hat von regionalen Produkten gesprochen. Von bio, Demeter und Tierwohl. Und das klingt in meinen Ohren viel besser als Billigware, Asien und Verpackungen. So was ist nicht innovativ, Onkel Wolfgang. Das war es vielleicht mal, aber der Trend geht längst in eine andere Richtung. Ich glaube, die Zukunft von *Feinkost Greiffenberg* liegt nicht darin, mehr und weiter weg zu produzieren, sondern weniger und regional. Expandieren ist nicht unser Weg. Wir sollten das Gegenteil tun: uns verkleinern.«

»Was?«, rief ihr Onkel entgeistert.

Ferdinand war auch irritiert. Jetzt drehte sie aber komplett am Rad.

»Ich glaube, das ist es, was unsere Kunden heute wollen: umweltbewusst leben und sich entsprechend ernähren. Keine Ananas aus Südamerika, sondern Boskopäpfel von Obstbauer Huber. Kein importiertes Fleisch aus Argentinien, sondern das von glücklichen Weiderindern aus dem Chiemgau. Wenn überhaupt Fleisch. Das ist die Zukunft, und dahinter kann ich auch stehen. Weniger produzieren, dafür regional, bio und qualitativ hochwertig.«

Onkel Wolfgang winkte ab. »Hör mir auf mit diesem Ökoquatsch. *Fridays for Future* überlassen wir den Schulkindern. Dann haben die auch was zu tun und freitags frei. Und du, Pauline, musst langsam mal erwachsen werden, wenn du unser Unternehmen retten willst. Sonst sehe ich schwarz. Obstbauer Huber. Dass ich nicht lache! Wohl zu viel Bullerbü gelesen, was?«, schnaubte er wütend.

Hilfesuchend schaute Pauline Ferdinand an. Er zuckte mit den Schultern, denn er hatte keine Ahnung, was er von ihrer Idee halten sollte. Wobei das im Prinzip auch egal war, denn die eigentliche Frage lautete: Was hielt Mike davon? Hätte er an *Feinkost Greiffenberg* noch Interesse, wenn alles, was nicht bio und regional war, aus den Regalen verbannt würde? Er wusste es nicht, aber wenn er an Mikes beachtlichen Fuhrpark dachte, ließ das auf eine Haltung schließen, die dem Umweltaspekt nicht sonderlich viel Interesse entgegenbrachte. Also sagte er in bedauerndem Tonfall zu seiner Schwester: »Wo Onkel Wolfgang recht hat, hat er recht.«

Wütend marschierte Pauline zu seinem Ball, nahm einen Schläger aus dem Bag und schlug.

»He, das ist meiner, Schwesterherz«, rief er empört.

»Ist mir scheißegal!«, brüllte sie und sah dem Ball hinterher. Er landete direkt neben dem von Onkel Wolfgang, kullerte sogar noch ein bisschen weiter und fiel dann einfach ins Loch.

»Bäähm«, murmelte er beeindruckt.

»Ein blindes Huhn findet auch mal ein Korn«, kommentierte Onkel Wolfgang.

18. Bullerbü

»Immer mit der Ruhe, ihr kriegt alle was ab.« Lachend schüttete Leopold einen Eimer Kartoffeln in den großen Steintrog auf der Schweinekoppel. Quiekend drängten sich die Schwarzbunten um das Futter, stießen einander von der Poleposition weg und fanden am Ende doch alle ein Plätzchen, mit dem sie zufrieden sein konnten. Schmatzend und grunzend vertilgten sie ihr Abendessen, als wäre es das Letzte in ihrem Leben. Zufrieden beobachtete er seine tierischen Schützlinge. Schweine waren klug, gesellig und lustig – jedenfalls wenn man ihnen Gelegenheit dazu gab und sie nicht in enge Boxen pferchte. Jedes hatte seinen eigenen Charakter, und sie hörten sogar auf die Namen, die man ihnen gab. »Collin, hör auf zu ärgern«, ermahnte er ein etwas älteres Ferkel, und tatsächlich: Collin hob den Kopf und sah ihn mit Unschuldsmiene an.

Er schmunzelte. »Guck nicht so.«

»Mama, Mama, da sind kleine Schweine!«, hörte er auf einmal eine helle Kinderstimme rufen.

Er blinzelte gegen die Sonne. Zwei Kinder, ein Junge und ein Mädchen, schätzungsweise im Vorschulalter, rannten ihm entgegen. Dahinter eine Frau, vermutlich ihre Mutter.

Dann erkannte er sie. Es war Pauline. Was wollte die denn schon wieder hier?

»Wie süß!«, rief Ada und betrachtete entzückt die Ferkel, die inzwischen im Matsch spielten.

Er hatte seine Besucher höflich begrüßt, und Pauline hatte ihm ihre Zwillinge vorgestellt. Die Kinder hatten ihm brav die Hand gegeben, ihre Namen genannt und »Guten Tag, Herr Hertzinger« gesagt. »Leopold«, hatte er erwidert. »Ihr könnt mich einfach Leopold nennen.«

»Sind Sie der Vater von denen?« Max deutete hinter sich auf die Schweinekoppel.

»Na ja, so was Ähnliches.«

»Das heißt Herrchen, du Doof«, klärte Ada ihren Bruder auf.

»Mein ich doch.« Max rollte entnervt mit den Augen.

»Dürfen wir die streicheln?«

Er betrachtete die feine Kleidung der Kinder. Ada trug eine helle Sommerhose und ein Glitzer-T-Shirt, Max Jeans und Poloshirt. »Dürft ihr euch denn schmutzig machen?«

»Klar«, sagte Max. »Wir haben ja eine Waschmaschine.«

Er sah Pauline fragend an.

»Das stimmt. Wir haben eine.«

»Na dann, ab auf die Schweinekoppel. Aber seid vorsichtig mit den Kleinen. Sie sind ja noch Babys.«

»Wissen wir doch«, sagte Max und kletterte über den Zaun.

»Wie heißt der mit dem schwarzen Fleck am Auge?«, wollte Ada wissen.

»Collin. Er ist der Frechste von allen.«

»Und der da?« Max war schon auf der Koppel und deutete auf ein ganz kleines Ferkel, das mit der Nase im Matsch wühlte.

»Der da ist eine Sie und heißt Bella.«

»Bella, komm zu Max!«, rief der Kleine und nahm die Verfolgung auf.

Pauline lächelte. »Danke. Die sind jetzt erstmal beschäftigt. Was gut ist, weil ...«

»Weil?«

»Weil ich noch mal mit dir reden wollte. Wegen der Preise.«

Er seufzte. Sie ließ nicht locker. Dabei hatte er angenommen, ihr hinreichend klargemacht zu haben, dass sie sich von ihrem Vorhaben nicht abbringen lassen würden.

»Komm, wir setzen uns.« Er deutete auf die Heuballen vor der Scheune und schob zwei davon nebeneinander.

»Bitte ...« Er deutete auf einen der provisorischen Sitze.

Sie ließen sich nieder und beobachteten, wie die Kinder mit den kleinen Ferkeln herumtollten.

»Sie werden nachher selbst aussehen wie Schweine«, prophezeite er.

»Und vermutlich auch so riechen.« Pauline rümpfte die Nase. »Davon abgesehen: Einen richtig schönen Hof habt ihr.«

»Danke.«

Sie drehte sich um und warf einen Blick in die Scheune. »Was ist denn das?« Sie deutete auf seinen rot-weißen Campingbus. »Etwa ein alter Bulli?« Sie sprang auf und stellte sich ans offene Scheunentor. »Der ist aus den Fünfzigern, oder?«

Er war beeindruckt. »Fünfundfünfzig. Du kennst dich aber aus!«

»Na ja. Eigentlich nicht. Aber ich musste früher jeden Tag

Oldtimer-Quartett mit meinem Bruder spielen. Da ist ein bisschen was hängengeblieben.«

»Scheint so.« Er lachte.

»Fahrtüchtig ist der aber nicht mehr, oder?«

Er schüttelte den Kopf. »Leider nicht. Ich will ihn seit Jahren auf Vordermann bringen. Aber, na ja … wie das so ist …«

Sie nickte. »Die Zeit.«

»Genau. Die Zeit. Das Geld …« Er beschloss, zum Thema zu kommen. »Apropos. Du bist also wegen der Preise hier.«

»Ja. Genau.«

»Ich denke, dass da eigentlich alles gesagt ist.«

»Ich denke nicht.«

»Weil?«

»Na ja, weil … wenn ihr das durchzieht, müssen wir auf andere Lieferanten ausweichen. Angedacht ist, unter anderem in Asien produzieren zu lassen. Ich halte das selbst für keine gute Idee, aber mir gehört die Firma nicht allein, und ich brauche Argumente und einen Plan, wie wir wieder profitabel werden können. Und du hast mich auf einen Gedanken gebracht.«

»Ich?«

»Ja, du. Ich arbeite gerade an einem Konzept, das vorsieht, vornehmlich auf bio, Demeter und regional zu setzen. Wir würden euch mehr Ware abnehmen und vieles, was von weither kommt, rauswerfen. Aber ich habe hin und her gerechnet. Ihr seid einfach zu teuer. Wenn ihr einlenkt und wir preislich einen Kompromiss finden könnten, dann sähe die Sache schon anders aus.«

»Mama, guck mal, Collin läuft immer hinter mir her«, rief Ada. »Er will mein Hosenbein essen.«

»Na, so was«, rief sie zurück.

»Ich sag doch, er ist der Frechste.« Er winkte der Kleinen zu.

»Also, wenn wir wenigstens noch ein klein wenig verhandeln könnten, wäre uns vielleicht allen geholfen«, griff Pauline den Faden wieder auf.

Er schüttelte den Kopf. »Es gibt keinen Spielraum. Leider. Wenn ihr die regionalen Produkte aus dem Programm nehmt, wäre das natürlich schade. Auch, weil ich denke, dass ihr euch damit keinen Gefallen tätet. Aber dann wäre das eben so. Wir können und wollen nicht mehr an der Preisschraube drehen.«

»Und das ist dein letztes Wort?«

»Mama, die sind so süß«, rief Ada. Sie hatte Collin auf dem Arm, was ihm offensichtlich gefiel.

»Kommt, ich zeig euch was«, schlug er vor, denn er hatte keine Lust mehr, über Preise zu reden. Es war ja auch wirklich alles gesagt. Er stand auf und führte Pauline und ihre Zwillinge über den ganzen Hof. Zeigte ihnen die Hühner mit ihren Küken, die Schafe mit ihren Lämmchen und die Kühe, die nicht auf der Alm waren und ebenfalls Nachwuchs hatten.

»Bullerbü«, murmelte Pauline, die ihm sein Ablenkungsmanöver nicht übelzunehmen schien. Vielleicht bastelte sie in Gedanken aber auch schon an neuen Argumenten, um die Preise drücken zu können.

»Stimmt. Höfe mit so vielen verschiedenen Tieren gibt es nicht mehr oft.«

»Warum denn nicht?«, wollte Max wissen.

»Die meisten Bauern haben entweder nur Kühe, nur Schweine oder nur Hühner. Oder gar keine Tiere mehr und stattdessen Felder mit Getreide.«

»Und warum?«

»Weil man damit mehr Geld verdienen kann.«

»Ich find's super, dass du so viele Tiere hast«, sagte Ada.

Er lächelte. »Ja, es ist schön. Kommt mit, ich hab noch was Interessantes für euch.«

Er führte die drei Greiffenbergs auf die Wiese neben dem Haupthaus und zeigte ihnen das braun-weiß gescheckte Zwergpony, das dort gemütlich vor sich hin graste.

»Oh, Mama, guck mal«, sagte Ada.

»Darf ich vorstellen? Das ist unsere kleine Molly.«

»Heißt die so, weil sie so dick ist?«, wollte Max wissen.

»So dick ist sie gar nicht. Jedenfalls normalerweise nicht«, erklärte er. »Sie hat einen runden Bauch, weil sie auch bald Babys bekommt.« Er machte einen Satz über den Holzzaun, näherte sich Molly vorsichtig mit einem Bündel Gras und tätschelte ihren dicken Wanst. »Zwillinge. So wie ihr welche seid. Bei Pferden kommt das übrigens sehr selten vor. Irgendwann in den nächsten Tagen ist es vermutlich so weit. Lange kann es nicht mehr dauern, sagt der Tierarzt.«

»Oh …«, wisperte Ada fasziniert.

»Kannst du uns anrufen, wenn die Babys kommen?«, fragte Max mit ernster Miene.

Er schmunzelte. »Ich weiß nicht …« Verstohlen warf er Pauline einen Blick zu. Er bezweifelte, dass ihr das recht wäre. Doch sie lächelte, was er als Zustimmung deutete.

»Mama, gib ihm mal deine Handynummer«, forderte Max seine Mutter auf. Dann wandte er sich wieder an ihn. »Du kannst auch nachts anrufen. Jederzeit«, bot er großzügig an.

Ada nickte. »Auf jeden Fall. Wir sind Tag und Nacht erreichbar.«

Nun musste er wirklich lachen. »Na, dann …« Wieder

blickte er etwas unsicher zu Pauline. »Wie … ähm … ist denn deine … Handynummer? Beziehungsweise, ich kann dich ja auch im Büro …«

»Aber nicht nachts!«, rief Max empört.

»Ach, Kinder. So eine Geburt ist nicht unbedingt ein schöner Anblick«, wiegelte Pauline ab.

»Ich rufe an, sobald die Fohlen auf der Welt sind«, versprach er. »Okay?«

Pauline nickte. »Das ist eine gute Idee.«

»Oookay …« Die Kinder wirkten etwas enttäuscht.

Doch Ada erholte sich schnell wieder. »Mamas Handynummer ist null eins sieben drei sieben sechs null sieben fünf acht fünf«, informierte sie ihn und wiederholte die Zahlen noch einmal langsam, damit er sie eintippen konnte.

»Du musst ja nicht unbedingt mitten in der Nacht …«, meinte Pauline.

»Mama, wir wollen sofort da sein, wenn die Fohlen aus dem Bauch gekommen sind. Papa war ja auch da, als wir geboren wurden.«

»Na ja, das ist nun schon ein bisschen was anderes.«

Max stemmte die Hände in die Hüften. »Wieso?«

»Weil ihr nicht die Eltern von den Fohlen seid?«

»Aber wir könnten doch ihre Paten werden. Oder, Leopold? Zwillinge haben ist ganz schön anstrengend. Das hast du letztens selbst gesagt, Mama.« Max runzelte seine kleine Stirn. »Wo ist eigentlich der Papa von den Babys?«

»Der wohnt woanders«, erklärte er.

»Unser Papa wohnt auch woanders. In Chieming. Und wir bleiben erstmal hier.«

Pauline lächelte verlegen.

Kindermund tut Wahrheit kund, dachte er bei sich. Es

stimmte also, was man sich im Dorf erzählte. Dass sie wieder in die Greiffenberg-Villa gezogen war. Ohne diesen Papierfabriktypen. Was auch immer das bedeutete.

Die Kinder verabschiedeten sich widerwillig von Molly, und sie gingen langsam zurück auf den Hof.

»Was ist das?«, fragte Ada und deutete auf die Überreste des Stallgebäudes.

»Der alte Schweinestall. Er hat gebrannt. Ist nicht viel von übriggeblieben.«

Pauline und die Kinder betrachteten die rußgeschwärzten Mauern.

»Und das da?« Die Kleine deutete auf das Holzkreuz, das sie daneben aufgestellt hatten, und das brennende Grablicht. »Warum habt ihr eine Kerze angemacht?«

»Das ist …« Er stockte. Wie sollte er diesen Knirpsen das Unfassbare erklären, das sich im Juni letzten Jahres auf diesem Hof zugetragen hatte und alles andere als Bullerbü war?

»Es ist eine Art Denkmal«, sagte er schließlich. »Es soll uns an jemanden erinnern, der … der jetzt nicht mehr da ist.« Er blickte zu Pauline und sah ihrem Gesicht an, dass sie Bescheid wusste. Was nicht weiter verwunderlich war. Jeder in Prien wusste es. Zumindest jeder Erwachsene.

»Nicht mehr da?« Auf Max' Stirn bildete sich eine steile Falte. »So wie unser Opa Ludwig? Der ist nämlich auch nicht mehr da. Seit letztens.«

»Ja, Max. Genauso«, sagte er und wuschelte dem Jungen nachdenklich durch das blonde Haar.

»Und wer ist es?«, wollte Ada nun wissen. »Wer ist bei euch nicht mehr da?«

»Ada, bitte«, sagte Pauline.

»Schon gut. Bei uns ist Josef Hertzinger nicht mehr da. Und Josef, das war … mein Papa.«

»Oh«, murmelten die Zwillinge und blickten sich betroffen an.

19. Der Kraftort

»Da ist er.« Pauline umarmte die Zwillinge und drückte ihnen einen dicken Kuss auf die Wange.

»Mama, wir kommen heute Abend wieder«, erinnerte Ada sie.

»Ich weiß, mein Schatz.«

Sebastian kam abrupt vor ihnen zum Stehen, sprang aus dem Wagen und nickte ihr kaum merklich zu. Seit ihrem letzten Gespräch herrschte eine Art Burgfrieden zwischen ihnen. Er kam am Wochenende und holte die Kinder. Und wenn es seine Zeit zuließ, manchmal auch mittwochnachmittags. Unter der Woche gingen die Zwillinge nach wie vor in Chieming in die Kita, aber nach den Ferien sollten sie eingeschult werden, und langsam stellte sich die Frage, wo.

»Rein mit euch!« Er klatschte zweimal in die Hände und verfrachtete die Kinder in den Wagen.

»Tschüss, Mama«, riefen sie ihr aus dem Auto zu, doch bevor sie antworten konnte, knallte Sebastian die Tür einfach zu und brauste davon.

Er ist ihr Vater, sagte sie sich zum wiederholten Mal. Und es ist wichtig, dass Kinder Zeit mit ihrem Vater verbringen. Sie seufzte. Wie gerne hätte sie das jetzt selbst getan: Zeit mit *ihrem* Vater verbracht. Heute wäre er neunundfünfzig geworden, und wenn die Welt noch in Ordnung gewesen wäre, hätte ihre Mutter sicher zu Kaffee und Kuchen geladen. In den Garten, die ganze Familie. Man hätte geplaudert, gelacht und sich vielleicht auch in die Haare gekriegt. Doch alles in allem hätte man einen schönen Tag verlebt und sich irgendwie zusammengehörig gefühlt. Aber jetzt war Ludwig nicht mehr da und die familiäre Gravitation außer Kraft. Ihre Mutter und Antonia waren heute Morgen nicht einmal zum Frühstück erschienen. Am liebsten hätten sie den ganzen Tag im Bett verbracht, doch Oma Elsa hatte vorgeschlagen, gemeinsam mit der Fähre zur Fraueninsel überzusetzen, Ludwigs ›Kraftort‹. Hier hatte er, wie vor ihm zahlreiche Maler, Schriftsteller und Manager, Erholung gefunden und aufgetankt.

»Gibt es einen besseren Ort als Frauenchiemsee, um seinen Geburtstag zu feiern?«, hatte ihre Großmutter gefragt. »Wir könnten den Klostergarten besuchen, den Ludwig so gemocht hat, im *Klosterwirt* essen und später unter der Trauerweide ein Kuchenpicknick machen. Wie früher.«

Ihre Mutter hatte abgewunken. »Ich will nicht feiern.«

»*Same*«, hatte Antonia gebrummt.

Aber dann hatte sie sie doch überredet. Heute Nachmittag würden sie auf das kleine Eiland fahren, denn Widerstand war bei Oma Elsa eben immer zwecklos. Nur schade, dass Ada und Max nicht dabei sein konnten. Und Ferdinand auch nicht. Er hatte die Nacht aus logistischen Gründen in Prien verbracht, sich bereits am Morgen in eine Art Luis-Trenker-Outfit geworfen und sich mit einem geliehenen Cabrio und den Worten »Job ist Job« zu einem Dreh am Wilden Kaiser aufgemacht.

»Viel Spaß«, hatte sie säuerlich erwidert, auch wenn ihr Bruder vermutlich nichts dafürkonnte, dass er ausgerechnet heute drehen musste. Aber er ließ sich überhaupt wenig blicken in letzter Zeit und war ihr in der Firma kaum eine Hilfe. Im Gegenteil. Sie dachte an die sogenannte Gesellschafterversammlung auf dem Golfplatz. Ferdinand hatte ihr gar nicht richtig zugehört und sich auf die Seite ihres Onkels geschlagen. Das nahm sie ihm ziemlich übel.

Der Wind blies Therese das Haar aus dem Gesicht, als sie mit etwa zwanzig Knoten Richtung Frauenchiemsee tuckerten. Sie stand allein an der Reling und blickte in die schäumende Gischt. Die Fahrt von Gstadt dauerte nicht einmal eine Viertelstunde. Kurz hatten sie überlegt, mit Ludwigs Plätte hinüberzufahren, den Gedanken jedoch schnell wieder verworfen. Es war das Boot, mit dem er in das Unwetter geraten war. Sie hätten es alle nicht gekonnt. Zudem war die alte *Therese* nicht ganz einfach zu händeln und hatte so ihre Tücken. »Genau wie du«, hatte Ludwig manchmal lächelnd zu ihr gesagt, und sie hatte natürlich gewusst, worauf er anspielte. Lange Jahre hatte sie das Problem gut im Griff gehabt, und wenn es doch einmal einen kleinen Rückfall gab, hatte Ludwig das für sie geregelt. Diskret und geräuschlos. Jetzt war er tot, und es war nur eine Frage der Zeit gewesen, bis es wiederkam. Dieses schreckliche Spannungsgefühl, dessen sie nur auf eine Art Herr werden konnte. Und es gab niemanden mehr, der ihr zur Seite stand, wenn es wieder passierte. Sie hatte keine Ahnung, wo das noch hinführen sollte. Sie müsste sich Hilfe holen, das wusste sie selbst. Doch es brauchte viel Mut und

Kraft, jemandem davon zu erzählen, und woher sollte sie jetzt Mut und Kraft nehmen? Sie spürte Ärger in sich aufsteigen, nicht zum ersten Mal seit Ludwigs Verschwinden. Warum hatte er unbedingt raussegeln müssen, obwohl Sturm angekündigt war? Wieso hatte er sie im Stich gelassen? Manchmal war sie dermaßen wütend auf ihn, dass sie sein Foto auf dem Nachttisch anschrie. Sie fühlte sich so allein. Kurz spielte sie mit dem Gedanken, einfach ins Wasser zu springen, in den See, auf dessen Grund auch Ludwig lag. Es würde ja sowieso niemanden interessieren, wenn sie weg war. Was hatte ihr Leben überhaupt noch für einen Sinn? Es gab niemanden mehr, der sie brauchte. Pauline und Ferdinand gingen längst ihre eigenen Wege. Und ihre kleine Antonia zeigte ihr, seit sie ein Teenager war, die kalte Schulter. Alles, was Therese tat oder sagte, quittierte sie mit abfälligen Bemerkungen oder einem Augenrollen. Für sie war es jedes Mal wie ein Stich ins Herz. Alle in der Familie hatten eine Aufgabe. Die Firma retten. Die Zwillinge großziehen. Stuntman sein. Nur sie, sie hatte nichts mehr außer ihrer welkenden Schönheit und der Tücke, der sie nicht Herr wurde. Es war kaum noch etwas übrig von ihr, dem ehemals gefeierten Model, der toughen Dreifach-Mama, der auf jeder Party gern gesehenen Therese von Greiffenberg.

Der Wind wurde stärker. Sie schlang sich das Seidentuch fester um den Kopf und knotete es neu. Dahinten war schon Ludwigs Kraftort zu sehen. Recht verschwommen, weil die Gischt Tropfen auf ihrer Sonnenbrille hinterlassen hatte und Tränen in ihre Augen getreten waren. Vielleicht kann ich ja auf der Fraueninsel auch ein bisschen Kraft tanken, dachte sie hoffnungsvoll. Sie hatte es so bitter nötig.

Die Fähre legte an, und sie gingen von Bord. Die Kirche Mariä Opferung mit dem freistehenden Glockenturm und das angrenzende Benediktinerinnenkloster Frauenwörth prägten das Bild der Insel.

»Zuerst zur Abtei«, bestimmte ihre Schwiegermutter und stapfte vorneweg. Pauline, Antonia und sie folgten ihr im Gänsemarsch. Elsa stemmte sich gegen die schwere Eisenpforte, die in den idyllischen Klostergarten führte, und öffnete sie. Sie schlüpften nacheinander hinein.

Therese blickte sich neugierig um. Sie war lange nicht mehr hier gewesen. In den mit Buchs eingefassten Beeten wuchsen Kräuter in Reih und Glied und verströmten ihr köstliches Aroma. Weiter hinten gab es ein großes Erdbeerbeet, daneben eines mit Bohnen, Erbsen und Salat. Gerade machte Oberin Hildegard einen Rundgang durch den Garten, zupfte hier ein braunes Blatt und dort etwas Unkraut.

»Guten Tag, Mutter Oberin«, rief Elsa und marschierte mit ausgestreckten Armen auf die Äbtissin zu.

Die blickte überrascht auf. Offenbar hatte sie sie nicht kommen hören, obwohl die eiserne Pforte ganz schön gequietscht hatte.

»Die Greiffenbergs! Wie schön, euch zu sehen. Grüß Gott, die Damen.« Die Nonne wischte sich mit dem Handrücken über die Stirn. Ihr war sicher warm in ihrem schwarzen Benediktinerinnen-Habit samt Schleier. Elsa begrüßte sie. Die beiden Frauen waren etwa im gleichen Alter und kannten sich schon seit vielen Jahrzehnten. Sie waren zusammen zur Schule gegangen.

»Eine schlimme Geschichte, das mit Ludwig«, sagte die Oberin nun. »Es tut mir so leid. Er muss euch schrecklich fehlen.«

Therese nickte stumm. »Heute wäre sein Geburtstag.«

»Verstehe«, sagte die Äbtissin. »Das hier ist ein schöner und passender Ort, um seiner zu gedenken.«

Nachdem Hildegard auch Therese und ihren Töchtern die Hand gegeben hatte, führte sie sie im Garten herum. Der helle, kleinkörnige Kies knirschte unter ihren Füßen, als sie die gewundenen Wege entlanggingen und sich die Beete ansahen. Die Mutter Oberin erklärte ihnen ausführlich, was wann wo wuchs. Das meiste war für den Eigenbedarf der Nonnen gedacht, einige der Kräuter wurden jedoch für den berühmten Chiemseer Kräuterlikör verwendet, der hier noch immer nach uraltem Rezept gebrannt und in dem kleinen Klosterladen verkauft wurde. Ludwig hatte den Likör geliebt und dafür gesorgt, dass immer eine Flasche davon im Haus war.

»Er war oft hier in letzter Zeit. Sogar noch am Tag seines Verschwindens.« Die Mutter Oberin deutete auf eine weiße Bank im Schatten einer Buche. »Da hat er gesessen. Eine ganze Weile.«

Therese horchte auf. »Haben Sie mit ihm gesprochen?« Sie war wie elektrisiert. Die Äbtissin war vermutlich der letzte Mensch, zu dem Ludwig Kontakt gehabt hatte. An sie hatte er seine letzten Worte gerichtet. Sie wollte wissen, was er gesagt hatte. Was ihm durch den Kopf gegangen war an diesem Tag. Vielleicht konnte die Mutter Oberin sogar einen Hinweis geben. Irgendeinen Anhaltspunkt für das, was mit ihm geschehen war an diesem schrecklichen, stürmischen Tag. Es war verrückt, sie wusste es selber, doch sie konnte nicht aufhören zu hoffen, dass er vielleicht doch noch lebte. Sich auszumalen, wie es wäre, wenn er plötzlich wieder vor ihr stünde.

»Ja, ich habe mich kurz zu ihm gesetzt. Er wirkte in sich

gekehrt, wie so oft in letzter Zeit. Ich glaube, ihn trieben Sorgen um.«

»Oh ja«, murmelte sie und dachte an die Firma. Dass er nie mit ihr über die finanziellen Probleme gesprochen hatte, kränkte sie noch immer. Hatte er geglaubt, sie würde ihn weniger lieben, wenn er nicht alles im Griff hatte? »Hat er Ihnen gesagt, welche Sorgen das waren?«, entfuhr es ihr, und sie bereute die Frage sofort. Was für ein Licht warf es auf sie, dass sie die Äbtissin danach fragen musste. Plötzlich wurde ihr bewusst, wie wenig sie ihren eigenen Mann eigentlich gekannt hatte.

»Nein«, sagte Hildegard, und Therese war fast froh darüber. »Aber was ich herausgehört habe, war, dass er manchmal das Gefühl hatte, die Dinge wüchsen ihm über den Kopf. Es wurde ihm wohl alles zu groß. Die Firma und die ganze Welt. Deshalb kam er immer wieder an diesen abgelegenen Ort, nehme ich an. Wo Menschen noch vom Fischfang leben, von Hausgemachtem und der Hand in den Mund. Hier konnte er sich vielleicht auf das besinnen, was wichtig ist.«

»Und an dem Tag, als er verschwunden ist? Hat er da irgendetwas Besonderes gesagt?«, fragte jetzt Pauline.

Die Mutter Oberin schüttelte den Kopf. »Nur, dass er noch eine Flasche Chiemseer kaufen wollte. Und dann zurücksegeln. Der Sturm braute sich ja zusammen, und er wollte vorher zu Hause sein. Dass er es nicht schaffen würde – das hätte wohl niemand gedacht.«

»Nein, niemand«, murmelte Antonia.

Therese hatte den Eindruck, ihre Tochter schwankte leicht. Alle Farbe war aus ihrem Gesicht gewichen. »Geht es dir nicht gut, Schatz?«, fragte sie besorgt und legte ihr eine Hand auf den Arm.

»Alles bestens.« Unwirsch zog Antonia ihren Arm weg.

Sie seufzte und wandte sich ab. Antonia war ein Papa-Kind gewesen. Ludwigs Sonnenschein. Seit dem Tod ihres geliebten Vaters wirkte sie wie versteinert. Therese hatte mehrmals versucht, mit ihr zu sprechen. Ihr vorgeschlagen, einen Therapeuten zu Rate zu ziehen. Doch Antonia hatte stets schnippisch reagiert. Oder gar nicht. Therese kam einfach nicht mehr an sie heran. Vielleicht gab sie ihr die Schuld an Ludwigs Tod, weil sie ihn nicht davon abgehalten hatte, auf den See hinauszufahren. Oder warum auch immer. Sie war jedenfalls mit ihrem Latein am Ende. Und mit ihrer Kraft. Sie räusperte sich. Jetzt bloß nicht weinen. »Ich komme gleich wieder«, erklärte sie schnell.

»Wo gehst du hin?« Elsa blickte sie erstaunt an.

»Ähm … in den Klosterladen.«

Sie betrat das kleine Geschäft und sah sich verstohlen um. Außer ihr waren nur noch zwei andere Kunden da. Sie betrachtete die Regale voller Taufkerzen, Likör, Honig, christlichen Bilderbüchern und Lebkuchen, den es hier sogar im Sommer zu kaufen gab. Kurz verweilte ihr Blick auf einem goldgerahmten Abbild der heiligen Irmgard, die vor über tausend Jahren Äbtissin hier im Kloster gewesen war. Das Sortiment in diesem kleinen Laden war groß und bunt. Trotzdem konnte Therese nichts von alldem auch nur im Entferntesten gebrauchen. Sie atmete schwer, ging von Regal zu Regal. Das Spannungsgefühl in ihrer Brustgegend wurde stärker. Es war kaum noch auszuhalten. Sie warf einen Blick über die Schulter. Die Kassiererin war mit einer Kundin beschäftigt. Gut. Die Gelegenheit schien günstig. Mit einer schnellen Bewegung griff sie wahllos nach einem kleinen

Kruzifix aus Holz und ließ es unauffällig in ihrer Handtasche verschwinden. Kurz schloss sie die Augen und seufzte tief. Diese Erleichterung. Es war fast ein bisschen wie schweben. Endlich konnte sie wieder durchatmen. So fühlte es sich also an, ein Mensch zu sein.

»Kann ich Ihnen behilflich sein?«

Sie zuckte zusammen. Die Verkäuferin war neben sie getreten und sah sie freundlich an.

»Nein, ähm … nein, danke«, sagte sie schnell. »Ich … ich wollte mich nur mal umschauen.«

»Gerne.« Die Verkäuferin lächelte. »Melden Sie sich, wenn Sie mich brauchen.«

Sie nickte, nahm eine Flasche Kräuterlikör aus dem Regal und stellte sie wieder zurück. »Danke noch mal«, rief sie und verließ fluchtartig den Laden.

Sie traf die anderen am Eingang des *Klosterwirts* wieder.

»Was hast du denn gekauft?«, fragte Elsa.

»Ach, nichts«, erwiderte sie. »Es gab nur Plunder.«

Sie setzten sich an einen der hinteren Tische unter einer alten Linde und bestellten Renke – jenen forellenähnlichen Fisch, den es nur im Chiemsee gab. Dazu Pellkartoffeln und ein kühles Helles. Genau das hätte Ludwig auch geordert, dachte sie und musste schon wieder gegen die Tränen ankämpfen.

Während sie auf das Essen warteten, warf sie einen verstohlenen Blick in ihre Handtasche. Da lag es friedlich, das Corpus Delicti, und langsam erwachte ihr schlechtes Gewissen. Es kam immer, ohne Ausnahme, wenn die erste Euphorie verflogen war. Heute war es noch stärker als sonst. Nicht, dass ihre Beute besonders wertvoll gewesen wäre. Aber es war eben ausgerechnet ein Kruzifix, und obwohl sie nicht besonders gläubig war, dachte sie, dass Gott es vielleicht besser gefunden hätte, wenn sie einfach nur einen Lebkuchen geklaut hätte.

Später machten sie einen Spaziergang über die Insel. Schmale Fußwege führten an hübschen alten Häuschen vorbei, deren liebevoll gepflegte Vorgärten üppig bepflanzt waren. Falls Antonia je eine Fotoreihe mit dem Titel ›Blumenbeete‹ in Erwägung zöge, dann wäre sie hier goldrichtig, dachte Therese. Aber ihre Tochter interessierte sich nicht für blühende Blumen, wie sie wusste, und bevor sie sich wieder einen zynischen Spruch einfing, sagte sie lieber nichts. Stumm lief sie hinter ihrer Schwiegermutter her. Elsa hatte wie immer die Führung übernommen und schritt erhobenen Hauptes voran. Hier und da nickte man ihr zu oder hob die Hand zum Gruß. Man kannte sie hier auf der Insel. Therese musste an Sebastians Worte denken: ›Wann sagt ihr mal einer, dass sie nicht die Queen ist?‹ Doch die Wahrheit war: Sie *war* die Queen. Die Queen von Prien!

Sie erreichten das Westufer der Insel, und Therese breitete die mitgebrachte Picknickdecke unter der Trauerweide aus, die Ludwig so geliebt hatte. Sie ließen sich nieder. Pauline holte eine Thermoskanne, Becher und eine große Tupperdose aus ihrer Tasche. Sie hatte für jeden ein Stück Käsekuchen eingepackt.

Sie waren schweigsam, während sie aßen. Jede hing ihren eigenen Gedanken nach. Man hatte einen schönen Blick auf die kleine, unbewohnte Krautinsel und auf die dahinter liegende große Herreninsel. Ludwig hatte hier oft gesessen.

Manchmal zu zweit mit ihr, und früher, als die Kinder noch klein waren, mit der ganzen Familie. Dann hatten sie den Booten zugesehen, wie sie gemächlich über den See schipperten, und er hatte ihnen die Sage vom jungen Mönch Berthold von Herrenwörth und der schönen Nonne Mathilde erzählt, die sich nicht lieben durften, es aber trotzdem taten, weil sie nicht anders konnten. Im Schutz der dunklen Nacht war Berthold oft in einen Kahn gestiegen, um von der Herreninsel zur Fraueninsel überzusetzen und seine Mathilde heimlich zu treffen. Ein Licht, das sie in ihrer Zelle ans Fenster stellte, leitete ihn. Eines Nachts aber zog ein Gewitter auf, während Berthold auf dem See war. Er nahm den Kampf mit den meterhohen Wellen auf, doch gegen die aufgebrachten Elemente konnte er nichts ausrichten. Mathilde musste mit ansehen, wie ihr Geliebter kenterte, noch einmal laut nach ihr rief und dann ertrank. Sie fand seinen Leichnam am Ufer, umschlang ihn fest und starb vor lauter Kummer ebenfalls. Therese hatte sich stets gefragt, wie man vor Kummer sterben konnte, doch jetzt verstand sie es plötzlich.

»Glaubt ihr, dass es hier irgendwo passiert ist?« Antonia deutete auf den See. »Dass er hier gestorben ist, meine ich. Wie Berthold von Herrenwörth«, fügte sie leise hinzu.

Therese lächelte wehmütig. Sie und ihre jüngste Tochter waren sich ähnlicher, als es manchmal den Anschein hatte.

»Jedenfalls war er noch hier auf der Insel«, sagte Pauline. »An seinem Kraftort. Und das finde ich irgendwie tröstlich.«

»Wenn er schon nicht bei seiner Familie sein konnte«, ergänzte Therese leise.

»Was wohl seine letzten Gedanken waren …« Antonia starrte auf ihren leeren Kuchenteller.

»Das werden wir nie herausfinden«, sagte Elsa. »Aber bestimmt hat er an uns gedacht. Und vielleicht hat er Bilanz gezogen. Was gut und schlecht war in seinem Leben. Was er genauso wieder machen würde. Und was nicht …« Sie blickte nachdenklich einem Segelboot nach. »Man denkt immer, man hat ewig Zeit, und dann … Das Leben kann so schnell vorbei sein.«

Therese nickte. Ihre Augen füllten sich mit Tränen. Langsam erhob sie sich von der Decke. Sie lief ein paar Meter am Ufer entlang, und als sie außer Sichtweite war, griff sie in ihre Handtasche und nahm das Kruzifix heraus. Sie küsste es, strich noch einmal mit dem Zeigefinger darüber und warf es in hohem Bogen in den See. »Herzlichen Glückwunsch, mein geliebter Ludwig«, sagte sie leise und ließ ihren Tränen freien Lauf.

20. Verbrannte Erde

»Was machst du hier?«, fragte Pauline gereizt.

Als sie in die Villa zurückgekehrt waren, war Sebastian schon da gewesen. Er saß im Wohnzimmer. Genauer gesagt, im Sessel ihres Vaters. Die Beine hatte er von sich gestreckt. In der rechten Hand hielt er eine Zigarette. Er war eine einzige Provokation.

»Wonach sieht's denn aus?«, entgegnete er lapidar.

»Du weißt, dass hier drinnen nicht geraucht wird.«

Gleichgültig zuckte er mit den Schultern. »Wer sagt das?«

»Ich sage das.«

»Na, dann.« Er lächelte kühl und aschte auf den Orientteppich.

»Und das …« Ihre Stimme bebte. »Das ist übrigens Papas Sessel.«

»Ach?!« Sebastian zog an seiner Zigarette, was ein leises, knisterndes Geräusch verursachte. »Tja, aber der ist ja nun nicht mehr da.«

»Niemand hat sich hineingesetzt, seit er tot ist«, sagte sie verärgert.

»Oh, wirklich nicht?« Gespielt erstaunt sah Sebastian sie an. »Na ja, einer muss ja seinen Platz einnehmen – früher oder später. Warum nicht ich?« Er schlug mit einer Hand auf das braune, abgewetzte Leder der Armlehne. »Steht mir gut, das alte Schätzchen, nicht wahr?«

Pauline schwieg.

»NICHT WAHR?«, wiederholte er lauter.

»Ja.« Sie spürte, dass sie zu zittern begann.

»Trifft sich gut, denn ich werde von nun an öfter hier sein. Ich weiß nicht, ob du es schon gehört hast, aber … ich steige in eure Firma ein. Dein Onkel Wolfgang hat mir diesen Vorschlag unterbreitet, und ich muss sagen, der Mann ist smarter als ich dachte. Eine Beteiligung meinerseits bei *Feinkost Greiffenberg* in Verbindung mit einer Kooperation meiner Dandlhofer Papier GmbH. Wie oft habe ich das deinem Vater vorgeschlagen. Doch aus irgendeinem Grund wollte er es nicht. Tja, aber jetzt, da ich in seinem Sessel sitze, wird vieles einfacher.« Er tippte mit dem Zeigefinger auf die Zigarette. Wieder fiel Asche zu Boden. Was bildete er sich eigentlich ein? Sie nahm einen Aschenbecher mit Greiffenberg-Wappen vom Kaminsims und hielt ihn ihm hin.

Statt ihn anzunehmen, zog er noch ein letztes Mal an der Gauloise und blies den Rauch genüsslich aus. Dann reichte er ihr den Stummel. »Machst du sie bitte für mich aus?« Er wusste, wie sehr sie Zigaretten verabscheute. Sie rührte sich nicht, war starr vor Wut. Da ließ Sebastian ihn einfach auf den Orientteppich fallen. Ein wertvolles Stück, das ihr Vater einst von einer Reise mitgebracht hatte. Schnell bückte sie sich, hob den glimmenden Stängel auf und drückte ihn im Aschenbecher aus. Doch sie war nicht schnell genug gewesen. Da, wo eben noch eine kleine, weiß-blaue Blüte gewesen war, prangte jetzt ein schwarzes Loch.

»Geht doch.« Sebastian lächelte und verschränkte die Arme

hinter dem Kopf. »Nun, was sagst du, Pauline? Ich und du bei *Feinkost Greiffenberg*. Das wird gut, nicht wahr? Richtig gut.«

Sie schloss für einen Augenblick die Augen und atmete tief ein und aus. Dann ließ sie sich auf einen Pouf sinken und beugte sich vor. »Sebastian, ich … ich werde nicht zu dir zurückkommen.« Sie sprach leise. »Ich will nicht mehr … mit dir zusammen sein. Weißt du, ich hab auch nur ein Leben, und … und deshalb werde mich trennen.«

Er blickte sie beinahe amüsiert an. Dann seufzte er tief. »Ach, Pauline. Wir wissen es doch beide.«

»Was?«

»Dass du zurückkommst. Du kannst nicht ohne mich. Ohne mich bist du …« Er zuckte mit den Schultern. »… nichts.« Er schien es tatsächlich selbst zu glauben. »Ich bin doch dein Ein und Alles. Schon vergessen? Klar, in letzter Zeit ist es vielleicht nicht ganz optimal gelaufen zwischen uns. Aber, hey, das kommt in den besten Familien vor.« Er klopfte auf die rechte Armlehne. »Komm her. Setz dich zu mir. Wir zwei kriegen das wieder hin. Wir haben doch noch alles hingekriegt.«

Sie schüttelte den Kopf. »Nein, Sebastian«, sagte sie entschlossen. »Das hier kriegen wir nicht mehr hin. Du bist nicht meine Familie. Und auch nicht mein Ein und Alles. Nicht mehr. Und was die Firma angeht: Du wirst dort nicht einsteigen. Ich habe mit Onkel Wolfgang und Ferdinand gesprochen. Es ist vom Tisch.«

Sebastians Miene verdunkelte sich von einer Sekunde auf die nächste. Alarmiert sprang sie auf und wappnete sich für einen seiner Wutausbrüche. Beinahe panisch blickte sie sich nach einem Fluchtweg um. Die Tür stand offen. Wenn es sein musste, konnte sie hier raus. Gut. Doch merkwürdigerweise ging Sebastian nicht in die Luft, sondern lächelte nur süffisant. »Wer ist dann deine Familie, Pauline? Wer steht dir bei?«, fragte er. »Deine depressive Mutter? Die Tattergreisin Elsa? Oder etwa dein Bruder, der Versager?« Hämisch lachte er auf. »Der denkt echt, er wäre der tollste Hecht unter der Sonne. Dabei hat er in letzter Zeit nicht gerade einen Lauf, wie man hört. Der schöne Ferdinand. Echt üble Geschichte, das letzte Woche.«

Sie sah ihn irritiert an. Sie hatte keine Ahnung, wovon er sprach.

Er zog die Augenbrauen hoch. »Ach, wusstest du das nicht? Constantin musste seinetwegen einen Fünfzigtausend-Euro-Dreh in die Tonne kloppen. Hat sich bis nach Chieming rumgesprochen. In deiner tollen …« Er malte Anführungszeichen in die Luft. »… ›Familie‹ verschweigt man sich wohl das eine oder andere. Na, bestens. Und für diesen maroden Haufen willst du dir den Arsch aufreißen, ja? Wie dumm kann man sein! Aber du wirst schon noch merken, Pauline, dass du auf dem Holzweg bist. Und dass es ein Fehler war, mich zu verlassen.« Er schlug die Beine übereinander und starrte ausdruckslos an die stuckverzierte Decke. »Ich muss nur abwarten, bis du wieder angekrochen kommst. Wie ein räudiger, verlauster Köter.«

Sie nahm alle Kraft zusammen, um nicht auszurasten. »Geh jetzt bitte, Sebastian«, sagte sie mit ruhiger Stimme.

»Sicher.« Er erhob sich. »Aber stell dich schon mal drauf ein: Ich komme wieder. Ganz bald. Und zwar, um zu bleiben. Du weißt es nur noch nicht.«

Er packte sie am Oberarm, zog sie zu sich heran und drückte ihr blitzschnell einen nassen, zigarettigen Kuss auf den Mund. »*Bye, bye, my love. See you soon.*« Dann war er weg.

Pauline sank zitternd in den Sessel ihres Vaters.

21. *Himbeergeist zum Nachtisch*

Nachdem Pauline die Kinder ins Bett gebracht hatte, ging sie in ihr Zimmer, schloss die Tür und lehnte sich schwer atmend dagegen. Sie hatte Kopfschmerzen und das Gefühl, gerade die Kontrolle über ihr Leben zu verlieren. Erschöpft sank sie in die Hocke und schlug die Hände vors Gesicht. Alles drehte sich in ihrem Kopf. Kurz hatte sie das Gefühl, zu ersticken. Frische Luft, dachte sie. Ich brauche frische Luft. Mit einem Ruck erhob sie sich und schlüpfte in ihre Jeansjacke. Dann sagte sie Oma Elsa Bescheid und verließ die Villa. Sie ging die Straße hinunter ins Dorf und versuchte, ihre Gedanken zu sortieren, doch es waren so viele, dass sie gar nicht wusste, wo sie anfangen sollte. Die Neuausrichtung der Firma. Der Tod ihres Vaters. Sein heutiger Geburtstag. Antonia, die sich merkwürdig benahm. Ihre trauernde Mutter. Ferdinand, der ihr offenbar wichtige Dinge verschwieg. Und vor allem Sebastian, der ihr das Leben so schwer machte. Es waren viel zu viele Sorgen für einen einzigen Menschen.

Sie ging schneller, obwohl sie es nicht eilig hatte. Sie hatte ja nicht einmal ein Ziel. Als sie den Marktplatz erreichte, überlegte sie, welche Richtung sie einschlagen sollte.

Sie sehnte sich nach einem Ort, an dem Ruhe und Frieden herrschten. Da fiel ihr der Friedhof ein.

Sie ging durch das große Tor und hielt sich rechts. Die Gräber lagen unter riesigen Bäumen. Ab und zu blieb sie stehen und las die Inschrift eines Grabsteins. Viele der Nachnamen kannte sie. Lederer. Lange. Steiner. Thiel. Chiemgauer Großfamilien. Weit verzweigt. Jeder hatte einen Lederer oder Steiner in der Klasse gehabt.

Nach kurzer Zeit erreichte sie das Greiffenbergsche Familiengrab. Ein Obelisk aus schwarzem Marmor stand darauf, der alle anderen Grabsteine überragte und in großen, goldenen Lettern die Inschrift *Familie von Greiffenberg* trug. In etwas kleinerer Schrift folgten die Namen ihrer Urgroßeltern und als Letztes der ihres Großvaters Johannes. Eigentlich hätte auch ihr Vater hier seine letzte Ruhe finden müssen, doch sein Leichnam lag auf dem Grund des Chiemsees statt in der Familiengruft. Ihr kamen die Tränen bei dem Gedanken, dass niemand bei ihm gewesen war während seiner schwersten Momente. In seiner Todesstunde. Es war schon verrückt. Ihr Vater war bekannt und beliebt gewesen. Immer umgeben von Menschen, die ihn verehrt, geliebt oder gebraucht hatten, aber als es wirklich drauf ankam, da war er ganz auf sich allein gestellt. Alles, was er in seinem Leben geschaffen und getan hatte, wer er gewesen war und wen er gekannt hatte, war plötzlich völlig gleichgültig. Er war ertrunken. Mutterseelenallein.

Sie vermisste ihn so sehr und fragte sich immer wieder, was er an ihrer Stelle tun würde. Die Firma war ihm über den Kopf gewachsen. Das hatte er zumindest der Mutter Oberin erzählt.

»Hättest du gewollt, dass sie noch größer wird?«, fragte

sie leise und überlegte. Vielleicht war es ja einfach mal einfach. Vielleicht lag die Antwort auf der Hand … und lautete schlicht ›Nein‹.

»Hi«, hörte sie da plötzlich jemanden sagen.

Sie zuckte zusammen und drehte sich um. »Leopold! Was … was machst du denn hier?«

»Ich wollte dich nicht erschrecken.«

»Hast du aber.«

»Entschuldige. Ich … ich war am Grab meines Vaters. Es ist gleich dort drüben.« Er deutete hinter sich. Dann fiel sein Blick auf den Greiffenbergschen Obelisken. »Und, was sagt er?«

»Wer?«

»Dein Vater. Du hast mit ihm gesprochen, oder?«

»Na ja. Ja«, gab sie verlegen zu. »Er liegt nicht hier, aber …«

»… er sollte hier liegen«, vollendete Leopold ihren Satz.

Sie nickte. »Heute wäre sein Geburtstag gewesen.«

»Es muss merkwürdig sein, keinen Ort zu haben, an dem man ihn besuchen kann.«

»Ja, das ist es. Es … es macht alles noch viel schwerer.«

Leopold nickte. »Das kann ich gut verstehen.«

»Aber …« Sie stockte.

»Ja?«

»Es gibt einen anderen Ort, an dem wir ihm nahe sein können. Auf der Fraueninsel. Am Ufer unter einer Trauerweide. Es war sein Lieblingsplatz. Wir waren heute dort.«

»Das klingt doch gut.« Er lächelte. »Ich tue es übrigens auch.«

»Was?«

»Mit meinem Vater sprechen. Öfter als zu Lebzeiten, ehrlich gesagt. Ich wünschte, es wäre andersrum, aber für manche Dinge ist es irgendwann zu spät.«

»Geht mir genauso«, murmelte sie. »Ich … ich hätte mit ihm reden sollen.« Sie dachte an Sebastian. »Richtig reden, meine ich. Mich ihm … na ja … anvertrauen. Er hätte mir die Augen geöffnet. Und ich hätte mir einiges erspart«, fügte sie leise hinzu.

Leopold blickte sie fragend an, doch sie beschloss, keine Erklärung hinterherzuschicken. Sie war schon viel zu privat geworden, dafür, dass Leopold im Grunde nur ein Geschäftspartner war. Und demnächst wohl nicht einmal mehr das.

Er war feinfühlig genug, nicht nachzufragen. »Ich geh dann mal«, sagte er stattdessen und deutete mit dem Kinn Richtung Ausgang.

»Ich muss auch.«

»Na, dann. Gehen wir doch ein Stück zusammen.«

Er ist nett, dachte sie, als sie gemeinsam den Friedhof verließen. Trotz Preiserhöhung ist er eigentlich ganz nett. Sie beschloss deshalb, jetzt nicht wieder davon anzufangen. Der Tag war anstrengend genug gewesen.

›Grrrrr‹ machte es in diesem Moment, und sie legte verschämt eine Hand auf ihren Bauch.

»Was war das?« Leopold sah sie amüsiert an.

»Mein Magen.«

Er grinste. »Hungrig?«

»Und wie!«, stöhnte sie.

»Geht mir genauso.« Er warf einen Blick auf seine Armbanduhr. »Wir könnten was essen gehen. Aber es ist schon nach zehn. Da dürften die meisten Küchen geschlossen haben.«

Kurz dachte sie nach. Etwas essen gehen mit jemandem, den sie kaum kannte, erschien ihr beinahe verrückt. Und dennoch klang es verlockend. Es würde sie auf andere Gedanken bringen, und wenn sie sich gerade nach etwas sehnte, dann waren es andere Gedanken. »Ich weiß, wo es noch etwas Gutes gäbe«, hörte sie sich sagen.

»Jetzt bin ich gespannt.«

Sie kramte in ihrer Hosentasche und zückte ihren kleinen Schlüsselbund mit dem Kleeblattanhänger aus Filz.

»Sind das die Schlüssel zum Glück?«

»Einer davon. Der Ladenschlüssel. Und da gibt es Essen, wie du weißt. Leckeres Essen. Also, wenn du Lust hast … ich … ich lad dich ein zu *Feinkost Greiffenberg*.«

»Oh … wow. Ähm, echt?«

»Ja, echt.«

»Na gut. Gerne. Das kann ich mir natürlich nicht entgehen lassen.«

»Eben.«

Pauline schloss die alte Ladentür auf, und sie traten ein.

»Setz dich.« Sie deutete auf einen der beiden Barhocker aus dunklem Holz, die an einem hohen Bistrotisch neben dem Kaffeetresen standen. Dann schnappte sie sich einen der Einkaufskörbe aus Rattan, die neben dem Eingang gestapelt waren, und schlenderte damit durch das Geschäft. Käse, Tomaten und Schinken. Der Korb füllte sich, und als beinahe nichts mehr hineinging, reichte sie ihn Leopold. Der packte alles auf den Tisch und einiges auch auf den Tresen daneben, weil es so viel war, während sie noch einige selbstgemachte Saucen in kleine Tonschälchen füllte und ein Glas mit Eingelegtem öffnete. Dann marschierte sie zum Spirituosenregal, nahm eine Flasche Bordeaux und eine mit Gustavs Himbeergeist heraus und holte noch zwei Wein- und zwei Schnapsgläser. »Voilà«, sagte sie, kletterte auf den zweiten Hocker, schenkte Wein in die Gläser und nickte zufrieden. »Lass es dir schmecken.«

»Das werde ich«, erwiderte Leopold und erhob sein Glas. »Worauf wollen wir trinken?«

»Auf … unsere Väter?«

Er nickte. »Auf unsere Väter. Mögen sie in Frieden ruhen.«

»Herzlichen Glückwunsch, Papa«, murmelte Pauline. Dann stießen sie an, tranken und aßen von all den Köstlichkeiten. Eine Weile sagte niemand etwas, außer: »Mhmmm, ist das lecker!«, oder: »Wow, die eingelegten Tomaten!«

Das erste Glas Wein leerte sie beinahe in einem Zug. Es schmeckte so köstlich, dass sie nicht anders konnte, und der Alkohol, der ihr warm die Kehle hinunterlief, entspannte sie. Sie hatte es sich verdient, nach diesem Tag. Sie hielt Leopold ihr Glas entgegen, und er schenkte ihr und auch sich selbst nach. Dann schnitt er ein großes Stück von Gertis Bergkäse ab und steckte es sich in den Mund. Genießerisch schloss er die Augen, während er kaute. »Und das hier willst du wirklich eintauschen gegen Käse und Wurst vom Fließband aus Asien?«, fragte er, als er die Augen wieder geöffnet hatte. »Deine Urgroßeltern würden sich im Grab umdrehen.«

Sie zuckte mit den Schultern und trank noch einen großen Schluck Wein. »Vermutlich.«

»Und warum … macht ihr es dann?«

»Ich will das nicht. Aber mein Onkel. Und mein Bruder auch«, fügte sie grimmig hinzu. »Sie sagen, wir brauchen Innovation. Auf zu neuen Ufern und so.« Sie spürte, dass ihr der Alkohol zu Kopfe stieg. »Ich komm nicht gegen sie an.«

»Aha? Ich dachte, du bist jetzt die Chefin.«

»Ja, schon, aber …« Sie zuckte resigniert mit den Schultern. »Auf mich hört ja keiner. Meine Ideen finden sie kindisch, und … ach, was weiß ich. Ich entscheide nicht allein, und alles, was ich vorschlage … Sie nehmen mich einfach nicht für voll.«

Leopold sah sie eindringlich an. »Ist das dein Ernst?«

»Ja, stell dir vor.«

»Du steckst sie doch alle in die Tasche.«

»Nein«, beharrte sie. »Eben nicht, weil …«

»Weil?«

»Weil … na ja. Weil mir eben keiner zuhört und jeder denkt, ich hab's nicht drauf, und … wahrscheinlich hab ich's auch nicht drauf. Wie auch? Ich bin neu, kenn mich nicht aus, und ich hab noch nie eine Firma geleitet.«

Plötzlich legte Leopold eine Hand auf ihre. »Hey«, sagte er. »Das kann ich mir nicht vorstellen, Pauline. Du bist klug und redegewandt und voller Energie. Du hast es drauf. Wer, wenn nicht du? Lass dir von niemandem etwas anderes erzählen.«

»Ach …«

»Nichts ›ach‹. Sie sind diejenigen, die es nicht draufhaben. Sie haben es nur selbst noch nicht gemerkt.«

Er war nett. Immer noch. Natürlich hatte er keine Ahnung, wie sie waren. Ihr Onkel, Ferdinand und die ganzen alten Haudegen bei *Feinkost Greiffenberg*, aber es tat trotzdem gut, so was zu hören. »Wenn du das sagst …« Sie lächelte ihn dankbar an.

Sie aßen und tranken noch eine Weile, und als sie fast alles verputzt hatten und endlich satt waren, erklärte Leopold feierlich: »Und jetzt ist es Zeit.«

»Zu gehen?«

»Nein, für den Nachtisch.« Er nahm die Flasche mit Gustavs Himbeergeist und füllte die Schnapsgläser. »Und um Freunde zu werden.«

Noch einmal stießen sie an und tranken. Anschließend bestand Leopold auf einem Busserl auf die Wange.

Sie grinste. Der Alkohol schien auch bei ihm Wirkung zu zeigen. Sie gab ihm eins. ›Geschäftspartner!‹, meldete sich sofort eine mahnende Stimme in ihrem Kopf, doch die überhörte sie einfach mal großzügig. Sie zeigte auf ihre Wange: »Jetzt du.«

»Na gut.« Er grinste, beugte sich vor, und sie auch, aber irgendwie konnten sie sich nicht auf eine Seite einigen, und dann landete sein Busserl aus Versehen mitten auf ihrem Mund.

»Ups …«, sagte er und sah sie mit enzianblauen Augen an.

»Ups …«, sagte sie und lachte verlegen.

»Du hast Grübchen, wenn du lachst.«

»Hmmm.«

»Neue Ufer also.«

»Ja … äh … genau.«

»Hast du morgen nach Feierabend schon was vor?«

»Ähm … ja. Eigentlich schon.«

»Ja?« Er sah enttäuscht aus.

»Ja. Die Kinder. Und ich muss mich … um so viel kümmern, weißt du.«

»Schade. Ich wollte dir nämlich etwas zeigen.«

»Mhmmm.«

»Es dauert auch nicht lange.«

»Na ja. Ich kann mal meine Mutter fragen, ob sie zu Hause ist. Wegen der Zwillinge. Oder meine Oma.«

»Dann ist das eine Zusage?«

»Na ja. Unter Vorbehalt.«

22. *Neue Ufer*

Leopold war gespannt, was sie sagen würde. Die Idee, gemeinsame Sache mit ihr zu machen, war ihm spontan gekommen, nach drei Gläsern Wein, dem Himbeergeist-Nachtisch und dem etwas misslungenen Bruder-Schwesternschafts-Kuss. Doch heute Morgen, im nüchternen Zustand, war sie ihm trotzdem nicht abwegig erschienen. Im Gegenteil. Es konnte funktionieren. Jedenfalls, wenn sie es richtig anpackten. Gestern hatte er Pauline von einer anderen Seite kennengelernt. Einer Seite, die ihm ausnehmend gut gefiel, wie er zugeben musste. Er hatte feststellen müssen, dass er vorschnell über sie geurteilt hatte. Sie war anders als die anderen von Greiffenbergs. Nahbar, nett und … irgendwie süß. Er lächelte in sich hinein, während er hinter ihr bergauf marschierte. Sie trug ein helles, geblümtes Sommerkleid mit Spaghettiträgern und dazu knallrote Crogs. Vielleicht hätte er ihr sagen sollen, dass sie ein längerer Fußmarsch erwartete. Zweimal war sie an etwas unwegsamen Stellen schon mit dem Fuß weggerutscht, und er hatte reflexartig die Arme ausgestreckt, um sie notfalls auffangen zu können, doch sie hatte sich jedes Mal von allein wieder stabilisiert. Das steilste Stück hatten sie jetzt zum Glück geschafft. Gleich wären sie am Ziel.

»Wie weit ist es noch?« Pauline drehte sich zu ihm um und fuhr sich mit der Hand über die Stirn. Obwohl die Sonne schon tief stand, war es noch warm.

»Nur noch um die nächste Kurve.«

Wenig später hatten sie die Kuppe des Hügels erreicht.

»Da sind wir.« Er stellte sich neben sie und machte eine ausladende Geste. »Tadaaa!«

»Wow.«

Sie blickten auf ein riesiges Feld voller blühender Sträucher. Der Anblick war ebenso betörend wie der köstliche, leicht süßliche Duft, den die cremeweißen Blüten verströmten. Er warf Pauline einen verstohlenen Seitenblick zu und sah, dass sie den Duft mochte. Genüsslich sog sie Luft durch die Nase ein.

»Was ist das?«, fragte sie, als sie wieder ausgeatmet hatte.

»Schwarze Apfelbeere. Auch Aroniabeere genannt«, erklärte er.

»Aroniabeere. Aha. Und was kann sie? Ich meine, außer hübsch aussehen und gut riechen?«

»Vieles. Aus den Blüten werden irgendwann Beeren, wie der Name schon sagt. Und die sind ein Superfood. Eines, das nicht wie Avocados auf der anderen Seite der Welt angebaut wird und den Einwohnern dort das Wasser wegnimmt, sondern direkt vor unserer Haustür«, erklärte er stolz. »Man kann daraus Saft machen. Aroniabeerensaft. Und Marmelade. Oder …« Er ließ seinen Rucksack vom Rücken gleiten, öffnete ihn und zog eine Thermosflasche daraus hervor. »Das hier.« Er drehte den Verschluss auf und hielt ihr die Flasche unter die Nase.

Pauline schnupperte an der Öffnung und runzelte die Stirn. »Was ist das? Schnaps?«

Er lachte. »Nein, Limonade. Probier!«

Vorsichtig nahm sie einen Schluck, und er betrachtete gespannt ihr Gesicht. Sie trank noch einmal. Dann lächelte sie. »Lecker. Sehr lecker.«

»Findest du wirklich?«

»Ja. Es ist erfrischend und nicht so süß. Ich … darf ich noch einen Schluck?«

»Ja. Klar.«

Sie kostete noch einmal. »Es ist richtig gut! Und das ist jetzt also Limonade aus …« Sie deutete auf das blühende Feld. »… Aronia?«

»Ja, vom Vorjahr.« Er nickte. »Ich habe sie selbst gebraut. In unserer Küche. Und dann beschlossen, dieses Jahr mehr davon anzubauen.« Er deutete auf das Feld. »Die Aroniabeere ist ein anspruchsloses Obst. Sie hat keine natürlichen Feinde. Man muss sie nicht spritzen und kann mit einer konstant guten Ernte rechnen, weshalb die Kosten überschaubar sind.«

»Klingt interessant.«

»Es *ist* interessant. Deshalb möchte ich die Herstellung der Limonade professionalisieren. Die kleine Inselbrauerei auf Frauenchiemsee hat schon Interesse signalisiert, das zu übernehmen. Aber ich brauche noch jemanden, der die Limonade verkauft. Zuerst dachte ich an einen Online-Shop, aber mir fehlt die Zeit und das Know-how. Mit anderen Worten: Ich suche einen starken Vertriebspartner. Ein Unternehmen mit gutem Namen, das finanziell mit einsteigt und die Möglichkeit hat, das Produkt landesweit unter die Leute zu bringen.«

»Hmmmm …«, machte Pauline.

»Man braucht dafür keine Fertigungsanlagen in Asien.

Und … nun ja, ich dachte, es wäre vielleicht die Innovation, das neue Ufer, nach dem dein Onkel und dein Bruder rufen. Aronade. So würde ich die Limo nennen und sie in Klarglasflaschen mit hübschem Etikett abfüllen lassen. Was meinst du? Es würde doch in euer Portfolio passen und könnte sogar ein Zugpferd werden, wenn man es richtig anstellt. Meinst du nicht?«

Sie zuckte mit den Schultern, machte noch einmal »hmmm« und ließ ihren Blick über das Feld gleiten. »Klingt jedenfalls, als wäre es ein interessantes Produkt.«

»Ja, oder?«

»Nur … ich weiß nicht, ob Ferdinand und mein Onkel das ebenfalls so sehen werden. Und die Banker aus dem Golfclub. Die brauchen wir nämlich auch im Boot.«

»Tja. Das herauszufinden, wäre dann wohl deine Aufgabe«, sagte er. »Ich habe Unterlagen zusammengestellt. Informationen, Zahlen, Daten. Die kann ich dir zur Verfügung stellen, wenn du ernsthaft in Erwägung ziehst, das mit mir zu machen. Die Fakten sprechen jedenfalls für sich, du wirst sehen. Und das Chiemgau eignet sich perfekt als Anbaugebiet.«

Sie nickte. »Ich denke drüber nach. Irgendwie … kann ich es mir gut vorstellen.

Yesss, dachte er. Das ließ sich gut an. Er hatte schon früher erwogen, *Feinkost Greiffenberg* als Partner anzufragen, aber seine Vorbehalte gegenüber der Familie hatten ihn bisher davon abgehalten. Doch nun, wo er Pauline ein wenig besser kannte, sah die Sache anders aus. Er glaubte an seine Aronade und war überzeugt, dass es ein Erfolg werden könnte. Gerade fügten sich die Dinge, und es hatte fast den Anschein, als würde etwas daraus.

Er deutete auf einen kleinen Pfad zu ihrer Rechten. »Wollen wir zurückgehen? Wir können diesen Weg nehmen, er führt am See vorbei. Die malerische Route sozusagen.«

Pauline war einverstanden. Sie marschierten also den Hügel wieder hinab, erst durch kniehohes Gras, dann durch ein Tannenwäldchen. Als sie den Waldrand erreichten, lag er plötzlich direkt vor ihnen: der Chiemsee in seiner vollen Pracht. Das Wasser plätscherte leise vor sich hin, und kleine Wellen liefen im feinen Sand der winzigen Badebucht aus.

Pauline blieb wie angewurzelt stehen. »Die Piratenbucht!«, rief sie erstaunt.

Leopold grinste. »Ahoi.«

Die idyllische Badestelle hieß nicht wirklich so. Es war ein inoffizieller Name, den Einheimische ihr irgendwann gegeben hatten. Als Schüler waren sie oft hier gewesen, zum Schwimmen, Grillen und Zelten. Pauline war auch manchmal mit dabei gewesen. Er erinnerte sich an ihren roten Badeanzug und die langen, geflochtenen Zöpfe, die sie im Sommer oft getragen hatte.

»Kleine Verschnaufpause?«, fragte er.

Sie nickte. »Gute Idee.«

Sie setzten sich auf einen alten Baumstamm, der wie ein Steg ins Wasser ragte, während die Sonne wie ein roter Feuerball langsam am Horizont verschwand.

»Ich war ewig nicht mehr hier.« Pauline blickte sich um. »Viel hat sich nicht verändert. Sogar das Badehäuschen gibt es noch.« Sie deutete auf eine verfallene Holzhütte, die irgendjemand hier mal zum Umziehen und Lagern von Getränken hingebaut hatte.

»Nein, wirklich nicht.« Er war plötzlich verlegen und fühlte sich wie der Sechzehnjährige, der heimlich in das wilde, kluge Mädchen mit dem roten Badeanzug verliebt gewesen war. Fast alle Jungs aus seiner Jahrgangsstufe hatten sie toll gefunden. Für ihn war sie damals unerreichbar gewesen. Nicht seine Liga. Er hatte sich da nichts vorgemacht. Aber die Dinge änderten sich. Jetzt saß sie hier neben ihm und sah immer noch zum Anbeißen aus mit ihren roten Wangen und den unzähligen winzigen Sommersprossen auf der Nase. Wie ein Kind ließ sie die Füße über dem Wasser baumeln.

»Weißt du noch, das Abizelten? Als Dennis in die heiße Asche gefallen ist und sich den Hosenboden verbrannt hat?« Leopold lachte bei der Erinnerung.

»Ja, weiß ich noch. Er hat geschrien wie am Spieß, und wir mussten ihn ins Wasser werfen, um seinen Hintern zu löschen.«

»Danach haben ihn alle nur noch Bratarsch genannt. Ich fürchte, er heißt heute noch so.«

»Oh je, der Arme!« Pauline kicherte, als wäre sie wieder das Mädchen von damals. Ihre Beine baumelten schneller, und dann machte es plötzlich platsch.

»Oh!«, rief sie erschrocken und deutete auf den roten Crog, der ihr vom Fuß gerutscht war und nun wie ein kleines Gummiboot Richtung Prien trieb.

Er lachte. »Ich hol ihn dir wieder.« Kurz entschlossen zog er T-Shirt und Jeans aus, legte beides sorgfältig über den Stamm und sprang in Unterhose ins Wasser. Der Crog war ganz schön schnell unterwegs. Die Strömung hier war stark, doch er war ein guter Schwimmer. Mit kräftigen Armbewegungen kraulte er dem roten Gummischuh hinterher und erreichte ihn nach wenigen Zügen. »Hab das Biest!«, rief er und hielt ihn triumphierend in die Höhe. Pauline winkte ihm fröhlich zu. Er kraulte zurück, den Crog in einer Hand, und streifte ihn ihr vom Wasser aus wieder an den Fuß. »Bitte schön, Cinderella«, sagte er. »Es ist herrlich hier drinnen. Komm doch auch rein.« Er zog leicht an ihrem Bein. »Na los, trau dich.«

Da sprang sie plötzlich panisch auf. »Nein!«, rief sie und klang dabei fast hysterisch.

Er hob erschrocken die Arme. »Okay, du musst ja nicht. War nur ein Vorschlag.«

»Ich … ich schwimme nicht gern«, erklärte Pauline kleinlaut.

»Okay. Kein Problem«, sagte er, aber etwas verwirrt war er schon. Früher war sie eine richtige Wasserratte gewesen. Immer die Erste im See, und meistens auch die Letzte. Er erinnerte sich noch genau, weil er es damals so cool fand, wie sie mit einem Vorwärtssalto juchzend ins Wasser sprang. Viele der Mädchen hatten versucht, ihr nachzueifern, doch keine hatte dabei so anmutig ausgesehen wie sie. Wann hatte sich das geändert? Und vor allem, warum? Er erwog, sie danach zu fragen, verwarf den Gedanken aber wieder. Vielleicht hatte es ja etwas mit ihrem ertrunkenen Vater zu tun. Er wollte die schöne Stimmung nicht verderben. Wann hatte man schon die Gelegenheit, neben Pauline von Greiffenberg auf einem Baumstamm zu sitzen und Beine und Seele über dem Chiemsee baumeln zu lassen, während die untergehende Sonne das Leben in rosarotes Licht tauchte? Er schlüpfte in seine Jeans, setzte sich neben sie und wünschte, er hätte zwei Bier dabei. »Du hast da was«, sagte er und zog etwas kleines Grünes aus ihrem Haar. »Hier. Ein Blatt.«

»Ah«, sagte sie, nahm es und berührte dabei versehentlich seine Hand. Ihm lief ein wohliger Schauer über den Rücken.

»Alles klar?«, fragte sie lächelnd.

Er sah ihr in die Augen und murmelte: »Alles bestens.«

23. *Ein freudiges Ereignis*

Als Pauline am Morgen ins Büro kam, bat sie Frau Wendt dafür zu sorgen, dass sie von niemandem gestört wurde.

»Geht in Ordnung, Chefin«, sagte ihre Assistentin. »Auch nicht von Ihrem Onkel?«

»Von dem ganz besonders nicht«, erwiderte sie, marschierte in ihr Büro und schloss die Tür. Sie musste nachdenken, denn Leopolds Aroniabeere wollte ihr nicht mehr aus dem Kopf gehen. Vielleicht hatte er recht. Vielleicht konnte die Beere Teil der Neuausrichtung von *Feinkost Greiffenberg* werden. Sie hatte seine Unterlagen studiert und sich ein umfassendes Bild von der Pflanze gemacht. Wo sie angebaut wurde, wie und wo sie wuchs, und was man aus ihren Früchten herstellen konnte. Sie hatte auch Leopold noch einmal angerufen, um an fundierte Zahlen für eine hieb- und stichfeste Kalkulation zu kommen. Und sie hatte Mitarbeiter aus Produktion, Vertrieb und Controlling um ihre ehrliche Meinung gebeten und um Vorschläge, wie man eine Biolimonade groß herausbringen konnte, ohne gleich Millionen zu investieren. Zunächst hatten sich alle vornehm zurückgehalten. Offenbar waren sie es nicht gewohnt, gefragt zu werden. Doch nach und nach waren sie aus der Deckung gekommen und hatten viele wertvolle Ideen, Informationen und Anregungen beigesteuert. Ferdinand hatte von all dem bisher gar nichts mitgekriegt und Onkel Wolfgang nur am Rande. »Das Mädel soll sich ruhig die Hörner abstoßen. Und dann machen wir es so, wie ich es will«, hatte Pauline ihn kürzlich am Telefon zu irgendjemandem sagen hören. Er hatte nicht verstanden, wie ernst es ihr mit den neuen Ideen war, und auch nicht bemerkt, dass es den Mitarbeitern gefiel, einbezogen zu werden. Plötzlich machten sie freiwillig Überstunden, arbeiteten selbstständig und hatten sichtlich mehr Spaß an ihrem Job.

Inzwischen hatte Pauline alle Informationen und Ideen zusammengetragen. Den heutigen Tag wollte sie damit verbringen, ein Sanierungskonzept für die Firma zu skizzieren, in dem die Aronade eine nicht unerhebliche Rolle spielen würde. Ein Plan, der auf Nachhaltigkeit setzte. Auf Bioqualität und Tierwohl. Und, wo immer möglich, auf Regionalität. Sie arbeitete den ganzen Tag daran und gönnte sich nicht einmal eine kurze Mittagspause. Sie rechnete, fertigte PowerPoint-Folien an und überlegte, wann und wie sie Onkel Wolfgang, Ferdinand und dem Rest der Familie das Konzept vorstellen könnte. Sie brauchte mindestens Ferdinand auf ihrer Seite, um die Pläne durchzusetzen, also musste alles hundertprozentig stimmen. Zeitpunkt. Inhalt. Art der Präsentation. Sie hatte nur einen Schuss frei, das war ihr klar.

Sie dachte nach. Worte und Zahlen würden nicht genügen, um die Familie zu überzeugen. Ihr Bruder hinge sonst nach spätestens fünf Minuten gedanklich bereits wieder in einer Felswand oder auf einer Party. Nein, sie brauchte etwas Außergewöhnliches. Also griff sie, als Konzept und Kalkulation standen, zum Hörer und wählte Leopolds Nummer. Während es klingelte, überlegte sie, ob er es wohl seltsam gefunden hatte, dass sie letzte Woche in der Piratenbucht nicht ins Wasser wollte. Vermutlich. Im Nachhinein war es ihr peinlich gewesen, wie sie hysterisch aufgesprungen war, nur weil er ein wenig an ihrem Bein gezogen hatte. Aber es war ein Reflex gewesen. Sie hatte nichts dagegen tun können.

»Hertzinger?«, hörte sie ihn am anderen Ende der Leitung sagen.

»Hey, ich bin's. Pauline«, erwiderte sie zögerlich.

»Sag mal, kannst du hellsehen?«, fragte er.

»Wieso?«

»Pack deine Kinder ein und kommt her. Molly hat gerade ihre Fohlen zur Welt gebracht.«

»Hallo, ihr drei«, begrüßte Leopold sie mit gedämpfter Stimme, als sie den Stall betraten. Er stand an der Pferdebox und machte nun Platz, damit Ada und Max durch die Gitterstäbe blicken konnten.

»Wie süß«, wisperte Ada entzückt.

»Eins ist braun und eins weiß«, stellte Max fest.

Pauline beobachtete, wie Leopold sich in Gummistiefeln zu den Kindern hockte. Sie trat hinter sie und warf nun auch einen Blick in die Box. Molly stand schon wieder. Offenbar hatte sie sich schnell von der Geburt erholt. Ihre Babys lagen im Stroh, aber sie hoben schon neugierig die Köpfchen.

»Doktor Brahms ist gerade gegangen«, erklärte Leopold leise. »Er musste noch zu einer Kälbchengeburt. Und da hier alles in bester Ordnung ist … Er meinte, unsere Kleinen werden schon bald aufstehen.«

»Aber die können doch noch nicht laufen, oder?«, wollte Ada wissen.

»Doch. Pferde und Ponys können im Gegensatz zu uns

Menschen direkt nach der Geburt stehen und gehen. Erst etwas staksig und unsicher, aber sie können es. Ihr werdet sehen.«

»Wow.« Max starrte mit offenem Mund auf die Fohlen, die nicht größer waren als Ziegen. Ihrem Sohn hatte es ausnahmsweise völlig die Sprache verschlagen.

»Dürfen wir mal reingehen?« Ada drehte sich zu Leopold um und bedachte ihn mit einem flehenden Blick. »Bitte!«

Pauline schüttelte den Kopf. »Lieber nicht. Ich denke, Molly braucht jetzt ein bisschen Zeit allein mit ihren Babys.« Nur eine Stunde, nachdem sie vor sechs Jahren die Zwillinge zur Welt gebracht hatte, war ihre gesamte Familie an ihrem Krankenhausbett erschienen, um Ada und Max anzuschauen und ihr zu gratulieren. Sie hätte sie damals am liebsten allesamt zum Teufel geschickt.

»Vielleicht morgen?«, fragte Max hoffnungsvoll.

Leopold nickte. »Vielleicht.«

»Haben sie schon einen Namen?«, erkundigte sich Ada jetzt.

Leopold schüttelte den Kopf. »Noch nicht. Habt ihr einen Vorschlag?«

»Sind es Mädchen oder Jungen?«, fragte Max.

»Der Schimmel ist ein Mädchen, der Braune ein Junge.«

»Cool. Max und Ada?«, schlug Max vor.

»Nee.« Ada schüttelte vehement den Kopf. »Dann verwechseln die uns immer.«

»Dann Adalbert und Maxima?«

Leopold lachte. »Ich bespreche das. Adalbert und Maxima – klingt eigentlich ganz schön. Oder was meinst du, Pauline?«

»Ja. Passt irgendwie.«

Sie betrachteten noch eine Weile andächtig die frischgebackene Ponyfamilie. »Ich hoffe, sie trinken gleich bei ihrer Mutter. Die erste Milch ist sehr wichtig für sie.«

»Apropos trinken«, sagte Pauline. »Ich wollte dich etwas fragen.« Sie deutete mit dem Kinn nach draußen, um ihm zu signalisieren, dass sie das am liebsten unter vier Augen täte.

»Passt ihr auf und sagt uns Bescheid, wenn Adalbert und Maxima Anstalten machen aufzustehen?«

»Geht klar, Leopold«, erwiderte Max cool.

»Na, was wolltest du mich fragen?« Leopold war ihr nach draußen gefolgt, und sie hatten sich nebeneinander auf den Holzzaun der Pferdekoppel gesetzt.

»Also … ich hatte heute einen ziemlich stressigen Tag«, begann sie, und dann erzählte sie ihm ausführlich, womit sie ihn verbracht hatte. Dass sie alle Informationen zusammengetragen und kalkuliert und geplant hatte.

»Und? Zu welchem Schluss bist du gekommen?«

»Ich will es machen«, erklärte sie ohne Umschweife. »Alles auf bio und Demeter umstellen. Und die Aronade, die möchte ich auch gern mit dir machen.«

»Echt jetzt?« Er strahlte wie ein kleiner Junge. »Das wäre ja … super. Ich weiß gar nicht, was ich sagen soll …«

Sie lächelte in sich hinein. Kein Pokerface. Kein ›Dann müssen wir aber über die Modalitäten sprechen‹. Er freute sich einfach nur und konnte es kein bisschen verbergen. Sie war beinahe gerührt. Aber es war ja noch nicht sicher. »Freu dich nicht zu früh, Leopold«, sagte sie also schnell. »Es gibt da noch dieses eine kleine Problem.«

»La famiglia?«

»Genau.«

»Du musst sie erst noch überzeugen …«

Sie nickte. »Ja. Wenn ich sie nicht ins Boot kriege, kann ich es vergessen. Aber ich bin gut vorbereitet. Nur … mit Zahlen und Fakten komme ich wahrscheinlich nicht weit. Ich bräuchte noch einen …« Sie warf einen Blick zum Stall hinüber. »… einen Geburtshelfer.« Und dann trug sie ihm ihre Bitte vor.

»Wow.« Leopold starrte vor sich auf die Wiese. »Du schickst mich in die Höhle der Löwen?«

»Ach, komm. So schlimm wird's schon nicht werden.«

Er seufzte. »Mir bleibt nichts anderes übrig, stimmt's?«

»Stimmt.«

»Okay. Ich mache es.«

»Super.« Pauline biss sich auf die Lippe. »Allerdings …«

Er sah sie fragend an. »Was?«

»Das ist noch nicht alles.«

»Äh … okay. Was noch?«

»Ich hab mir was überlegt. Wegen der … na ja. Wegen der Preise.«

Leopold stöhnte auf. Das Thema war zwischen ihnen mittlerweile ein rotes Tuch.

»Nein, hör erstmal zu. Ich hab eine Idee.«

»Okay, ich höre …«

Und dann unterbreitete sie ihm einen Vorschlag, wie die Chiemgauer Lieferanten ihre Preise bei gleichbleibendem Gewinn senken könnten. Sie hatte lange daran getüftelt und einen ausgefeilten Plan erstellt. Sie mochte Pläne. Wenn es so aufging, wie sie dachte, könnten beide Seiten gewinnen. Die Zulieferer und *Feinkost Greiffenberg*.

»Hmmm«, machte Leopold, als sie geendet hatte.

»Und, was sagst du?«, fragte sie gespannt. »Also, außer ›hmmm‹ …«

Er musste lachen. »Es könnte vielleicht klappen«, gab er zu. »Wenn alle mitziehen.« Er zuckte mit den Achseln. »Ob du die anderen überzeugen kannst, ist allerdings eine andere Frage.«

»Hilfst du mir?« Sie sah ihn von der Seite an.

»Schau nicht so.«

»Wie?«

»Na ja, so.« Er seufzte. »Ich versuch's.«

»Echt?«

»Ja, echt. Dir kann man ja nichts abschlagen.«

»Ich weiß.« Sie grinste.

»Ich könnte ein Zoommeeting anberaumen.«

»Ein Zoommeeting? Gustav hat wahrscheinlich nicht mal Internet.«

Leopold lachte auf. »Er ist der größte Hacker von uns allen.«

»Echt jetzt?«

»Jepp.«

»Trotzdem«, beharrte sie. »Ich hab einen besseren Vorschlag.«

»Nämlich?«

»Eine Art … Stammtisch. Ich könnte einen ins Leben rufen. Einen Zulieferstammtisch.«

»Hmmm …«

»Schon wieder ›hmmm‹?«

»Ich weiß nicht, ob das so gut ankommt. Der Sinn ist ja, dass wir Zulieferer uns gegenseitig unterstützen, und du stehst ja gewissermaßen … nun ja … auf der anderen Seite.«

»Okay. Verstehe ich. Aber hat es nicht Sinn, wenn beide Seiten miteinander sprechen?«

Leopold schien einen Moment zu überlegen. »Du hast recht«, sagte er schließlich. »Ich kümmere mich.«

»Ich gebe natürlich auch eine Runde aus. Oder zwei. Ein paar Schnäpse helfen bestimmt bei der Überzeugungsarbeit, oder?«

»Vermutlich ja.« Amüsiert sah er sie an. »Man könnte glatt meinen, Sie wären eine von uns, Frau von Greiffenberg.«

Sie runzelte die Stirn und sagte empört: »Ich *bin* eine von euch.«

24. *La famiglia*

Elsa hüstelte und sah auf ihre Armbanduhr. Die Familie hatte sich in der Bibliothek versammelt. Alle waren da, außer Antonia und die Zwillinge. Sebastian war gestern hier gewesen, um Ada und Max abzuholen. Seit Pauline ihm eröffnet hatte, dass sie nicht mehr nach Chieming zurückkehren würde, war es merkwürdig still um ihn geworden. Hoffentlich war das nicht die berühmte Ruhe vor dem Sturm. Ihrem Noch-Schwiegerenkel traute sie so ziemlich alles zu. Noch einmal sah sie auf die Uhr. »Worauf warten wir denn, Kindchen?«, fragte sie in Richtung Pauline. Ihre Enkelin hatte sie alle für diesen Nachmittag hierhergebeten. »Es geht um die Firma«, hatte sie gesagt. Mehr nicht, und Elsa war etwas beleidigt, dass sie nicht in die Details eingeweiht worden war.

»Wir warten noch auf Antonia«, erklärte Pauline die Verzögerung und schielte nun auch auf ihre Uhr. Sie war aufgeregt, das sah Elsa ihr an. Immer wieder scrollte sie auf ihrem Laptop herum. Sie hatte eigens einen Flachbildschirm vor dem Kamin aufgebaut und ihren Computer damit verbunden.

»Was wird das denn, wenn's fertig ist?«, hatte Wolfgang herablassend gefragt.

»Eine Präsentation«, hatte sie geantwortet.

»Oha! Jetzt macht sie Ernst«, hatte er daraufhin gewitzelt.

»Sorry, Leute, hatte noch einen Anruf.« Antonia marschierte mit ihren langen Beinen quer durch den Raum und hievte sich auf die Fensterbank. Nun waren sie endlich vollzählig. Therese saß an ihrem angestammten Platz auf dem Sofa. Ferdinand, der eigens aus München angereist war, hatte sich wie immer auf die Chaiselongue gefläzt und Wolfgang in den Sessel neben dem Barwagen. Er schenkte sich gerade einen Whiskey ein und lehnte sich dann breitbeinig zurück.

»Wunderbar«, sagte Elsa und nickte Pauline auffordernd zu. Um siebzehn Uhr war sie zum Bridge bei Ursula eingeladen, und da würde sie ungern zu spät kommen.

Pauline räusperte sich nervös. Dann schlug sie die Beine übereinander und holte tief Luft. »Schön, dass ihr alle gekommen seid«, begann sie. »Ich möchte mit euch über die Firma sprechen. Ich habe viel über unsere mögliche neue Ausrichtung nachgedacht – und es mir nicht leicht gemacht. Als Geschäftsführerin trage ich schließlich die größte Verantwortung.«

Elsa sah einen Schatten über Ferdinands verkatert wirkendes Gesicht huschen, während Wolfgang einen tiefen Schluck aus seinem Whiskeyglas nahm.

»Ich weiß, dass ihr beide …« Pauline deutete mit dem Kinn auf Ferdinand und Wolfgang »… dass ihr bereits Ideen habt. Die laufen jedoch allesamt auf einen Expansionskurs hinaus.«

»Richtig«, murmelte Wolfgang. »Aus Gründen.«

Ferdinand nickte zustimmend.

»Ja, ich weiß. Aber … ich hab mal gerechnet und kalkuliert, und … na ja … dabei ist herausgekommen, dass …«

Pauline betätigte eine Taste ihres Laptops, woraufhin die erste PowerPoint-Folie auf dem Flachbildschirm erschien. Ein buntes Säulendiagramm mit Zahlen darunter. Ferdinand gähnte herzhaft. »… dass es nicht unbedingt sinnvoll ist, größer zu werden.«

Antonia schwenkte einmal mit dem Handy durch den Raum. Offenbar fertigte sie ein Video von dieser illustren Zusammenkunft an. Warum auch immer. Elsa beschloss, sie zu fragen.

»Was machst du da?«, flüsterte sie ihr zu.

»Tiktok.«

»Bin ich mit drauf?«

»Ähm … ja?!«

»Gut!«

Pauline redete weiter und kam jetzt auf Kennzahlen zu sprechen, auf Break-even-Points und Gewinnmaximierung. All das hatte sie anschaulich aufbereitet. Auf dem Flachbildfernseher erschien eine Folie nach der anderen. Doch vielleicht hatte sie es etwas zu gut gemeint. Nach zehn Minuten Vortrag war sie immer noch nicht am entscheidenden Punkt angelangt, und wie es aussah, verlor sie langsam ihr Publikum. Therese betrachtete mit leeren Augen das Muster des Perserteppichs. Wolfgang schenkte sich einen dritten Whiskey ein, und Ferdinand sah sich unruhig um. »Sagt mal, Leute, gibt's hier irgendwo was Essbares? Chips? Nüsschen? Ich sterbe vor Hunger.«

Pauline seufzte.

Elsa war drauf und dran, ihr zu Hilfe zu kommen. So ließ man ein Familienmitglied nicht verhungern, dachte sie und meinte damit nicht Ferdinand. Sie wollte gerade ihre Stimme erheben, als Pauline plötzlich aufsprang. »Hättet ihr die Güte, mir mal zehn Minuten zuzuhören?«, rief sie wütend. »Ehrlich, Leute. Das muss doch möglich sein!«

Sehr gut, Paulinchen, dachte Elsa und lächelte in sich hinein. Das ist meine Enkelin. Zeig's ihnen.

Alle sahen Pauline betreten an, außer Ferdinand, der zu seiner Verteidigung irgendwas von fehlender Energiezufuhr faselte, und Wolfgang, der überheblich den Kopf schüttelte. »Witzchen, Mädel. Du musst Witzchen machen«, sagte er. Dann wandte er sich an Ferdinand. »Die wird's nie lernen.«

Elsa rollte mit den Augen. »Mach's am besten kurz, Pauline. Alles andere hat hier keinen Sinn.«

Und dann sagte Pauline, worauf sie hinauswollte. In kurzen, prägnanten Sätzen erklärte sie, warum sie von nun an ausschließlich auf Bioprodukte aus der Region setzen wollte. »Ich möchte hinter dem stehen, was wir tun, und das kann ich nicht, wenn wir so viel Müll produzieren. Und damit meine ich nicht nur die Verpackungen aus Plastik, sondern auch das, was da drinsteckt«, schloss sie.

Elsa nickte, auch wenn sie noch nicht vollends davon überzeugt war, dass Pauline die richtige Idee verfolgte. *Feinkost Greiffenberg* zu einer kleinen Ökoklitsche verkommen zu lassen, wäre nicht in ihrem Sinne. Aber wer sagte denn, dass es eine kleine Klitsche werden musste? Wenn man es professionell aufzog und den Nerv der Zeit traf, konnte sogar etwas ganz Großes daraus werden. Und ihre Enkelin, da war sich Elsa sicher, hatte ein Näschen für den Nerv der Zeit. So wie einst Ludwig. Noch immer konnte sie sich nicht erklären, wieso ihrem Sohn dieser Instinkt eines Tages abhandengekommen war.

»Alles schön und gut, Mädel«, sagte Wolfgang jetzt. »Was du willst, ist die eine Sache. Die andere ist das, was die Banken wollen. Denn leider hat mein lieber Bruder uns ja bekanntlich in eine Situation gebracht, in der wir von ihnen abhängig sind.«

Elsa seufzte. Da hatte er leider recht.

»Wie bitte?«, meldete sich Therese zu Wort. »Ludwig hat uns in die Situation gebracht?« Ihre Stimme überschlug sich beinahe vor Empörung. »Was hast du denn die ganze Zeit gemacht, als er gearbeitet und sein Bestes gegeben hat?«

»Das wissen wir alle«, sagte Elsa trocken.

»Wir dürfen auch nicht aus den Augen verlieren, dass sich die Firma gut verkaufen lassen muss«, warf Ferdinand ein.

Elsa blickte ihn irritiert an. »Wieso?«

»Na ja …« Er zuckte mit den Achseln. »Für den Fall der Fälle.«

Sie seufzte. Mussten heute wirklich wieder alle Fässer aufgemacht werden? Sie sah ihren Bridgenachmittag schon schwinden – genau wie Paulines Chancen, ihre Ideen durchzusetzen. Offenbar hatte ihre Enkelin das bereits selbst erkannt. Jedenfalls stöhnte sie entnervt und hob eine Hand. »So kommen wir nicht weiter, Leute. Die Banken müssen wir überzeugen, ja. Aber wir haben gute Argumente, und …« Sie deutete auf den Flachbildschirm. »Zahlen, die für sich sprechen.«

Ferdinand schüttelte den Kopf. »Das hätte Papa nicht gewollt. Er hat immer groß gedacht.«

»Zuletzt nicht mehr«, sprang ausgerechnet Antonia ihrer älteren Schwester zur Seite. »Ihm war das alles zu viel. Das hat er der Mutter Oberin erzählt.«

»Kein Wunder«, zischte Wolfgang. »Hat ja auch immer alles alleine gemacht.«

»Nächstes Fass«, brummte Elsa resigniert. Im nächsten Moment war von der Haustür ein langgezogenes ›Ding Dong‹ zu hören. Stirnrunzelnd sah sie Pauline an und stellte fest, dass die plötzlich irgendwie erleichtert aussah. Offenbar erwartete sie jemanden, der Rettung bringen konnte. Vielleicht einen Lieferdienst, der ihren verhungernden Bruder mit Essen versorgte, oder einen Psychiater, der Wolfgangs Minderwertigkeitskomplexe in den Griff bekam. Pauline verließ den Raum und kehrte wenige Minuten später zurück – mit dem jungen Hertzinger! Überrascht zog Elsa die Augenbrauen hoch. »Guten Tag, Leopold.«

»Guten Tag zusammen.« Er lächelte verlegen. Richtig wohl schien er sich nicht zu fühlen, was vielleicht an der Wahl seiner Kleidung lag. Bei den Greiffenbergs putzte man sich an Sonntagen heraus. Wenn man nicht gerade achtzehn war und Antonia hieß, waren hübsche Kleider beziehungsweise gebügelte Hemden und feine Hosen die Garderobe der Wahl. Leopold Hertzinger jedoch trug verwaschene Jeans, ein kariertes Hemd – und eine klappernde Bierkiste vor sich her, die er nun leise ächzend auf dem Orientteppich abstellte.

»Arbeitest du jetzt nebenbei für den hiesigen Getränkemarkt?«, erkundigte sich Elsa.

»Der Trend geht zum Zweitjob«, witzelte Wolfgang. »Wobei, gegen ein Bierchen hätte ich jetzt nichts einzuwenden.« Er lachte dröhnend. »Nein, im Ernst. Was führt Sie und Ihre Kiste hierher, Herr Hertzinger?«

»Entschuldigen Sie, ich wollte nicht stören, aber Pauline sagte, ich …«

»Oh, Sie stören ganz und gar nicht.« Therese verzog den Mund zu einem Lächeln. »Nehmen Sie doch Platz.« Sie deutete neben sich auf das Sofa.

»Oh. Nein. Nein, danke. Ich stehe lieber«, sagte Leopold.

Pauline sah ihn lächelnd an.

Elsa runzelte die Stirn. Was ging da eigentlich vor? Offenbar pflegte ihre Enkelin neuerdings nähere Bekanntschaft mit dem Hertzinger-Bub. Sie war sogar schon mit den Kindern auf seinem Hof gewesen, wie ihr zu Ohren gekommen war.

Ferdinand hatte seinen hungrigen Körper inzwischen von der Chaiselongue gehievt, um eine Flasche aus der Kiste zu nehmen und die rote Flüssigkeit darin eingehend zu betrachten.

»Bier ist das jedenfalls nicht«, stellte er ernüchtert fest. »Aber was dann?«

»Unsere Rettung«, erklärte Pauline etwas pathetisch und erzählte dann von der Aroniabeere. Dass sie ein Superfood sei, man daraus Saft, Marmelade und eben auch Limonade herstellen könne. Und dass diese Beere in den nächsten Jahren einen Boom erleben werde.

»Einen Boom? Sagt wer?« Wolfgang leerte sein Whiskeyglas und stellte es geräuschvoll auf dem Barwagen ab.

»Ich«, erklärte Pauline und sah etwas unsicher zu Leopold hinüber. »Und … Leopold.«

Wolfgang lachte auf. »Na, dann … Entschuldigt, Kinder, aber seid ihr jetzt unter die Propheten gegangen? Wir können doch als seriöse, alteingesessene Firma nicht jeden Trend mitmachen.«

»Nicht jeden. Aber den schon«, beharrte Pauline. »Und was heißt überhaupt ›mitmachen‹? Wir setzen den Trend, was noch viel besser ist.«

»Pffff … jetzt gehen aber die Pferde mit dir durch, Mädel.«

Pauline blitzte ihren Onkel wütend an, was Elsa zu hundert Prozent nachvollziehen konnte. Des ›Mädels‹ wegen, und auch der Pferde.

»Leopold baut die Aroniabeeren an. Auf einem großen Feld auf der Ratzinger Höhe, wo sie sehr gut gedeihen.«

»Absolut.« Der junge Hertzinger nickte.

»Ich habe alles genau kalkuliert, und ich möchte, dass wir mit Leopold kooperieren. Er braucht einen starken Vertriebspartner für seine Limonade, und dieser Vertriebspartner können wir sein. Wir können das Produkt gemeinsam groß machen und in den Handel bringen. Nicht nur in unsere Filialen, sondern in die Rewes und Edekas dieser Welt. Die Aronade kann das Zugpferd unseres Unternehmens werden. Sie ist die Innovation, die wir suchen. Ich könnte euch jetzt weiter mit Zahlen langweilen, aber da ich inzwischen weiß, dass eure Aufmerksamkeitsspanne nicht weiter reicht als die von Max und Ada, lassen wir euch einfach probieren.«

Sie zauberte einen Flaschenöffner aus der Tasche ihres Blazers und verteilte gemeinsam mit ihrem Geschäftspartner in spe die Flaschen aus der Bierkiste. Alle nahmen einen vorsichtigen Schluck, dann noch einen oder zwei.

Nur Antonia trank alles auf einmal, unterdrückte ein Rülpsen und sagte: »Geiler Scheiß!«

»Lecker«, gab nun auch Ferdinand zu Protokoll. Therese nickte anerkennend, und Wolfgang meinte: »Schmeckt nicht schlecht.« Jetzt richteten sich alle Blicke auf sie. Sie nippte noch einmal an der Flasche und konzentrierte sich auf den Geschmack. Dann schaute sie von Pauline zu Leopold und wieder zurück und sagte: »Stimmt. Geiler Scheiß!«

Elsa stieg langsam die Treppe hinauf. Das Meeting war beendet, und sie wollte sich für den Bridgenachmittag umziehen.

»Ist doch gut gelaufen«, hörte sie den jungen Hertzinger unten im Flur sagen.

Sie hielt inne. Offenbar begleitete Pauline ihn gerade zur Haustür. Die Kiste hatte er in der Bibliothek stehengelassen, damit sie sich die Limonade noch einmal in Ruhe zu Gemüte führen konnten.

»Finde ich auch«, erwiderte Pauline, klang dabei jedoch etwas beklommen. Vielleicht ahnte sie, dass sie trotz der gelungenen Erstverkostung noch eine Menge Arbeit würde leisten müssen, um Ferdinand und Wolfgang von ihrem nachhaltigen Weg zu überzeugen. Sie selbst hatte sie jedenfalls schon heute auf ihre Seite gezogen. Sie würde ihre Enkelin unterstützen bei dem, was sie vorhatte. Im Gegensatz zu ihrem Bruder und ihrem Onkel hatte Pauline nämlich eine zukunftstaugliche Vision für *Feinkost Greiffenberg*.

»Danke, dass du gekommen bist«, sagte sie in diesem Moment zu Leopold Hertzinger, und Elsa hörte, wie die Haustür geöffnet wurde.

»Hallo, Mama«, ertönte auf einmal die Stimme der kleinen Ada, und auch Max begrüßte seine Mutter ziemlich lautstark. »Leopold!«, rief er dann. »Was machst *du* denn hier?«

»Hallo, Pauline.« Das war Sebastians nörgelnde Stimme.

Leise ging Elsa wieder ein paar Stufen hinab, um zu sehen, was unten passierte.

Ihr Schwiegerenkel ließ die Taschen der Kinder auf den Boden plumpsen, während er Paulines Besucher ungeniert musterte. »Und Sie sind?«

»Hertzinger«, antwortete der junge Mann. »Leopold Hertzinger.«

»Wie geht es Adalbert und Maxima?«, fragte Ada und hüpfte auf der Stelle.

Leopold lächelte. »Sie warten schon sehnsüchtig auf euren Besuch.«

Sebastian bedachte ihn mit einem eisigen Blick.

»Ich muss jetzt los, Kinder«, sagte der junge Hertzinger und verabschiedete sich von den Zwillingen. Dann verließ er fluchtartig das Haus, während Sebastian ihm mit verächtlicher Miene nachblickte.

»War das dieser Bauer, von dem die Kinder das ganze Wochenende erzählt haben?«

»Ja, das war er«, bestätigte Ada. »Der ist sooo nett. Stimmt's, Mama?«

»Ja, das stimmt.«

»Ach, ist er das?«

Pauline antwortete nicht.

»Wie war eigentlich der Termin beim Kinderarzt?«, erkundigte sich Sebastian nun.

»Wir waren nicht beim Arzt. Haben wir doch schon gesagt«, erinnerte Max ihn.

»Richtig. Die Frage ist nur: *Warum* wart ihr nicht da? Die U9 stand an, wenn ich mich recht entsinne!«

»Mist«, murmelte Pauline kleinlaut. »Hab ich total verschwitzt. Ich mache direkt morgen einen neuen Termin.«

»Das hoffe ich doch. Falls du dich nicht in der Lage siehst, unsere Kinder zu so wichtigen Terminen zu begleiten, sag Bescheid. Dann übernehme ich das.«

»Nein, nein, schon gut. Ich mach das«, erwiderte ihre Enkelin schnell.

Sebastian verabschiedete sich kühl. »Wir sehen uns nächstes Wochenende.«

Es klingt ein bisschen wie eine Drohung, dachte Elsa.

25. *Nataschas Stall*

Antonia trat aus dem kleinen, verfallenen Badehäuschen am Waldrand und sog die frische, noch feuchte Luft ein. Das Unwetter war heftig gewesen, aber jetzt war es weggezogen, und die Wolkendecke riss auf.

Hendrik trat hinter sie und schlang seine Arme um sie. »Chillen wir nachher noch im Stall?«, raunte er ihr ins Ohr.

»Lass uns noch ein bisschen hierbleiben, ja?« Sie kramte ein Tütchen Gras aus der Tasche ihrer knappen Jeansshorts und hielt es triumphierend in die Höhe.

»Überredet.« Hendrik drehte sie zu sich um und gab ihr einen Kuss auf die Stirn.

Sie ergriff seine Hand und zog ihn zu dem langen Baumstamm, der meterweit ins Wasser ragte. Er war nass vom Regen und glitschig, wie es aussah. Sie stieg trotzdem hinauf, balancierte mit ausgestreckten Armen bis zum Ende, machte, weil sie plötzlich große Lust dazu verspürte, einen souveränen Handstand und landete wie durch ein Wunder wieder auf ihren Füßen. Als Kind war das Voltigieren ihre große Leidenschaft gewesen, und wer einen Handstand auf einem Pferd machen konnte, für den war einer auf einem rutschigen Baumstamm eine leichte Übung.

»Krass!« Hendrik war ihr gefolgt und setzte sich neben sie. Er nahm ihr Gesicht in beide Hände und küsste sie wieder.

Antonia seufzte wohlig. Sie waren seit fast vier Monaten zusammen, und sie war bis über beide Ohren verliebt in diesen Typen, der unbestritten der hotteste der Jahrgangsstufe war. Grüne Augen, kantiges Gesicht und gebräunte Haut, glatt wie Samt. Ein bisschen hager. Aber durchtrainiert hager, mit Muskeln an genau den richtigen Stellen. Vor allem aber konnte man sich auf ihn verlassen. Sie rechnete es ihm hoch an, dass er sie nicht hatte fallen lassen nach dem Tod ihres Vaters, obwohl seitdem nicht mehr viel mit ihr anzufangen war. Er ertrug ihre Trauer und versuchte, ihr Trost zu schenken, so gut es eben ging. Ehrenmann. Ohne ihn wäre sie längst untergegangen.

Er kramte in seinem Rucksack und zog ein Päckchen Tabak daraus hervor. »Hat einer von euch Feuer?«, rief er Richtung Ufer. Sein Freund Giacomo und dessen neue Flamme Maria hatten nun auch das alte Badehäuschen verlassen, in dem sie alle vier vor dem Unwetter Schutz gesucht hatten. Die beiden standen engumschlungen am Wasser und knutschten. Giacomo ließ sich durch Hendriks Frage nicht stören, zeigte nur einen Daumen hoch, während er sich weiter Marias schönen Lippen widmete – und ihrem wohlgeformten Arsch.

»Kommt rüber«, forderte Hendrik die beiden auf, und Antonia wedelte mit dem Tütchen.

»Gib mal her!« Sie nahm ihm den Tabak aus der Hand und drehte mit geschickten Bewegungen eine erstklassige Tüte. »So muss das aussehen, Bruder«, sagte sie grinsend und hielt sie ihm unter die Nase.

Inzwischen hatten Giacomo und Maria voneinander abgelassen und gesellten sich zu ihnen. Antonia zündete den Joint an, zog genüsslich daran und gab ihn an Hendrik weiter. Es dauerte nur wenige Sekunden, bis sie spürte, wie ihr leichter zumute wurde. Der Stein, der seit Ludwigs Tod auf ihrem Herzen lastete, war in letzter Zeit zunehmend schwerer geworden. Vorher hatte sie sich nicht viel aus dem Kiffen gemacht, doch neuerdings half es ihr, das alles ein bisschen besser zu ertragen. Keine Dauerlösung, das wusste sie natürlich. Zumal die Erleichterung, die ihr das Rauchen verschaffte, jeweils nur von kurzer Dauer war. Immer wieder dachte sie darüber nach, sich jemandem anzuvertrauen. Aber wem? Ihrer Mutter? Niemals! Die würde ihr nur Vorwürfe machen. Genau wie alle anderen Familienmitglieder. Ein solch dunkles Geheimnis teilte man besser mit der engsten Freundin. Doch dafür müsste man erst mal eine haben. Sie war eine Einzelgängerin. Klar, sie hatte Freundinnen. Immer mal wieder. Sie wechselten. Eine richtige BFF, Best Friend Forever, die hatte es bisher in ihrem Leben nicht gegeben. Blieb noch Hendrik. Er war cool, schön und küsste gut. Aber sie waren erst seit kurzem zusammen. Konnte man jemandem, dem man erst vier Monate nahe war, ein solches Geheimnis anvertrauen? Er reichte ihr die Tüte. Sie nahm einen tiefen Zug und beschloss, es für sich zu behalten. Vorerst. Bis … bis es sich vielleicht irgendwann anders ergab.

Die Sonne war inzwischen ganz hinter den Wolken hervorgekommen und zu einem knallorangen Feuerball mutiert, der den Horizont mit seinen wenigen verbliebenen Wattewölkchen rosa-orange einfärbte, bevor er gleich im Wasser verschwinden würde. Sie nahm ihre Kamera aus Hendriks Rucksack, entfernte die Kappe von der Linse, richtete sie zur Sonne aus und drehte ein wenig am Objektiv.

»Wow«, sagte Hendrik, legte seinen muskulösen Arm um ihre Hüften und den Kopf an ihre Schulter. »Ist das cool, Alter.«

Sie drückte ein paar Mal den Auslöser. Wenn man am Chiemsee aufwuchs, waren instagramreife Sonnenuntergänge nichts Besonderes, doch der hier war wirklich außergewöhnlich und verdiente es, abgelichtet zu werden. Sie hatte keine Ahnung, was sie mit den Fotos machen würde. Aufhängen sicher nicht. Sie war kein Fan von Postkartenmotiven. Aber vielleicht könnten sie als Erinnerung dienen. Als Erinnerung an einen besonderen Abend, an dem sie verliebt war und ein leichtgerauchtes Herz hatte.

Sie chillten noch eine Weile am Wasser, baumelten mit den Beinen und sahen den Fischen beim Schwimmen zu. Irgendwann verabschiedeten sich Giacomo und Maria.

»Und wir?«, fragte Hendrik.

»Pferdestall«, sagte Antonia und sprang auf.

Sie spazierten Hand in Hand durch den Wald und als sie ihn hinter sich gelassen hatten, an Getreidefeldern vorbei. Weizen und Roggen standen schon hoch, wie immer Mitte Juni. Die Ähren wiegten sich leise im Wind. Gleich würde es dunkel werden. Zum Glück hatten sie es nicht mehr weit.

»Beeilen wir uns«, sagte sie, doch dann hörte sie ein seltsam schrilles Geräusch und blieb abrupt stehen. »Hörst du das auch?«

Sie lauschten. Es klang ein bisschen wie quietschende Reifen, nur langanhaltend.

»Das kommt von da drüben.« Hendrik deutete auf einen Bauernhof in einiger Entfernung.

»Der Maier-Hof. Was machen die da?«

»Keine Ahnung.«

»Komm mit«, sagte sie kurzentschlossen.

Sie versteckten sich hinter einer dicken Eiche und spähten auf den großen Vorplatz. Trotz des Dämmerlichts erkannten sie sofort, was da los war: Drei Männer trieben Schweine in einen Transporter. Die Tiere quiekten wie am Spieß.

»Schrecklich«, wisperte sie.

Hendrik nickte.

»Warte mal.« Sie trat hinter ihn, öffnete seinen Rucksack und zog noch einmal ihre Kamera heraus. Dann nahm sie den LKW ins Visier. Etliche Schweine steckten ihre platten Nasen durch die schmalen Öffnungen und versuchten, frische Luft zu schnappen.

Sie schoss ein paar Fotos. »Landleben«, murmelte sie.

»Was?«

»Oh, nichts. Ich hatte nur gerade eine Idee für ein neues Fotoprojekt.«

Hendrik nickte. »Schade, dass du die schrecklichen Schreie nicht festhalten kannst.«

»Dafür fotografiere ich ihre angsterfüllten Augen.« Sie zoomte eines der Schweine so nah wie möglich heran und drückte einige Male auf den Auslöser.

»Die armen Tiere. Warum quieken sie überhaupt so?«

»Aus Angst. Wahrscheinlich ahnen sie, dass sie geschlachtet werden sollen. Und schau dir mal den LKW an!« Schon von außen sah man, dass er viel zu klein war für die vielen Schweine.

»Ist das legal?«, fragte Hendrik.

»Ich glaub schon. Aber das sollte es nicht sein. Es ist brutal.«

Sie beobachteten das grausige Treiben noch eine Weile und gingen erst weiter, als der Schweinetransporter abgefahren war.

Wenig später gelangten sie endlich zu der kleinen Pferdewiese. Ganz hinten, unter einer großen, alten Buche, stand ein Stall. Er war aus Brettern gezimmert und inzwischen ein wenig in die Jahre gekommen. Früher hatte Natascha darin gewohnt, und Antonia hatte einen Großteil ihrer Teenagerzeit hier verbracht. Jeden Nachmittag nach der Schule war sie hergekommen, um auf der kleinen Haflingerstute zu reiten, sie zu striegeln, zu füttern und ihren Stall auszumisten. Oder um einfach neben ihr zu sitzen und ihr ihre geheimsten Gedanken anzuvertrauen. Dann war etwas Schreckliches passiert. Sie hatte einen Ausritt in den Wald gemacht, wo sie und Natascha sich bestens auskannten. Der Sprung über den kleinen Bach gehörte zu ihren leichtesten Übungen. Doch dieses Mal rutschte das Pferd weg. Der Boden war vom letzten Regen schlammig, noch dazu lag ein großer Ast im Weg. Es ging alles ganz schnell. Natascha knickte mit dem rechten Vorderbein um und stürzte samt ihr zu Boden. Sie selbst blieb unverletzt, doch ihre Stute zog sich eine komplizierte Unterschenkelfraktur zu – ein Todesurteil für ein Pferd. Sie wurde noch am selben Tag eingeschläfert.

Über der Stalltür hing noch das Namensschild. Ein weiß lackiertes Brett, auf das sie mit aufgeklebten Stöckchen ›Natascha‹ geschrieben hatte. Sie war schon als Kind kreativ gewesen. Die Tür hing schief in den Angeln und gab ein knarrendes Geräusch von sich, als sie sie öffnete. Hand in Hand schlüpften sie hinein. Dann betätigte sie den vergilbten Drehschalter neben der Tür, woraufhin eine solarbetriebene nackte Birne zu flackern begann und trübes Licht spendete. Es roch noch immer nach Pferd und unbeschwerter Kindheit. Sie kam ab und zu hierher, meist allein, und in letzter Zeit mit Hendrik. Irgendwann hatten sie die Idee gehabt, sich ein kleines Liebesnest einzurichten – inmitten von Heu und Stroh. Jetzt stand ein altes Schlafsofa an der hinteren Wand, das Hendriks Großmutter gehört hatte. Vor einigen Wochen hatten sie es in einer Nacht- und Nebelaktion hierhergeschafft. Eine Bierkiste diente als Couchtisch, ein paar Nägel in einem der Balken als Garderobe. Mehr brauchte es nicht, damit sie es gemütlich hatten. Sie hatten hier schon so manchen verregneten Tag verbracht und auch die eine oder andere Nacht. Natürlich hätte es komfortablere Orte gegeben, um sich zu treffen, doch keinen, an dem sie ungestörter gewesen wären. Nach Hause wollte sie Hendrik nicht mitnehmen, denn niemand dort wusste, dass es ihn gab, und das sollte auch möglichst lange so bleiben. Sie hatte keine Lust auf die Fragerei, die unweigerlich einsetzen würde, sobald er einmal die Villa betreten hatte. Wo kommt er her? Wie alt ist er? Was machen seine Eltern? Hendrik war der Sohn eines Schusters und einer Dessous-Verkäuferin aus Chieming, und sie hörte Oma Elsa schon »Du liebes bisschen!« ausrufen. Und ihre Mutter stöhnen: »Hoffentlich nur eine Phase.«

Ihrem Vater hatte sie von Hendrik erzählt, ihm aber das Versprechen abgenommen, es vorerst niemandem zu sagen. Daran hatte er sich gehalten. Natürlich. Ihr Herz wurde schon wieder schwer. Die Wirkung des Marihuanas ließ nach.

»Was denkst du, Süße?« Sie hatten das Sofa ausgezogen und sich nebeneinandergelegt. Hendriks weicher Hoodie diente ihnen als Kopfkissen. Sie war müde und schloss die Augen. Hendrik strich ihr sanft über die Wange.

»Nichts«, murmelte sie, zog sein Gesicht zu sich heran und küsste ihn.

»Bleiben wir heute Nacht hier?«

Sie nickte. Ihrer Mutter würde sie gleich eine WhatsApp schreiben. ›Schlafe bei Emma‹ oder so. Aber das hat Zeit, dachte sie und schlang ihre Arme um seinen Hals.

»Was ist das denn?«, fragte Hendrik später, als sie nackt unter der Wolldecke lagen und sich eine Zigarette teilten. Er tastete auf der Suche nach seiner Boxershorts mit einer Hand unter dem Sofa herum und zog auf einmal den Müllsack darunter hervor.

Verdammt. Sie atmete schneller. Warum hatte sie kein besseres Versteck gewählt? Sie hätte sich ohrfeigen können.

»Babe? Alles okay?«, fragte er irritiert.

»Tu das weg«, sagte sie leise.

»Was is'n das?«

»Tu's einfach weg.«

»Okay.« Hendrik warf trotzdem einen kurzen Blick in den Sack und schob ihn dann hastig wieder unter das Sofa.

»Babe?«

»Hmmm?«

»Wieso bewahrst du das hier auf?«

»Ich hab gesagt, du sollst es wegtun!«, kreischte sie hysterisch. Sie richtete sich auf, ließ die halb gerauchte Zigarette mit zittrigen Fingern in eine leere Bierflasche fallen und schlug die Hände vors Gesicht.

Er streichelte ihr sanft den Rücken. »Toni? Babe?«

»Lass mich!«, sagte sie und begann hemmungslos zu schluchzen.

26. *Der Kreislauf*

Sämtliche Tische waren besetzt, als Pauline den Schankraum des *Feldwies* betrat. Es war gemütlich hier. Und laut. Alle redeten durcheinander. Lachten, grölten, tratschten. Sie stellte sich auf die Zehenspitzen und versuchte, sich einen Überblick zu verschaffen. Viele der Gäste kannte sie vom Sehen oder sogar persönlich. Samstags war hier immer was los. Die Blaskappelle traf sich nach der Probe, und überhaupt war gefühlt halb Prien anwesend, um sich ein, zwei Helle zu genehmigen, Schafkopf zu spielen oder einfach nur zu ratschen. Ganz hinten am Fenster entdeckte sie Leopold und dann auch Gerti von der Käserei und Gustav, den Schnapsbrenner. Hannes Blatterer, der die Pralinen an *Feinkost Greiffenberg* lieferte und von allen nur ›der Schoki‹ genannt wurde, war ebenfalls da, und, wie es aussah, auch der Rest der Nicht-mit-uns-WhatsApp-Gruppe. Sie waren ihrer Einladung zum Stammtisch also tatsächlich gefolgt. Pauline quetschte sich an den vollbesetzten Tischen vorbei und ließ hier und da ein »Grüß Gott« fallen oder hob einfach die Hand zum Gruß.

»Ja, da schau her, wenn das nicht die kleine Greiffenbergerin ist!«, rief jemand.

Sie sah sich um und registrierte, dass die alte Trudi ihr winkte. Als Schülerin hatte sie sämtliche Hefte, Stifte, Füllerpatronen, Ringblöcke und Sammelbilder in dem Schreibwarenladen erworben, den die Geschäftsfrau immer noch betrieb, obwohl sie bestimmt schon über achtzig war.

»Servus!«, rief sie der alten Dame im Dirndl zu.

An einigen Tischen wurden die Köpfe zusammengesteckt, und Pauline ahnte, was sich die Leute zuflüsterten:

»Habt's scho ghert? De kloa Greiffenbergerin is nimma zam mim Dandlhofer Sebastian.«

»De tritt jezad in de Fuasstapfen vo ihrm Herrn Voda. Gott hab'n selig.«

»Gschäftsführarin is worn. Des I ned lach!«

»Hallo, Pauline«, begrüßte Leopold sie erfreut.

Sie hatte den Spießrutenlauf hinter sich gebracht und endlich den Tisch am Fenster erreicht. Die rot-weiß karierten Gardinen flatterten im Abendwind, und alle Augenpaare waren auf sie gerichtet.

»Entschuldige. Ich wurde aufgehalten.« Sie nickte in die Runde. »Servus zusammen. Schön, dass ihr gekommen seid!«

»Na, logisch. Wenn die Greiffenbergerin ruft, sind wir da. Ist doch klar.« Gerti deutete auf den einzigen noch freien Platz auf der hölzernen Eckbank.

Pauline quetschte sich hinter Gustav durch und setzte sich. Sie hätte gern neben Leopold gesessen, doch da hatte sich die Müllerin Burgi breitgemacht.

Die anderen hatten bereits ein Bier vor sich stehen, und in der Mitte des Tisches thronte ein Korb mit frischen Brezen.

»Gabi, bringst du uns noch ein Helles?«, rief Leopold der Kellnerin zu.

Wenig später kam sie mit einem vollen Bierglas zu ihnen an den Tisch. Leopold reichte es Pauline, und dann stießen sie an.

»Auf einen gelungenen Abend.« Sie lächelte nervös.

»Ist ja alles schön und gut«, sagte Burgi, nachdem sie ihr Glas abgesetzt und sich mit dem Ärmel die Schaumreste von der Oberlippe gewischt hatte. »Aber warum sind wir denn nun eigentlich hier?«

»Ja, warum?«, wollte auch Gerti wissen.

Gustav schien die Unterhaltung nicht sonderlich zu interessieren. Er starrte abwechselnd in sein halbleeres Bierglas und hinüber zu Gabi.

»Weil … ähm …«, stammelte sie. »Die Preise.«

»Was sagst du?« Gerti hielt sich eine Hand ans Ohr. »Du musst lauter sprechen, bei dem Lärm hier!«

»Die Preise!«, rief sie.

»Ah, das hab ich mir gedacht.« Die Müllerin machte eine wegwerfende Handbewegung. »Leo, hast du ihr nicht gesagt, dass es da nix zu verhandeln gibt?«

»Nun hört doch erstmal zu.« Leopold nahm sich eine Breze und biss hinein.

»Na gut. In Ordnung. Was hast du denn zu sagen?«, fragte der Schoki und fuhr mit der Hand durch sein weißblondes Haar.

»Ich hab mir Folgendes überlegt«, begann sie.

Der Pralinenlieferant tippte Gustav auf die Schulter. »Hör zu, was sie zu sagen hat!« Er deutete auf Pauline.

Gustav las von seinen Lippen und drehte ihr dann das Gesicht zu.

»Ich habe eine Idee, wie wir alle miteinander Kosten sparen können«, fuhr sie fort.

»Kosten sparen. Das ist gut!« Gerti nickte wohlwollend.

»Wir Chiemgauer können, wenn wir zusammenarbeiten, alle voneinander profitieren.« Pauline sprach laut, langsam und deutlich, damit alle es verstanden. Auch Gustav, der nun an ihren Lippen hing.

»Ach? Wie soll denn das bitte gehen?«, erkundigte sich Burgi skeptisch und nahm noch einen großen Schluck aus ihrem Glas.

»Zum Beispiel so: Wenn deine Mühle mahlt, Burgi, dann bleibt Schrot übrig. Den gibst du Gustav.«

»Mei, wieso ausgerechnet dem?«

»Weil der ihn für seinen Schnaps gebrauchen kann. Ist aber auch nur ein Beispiel. Gustavs Trester wiederum kann als Dünger für Leopolds Getreidefelder verwendet werden. Gertis Käsereireste müssen ebenfalls nicht weggeworfen werden, sondern können an die Hühner und das Vieh verfüttert werden. So sparen die Landwirte Futterkosten. Das macht Fleisch, Milch und Eier auf lange Sicht billiger. Kurz gesagt: Was für den einen Abfall ist, ist für den anderen wertvoll. Wenn wir uns gegenseitig unterstützen, kann jeder profitieren. Eine Mischkalkulation, die am Ende Win-win bedeutet.«

»Woas für oan Ding?«, fragte die Müllerin.

»Win-win. Von Vorteil für uns alle«, erklärte Pauline. »Ihr könntet auf diese Weise die Preise leicht senken, was wiederum gut für *Feinkost Greiffenberg* wäre und somit auch gut für die Region – wegen der Arbeitsplätze, die daran hängen.«

»Aha«, stellte Burgi nachdenklich fest. »Gar nicht schlecht. Die ganze Chose ist ein Kreislauf.«

Gustav sah sie mit gerunzelter Stirn an.

»Ein Kreislauf«, sagte sie mit übertriebenen Mundbewegungen und malte mit dem Finger einen Kreis auf das rotweiß karierte Tischtuch.

»Ahhhh!« Gustav nickte und bestellte per Handzeichen eine Runde Obstler. Gabi brachte die Schnäpse, wobei Gustavs Blick sich für einen Moment in ihrem Ausschnitt verlor. Das Dirndl bringt ihr Holz vor der Hüttn aber auch wirklich gut zur Geltung, dachte Pauline nicht ohne Neid und sagte: »Die Runde geht auf mich.«

Es wurde noch ein feuchtfröhlicher Abend, an dem alle rege über ihren Vorschlag diskutierten.

»Wos sogt's, Leid? Woin mia des macha?«, fragte Gerti irgendwann.

»Was?« Burgi sah sie verständnislos an.

»Hicks. Na, diesen K-Kreislauf von der Greiffenbergerin.« Gerti zeigte auf Pauline und malte mit dem Zeigefinger einen Kreis in die Luft.

Gustav nickte erfreut und bestellte noch eine Runde.

»Probian soid ma's«, fand Burgi.

»Ja! I moan – warum denn ned?« Der Schoki trank sein Bierglas leer.

»Und wos sogt der Admin vo dr WhatsApp-Gruppn?« Gerti blickte Leopold herausfordernd an.

»Wir machen es«, erklärte der entschlossen. »Probeweise.«

Pauline blinzelte ihm unauffällig zu. Danke, formte sie lautlos mit den Lippen.

Passt schon, antwortete er auf dieselbe Weise.

Gabi brachte den Obstler, und sie stießen auf den Kreislauf an.

Gerti kippte den Schnaps in sich hinein. »Wann treff ma

uns des nächste Moi? Des soi doch do … a regelmäßiger Stammdisch wean, oder ned?«

»Immer am ersten Samstag im Monat«, schlug Leopold vor.

»Gabi, reservier moi für Samsdog in via Wochan!«, brüllte Gerti.

»Moach i«, sagte die und brachte ungefragt Bier für alle. »Letzte Runde. Geht aufs Haus!«

»I moag Stammtische«, meinte Gerti selig und trank.

»I a«, sagte Pauline und lächelte Leopold verschwörerisch zu.

27. Black or White

»Je später der Abend …«, murmelte Ferdinand, als er das Seehaus des Priener Yachtclubs betrat, ein edles Restaurant mit riesiger Terrasse direkt am Wasser. Dabei war es noch gar nicht so spät. Die Uhr zeigte gerade mal halb neun. Die Gäste waren trotzdem schon schön. Jedenfalls die meisten. Und ausnahmslos alle waren sie reich. Der Yachtclub feierte an diesem sommerlichen Samstagabend seinen hundertzehnten Geburtstag und hatte dazu alles geladen, was Rang und Namen hatte. Ferdinand marschierte durch das große Restaurant, ließ die edle und, wie er aus Erfahrung wusste, ausgesprochen gut sortierte Cocktailbar links liegen und trat durch eine der geöffneten Schiebetüren auf die Holzterrasse. Neugierig ließ er den Blick schweifen, während er mit einer Hand den Knopf am Jackett seines Smokings öffnete. ›Black or White‹ lautete das Motto des heutigen Fests. Er hatte sich für Letzteres entschieden.

»Ferdi, mein Lieber!«, hörte er eine tiefe Stimme dröhnen. Jemand schlug ihm kräftig von hinten auf die Schulter. »Alles tutti?«

Er wandte sich um. Fünf-Sterne-Hotelier Franz Loibl grinste ihm feist ins Gesicht. Er schwitzte und atmete hörbar schwer, was vielleicht daran lag, dass er sich für ›Black‹ entschieden hatte, was in Anbetracht der sechsundzwanzig Grad Außentemperatur definitiv ein Fehler gewesen war.

»Na, logisch«, erwiderte er launig, entledigte sich seines Jacketts und warf es sich lässig über die Schulter. »Bei mir alles tutti. Hoffe, für dich gilt dasselbe, Loibi.« Leicht besorgt schaute er in das bluthochdruckgerötete Gesicht seines Gegenübers. »Du siehst etwas … mitgenommen aus.« Ohne eine Antwort abzuwarten, deutete er auf das Büffet, auf dem sich in einer riesigen silbernen Schale Austern auf Eis türmten und, wie es von hier aussah, Canapés mit Kaviar. Er hatte Hunger, Champagnerdurst und keine Lust, sich jetzt schon festzuquatschen. Schon gar nicht mit Loibi. Erfahrungsgemäß war es schwer, sich loszueisen, wenn der einen einmal in den Fängen hatte. »Wir sehen uns später«, sagte er also schnell. »Ich brauch mal was zwischen die Kiemen.«

»Die Austern sind ein Gedicht.« Loibi legte Daumen und Zeigefinger aneinander, führte sie zum Mund und machte ein Kussgeräusch.

»Hatte ich nicht anders erwartet«, sagte er und trat die Flucht in Richtung Büffet an. Immer mehr Gäste trafen ein und smalltalkten unter ausladenden weißen Sonnenschirmen, nahmen Drinks an behussten Stehtischen oder setzten sich an die lange, edel gedeckte Tafel direkt am Wasser. Viele verleibten sich bereits die edlen Speisen vom Büffet ein, von denen einige selbstredend aus dem Hause Greiffenberg stammten. Er erkannte viele Gesichter, wenngleich das eine oder andere frisch mit Hyaluronsäure angereichert worden war. Die feine Gesellschaft des Chiemgaus war zahlreich erschienen. Wenn er richtig informiert war, plante auch seine Familie, hier heute Abend vollzählig aufzuschlagen. Seine

Mutter hatte er bereits weiter hinten an der Champagnerbar gesichtet. Er war froh, dass er sie überredet hatte, sich wenigstens kurz hier blicken zu lassen. Sie trug ein langes, luftiges Seidenkleid mit tiefem Ausschnitt. Es war weiß, nicht schwarz. Vielleicht war das ja ein gutes Zeichen. Er beschloss, dass das Büffet noch einen Moment warten musste, ging zu ihr hinüber und begrüßte sie und ihre schönen Freundinnen Miezi Smid und Mauren Kämmerer, die genau wie seine Mutter einmal gefragte Models gewesen waren und greiffenbergintern unter ›Miez und Mauz‹ firmierten. Die beiden lebten noch immer in Schwabing. Für das heutige Event hatten sie die knapp einstündige Autofahrt ins Chiemgau nur zu gern auf sich genommen, und da waren sie nicht die Einzigen. Eine Party dieser Güteklasse ließ sich die Münchener Hautevolee nicht entgehen. Man hätte meinen können, das gesamte Käferzelt der letzten Wiesn hätte sich hier verabredet.

»Schau mal, die Effenbergs«, sagte seine Mutter gerade und deutete mit süffisantem Gesichtsausdruck Richtung See. Tatsächlich, da standen sie, ganz nah am Wasser. Stefan und Claudia – beide in weißes Leinen gehüllt. Nicht weit entfernt entdeckte er, wenn ihn nicht alles täuschte, Uschi Glas, und an einem der Stehtische führte sich tatsächlich Michi Käfer *himself* ein Greiffenbergsches Forellenröllchen zu Gemüte, während er von einer ganzen Entourage an Käferzeltstammbesuchern vollschwadroniert wurde. Irgendwas hat der Michi richtig gemacht, dachte er neidisch und beschloss, ihn später in ein Fachgespräch zu verwickeln. Von Feinkostpapst zu Feinkostpapst gewissermaßen. Es war wichtig, mit den richtigen Leuten gesehen zu werden, erst recht in seiner etwas … nun ja, misslichen Lage.

Oma Elsa war auch schon da, wie er jetzt feststellte. Sie schwebte in einem langen, schwarzen Glitzerkaftan am Büffet entlang, während ein junger Kellner nach ihren genauen Anweisungen einen Teller mit Delikatessen zusammenstellte. Ferdinand grinste. Typisch Oma. Er verabschiedete sich fürs Erste von seiner Mutter und ihren Freundinnen, ging zu Elsa hinüber und hielt ihr von hinten die Augen zu. »Rate!«

»Ferdinand! Wirst du irgendwann noch mal erwachsen?«, schimpfte sie halb erschrocken, halb amüsiert.

Er ließ sie grinsend los und begrüßte sie mit einem Bussi. »Ach komm, Oma. Erwachsensein ist furchtbar langweilig.«

»Nun, wie man's nimmt. Hast du die Austern probiert? Eine wahre Freude, hörte ich.«

»Noch nicht, Oma. Aber mach ich noch. Ist Pauline auch schon da?«

Sie schüttelte den Kopf. »Sie bringt die Kinder ins Bett. Aber sie kommt nach, sobald die Babysitterin da ist.«

Er nickte. Heute Abend wollte er unbedingt noch mal mit seiner Schwester über Aronia und diesen ganzen verrückten Bio-Öko-Nachhaltigkeitsschmarrn sprechen. Die Limonade hatte ihm geschmeckt, und vielleicht konnte sie sogar ein Erfolg werden, wenn man es richtig anpackte. Doch leider hatte diese blöde Beere es an sich, ewig zu brauchen, bis sie endlich reif war und man aus ihr ein Getränk und so etwas wie einen Einnahmeüberschuss gewinnen konnte. »Die Zeit müssen wir uns eben nehmen«, hatte Pauline erklärt, als er ihr kürzlich mit dem Argument gekommen war. Sie hatte gut reden. Na ja, sie wusste natürlich nichts von seinem kleinen Liquiditätsengpass. Hätte er sich nur nicht Mikes Jaguar geliehen, an diesem unglückseligen Freitag im Februar, aber er hatte ein Date mit dieser wahnsinnig süßen Maus gehabt und Eindruck schinden wollen, was ihm mit dem Traumauto ohne Frage gelungen war. Nur dass ihm auf dem Rückweg leider dieser dämliche Unfall passiert war. Er selbst hatte zwar nicht mehr als eine kleine Platzwunde über der Augenbraue davongetragen, aber der Jaguar war Schrott. Die Versicherung hatte er mit der Sache wohlweislich nicht behelligt, denn das wäre mit großer Wahrscheinlichkeit nach hinten losgegangen. Aber nun hatte er eben diesen Haufen Schulden. Bei Mike. Ausgerechnet. Jeder wusste, dass der ein Halsabschneider war. Und der Halsabschneider wurde langsam ungeduldig, weshalb Ferdinand neuerdings schlecht schlief. Er musste baldmöglichst an Geld kommen oder alternativ Mike das Familienunternehmen auf dem Silbertablett servieren. Beides schien im Moment ferner denn je, zumal Onkel Wolfgang langsam wankelmütig wurde. Pauline ließ ja auch nicht locker. Wenn sein Onkel bei *Feinkost Greiffenberg* die Seiten wechselte, war er überstimmt. Und am Arsch. Allerdings musste seine Schwester erstmal die Sparkasse von ihrer Idee überzeugen. Das hatte Onkel Wolfgang in der letzten Gesellschafterversammlung zur Bedingung gemacht. Ihm hatte er später zugeraunt, dass sie sich daran sowieso die Zähne ausbeißen würde. Doch Ferdinand war sich da nicht so sicher. Er kannte Pauline. Sie würde nicht eher ruhen, als bis sie eine Finanzierung auf die Beine gestellt hatte. Und dann würde es ewig dauern, bis *Feinkost Greiffenberg* Gewinn generierte und er seine Schulden begleichen konnte. Das alles stank ihm gewaltig, zumal Klein-Klein sowieso nicht sein Ding war. Groß denken schon eher, besonders wenn er sich den Kollegen Käfer dahinten ansah, wie er von halb München hofiert wurde, als wäre er der wieder auferstandene König Ludwig von Bayern.

Seufzend häufte er sich Austern auf den Teller, nahm noch ein paar Garnelen dazu und ein Glas Champagner von einem Tablett. So gerüstet beschloss er, seiner Großmutter zu folgen. Sie hatte inzwischen an dem langen Tisch Platz genommen. Er setzte sich neben sie und breitete eine Serviette auf seinen Knien aus. In diesem Moment betrat Mike Grindler die Terrasse. Klar, dass er an so einem Abend nicht fehlte. Er trug Jeans, Hemd und Cowboyhut – alles in raffaeloweiß und mit Swarovski-Steinen besetzt, was ihn wie einen schlechten Elvis-Imitator aussehen ließ. Gerade stellte er sich auf die Zehenspitzen, um sich einen Überblick zu verschaffen. Ferdinand beschloss, ihn vorerst großzügig zu übersehen und sich stattdessen mit seiner Großmutter zu unterhalten. Nur ein Idiot würde es wagen, Elsa von Greiffenberg während einer angeregten Unterhaltung zu stören. Nicht einmal Mike würde das tun.

Er filetierte seine Garnelen mit den Fingern und Oma Elsa die Garderobe der anderen mit Blicken.

»Du meine Güte, hast du die Grindlersche gesehen?« Sie deutete auf Mikes Frau Britta, die inzwischen ebenfalls auf der Bildfläche erschienen war. Sie trug ein hautenges, zu weit ausgeschnittenes schwarzes Paillettenkleid. »Ordinär, findest du nicht?«

»Na ja …« Er zuckte mit den Schultern und aß genüsslich eine Garnele. »Es gewährt immerhin interessante Einblicke …«

»In die Modellierkunst von Doktor Mohn?«

»Genau. Wenn meine Brüste zehn Riesen gekostet hätten, würde ich sie auch gern mal vorzeigen wollen.«

»Auch wieder wahr«, murmelte seine Oma. »Ach, schau

mal, wenn man vom Teufel spricht …« Unauffällig deutete sie mit dem Kinn auf einen etwa siebzigjährigen, braungebrannten Mann, der eine höchstens Zwanzigjährige im Arm hielt. »Der Schönheitschirurg überzeugt sich heute Abend persönlich von der Qualität seiner Arbeiten.«

»Wow, tatsächlich.«

Doktor Mohn hielt auf seine Mutter, Miezi und Mauren zu und begrüßte die drei wie alte Bekannte. Ferdinand fragte sich, was das zu bedeuten hatte. Therese würde doch keine Dummheiten machen?

In diesem Moment tauchte Pauline mit einem gut gefüllten Teller neben ihm auf. Er hatte sie gar nicht kommen sehen.

»Schwesterherz, da bist du ja.« Er klopfte mit der Hand auf den weiß behussten Stuhl rechts neben sich.

Sie setzte sich. »War das mal wieder ein Tag«, stöhnte sie. »Erst der U-Termin beim Kinderarzt. Danach Meetings ohne Ende. Und dann kam auch noch die Babysitterin zu spät. Aber jetzt ist sie da, die Zwillinge schlafen, und ich hab einen Mordshunger.«

»Siehst trotzdem super aus«, sagte er wahrheitsgemäß. Seine Schwester trug ein cremefarbenes Slipdress aus Seide, das ihrer Figur schmeichelte. Sie hat es nicht nötig, sich bei Doktor Mohn unters Messer zu legen, dachte er. »Iss schnell auf, damit du mit dem Netzwerken starten kannst«, empfahl er ihr. »Hier ist alles, was Rang und Namen hat. Sogar Michi Käfer.«

»Ich weiß.« Pauline nickte mit vollem Mund. »Und weißt du, wer noch da ist?«

»Du wirst es uns sicher gleich sagen.«

»Herr Faber von der Sparkasse. Mit ihm habe ich bereits

genetzwerkt. Letzte Woche. Und gerade noch mal auf dem Weg nach draußen ... Ach, da ist er ja.« Sie winkte einer hageren, kleinen Gestalt mit grauem Vollbart und schwarzem Konfirmandenanzug.

Er kam zu ihnen, setzte sich plump neben Pauline und klopfte mit dem Knöchel auf den Tisch. »Servus miteinander.« Dann brach er, warum auch immer, in schallendes Gelächter aus, wurde jedoch umgehend wieder ernst, als er Oma Elsas abfälligen Blick bemerkte. »Und, haben Sie die frohe Kunde schon verbreitet, Frau von Greiffenberg?«, fragte er Pauline.

»Noch nicht. Ich wollte gerade ...«

»Na, dann tue ich es: Das Konzept der jungen Dame und die Aroniabeere haben uns überzeugt. Also, mich. Wir geben den Kredit.«

»Oh!«, sagte Elsa.

»Verdammt«, zischte Ferdinand.

Faber sah ihn irritiert an.

»Verdammt ... gut«, beeilte er sich zu sagen. »Das ist ja wirklich ... toll.«

»Ja, das sehe ich genauso. Glückwunsch! Diese Frau hier hat eine Vision für Ihr Unternehmen. Und zwar eine, an die ich auch glaube.«

Ferdinand verzog den Mund zu einem Lächeln und sah dann zu Michi Käfer hinüber, der sich gerade von Cathy Hummels mit frischen Erdbeeren füttern ließ.

In dem Moment schaffte Mike es, Augenkontakt mit ihm aufzunehmen. Er lupfte seinen albernen Cowboyhut und rief: »Hast du gleich mal einen Moment, Ferdi?«

Er stöhnte. Er brauchte dringend Alkohol, doch sein Champagnerglas war so leer wie sein Bankkonto. »Darf ich?«, fragte er rhetorisch in Paulines Richtung, schnappte sich ihr Glas und leerte es in einem Zug.

»He!«, sagte seine Schwester empört. »Hol mir sofort ein neues!«

Herr Faber lachte sich schon wieder kaputt. »Geschwisterliebe«, gluckste er.

Ferdinands Mund lachte auch, doch am liebsten hätte er gesagt: Verpiss dich, Sparkassenmann, und wenn du schon dabei bist, nimm diesen verdammten Aushilfs-Elvis dahinten gleich mit. »Noch jemand Champagner außer Pauline?«

»*Moi!*« Faber hob die Hand. »Frau von Greiffenberg, trinken Sie auch noch einen?«, fragte er Elsa.

»Wenn es denn sein muss …«

»*Et voilà!*«, rief Faber übermütig und breitete die Arme aus.

»*Mon dieu!*«, murmelte seine Großmutter und verdrehte die Augen gen Himmel.

Ferdinand ging los, um Champagner zu organisieren, und als er mit den Gläsern in der Hand zurückkam, lief ihm ein ziemlich aufgelöster Doktor Mohn über den Weg. Der Schönheitschirurg klopfte wie wild auf seinem Jackett herum und griff sich immer wieder hektisch in die Innentaschen.

»Fehlt was?«, fragte Ferdinand.

»Ja, mein Handy ist weg!«

»Oh.«

»Ein iPhone. Olivgrün. Falls du es irgendwo siehst …«

»Sag ich Bescheid, klar.«

»Ferdi!«, rief in dem Moment eine bekannte Stimme hinter ihm.

Seufzend drehte er sich um. »Hi, Elvis. Äh … Mike«, sagte er matt. »Schön, dich zu sehen.«

28. SOS

Leopold sah ihr Auto schon von weitem. Sie parkte neben der Scheune, stieg aus und lief auf ihn zu – mit ausladenden Schritten und einem Lächeln im Gesicht. So sehen Siegerinnen aus, dachte er. Pauline hatte es tatsächlich geschafft, die Aronade innerhalb der Firma durchzusetzen, genauso wie die Idee, alles auf bio und regional umzustellen. Als sie zuerst den Zulieferer-Stammtisch im Boot gehabt hatte und schließlich Herrn Faber von der Sparkasse, hatte ihr Onkel endlich klein beigegeben. Ihr Bruder Ferdinand, der sich weiterhin mit Händen und Füßen gegen eine Neuausrichtung gewehrt hatte, war überstimmt worden und hatte sich schmollend nach München verzogen. Pauline selbst hatte nicht viel Aufhebens um sich und ihren Sieg gemacht, sondern einfach weitergearbeitet. Er bewunderte sie für ihren Biss, ihre Klugheit und ihr Durchhaltevermögen.

Sie winkte ihm zu, und er spürte eine vorfreudige Aufgeregtheit, die ihn überraschte. Sie hatten schließlich nur verabredet, dass er ihr ein Feld zeigte, das er zurzeit als Weideland nutzte, das sich jedoch auch für den Anbau der Aroniabeere eignete. Wenn die Limonade ein Erfolg würde, müsste er im kommenden Jahr deutlich mehr anpflanzen. Und wenn sie einmal unterwegs waren, wollte er auch gleich bei Christina auf der Alm nach dem Rechten schauen. Alles kein Grund für Herzklopfen also.

»Hallo, Pauline«, begrüßte er sie etwas steif.

»Hey, da bin ich.« Sie strahlte.

»Du siehst ... gut aus.«

»Du auch«, sagte sie und grinste.

Kurz verspürte er den Impuls, sie auf die Wangen zu küssen. In ihren Kreisen machte man das doch so. Bussi links. Bussi rechts. Er fragte sich, wie sie reagieren würde, schüttelte den Gedanken jedoch schnell wieder ab. »Na, dann los«, sagte er stattdessen und schaute in den strahlend blauen Himmel. »Es soll ein Unwetter geben.«

Pauline folgte seinem Blick. »Danach sieht es gar nicht aus.«

»Erst heute Nachmittag. Aber bis dahin sollten wir zurück sein.«

Sie gingen zunächst nebeneinander und dann, als aus dem Weg ein schmaler Pfad wurde, hintereinander her. Nach einer halben Stunde Fußmarsch hatten sie die erste Etappe geschafft, und er zeigte Pauline das saftig grüne Weideland, das sich über einen riesigen Hügel erstreckte.

»Wow!« Sie legte eine Hand über ihre Augen und sah hinauf. »Bist du so was wie ein Großgrundbesitzer?«

Er lachte. »Nee. Das nun wirklich nicht. Aber hier könnten wir tatsächlich eine ganze Menge Sträucher anpflanzen. Ich denke, der Boden ist geeignet, und die landwirtschaftlichen Maschinen, die wir für Anbau und Ernte benötigen, kriegen wir von der anderen Seite hier herauf. Was meinst du?«

Sie kniff die Augen zusammen. Vielleicht stellte sie sich gerade vor, wie es aussähe, wenn hier statt Gras Aroniasträucher wuchsen. »Toll«, sagte sie. »Das dürfte eine reiche Ernte geben.«

»Absolut. Und wenn es nicht reicht, pachten wir noch Land dazu.«

»Eins nach dem anderen«, bremste sie ihn. »Erstmal müssen wir die Limo bekannt machen, und das wird gar nicht so einfach mit unserem mageren Budget. Aber ich habe schon ein paar Ideen, wie wir es schaffen können.«

»Zum Beispiel?«

»Mit Guerilla-Marketing.«

»Okay?!?« Er blickte sie verständnislos an.

Sie grinste. »So hat mein Onkel auch geguckt. Das sind unkonventionelle Marketingaktionen, die Aufmerksamkeit bringen, aber nicht die Welt kosten.«

»Wie ein Flashmob, der viral geht?«

»Zum Beispiel. Gute Idee übrigens! Vielleicht kriegen wir so was mit den Priener Schuhplattlern hin. Oder mit der Blaskapelle. Ich kenne jemanden, der da Trompete spielt.«

»Perfekt. Mein Schwager Berti ist bei den Schuhplattlern. Ich frag ihn. Wir brauchen nur eine gute Gelegenheit.«

Pauline nickte und deutete bergauf. »Wollen wir weiter?«

»Ja, sollten wir langsam.«

Der Fußweg wurde wieder breiter, so dass sie nebeneinander gehen konnten. Es war nicht mehr allzu weit bis zu seiner Alm.

»Das Breitenbrunner Strandfest im September wäre vielleicht so eine Gelegenheit.« Pauline schritt ungewohnt zügig bergan. »Ich hatte sowieso überlegt, möglichst bald einen Prototyp zu fertigen. Wir könnten vier-, fünfhundert

Flaschen probeabfüllen und sie dort unter die Leute bringen. Da kommt doch inzwischen halb München angereist. Meist Leute, die bereit sind, viel Geld für Natur pur zu bezahlen.«

»Klingt gut«, sagte er nachdenklich. Dann fiel ihm etwas ein. »Weißt du noch? In unserer Scheune steht doch der VW-Bulli.«

»Klar weiß ich das noch. Der von neunzehnhundertfünfundfünfzig. Du wolltest ihn irgendwann auf Vordermann bringen.«

»Genau. Jetzt wäre vielleicht der passende Zeitpunkt. Wenn ich die Karre ans Laufen kriege, könnten wir sie mit unserem Logo bekleben, und dann bestücken wir sie mit Aronadeflaschen und stellen sie auf die Festwiese.«

»Super Idee, Leo!«

Er musste lächeln. Weil sie seine Idee gut fand, aber auch, weil sie ihn zum ersten Mal Leo genannt hatte. Das sagte eigentlich nur seine Familie zu ihm. Und gute Freunde. Aber so was Ähnliches wie Freunde waren sie inzwischen ja auch.

»Wir buchen ein Promotionteam.« Sie war jetzt in ihrem Element. »Oder Antonia stellt sich rein. Wenn sie Lust hat. Sie verteilt die Aronade an die Festbesucher und die Influencer und Presseleute, die wir natürlich einladen werden.«

Er nickte. »Hört sich gut an.«

»Hört sich gut an? Nein, Leo, das hört sich nicht nur gut an. Das ist genial! Der Kickstart für unser gemeinsames Baby: die Aronade.« Plötzlich blieb sie stehen und blickte ihn an.

»Was ist?«, fragte er verunsichert.

»Ich finde, wir … wir sind ein echt gutes Team.« Sie lächelte, und da waren wieder diese Grübchen in ihren Wangen, und er dachte, irgendwann küsse ich sie einfach. In diesem Moment drang ein seltsames Geräusch an seine Ohren.

»Was war das?«, fragte Pauline, die es offenbar auch gehört hatte.

Sie lauschten. Noch einmal ertönte dieser raue, langgezogene Ton, und da wusste er plötzlich, was es war. »Das ist das Alphorn!«, stieß er hervor.

»Oh Gott.« Pauline sah ihn erschrocken an. »Was da wohl los ist?«

Christina kam ihnen entgegengerannt. »Huch, seid ihr geflogen?«

»Wir waren sowieso auf dem Weg zu dir«, erklärte er. »Was ist passiert?«

»Lilly ist weg. Seit Stunden unauffindbar.«

»Nicht schon wieder«, stöhnte er. »Dieses Kalb macht mich fertig.«

»Frag mich mal. Ich hab sie schon überall gesucht.« Christina schüttelte den Kopf. »Sie ist wie vom Erdboden verschluckt. Lisa ruft die ganze Zeit nach ihr. Und ich natürlich auch.«

»Hoffentlich ist sie nicht irgendwo runtergestürzt«, sagte er besorgt und überlegte. »Wir kämmen noch mal alles durch. Christina, gehst du da hoch?« Er deutete Richtung Osten. »Ich gehe hier rechts runter.«

»Und ich?«, fragte Pauline.

»Du könntest den Pfad dort drüben nehmen. Kannst du auf zwei Fingern pfeifen?«

Sie presste Zeigefinger und Daumen zusammen und versuchte es. Es klappte auf Anhieb, was sie selbst zu überraschen schien.

»Ist wie Fahrradfahren. Verlernt man nicht«, sagte er. »Okay, wer Lilly sieht, ruft mich an. Und wer kein Netz hat, pfeift. Hoffen wir das Beste!«

Pauline kraxelte den ihr zugewiesenen Hügel hinauf. Er war steiler, als er von unten ausgesehen hatte. Als sie die Kuppe erreichte, hielt sie einen Moment inne. Ihr war warm, obwohl sie nur Shorts und T-Shirt trug. Von hier oben hatte man einen tollen Blick über die Landschaft. Auf den saftigen Wiesen blühten Ringelblumen, und weiter unten glitzerte das türkisfarbene Wasser eines kleinen Bergsees. Der azurblaue Himmel mit seinen winzigen Wattewölkchen machte die Idylle perfekt. Es war so schön hier oben, dass sie den Atem anhielt und ganz kurz vergaß, warum sie eigentlich hergekommen war. Doch dann hörte sie von irgendwoher Lisas Muhen und konzentrierte sich auf ihre Mission. Sie legte die Hände an ihren Mund und rief: »Liiillyyyy!« Ein Echo antwortete ihr postwendend, doch Lilly selbst gab keinen Laut von sich. Sie wusste nicht, ob Kälber überhaupt reagierten, wenn man ihren Namen rief, aber sie wollte natürlich nichts unversucht lassen. Also setzte sie ihren Weg fort, marschierte den Hügel, den sie so mühevoll erklommen hatte, auf der anderen Seite wieder hinunter, immer in der Hoffnung, das süße Kälbchen gleich irgendwo zu entdecken. Sie hielt auf den kleinen Bergsee zu und rief noch einmal laut nach Lilly, bekam jedoch wieder keine Antwort. Wobei … als sie sich dem Ufer näherte, hörte sie plötzlich wildes Plätschern und wenig später eine Art Röhren. Sie lief schneller, stolperte fast über einen Stein und erreichte dann endlich das Ufer. Im See bewegte sich etwas. Die Sonne blendete sie, weshalb sie ihre Hand wie einen Schirm über die Augen hielt. Es war eindeutig ein Tier, das da verzweifelt versuchte, sich über Wasser zu halten. Sie kniff die Augen zusammen und glaubte, hellbraunes Fell zu erkennen und einen Kopf, der aussah wie der eines Kälbchens.

»Sie ist es!«, sagte sie erschrocken zu sich selbst. Lilly war in den See gestürzt und konnte offenbar nicht richtig schwimmen. Schnell zog sie ihr Handy aus der Tasche und schaute aufs Display. Kein Netz, war ja klar. Also legte sie Daumen und Zeigefinger aneinander und schickte einen lauten Pfiff in die Richtung, in der sie Leopold vermutete. Dann sah sie wieder zu Lilly hinüber, die augenscheinlich um ihr Leben kämpfte. »Halt durch!«, rief sie ihr zu. Bald würde das Jungtier sicher müde werden und untergehen wie ein Stein. Sie pfiff noch einmal, und wenig später ein drittes Mal. Ob Leopold sie hören konnte? Hektisch blickte sie abwechselnd zu Lilly und den Hügel hinauf und trat dabei von einem Bein auf das andere. Die Zeit verrann unendlich langsam, und während nichts geschah, außer dass Lilly weiterkämpfte und röhrte, überlegte sie, selbst ins Wasser zu springen, um dem Kälbchen zu helfen. Doch allein würde sie nichts ausrichten können. Das Tier war panisch und sie nicht stark genug, um es an Land zu ziehen. Am Ende würde Lilly sie noch mit in den Abgrund reißen, dabei hatte sie zwei Kinder! Und außerdem müsste sie dazu … ins Wasser. Allein beim Gedanken daran wurde sie beinahe genauso panisch wie die arme Lilly.

Dann endlich ertönte der erlösende Pfiff. Leopold kam in Sicht und machte sich an den Abstieg. Sie deutete Richtung

Wasser. »Sie ist da drin!«, rief sie mit sich überschlagender Stimme.

Leopold gab ihr ein Zeichen, dass er verstanden hatte, und rannte nun den Hügel hinunter. Als er neben ihr zum Stehen kam, keuchte er wie ein Marathonläufer, der es so gerade eben ins Ziel geschafft hat.

»Ich weiß nicht, wie lange sie noch durchhält. Schau nur, sie taucht immer wieder unter!« Sie deutete aufgeregt auf den See.

Leopold nickte, zog Schuhe, Hemd und Hose aus und sprang, ohne auch nur eine Sekunde zu zögern, in das eiskalte Wasser. Mit schnellen Bewegungen kraulte er zu dem Kälbchen. Pauline sah, dass er nun auf Lilly einredete und versuchte, sie zu beruhigen. Er hielt ihren Kopf fest, damit er nicht erneut unter Wasser geriet, doch Lilly sträubte sich mit aller Kraft. Leopold hob eine Hand, während er mit der anderen weiterhin versuchte, das Kälbchen irgendwie über Wasser zu halten. »Ich schaffe es nicht allein!«, brüllte er ihr zu. Es klang verzweifelt. Sie rang mit sich. Zu zweit würden sie es vielleicht hinkriegen. Einer vorne, einer hinten. Doch allein der Gedanke, ins Wasser zu gehen … Ihr wurde schwindelig, und sie hörte sich selbst keuchen. Ihre Brust zog sich zusammen. Sie bekam kaum Luft. In diesem Moment stieß Lilly einen verzweifelten Schrei aus. Pauline sah, dass Leopold unter Wasser geriet und mehrere Sekunden verschwunden blieb. »Oh Gott!«, stieß sie entsetzt hervor. Trotz der Wärme zitterte sie jetzt am ganzen Leib. Da endlich. Leo war wieder aufgetaucht. Doch er schüttelte resigniert den Kopf. Er würde es nicht schaffen. Komm schon, sagte sie zu sich selbst. Sie zitterte immer noch. Lilly röhrte. Es klang herzzerreißend. Da gab sie sich einen Ruck, entledigte sich in Windeseile ihrer Kleidung und tat es einfach. Sie ging ins Wasser. Tränen liefen ihr übers Gesicht. Sie unterdrückte einen Schrei. Es war eiskalt, höchstens zehn Grad. Ihr blieb beinahe die Luft weg, wegen der Kälte, die wie tausend Nadeln auf ihrer Haut stachen, aber vor allem, weil sie keinen festen Boden mehr unter den Füßen hatte. Ich ertrinke, dachte sie panisch, doch dann zwang sie sich, zu atmen und zu schwimmen. Beinahe mechanisch bewegte sie Arme und Beine und war selbst überrascht, dass sie es noch konnte. Schwimmen war wohl wie pfeifen. Man verlernte es nicht. Es kam ihr wie eine Ewigkeit vor, aber irgendwann erreichte sie Leopold und das Kälbchen.

»Versuch, sie zu schieben«, keuchte er. »Ich halte ihren Kopf und ziehe sie Richtung Ufer. Aber pass auf, dass sie dich nicht tritt.«

Sie nickte, packte Lilly am Hinterteil und schob mit aller Macht. Das Tier trat immer noch wild um sich, und sie musste ein ums andere Mal ausweichen. Es war nicht allzu weit bis zum Ufer, trotzdem erschien es ihr unerreichbar. Doch irgendwann, als sie alle drei kaum noch konnten, schafften sie es: Das Kälbchen bekam wieder festen Boden unter die Hufe. Mit letzter Kraft brachten sie sie an Land. Im ersten Moment tänzelte Lilly wie ein junges Fohlen. Pauline legte sich rücklings ins Gras, streckte alle viere von sich und schloss die Augen. Sie zitterte noch immer am ganzen Körper, aber sie spürte, dass sich langsam ein warmes Glücksgefühl in ihr breitmachte. Sie hatten Lilly tatsächlich gerettet. Und sie war im Wasser gewesen, was an sich keine große Sache war, für sie jedoch eine Sensation. Als sie die Augen wieder öffnete, sah sie, dass Lilly sich neben sie gelegt hatte.

»Hey, alles in Ordnung bei euch beiden?«, fragte Leopold besorgt und setzte sich dazu.

Sie richtete sich auf.

»Du zitterst ja immer noch.«

»Ist gleich vorbei«, sagte sie. »Und du? Wie geht's dir? Immerhin hast du gerade Unmenschliches geleistet ...«

Er winkte ab. »Ach, was. Du warst diejenige, die das getan hat. Und noch dazu für eine Kuh, die nicht einmal dir gehört.«

Sie wandte Lilly das Gesicht zu und strich ihr sanft über den Kopf. »Sie ist ein Tier. Kein Ding, das irgendjemandem gehört. Und deshalb sollten wir sie schnell zu ihrer Mutter bringen. Sobald sie einigermaßen bei Kräften ist.«

»Das sollten wir«, sagte Leopold.

Lilly war erstaunlich schnell wieder fit. Während Pauline noch immer zittrige Knie hatte, sprang sie den Hügel hinauf, als wäre nichts gewesen.

Unterwegs trafen sie Christina, die die Pfiffe nicht gehört hatte. Als sie das Kälbchen jetzt auf sich zuspringen sah, brach sie vor Erleichterung fast in Tränen aus. »Lilly!«, rief sie glücklich und umarmte das Tier, als wäre es ihr eigenes Kind.

Wenig später übergaben sie es seiner richtigen Mutter, die es zärtlich liebkoste und abschleckte. »Wenn Kühe weinen könnten, würde sie jetzt bestimmt ein paar Freudentränen vergießen«, sagte Pauline gerührt.

»Bestimmt.« Christina nickte. »Ich weiß nicht, wie Menschen jemals auf die Idee kommen konnten, dass Tiere keine Gefühle haben. Schaut euch das an.« Lilly suchte gerade nach Lisas Euter und begann, kräftig zu saugen.

»Der Appetit ist ihr jedenfalls nicht vergangen«, stellte Leopold trocken fest.

»Ehrlich gesagt bin ich auch kurz vorm Verhungern«, gestand Pauline.

Sie überließen Mutter und Kind ihrem Schicksal, setzten sich an den Holztisch vor der Almhütte und genehmigten sich eine ausgiebige Brotzeit. Christinas selbstgebackenes Brot und der Bergkäse, ebenfalls eine Eigenproduktion, schmeckten Pauline in diesem Moment besser als jedes Drei-Sterne-Menü. Während sie aßen und tranken, erzählten sie und Leopold noch einmal in allen Einzelheiten, wie sie Lilly gerettet hatten.

»Krass«, sagte Christina mit vollem Mund. »Wenn ihr nicht gewesen wärt …« Sie seufzte. »Ich hätte besser aufpassen müssen.«

Leopold schüttelte vehement den Kopf. »Du hast alles richtig gemacht. Du bist allein hier oben und kannst nicht überall sein. So ist das nun mal.«

»Ich find sowieso absolut bewundernswert, wie du das schaffst.« Pauline biss in ihr Brot und kaute genüsslich. »Hast du eigentlich keine Angst, so ganz allein hier oben?«

»Nein. Überhaupt nicht. Und im Notfall habe ich ja das Alphorn.«

»Und dir ist auch wirklich nie langweilig?«

»Dazu habe ich zu viel zu tun. Außerdem finde ich es ganz schön, eine Weile nur für mich zu sein. Man lernt sich selbst ganz neu kennen, das kannst du mir glauben. Und kann sich auf das besinnen, was wirklich wichtig ist. Ich genieße die Zeit hier in der Natur. Gerade jetzt …«

»Gerade jetzt?«

Christina nickte, antwortete aber nicht. Irgendetwas schien sie zu beschäftigen. Pauline beschloss, nicht weiter nachzuhaken. Sie kannten sich ja kaum.

»Ich stehe an einem Scheideweg«, sagte Leopolds Cousine plötzlich. »Wenn ich es mal so pathetisch ausdrücken darf.«

»Oh … was …« Pauline stockte.

Christina hielt ihr ihre linke Hand entgegen und machte Greifbewegungen mit den Fingern. »Fällt dir was auf?«

»Na ja. Dein Zeigefinger. Ist er verletzt?«

»Ja, er ist steif. Und das wird er auch bleiben, sagen die Handchirurgen.«

»Oh. Das … tut mir wirklich leid.«

»Es gibt Schlimmeres.« Christina legte ihre Hand zurück auf den Tisch. »Das Problem ist nur: Ich studiere Musik. Und spiele Kontrabass und Bassgitarre.«

»Oh.«

»Genau. Mit einem unbeweglichen Zeigefinger kann ich eine Karriere als Bassistin vergessen. Mein ganzes Studium im Grunde. Was bedeutet, dass ich mich neu erfinden muss. Was macht man, wenn der große Lebenstraum zerplatzt – im Alter von fünfundzwanzig Jahren? Hier oben habe ich viel Zeit, darüber nachzudenken.«

Pauline nickte. »Wie ist es passiert? Ein Unfall?«

»Ja, mit dem Auto. Das war im Februar. Spät abends auf der B 305.«

»Da fahren sie immer viel zu schnell.«

»Ja. Ich allerdings nicht. Mit einem uralten R4 kann man gar nicht rasen. Aber jemand hinter mir hat richtig Gas gegeben und mich überholt. Mit einem Sportwagen. Ich glaube, es war ein Jaguar, aber ich kenne mich mit Autos nicht so gut aus. Der Fahrer meinte jedenfalls, mich in einer Kurve überholen zu müssen. Dass ihm jemand entgegenkam, hatte er nicht sehen können. Er trat voll auf die Bremse, scherte nach links aus und landete auf einem Acker, nachdem er sich einmal überschlagen hatte.«

»Oh Gott«, sagte Pauline. »Hat der Fahrer überlebt?«

»Ja. Offenbar schon.«

»Und du?«

»Na ja, wie du siehst, bin ich noch quicklebendig. Aber durch das Manöver bin ich ins Schleudern geraten und irgendwie auch auf diesem Acker gelandet. Zum Glück ohne Überschlag. Aber anscheinend bin ich mit der Stirn auf das Lenkrad geknallt, jedenfalls hatte ich dort eine Platzwunde.« Sie deutete auf eine kleine, gezackte Narbe.

»Seitdem nennen wir sie Harry Potter.« Leopold grinste.

»Witzig! Na ja, ich hab jedenfalls das Bewusstsein verloren, und jemand hat einen Rettungswagen gerufen. Als die Sanitäter kamen, war ich immer noch bewusstlos und hatte einige Finger gebrochen.« Wieder hielt sie ihre linke Hand hoch. »Keine Ahnung, wie viel Zeit inzwischen vergangen war. Es war ja mitten in der Nacht, und ich hatte eine Amnesie. Später habe ich mich aber wieder an den Unfallhergang erinnert. Zumindest vage. Seltsamerweise hat man den Sportwagen nie gefunden. Er ist samt Fahrer wie vom Erdboden verschluckt. Erst dachte ich, ich hätte mir das alles nur eingebildet – das Überholmanöver und das Auto, das sich überschlagen hat. Aber dann hat man Spuren gefunden, die meine Aussage bestätigt haben. Den Fahrer des Fahrzeugs konnten sie trotzdem bis heute nicht ausfindig machen.«

»Das ist krass.« Pauline schluckte. »Fast ein bisschen unheimlich.«

Christina nickte. »Ja, finde ich auch.«

»Und …« Sie betrachtete die Hand der Sennerin. »Hast du schon eine Idee, was du nun tun wirst?«

Christina zuckte mit den Schultern. »Noch nicht. Ich warte auf eine Eingebung. Vielleicht ein anderes Instrument lernen. Eines, für das man keine Finger braucht. Oder höchstens neun.« Sie grinste, und Pauline bewunderte sie für ihren Humor.

»Alphorn«, schlug Leopold vor.

»Nee, lass mal. Dafür fehlen mir die Puste und das Talent. Vielleicht mache ich auch was ganz anderes. Werde Yogi, eröffne einen Laden oder reise erstmal nach Hawaii. Ich bin Single und frei. Im Grunde steht mir die ganze Welt offen.«

Irgendwie auch toll, dachte Pauline und verspürte einen Anflug von Neid.

»Keine Ahnung. Ich hoffe, am Ende des Sommers bin ich schlauer. Bis dahin ist ja noch ein bisschen Zeit.«

Leopold warf einen besorgten Blick gen Himmel. »Aber wir haben keine Zeit mehr, Pauline. Es zieht sich langsam zu. Und … hör mal.« Er lauschte. In der Ferne erklang ein leises Donnergrollen. »Wir sollten uns an den Abstieg machen«, sagte er und erhob sich.

»Und ich sollte die Herde in Sicherheit bringen«, sagte Christina und sprang auf.

29. *Gluggavedur*

Pauline schnaufte. Nachdem sie gemeinsam den Tisch abgeräumt und noch schnell alles in der Hütte verstaut hatten, was nicht sturm- und regenfest war, waren sie und Leopold losmarschiert, um rechtzeitig zu Hause zu sein, bevor es richtig losging. Doch das Unwetter kam schneller als erwartet, wie so oft in den Bergen. Schon bald türmten sich schwarze Wolkenberge vor ihnen auf, und das Donnergrollen wurde immer lauter und bedrohlicher.

»Wir sollten allmählich Schutz suchen.« Leopold schaute sich um. »Und ich weiß auch schon, wo. Komm mit.« Er deutete auf einen Pfad in der Nähe.

Sie folgte ihm. Er kannte sich gut aus hier oben, und ihr blieb nichts anderes übrig, als ihm zu vertrauen. »Wo gehen wir hin?«, fragte sie sicherheitshalber trotzdem.

»Ins Trockene«, erwiderte er. In diesem Moment fielen die ersten dicken Tropfen. »Wir müssen uns beeilen, wenn wir nicht klitschnass werden wollen«, sagte er und marschierte so schnell voran, dass sie kaum Schritt halten konnte. Nach wenigen Minuten blieb er stehen und deutete auf einen Felsen. Erst auf den zweiten Blick sah sie, dass sich darin eine kleine Öffnung befand.

»Ist das eine Höhle?« Sie ging in die Hocke und warf einen Blick hinein.

»Genau. Nicht besonders groß, aber erfüllt ihren Zweck. Komm.« In gebückter Haltung schlüpften sie hinein und gelangten in ein Gewölbe, in dem man kaum stehen konnte. Leopold zog seine Jeansjacke aus und breitete sie auf dem Boden aus. »Tadaaa …« Er machte eine einladende Handbewegung. »Nehmen Sie Platz, Madame.«

Sie streifte ihren Rucksack ab und setzte sich. Der felsige Untergrund war trotz Jacke hart, doch es ließ sich aushalten. Leopold hockte sich dicht neben sie. Es war eng hier drinnen.

Das Prasseln des Regens draußen wurde lauter, und Blitz und Donner folgten in immer kürzeren Abständen aufeinander.

»*Gluggavedur*«, sagte Leopold lächelnd.

»Was?«

»*Gluggavedur*. Das ist Isländisch. Im Deutschen gibt es gar kein Wort dafür. Wetter, bei dem es drinnen so richtig gemütlich ist.«

Sie nickte. »Ist wirklich gemütlich hier. Trotz des harten Bodens.«

»Ist dir kalt?«

»Nein. Mir ist nur … nach *Glugga…ve…*dings. Du weißt schon.« Sie lächelte. »Warst du schon mal in Island?«

»Ja. Schon zweimal. Ist ein tolles Land. Die Natur ist umwerfend. Es gibt dort Fjorde, bunte Nordlichter und die berühmten Islandponys in freier Wildbahn. Und man glaubt dort an Elfen und Trolle.«

»Im Ernst?«

»Ja, kein Witz.«

»Ich finde das sehr vernünftig.«

»Du glaubst auch an Elfen?«

Sie schüttelte den Kopf. »Nein. Aber ich wollte, es gäbe sie. Vieles ließe sich einfacher erklären. Und Elfen bringen doch auch Glück, oder?«

»Ich denke schon.«

»Glück kann ich gerade gut gebrauchen.«

»Jeder kann Glück gut gebrauchen.« Leopold sah sie ernst an.

Das Unwetter wollte einfach nicht weiterziehen, aber es gab Schlimmeres, als hier im Trockenen zu sitzen und zu plaudern. Sie und Leopold hatten sich viel zu erzählen, denn sie wussten im Grunde nichts voneinander.

»Und dein Exmann?«, fragte er irgendwann. »Warum habt ihr euch getrennt?«

Ihr Körper versteifte sich.

Leopold spürte es wohl. »Zu privat, hmmm?«, fragte er leise.

»Ja. Nein. Es ist nur … ich rede nicht gern über Sebastian, weil … Ich möchte die Zeit mit ihm am liebsten einfach streichen.«

»So schlimm?«

»Ja. Schon. Wir waren nicht auf Augenhöhe, und er … manchmal hat er mir Angst gemacht. Und ehrlich gesagt … er tut es immer noch.«

»Das … das ist nicht gut.«

»Nein.«

»Der Regen lässt nach«, murmelte er.

Schade, schoss es ihr durch den Kopf. Sie hätte noch ewig mit ihm in der Höhle ausharren können. Irgendwie fühlte sie sich ihm nahe. Nicht nur, weil sie so eng nebeneinandersaßen, sondern auch, weil es schön war, mit ihm zu reden. Wie es aussah, waren sie auf dem besten Weg, Freunde zu werden. Ein schöner Gedanke. Wie selbstverständlich legte sie kurz ihren Kopf an seine Schulter. »Na los«, sagte sie dann, kam auf die Füße und reichte ihm die Hand, um ihn hochzuziehen. Er nahm sie, und während sie zog, musste sie lächeln. Sie hatte fast schon vergessen, wie es war, Freunde zu haben.

30. Panama

Als Pauline am nächsten Morgen erwachte, setzte sie sich schlaftrunken im Bett auf und rieb sich müde die Augen. Die Sonne schien bereits durch die Lamellen der Fensterläden und warf ein gestreiftes Muster auf das alte Parkett in ihrem Schlafzimmer. Sie hatte einen seltsamen Traum gehabt. Elfen, Kühe und viel Wasser waren darin vorgekommen. Ganz langsam kehrte ihr Geist in die Realität zurück. War das alles wirklich gestern passiert? War sie IM Wasser gewesen? War sie GESCHWOMMEN? Und hatte sie stundenlang mit Leopold in einer Höhle festgesessen? Langsam klarte es auf in ihrem Kopf, und ja: Das alles war gestern wirklich passiert. Sie gähnte ausgiebig, und dann ging die Tür auf. Die Zwillinge stürmten herein und warfen sich auf sie.

»Mama, wir müssen aufstehen!«, rief Ada.

»Noch ganz kurz liegen bleiben, ja?«

»Nein, das ist langweilig«, protestierte Max.

Sie kitzelte erst ihn, dann Ada, und dann tobten sie ein wenig. Die beiden liebten das.

»Liest du uns noch was vor?«, fragte Max schließlich.

Sie sah auf die Uhr. Etwas Zeit hatten sie noch. »Was denn?«

»Oh, wie schön ist Panama!«, riefen die beiden wie aus einem Mund.

Sie tat ihnen den Gefallen.

»›Warum gehst du denn so krumm, Tiger?‹, fragte der kleine Bär.

›Weil ich so unglücklich bin‹, sagte der kleine Tiger. ›Weil wir keinen Schatz gefunden haben.‹

›Dann steig auf‹, sagte der kleine Bär. ›Ich trag dich ein Stückel‹«, schloss sie nach einer Weile, klappte das Buch zu und schickte die beiden ins Bad, damit sie sich für die Kita fertig machten. Sie genossen ihre letzte Zeit dort. Bald würden sie eingeschult werden. In Prien. Das stand nun fest. Als sie ihnen vor einigen Tagen endlich eröffnet hatte, dass sie gar nicht mehr nach Chieming zurückkehren würden, hatte Max zu weinen angefangen, und Ada hatte viele Fragen gestellt. Pauline hatte ihnen so gut es ging zu erklären versucht, was der Grund war. Dass sie und Sebastian sich auseinandergelebt hatten und deshalb nicht mehr zusammenwohnen konnten. Es hatte ihr das Herz gebrochen, die Zwillinge so unglücklich zu sehen, und es nagte an ihr, dass sie ihnen nicht das bieten konnte, was sie als Kind gehabt hatte: eine heile Welt. Dabei hatte sie alles dafür getan, es möglich zu machen. Sie hatte gekämpft und durchgehalten und sich dabei beinahe selbst verloren. Es hatte nicht sein sollen, und sie wusste, dass sie die richtige Entscheidung getroffen hatte.

Sie sprang aus dem Bett und nahm ihr Handy vom Nachttischchen. Leopold hatte ihr eine WhatsApp geschickt. Er bedankte sich noch einmal dafür, dass sie ihm mit Lilly geholfen hatte, und schrieb, dass es ein schöner Tag gewesen sei – trotz verunglückter Kuh und Unwetter. Falls sie noch nicht genug von ihm habe, würde er sich heute gerne noch einmal mit ihr treffen, und zwar an der Abfüllanlage der Brauerei *Inselbräu* auf der Fraueninsel, um in Sachen Aronade mit dem Braumeister dort zu sprechen. Pauline sah in ihren Kalender. Sie müsste einen Termin verlegen, um sich den Mittag freizuschaufeln, aber das wäre kein großes Problem. Das Aronade-Projekt war vielversprechend. Es anzuschieben hatte jetzt Priorität.

Sie trafen sich um halb zwölf in Gstadt. Leopold lächelte sie etwas verlegen an.

»Alles gut überstanden?«, fragte er.

Sie nickte. »Und wie geht es Lilly?«

»Sie ist ganz die Alte und treibt da oben schon wieder ihr Unwesen, schreibt Christina.«

Sie lachte. Es war schön, ihn zu sehen.

Die Fähre wartete schon am Anleger. Sie kauften Karten, gingen an Bord und stellten sich an die Reling. Als das Boot ablegte, blickten sie gemeinsam aufs Wasser.

»Auf geht's. Ich bin gespannt, was draus wird«, sagte sie.

»Etwas Großes, das spüre ich«, erwiderte Leopold.

Sascha Kalthoff begrüßte sie herzlich. Er war noch jung. In ihrem Alter etwa. Trotzdem machte er einen erfahrenen Eindruck. Nicht ohne Stolz führte er sie erst durch die Gaststätte und dann in die dazugehörige Brauerei. Schließlich zeigte er ihnen die kleine Abfüllanlage. »Hier werden monatlich etwa achthundert Hektoliter Bier in Flaschen gefüllt«, erklärte er. »In bester Bioqualität, versteht sich. Und wenn wir uns einig werden, dann demnächst auch einige Hektoliter Aronade.«

Pauline nickte und deutete auf ihre Umhängetasche. »Ich habe Zahlen dabei und auch sonst alles, was wir benötigen, um in medias res zu gehen. Wollen wir?«

»Wir wollen«, sagte Sascha Kalthoff und führte sie in sein Büro. Er war gut vorbereitet und hatte sogar eine Präsentation erstellt, in der er genau aufgeführt hatte, was die Limonadenproduktion kosten würde.

Sie schluckte und wechselte einen Blick mit Leopold. »Es ist teurer als ich dachte«, raunte sie ihm in einem unbeobachteten Moment zu.

»Alles in Ordnung?«, fragte der Braumeister.

»Ähm … ja …«, stammelte sie. »Die Kästen sind … ziemlich teuer. Wir hatten eigentlich überlegt, Sechsergebinde in hübschen Kartons aus recyceltem Papier zu verpacken. Die Investition wäre überschaubarer, und optisch wäre es auch toll.«

»Klar, das stimmt. Aber erfahrungsgemäß ist das schwierig. Wenn ihr die Aronade groß rausbringen wollt, und so habe ich euch verstanden, dann müsst ihr damit in die großen Supermärkte. Und um das zu schaffen, braucht ihr definitiv Mehrwegkästen.«

»Verstehe.« Das hatte sie nicht gewusst, und sie ärgerte sich über sich selbst. Sie war einfach nicht darauf gekommen, dass Kartons ein Problem sein könnten. »Hmmm. Ich weiß nicht, ob unser Budget das hergibt. Ich fürchte …«

»Ja?«

»Ich fürchte, ich muss noch mal neu rechnen.«

»Wie konnte ich so naiv sein«, sagte sie, nachdem sie sich von Sascha Kalthoff verabschiedet hatten.

»Du konntest es nicht wissen«, beruhigte Leopold sie.

Das stimmt, dachte sie. Aber ich hätte jemanden fragen können, der es weiß.

»Es klappt doch sicher trotzdem, oder?«

»Klar«, sagte sie. Nur hatte sie leider keinen blassen Schimmer, woher sie den Differenzbetrag nehmen sollte. Ihre Kalkulation war auf Kante genäht, doch sie beschloss, ihn damit vorerst nicht zu beunruhigen.

Sie tranken einen Kaffee beim *Klosterwirt* und spazierten anschließend noch ein wenig über die kleine Insel. Als sie die Kirche Mariä Opferung erreichten, blieben sie stehen.

»Mein Vater hat jedes Mal, wenn er hier war, eine Kerze angezündet«, erzählte Leopold.

Erstaunt sah sie ihn an. »Ach? Meiner auch.«

»Wollen wir rein?«

Sie betraten das kühle Kirchenschiff. Pauline blickte sich um. Offenbar waren sie im Moment die einzigen Besucher. Andächtig betrachteten sie den prächtigen, goldverzierten Altar und das mit Fresken bemalte Deckengewölbe. Sie mochte diese alte Kirche. Wie oft war sie mit ihrem Vater hier gewesen und hatte eine Kerze angezündet, für den kranken Opa, die bevorstehende Mathearbeit oder einfach, weil Weihnachten war. Sie sah Leopold an, und seine Miene verriet ihr, dass er auch gerade an alte Zeiten dachte, in denen die Familie noch komplett gewesen war und alles so, wie es sein sollte.

Gemeinsam gingen sie zum Opferkerzentisch. Fünf Flammen flackerten im leisen Windzug. Sie zündeten beide eine Kerze an.

»Ruhe in Frieden«, sagte Pauline leise.

»Ruhe in Frieden«, murmelte auch Leopold.

Eine Weile standen sie stumm da und sahen ihren Kerzen beim Brennen zu.

»Nun sind wir dran, Pauline«, sagte Leopold irgendwann. »Wir müssen ihr Erbe fortführen.«

Sie seufzte. »Ja. Auch wenn ich manchmal das Gefühl habe, dass ich noch nicht bereit dazu bin.«

»Geht mir genauso. Aber wir werden aus unseren Fehlern lernen und an ihnen wachsen.«

Sie schaute zu dem großen Kruzifix auf. »Dein Wort in seinem Ohr«, flüsterte sie.

»Komm«, sagte Leopold und führte sie wieder nach draußen. »Setzen wir uns noch ein bisschen ans Ufer?«

Sie sah auf die Uhr. Die Sonne schien, und der Vorschlag klang verlockend. Einfach noch ein bisschen dasitzen und auf den Chiemsee schauen. Doch es war schon fast zwei. »Nur kurz«, sagte sie. »Ich hab nicht viel Zeit. Meine Oma holt um drei die Kinder aus der Kita. Ich möchte zu Hause sein, wenn sie kommen.«

»Passt. Meine Tiere warten auch nicht gern. Wohin? Hast du eine Idee?«

Sie führte ihn an den Lieblingsplatz ihres Vaters unter der Trauerweide. »Hier haben wir immer mit Papa gesessen und auf die Herreninsel geschaut.«

»Und dabei hat er euch die Geschichte vom verliebten Mönch und der Nonne erzählt?«

Sie lachte. »Genau. Du kennst sie also auch.«

»Jeder kennt sie.« Er setzte sich ins Gras und breitete seine Jacke neben sich aus. »Hier. Damit dein hübsches Kleid nicht schmutzig wird.«

»Danke.« Sie ließ sich nieder, schlang die Arme um ihre Knie und sah aufs Wasser. Wehmütig dachte sie daran, wie sie das letzte Mal mit ihrem Vater hier gewesen war. Dann wanderten ihre Gedanken zurück zu Sascha Kalthoff und seinen Zahlen. Sie hatte es sich Leopold gegenüber nicht anmerken lassen, aber wie es aussah, hatten sie ein ernstes Problem.

Er stupste sie an und blickte prüfend in ihr Gesicht. »Ist das eine Sorgenfalte da auf deiner Stirn?«

»Möglich.«

»Es wird sich schon alles finden.« Er legte einen Arm um ihre Schultern und drückte sie leicht an sich. »Wir schaffen das.«

Sie musste lachen. »Du klingst wie Angela Merkel.«

»Oh Mann, ja. Du hast recht.«

Er ließ seinen Arm einfach da liegen, und plötzlich kam ihr der traurige kleine Tiger in den Sinn und sein Freund, der Bär, der ihn ein Stückel trägt.

»Woran denkst du?«, fragte Leopold.

»Ach, nur an … Panama.«

Am Abend, nachdem sie die Kinder ins Bett gebracht hatte, setzte sie sich noch einmal an den Schreibtisch in ihrem Schlafzimmer, fuhr den Rechner hoch und starrte auf ihre Exceltabellen. Wie man es auch drehte und wendete, die Limonadenkalkulation ging nicht auf. Es fehlte eine beträchtliche Summe. Beinahe fünfzigtausend Euro, alles in allem. Die Idee hatte sie so sehr begeistert, dass sie sich hatte verleiten lassen, sie sich schönzurechnen. Noch einmal ging sie alle Zahlen durch und überlegte fieberhaft, wie sie die Lücke im Budget stopfen könnte. Kurz zog sie in Erwägung, ihre Großmutter oder ihre Mutter zu fragen, ob sie ihr das Geld leihen könnten, verwarf die Idee jedoch sofort wieder. Die

Summe war viel zu hoch. Trotzdem: Sie konnte und wollte das Projekt nicht aufgeben. Leopold und sie hatten ja bereits investiert. Wie stünde sie vor ihm und ihrer Familie da? Man würde sie für inkompetent erklären, unfähig, die Firma zu leiten, und ihre Ideen endgültig als Hirngespinste abtun. Sie sah schon Onkel Wolfgangs mitleidiges Kopfschütteln. »Ich hab's dir gleich gesagt. Mit ein paar kruden Ideen rettet man eben keine Firma, Mädel.«

Irgendwann kam ihr ein Gedanke. Es gäbe eine Lösung, doch die wäre ein wenig … nun ja … heikel. Andererseits – wie viel heikler wäre es, wenn sie jetzt scheiterte, so kurz vorm Ziel? Sie warf einen Blick auf die Uhr. Es war fast Mitternacht, doch Oma Elsa war eine Nachteule. Leise verließ sie ihr Zimmer und ging den Flur entlang bis zur letzten Tür. Sie schaute durchs Schlüsselloch und stellte fest, dass noch Licht brannte. Zaghaft klopfte sie. Als sie ein erstauntes »Herein« hörte, trat sie ein. Oma Elsa thronte in ihrem Bett, ein dickes Kopfkissen im Rücken, die Brille auf der Nase, und las einen alten Simmel. Sie hatte seit jeher ein Faible für Trivialliteratur aus den Sechzigern. Als sie Pauline sah, legte sie das Buch beiseite. »Kind, was tust du hier?«

»Ich muss dich etwas fragen, Oma.«

Ihre Großmutter klopfte neben sich auf die Matratze, und sie setzte sich auf die Bettkante. Das hatte sie schon als Kind getan, wenn sie etwas auf dem Herzen hatte.

»Dann schieß mal los.«

»Also … es geht um die Firma.«

»Aha.«

»Wenn … wenn du etwas tun könntest, um sie zu retten, das Ganze aber … ein wenig … illegal wäre, würdest du es trotzdem machen?«

Überrascht schaute Oma Elsa sie über den Brillenrand hinweg an.

»Ich frage für einen Freund«, fügte Pauline augenzwinkernd hinzu.

»Klar. Hmmm. Kommt drauf an, *wie* illegal es ist«, antwortete ihre Großmutter.

»Nur ein klein wenig, denke ich.«

»Schadest du jemandem damit?«

»Eigentlich nicht«, überlegte sie. »Eher im Gegenteil.«

»Und wie groß ist die Gefahr, erwischt zu werden?«

»Im Grunde … klein.«

Oma Elsa zuckte mit den Schultern. »Dann ist die Sache doch klar.«

Sie nickte. »Danke, Oma. Genau das wollte ich hören.«

31. *Ein Schlaflied*

Antonia kniff die Augen zusammen und beobachtete, wie die Umrisse auf dem Foto im Wasserbad schärfer wurden. Langsam zeichneten sich die Schweinenasen ab, die in den Lüftungsschlitzen des Viehtransporters steckten.

»Was ist das?«, fragte Pauline irritiert.

»Eingepferchte Schweine. Ich hab ein neues Projekt angefangen. ›Landleben‹ heißt es.«

»Idyllisch.«

»Absolut. Du hättest sie quieken hören sollen. Es war zum Heulen.«

Das Foto war fertig. Sie nahm es mit einer hölzernen Grillzange heraus und hängte es mit zwei Wäscheklammern an die Leine, die sie quer durch den Raum gespannt hatte. »Wollen wir? Die anderen entwickle ich später.«

Sie konnte es kaum erwarten, ihrer großen Schwester zu zeigen, woran sie die letzten Tage intensiv gearbeitet hatte. Sie verließen die winzige Kammer auf dem Dachboden, die ihr als Dunkelkammer diente, liefen die steile Stiege hinab in die erste Etage und gingen in ihr Zimmer. Sie zog einen zweiten Stuhl heran, bat Pauline, sich neben sie an den Schreibtisch zu setzen, und schaltete das MacBook ein. Während es hochfuhr, trommelte sie mit ihren lilafarbenen Gelnägeln ungeduldig auf die Schreibtischplatte. Sie war beinahe ein bisschen aufgeregt. So viele Stunden hatte sie mit den Entwürfen zugebracht und sich regelrecht verbissen in diese schwierige Aufgabe. Das Flaschenetikett wäre das Aushängeschild für die Aronade. Es musste ansprechend, ästhetisch und modern sein und darüber hinaus bildlich vermitteln, was man bekam, wenn man die Limo kaufte. Und das Ganze auf sieben mal sechs Zentimetern. »Du kannst es ja mal versuchen«, hatte Pauline gesagt und nicht so geklungen, als würde sie glauben, dass ihr gelingen könnte, woran sich Werbeagenturen normalerweise für viel Geld die Zähne ausbissen. Sie hatte sich trotzdem geehrt gefühlt, dass sie sie gefragt hatte, auch wenn sie es sich nicht hatte anmerken lassen. Und dann war ihr diese Idee gekommen – und vielleicht der große Wurf gelungen. Sie würde es gleich erfahren. Das MacBook war bereit, und mit ein paar Mausklicks lud sie die Entwürfe auf den Bildschirm. Sie schob ihrer Schwester den Rechner hinüber. Drei unterschiedliche Etiketten hatte sie designt, alle im gleichen Stil.

Pauline klickte sich quälend langsam durch, während Antonia ungeduldig trommelnd ihre Reaktion abwartete.

»Kannst du das lassen?« Pauline deutete auf ihre Hand.

»Chill mal.«

Ihre Schwester stand auf und trat einen Schritt zurück, um die Etiketten aus größerer Entfernung zu betrachten. »Boah«, sagte sie schließlich und setzte sich wieder.

»Boah scheiße oder boah gut?«

»Boah großartig«, erwiderte Pauline. »Wie bist du darauf gekommen?«

Sie atmete erleichtert auf. »Ich hab in den alten Fotoalben von Uroma Josefine gewühlt und ein Bild entdeckt, auf dem ihre selbstgemachte Hagebuttenmarmelade zu sehen war.« Sie öffnete eine Schreibtischschublade und zog eine vergilbte Fotografie heraus. »Hier, guck mal. Das Etikett. Mit Tinte geschrieben: ›Josefines Hagebuttenmarmelade‹. Das habe ich mit dem Grafikprogramm zu imitieren versucht. Und überhaupt den ganzen Stil des Etiketts. Tja. Und das ist daraus geworden.«

Pauline war offenbar beeindruckt. »Es sieht wirklich aus wie auf einem Weckglas aus Uromas Zeiten. Und spiegelt wider, worauf wir setzen: Nachhaltigkeit, Regionalität und …«

»Alles ohne Chemie«, ergänzte sie.

»Genau. Und dass wir ein Familienunternehmen sind und kein großer Konzern. Deine Fotoserien sind echt Geschmackssache, aber eins muss man dir lassen: Du hast künstlerisches Talent.«

Antonia legte grinsend ihre Handflächen aneinander und verbeugte sich. »Danke. Das heißt, du ziehst meine Entwürfe für das Etikett in Betracht?«

»Das würde ich jedenfalls gerne. Am liebsten das erste. Die Schrift gefällt mir am besten. Leopold wird es auch mögen, da bin ich mir sicher. Aber Onkel Wolfgang und Ferdinand? Schwer zu sagen.«

»Du bist die Chefin. Schon vergessen?«

Pauline seufzte. »Na ja, irgendwie krieg ich sie schon überzeugt. Ich glaube jedenfalls, dass deine Entwürfe ein weiteres wichtiges Puzzleteil für den Erfolg der Aronade werden können. Danke!«

»Hoffentlich«, murmelte Antonia. »Glaubst du … glaubst du, Papa hätten sie gefallen?«

»Bestimmt.« Pauline stieß ihr mit dem Ellenbogen in die Seite. »Ihm hat alles gefallen, was du gemacht hast.«

Sie nickte, froh, möglicherweise einen Beitrag zur Rettung der Firma leisten zu können. Vielleicht ließe sich so ein Teil ihrer Schuld tilgen. Ganz kurz dachte sie daran, es Pauline zu sagen. Ihr zu erzählen, was sie getan hatte. Beziehungsweise nicht getan. Aber nein, besser nicht. Es war einfach viel zu krass. Sie setzte ein Lächeln auf. »Cool, dass sie dir gefallen.«

»Vorsicht, Stolperfalle«, sagte Pauline wenig später. Sie hakte sich bei Oma Elsa unter und kickte einen Ast beiseite, der im Weg lag. Es war Abend geworden und inzwischen dunkel. Sie ging gemeinsam mit ihrer Oma, ihrer Mutter und Antonia hinunter an den Strand, um ein wenig frische Abendluft zu schnappen und in den sternenklaren Himmel zu schauen. Vier Deckchairs waren so nebeneinander aufgereiht, als hätten sie nur auf die Greiffenberg-Frauen gewartet. Sie setzten sich hinein, streckten ihre Beine aus und blickten auf das beinahe spiegelglatte Wasser, das in der Dunkelheit pechschwarz aussah. Ab und zu hörte man es leise plätschern. Ansonsten war es ganz still.

»Herrlich hier«, murmelte sie und schloss die Augen. »Nur das Wasser, der Himmel und wir.« Es war ein anstrengender Tag gewesen, und sie genoss die Ruhe an diesem wunderbaren Ort. Den anderen erging es wohl ähnlich, denn eine Zeit lang sagte niemand etwas. Nicht mal Oma Elsa. Gerade, als Pauline sich fragte, ob sie eingeschlafen war, drang plötzlich etwas an ihr Ohr. Eine Melodie. Genauer gesagt …

»Das Wiegenlied von Brahms«, murmelte ihre Großmutter und sah zu ihr herüber. »*Guten Abend, gute Nacht* … hört nur, wie schön.«

»Oh ja! Das habe ich euch immer zum Einschlafen vorgesungen, als ihr klein wart«, erinnerte sich ihre Mutter. »Das und *La Le Lu, vor dem Bettchen stehn zwei Schuh*. Ihr habt es geliebt.«

Pauline nickte. Sie hatte es wirklich geliebt. »Aber wo kommt das her?«, fragte sie.

Oma Elsa lauschte angestrengt. »Ich glaube, aus den Bergen. Es müsste … ein Alphorn sein.«

»Stimmt.« Pauline lächelte leise in sich hinein und dachte, vielleicht ist das Leopold. Er wollte heute Abend noch einmal hinauf auf die Alm, das wusste sie. Ob das Ständchen ihr galt? »So mancher Hirte hat seiner Liebsten hier oben ein Gutenachtlied gespielt, damit sie unten im Dorf in Gedanken an ihn einschläft«, hatte er ihr erzählt. Zwar war Leopold kein Hirte und sie nicht seine Liebste, aber zum ersten Mal kam ihr in den Sinn, dass er für sie vielleicht mehr sein könnte als ein Freund, der sie ein Stückel trug. Kurz schloss sie die Augen und stellte fest, dass dieser Gedanke ein warmes Gefühl in ihr auslöste. Trotzdem schob sie ihn schnell beiseite. Sie hatte eine schlimme Zeit mit Sebastian hinter sich und Kinder, auf die sie nach der Trennung umso mehr Rücksicht nehmen wollte. Die Firma, ihre Mutter, Antonia – ach, wo sollte sie anfangen … Die letzten Alphorntöne verhallten, und sie dachte, man wird sehen. »Schlaf gut, Leo«, murmelte sie und schickte ihm in Gedanken ein Gute-Nacht-Busserl auf die Alm.

32. Es wächst und gedeiht

Energisch stapfte sie den Hügel hinauf. Sie hatte gut geschlafen und war am frühen Morgen ausgeruht aufgewacht. Langsam fügte sich alles. Schritt für Schritt räumte sie die Trümmer beiseite, die Sebastian und der Tod ihres Vaters in ihrem Leben hinterlassen hatten. Noch gestern Nacht, nachdem sie vom Strand zurückgekehrt waren, hatte sie den Rechner hochgefahren und die letzte Transaktion durchgeführt, die nötig war, um das Loch in ihrem Limonadenbudget zu stopfen. Mit schlechtem Gewissen zwar, so dass sie ein Stoßgebet gen Himmel geschickt hatte. Aber schließlich hatte sie alle Zweifel beiseitegeschoben, war ins Bett gegangen und mit der Melodie des Alphorns im Ohr in einen tiefen Schlaf gefallen.

Gleich würde sie Leopold Antonias Entwürfe für die Etiketten zeigen. Er hatte ihr heute Morgen geschrieben, dass sie ihn auf dem Aroniafeld antreffen würde. Dahin hatte sie sich also nun aufgemacht, zu Fuß, denn sie hatte Lust gehabt auf einen ausgiebigen Spaziergang. Es war Samstag, sie würde sowieso nicht ins Büro gehen, und die Kinder waren bei Sebastian. Die letzten Meter legte sie mit ausladenden Schritten zurück, dann hatte sie die Kuppe des Hügels erreicht, von wo aus sie das Feld sehen konnte. Leopold saß mit konzentriertem Gesichtsausdruck auf seinem Traktor. Er zog einen Tank hinter sich her, aus dem eine bräunliche Flüssigkeit spritzte und sich über die Pflanzen verteilte. Pauline stapfte auf das Feld, schlängelte sich zwischen den Sträuchern hindurch und fuchtelte wild mit den Armen, um sich bemerkbar zu machen. Es dauerte eine Weile, bis Leopold sie endlich sah. Er schaltete den Motor ab, sprang aus dem Führerhäuschen und kam ihr lächelnd entgegen.

»Guten Morgen. Schön, dich zu sehen.« Er klopfte sich Staub von der Kleidung.

»Kannst du es also doch noch?«, fragte sie vorsichtig.

»Traktorfahren?«

»Alphorn spielen …«

Er grinste verlegen. »Du hast es also gehört?«

»Klar. Das war … total schön.«

»Na ja, schön vielleicht nicht gerade. Aber ich dachte, du könntest ein wenig Trost gebrauchen.«

Sie nickte. »Das stimmt allerdings. Danke!« Leicht befangen lächelte sie ihn an. »Apropos schön«, sagte sie schnell, setzte ein geschäftsmäßiges Gesicht auf und kramte Antonias Entwürfe aus ihrer Umhängetasche. »Schau mal, was meine kleine Schwester gezaubert hat.«

Er wischte sich die Hände an seiner Jeans sauber, nahm die Ausdrucke aus der Klarsichtfolie, die sie ihm unter die Nase hielt, und betrachtete eingehend ein Blatt nach dem anderen. »Das ist super«, sagte er schließlich.

»Findest du wirklich?«

»Ja. Es passt einfach. Und sieht superästhetisch aus. Deine Schwester hat Talent.«

»Hast du mal ihre Fotos gesehen?«

»Nein, wieso?«

»Gruselig. Aber ja, sie hat wirklich Talent. Welches findest du am besten?«

Er nahm den ersten Entwurf noch einmal in Augenschein. »Den hier.«

»Okay. Ich würde sagen, dann sind wir uns einig.« Ihr Blick fiel auf den Traktor und den Tank. »Was verabreichst du unseren Pflänzchen da eigentlich?«

»Biodünger«, erklärte er. »Der war gerade günstig zu haben. Und es ist eine gute Zeit fürs Düngen.«

Sie nickte. »Für unsere Babys nur das Beste. Auf dass sie gut gedeihen und uns eine reiche Ernte bescheren.«

»Das werden sie. Ganz sicher. Apropos Babys: Die Fohlen haben Sehnsucht nach ihren Paten. Vielleicht magst du die Tage mal mit Ada und Max vorbeischauen?«

»Gern«, sagte sie. »Die beiden werden sich freuen.«

33. *Miez und Mauz*

Therese warf noch einen letzten Blick in den Spiegel. »Okay«, murmelte sie. »Kannst so gehen.« Eigentlich waren das stets Ludwigs Worte gewesen, wenn sie ihn um ein Urteil zu ihrem Outfit gebeten hatte. ›Und? Wie sehe ich aus?‹

›Kannst so gehen‹, hatte er dann geantwortet und ihr einen Klaps auf den Po gegeben. Er war schon ein alter Macho, mein Ludwig, dachte sie und lächelte wehmütig bei der Erinnerung. Wie sehr sie ihn vermisste!

Sie hatte sich in Schale geworfen und ihr cremefarbenes Neckholderkleid von Valentino angezogen.

»Miez und Mauz?«, hatte Ferdinand sie heute früh gefragt, als er die hektische Betriebsamkeit von Margit und ihr im Esszimmer bemerkt hatte. Er war gestern Abend überraschend in Prien aufgetaucht, um mal nach dem Rechten zu schauen, wie er erklärt hatte.

Sie hatte genickt. »Und der ganze Rest kommt auch.«

»Oh Gott!« Ihr Sohn hatte sie mitleidig angesehen und sich dann umgehend in den Garten verkrümelt.

Genau: Oh Gott! Man sah ihr offenbar an, dass sie nicht die geringste Lust auf das obligatorische Sektfrühstück mit ihren Münchener Freundinnen hatte, das monatlich reihum stattfand. Im Vorfeld hatte sie einen vagen Versuch gestartet, es noch abzuwenden, doch sie war aus der Nummer nicht herausgekommen. ›Schlechte mentale Verfassung wegen Tod des Ehemannes‹ hatte als Ausrede nicht ausgereicht. Ihre Freundinnen waren gnadenlos. Sie würden heute wohl vollzählig erscheinen. Sibylle, Carmen und Betty hatten zugesagt. Und natürlich auch Miezi und Mauren. Die beiden kannte sie am längsten von allen. In ihren Zwanzigern hatten sie sich eine Zeit lang in München eine Wohnung geteilt und auch den einen oder anderen Liebhaber. Sie waren ein eingespieltes Team gewesen und ihre ›Model-WG‹ in aller Munde. Goldene Zeiten, längst vergangen. Irgendwann waren auch sie erwachsen geworden, und die WG hatte sich aufgelöst. Sie selbst hatte Ludwig geheiratet, was zunächst für Verwunderung gesorgt hatte, da der Greiffenbergsche Spross nicht unbedingt der Attraktivste in der Reihe ihrer Liebhaber gewesen war – aber dafür charmant und eloquent. Er hatte sie so oft zum Lachen gebracht. Sie hatten alles in allem eine glückliche Ehe geführt und ihren Schritt, einander zu heiraten, nie bereut. Mauren hatte es nicht so gut getroffen. Sie hatte einem italienischen Fußballspieler namens Marlon Carducci das Ja-Wort gegeben. Die Verbindung hatte nicht einmal ein Jahr gehalten. Zurzeit steckte sie wieder mitten in einem Scheidungskrieg. Es war inzwischen ihr dritter. Miezi war nie in den Hafen der Ehe eingelaufen, sondern pflegte wechselnde Beziehungen. Sie wickelte jeden Mann um den Finger, auch mit fast Mitte fünfzig noch, und genauso schnell, wie sie Feuer fing, langweilte sie sich wieder, weshalb sie schon unzähligen Männern das Herz gebrochen und sie in die Wüste geschickt hatte.

Therese seufzte. Miezi stresste sie. Ja, sie war lustig. Und ja, sie war auch wahnsinnig hilfsbereit und verschwiegen, wenn es um pikante Details ging. Eine tolle Freundin eben. Leider nur manchmal ein bisschen zu toll. Immer etwas hübscher, beliebter und besser gekleidet als sie. Schon damals hatten sich die schönsten Männer in sie verliebt. Ihr hatte man die meisten Drinks ausgegeben, sie hatte die größte Aufmerksamkeit und die besten Jobs abbekommen, und irgendwie hatte Therese immer ein wenig in ihrem Schatten gestanden. Und so würde es auch heute wieder sein, wenn sie gleich hereingeschneit käme, etwas später als die anderen natürlich, aber dafür mit Wow-Outfit. Sie würde den ganzen Vormittag wie selbstverständlich im Mittelpunkt stehen und schön, wie sie war, alle Blicke auf sich ziehen. Sie würde die neuesten Geschichten aus Schwabing und Bogenhausen so ausschmücken, dass alle an ihren Lippen hingen. Und das, obwohl doch eigentlich sie, Therese, jetzt mal Aufmerksamkeit verdient hätte, als frischgebackene Witwe in tiefer Trauer. Aber Geschichten, die von Traurigkeit und Depression handelten, die trugen eben nicht, mal abgesehen davon, dass sie sowieso nicht vorhatte, preiszugeben, in welch desolatem Gemütszustand sie sich befand. Und deshalb hatte sie heute Morgen keine Lust auf Miez und Mauz und das ganze Gebussel und Getratsche. Aber Miezi hatte ja ein Nein nicht gelten lassen. »Du musst unter die Leute, Liebes«, hatte sie gesagt. »Dich ablenken. Champagner trinken und das Leben feiern. Du weißt schon. So wie damals.« Bei dem Gedanken lachte Therese kurz auf. Das Leben feiern. In ihrer Situation. Echt witzig. Miezi wollte sich selbst feiern, sonst gar nichts, und das kotzte sie gerade dermaßen an.

Sie dachte sich in Rage, während sie die Treppe hinunterging, mit einem Gesicht, das nicht nach Feiern aussah, sondern nach Schafott. Das jedenfalls behauptete Ferdinand, der sich gerade in der Diele eine Jacke überstreifte, weil er schon wieder auf dem Sprung war.

Es klingelte an der Haustür.

Ihr Sohn grinste. »Invasion der Münchnerinnen. Pünktlich wie die Maurer.«

»Ach, halt die Goschen«, brummte sie.

»Resilein, Spatzi, das hat deine Margit aber wieder ganz wunderbar hingekriegt«, schwärmte Miezi und schlug ein Bein über das andere. Sie nahm einen Schluck Champagner und beäugte dann die toskanische Trüffelsalami. Wie erwartet, war sie als Letzte erschienen, in weißen Schlagjeans, knallorangefarbener Seidenbluse von Chloé und einer riesigen Sonnenbrille desselben Designers. Wie immer sah sie umwerfend aus, und das nervte Therese gewaltig.

»Schenkst du mir nach?« Miezi hielt ihr das Glas entgegen. Sie saßen nebeneinander an der langen Tafel, die reichlich bestückt war mit Obst, Salaten und Unmengen von Köstlichkeiten aus dem Hause Greiffenberg. Das meiste würde unangerührt bleiben, denn hier achtete jede peinlich genau auf die tägliche Kalorienzufuhr. Jede, außer Betty. ›Da ist eh Hopfen und Malz verloren‹, hatte Miezi ihr kürzlich augenrollend zugeraunt.

Sie angelte die Champagnerflasche aus dem Kühler, schenkte Miezi nach und sich selbst bei der Gelegenheit gleich auch. Eigentlich hatte sie geplant, in Sachen Alkohol heute mal ein wenig Zurückhaltung zu üben. Aber es schmeckte so gut, und meine Güte, sie hatte wirklich allen Grund, sich zu betrinken.

»Nun erzähl mal, Liebes, wie geht es dir?« Mauren ließ ein Stückchen Papaya zwischen ihren rotgeschminkten Lippen verschwinden und schloss anschließend genießerisch die Augen, als handelte es sich um ein von Alfons Schuhbeck höchstpersönlich niedergegartes Koberind. Vermutlich hatte sie seit gestern Morgen nichts mehr gegessen. »Du bist ein bisschen blass ums Näschen, Schatz.«

Therese zuckte matt mit den Schultern und nahm einen Schluck aus ihrem Glas. ›Wie geht es dir?‹ Was für eine blöde Frage. Beschissen, wie denn sonst?!, hätte sie am liebsten gebrüllt. Ich bin traurig! Verzweifelt! Absolut untröstlich! Und deshalb möchte ich hier jetzt auch gar nicht sein. Ich will hoch, in mein Bett, und weinen. Weinen und schlafen, schlafen und weinen, und erst wieder aufstehen, wenn irgendjemand mir meinen Ludwig zurückgebracht hat. Doch zwei Gläser Champagner reichten noch nicht für einen Gefühlsausbruch dieser Güteklasse, weshalb sie »Ganz gut« sagte. Und: »Muss ja irgendwie weitergehen.«

»Liebes, das ist einfach wunderbar, dass du das so siehst.« Miezi tätschelte ihre Hand. »Du bist so stark. Ich weiß nicht, wie du das schaffst.« Plötzlich schniefte ihre Freundin, kramte umständlich ein Taschentuch aus ihrer *Tote Bag* von Celine und tupfte damit vorsichtig unter ihren Augen herum.

»Was ist los?« Betty biss erschrocken in eine Brötchenhälfte, die sie soeben mit feinstem Heringssalat belegt hatte.

»Ach …« Miezis Stimme brach. Sie senkte kurz den Blick, sammelte sich und schaute wieder auf. »Ihr wisst es ja noch gar nicht.«

»Was?«, fragte Therese argwöhnisch.

»Agamemnon.« Sie schluckte und tupfte noch einmal in ihrem Gesicht herum.

Therese legte ihre Fingerspitzen an die Schläfen und schloss für einen Moment die Augen.

»Er wird sein Zuhause verlieren«, schluchzte Miezi.

Carmen runzelte die Stirn. »Wieso? Ist dir das Geld ausgegangen?«

Das fragte sich Therese jetzt auch. Agamemnon war Miezis große Liebe und wohl das einzige männliche Wesen, das es in ihren Augen wert war, dass man überhaupt eine Träne wegen ihm vergoss. Sie hatte den schwarzen Araberhengst vor etwa drei Jahren von einem ihrer abgelegten Liebhaber übernommen und war seitdem zu einer passionierten Reiterin mutiert. Agamemnon residierte in einem Fachwerkstall auf dem noblen Gestüt Schloss Bergen inmitten einer filmreifen Reiterhofkulisse.

»I wo!«, rief Miezi empört. Ihre Tränen waren auf wundersame Weise versiegt. »Man hat mir gekündigt! Von jetzt auf gleich!«

»Aber wieso?«, wollte Sybille wissen.

»Na ja, weil er … nachts wiehert. Und immer der Annabell in den Hintern beißt. Du meine Güte. Es handelt sich um ein Pferd! Der Agamemnon ist ein besonders kluges und charakterstarkes Geschöpf. Er braucht Aufmerksamkeit, und die holt er sich eben auf diese Weise, wenn sich da keiner kümmert.«

»Verständlich«, murmelte Mauren und warf Therese verstohlen einen vielsagenden Blick zu.

»Tja, und jetzt … schmeißen sie ihn achtkantig raus. Einfach so! Ich kann es immer noch nicht fassen. Wo …« Jetzt brach Miezis Stimme wieder. »Wo soll ich denn jetzt hin mit ihm?«

Miezi schniefte, Betty kaute, und die anderen starrten betreten auf die kunstvoll geschnitzten Radieschenrosen, die den Obazden zierten.

»Was ist denn mit eurem Stall, Therese?«, fragte Carmen da plötzlich. »Der, wo eure Kleine die Stute stehen hatte. Wie hieß sie doch gleich?«

»Antonia«, half Betty ihr auf die Sprünge.

»Das Pferd!«

»Ach so.«

»Natascha«, murmelte Therese.

»Stimmt«, sagte Miezi. »Naschas Stall. Was ist denn mit dem passiert?«

Sie zuckte mit den Schultern. Wenn sie ehrlich war, hatte sie keine Ahnung. Sie hatte schon fast vergessen, dass es die Parzelle samt Stall überhaupt gab. Ludwig hatte sich für gewöhnlich um derlei Dinge gekümmert. Sie selbst war nicht mehr dort gewesen, seit das Unglück mit Natascha passiert war. »Keine Ahnung«, sagte sie schnell. »Ich weiß nicht mal, ob der Stall noch steht. Er war ja auch … sehr einfach. Eher ein … Schuppen. Ich denke nicht, dass das Agamemnons Ansprüchen genügen würde …«

Miezi nickte, und Therese atmete erleichtert auf. Das hatte ihr gerade noch gefehlt, dass Miezi ihr Pferd am Chiemsee parkte und dann am laufenden Band hier aufschlug.

»Klar, der Agamemnon ist kein Ackergaul und benötigt schon einen gewissen Standard«, dachte Miezi jetzt laut. »Aber es wäre ja auch nur für den Übergang. Ich würde mich hier irgendwo einmieten, um meinen Schatz zu versorgen. Und vielleicht hat ja sogar deine Antonia Zeit und Lust, sich ab und zu um ihn zu kümmern.«

Therese schüttelte den Kopf. »Sicher nicht. Die hat inzwischen anderes im Kopf als Pferde.«

»Egal. Das wird sich finden.«

»Ach, das wäre doch erstmal eine gute Lösung«, stieß Betty in Miezis Horn.

»Wie gesagt. Ich weiß nicht mal, ob der Stall überhaupt noch steht.«

»Hast du nachher noch was vor?«, fragte Miezi, ohne auf ihre Bedenken einzugehen.

»Ja, ich will … ich würde mich gern ein wenig … ausruhen.«

»Papperlapapp, ausruhen. Bist du unter die Rentnerinnen gegangen, oder was? Wir beide machen gleich einen schönen Spaziergang und schauen uns die Örtlichkeiten mal an. Komm schon, Resilein. Es ist ein Notfall.«

Sie stöhnte innerlich, denn in ihr brach sich die Erkenntnis Bahn, dass es im Grunde unmöglich war, Miezi diesen Gefallen abzuschlagen. Dabei hätte es so viele Gründe gegeben. Ihre Müdigkeit, ihre Mutlosigkeit und die wenig erbauliche Aussicht, ihre Freundin von nun an fortwährend auf der Matte stehen zu haben. Aber wenn Miezi sich einmal etwas in den Kopf gesetzt hatte, war Widerstand zwecklos.

»Na gut«, seufzte sie resigniert und schenkte sich Champagner nach. »Dann schauen wir uns den alten Schuppen halt an.«

34. Teenager-Geheimnisse

»Hau ab, du dummes Vieh!« Therese schlug wild um sich. Diese blöde Wespe verfolgte sie schon seit einer halben Ewigkeit. Lästige Insekten waren einer der Gründe, warum sie sich lieber im eigenen Fitnessraum sportlich betätigte, als Spaziergänge in der Natur zu unternehmen. Ein anderer war die grelle Sonne, die seit Wochen unerbittlich vom Himmel schien und weder gut für ihre Migräne noch für ihren Teint war. Sie hatte sich eine große Sonnenbrille aufgesetzt, das bunte Seidentuch von Gucci um den Kopf geschlungen und war wohlweislich in Turnschuhe geschlüpft, die ein bisschen Dreck vertragen konnten. Miezi hingegen war nichts anderes übriggeblieben, als sich einen Strohhut von Elsa auszuleihen und zu hoffen, dass ihre neuen, schneeweißen Sneakers den Marsch überlebten. Seit beinahe einer halben Stunde stapften sie querfeldein. Irgendwann passierten sie den Maier-Hof, der so einsam gelegen war, dass nicht mal der Postbote sich dazu durchringen konnte, mehr als einmal pro Woche vorbeizuschauen.

»Himmel, wer wohnt denn bitte auf diesem gottverlassenen Hof?«, wollte Miezi wissen.

»Die Maiers. Ich würd mich erschießen.«

»Vielleicht haben sie es längst getan, und keiner hat's gemerkt.«

»Gut möglich. Komm, lass uns weiter.« Therese deutete nach vorn. »Es ist nicht mehr weit.«

Sie stiefelten über einen staubigen Weg, links und rechts davon lagen riesige Getreidefelder. Irgendwann blieb Therese stehen. »Da drüben müsste es sein. Hinter dem Weizenfeld. Oder Gerste. Was immer es ist.«

»Hoffentlich«, maulte Miezi und nieste dreimal hintereinander. »Gegen irgendwas bin ich allergisch.«

»Es war deine Idee«, erinnerte Therese sie und stellte mit Genugtuung fest, dass Miezis weiße Flared Jeans sichtlich Schaden genommen hatte. »Ist das da Kuhscheiße?«

»Herrgott, vermutlich ja. Kriegt man das wieder raus?«

»Glaub ich nicht.«

»Verdammt.«

Thereses Stimmung stieg ein wenig, und sie lief weiter. »Da ist es!«, rief sie kurze Zeit später. »Schau, dahinten!« Sie zeigte quer über die Pferdewiese auf einen kleinen Schuppen, der von einer riesigen Buche beschattet wurde.

Miezi legte eine Hand über ihre Augen und blinzelte in die Richtung. »Ich seh nichts. Die Sonne blendet. Wenn ich nur wüsste, wo meine verdammte Sonnenbrille abgeblieben ist.« Zum wiederholten Mal durchforstete sie ihre Handtasche. Sie wird sie dort nicht finden, so viel ist sicher, dachte Therese, und plötzlich meldete sich ihr schlechtes Gewissen. Wie tief war sie eigentlich gesunken? Miezi war ihre Freundin! Allerdings eine, die ihr heute den letzten Nerv raubte und außerdem locker zwanzig weitere Sonnenbrillen besaß. Und, na ja, sie machte es ja … nicht absichtlich. Trotzdem nahm sie sich vor, die Brille später zurückzugeben, wenn sich eine Gelegenheit ergab. Eine Freundin zu beklauen, das ging nun doch ein bisschen zu weit.

Sie öffnete das Holzgatter und schob Miezi energisch auf die Weide. Das Gras reichte ihnen fast bis zu den Knien. Gemäht hatte hier seit Jahren niemand mehr. Trotzdem fand sie langsam Gefallen an dem Ausflug. Wie ein Storch im Salat stapfte sie quer über die Wiese, rief ab und zu »Vorsicht, Kuhscheiße!« oder »Achtung, Wespenalarm!« und ließ sich ansonsten durch nichts mehr bremsen. Miezis versaute Hose und ihr blödes Gejammer gaben ihr irgendwie Auftrieb. Außerdem war sie jetzt wirklich gespannt, in welchem Zustand der alte Stall sich befand. Sie erinnerte sich nicht mal, ob sie ihn damals leergeräumt hatten. Vielleicht hing noch Nataschas Zaumzeug an einem der Nägel, die Ludwig eigens dafür in die Balken gehauen hatte. Womöglich war sogar noch der Sattel da. Sie würden es gleich sehen.

Etwa drei Meter vor dem Ziel blieb sie stehen. »Das ist er.«

Miezi starrte den verwitterten Holzschuppen an. »Der ist ja winzig!«

»Sag ich doch. Wollen wir rein?«

Ihre Freundin nickte missgelaunt. »Anscheinend war schon jemand vor uns da.« Sie deutete auf das Gras, das zur Stalltür führte. Es war plattgetreten.

»Vielleicht Kinder«, vermutete Therese und schob den rostigen Türriegel zur Seite. Er ließ sich ohne Probleme bewegen.

Als Erstes gelangten sie in den kleinen Vorraum, der für Futter und Reitutensilien gedacht war. Ein paar Sonnenstrahlen fielen durch die schmutzigen Fenster. Sie nieste und sah sich in dem Dämmerlicht ehrfürchtig um. Tatsächlich, da hing noch Nataschas altes Zaumzeug. Und auf einem alten Holzbock lag der Sattel.

Miezi fuhr mit dem Finger über das Leder. »Seltsam«, sagte sie.

»Was?«

»Kein Staubkorn.«

»Wie?«

»Auf dem Sattel. Wenn hier schon jahrelang keiner mehr gewesen wäre, müsste er doch voller Staub sein.«

»Hmmm«, machte Therese und blickte in die Pferdebox. »Heilige Mutter Maria«, murmelte sie erschrocken.

»Was ist?« Miezi trat neben sie. »Das glaube ich jetzt nicht!«, stieß sie hervor.

Therese öffnete den vergitterten Verschlag und ging hinein. Die Box war mit Stroh eingestreut und roch noch immer ein wenig nach Pferd. Doch das nahm sie nur am Rande wahr, denn sie war wie gebannt von dem roten Schlafsofa an der rückwärtigen Wand. Es war ausgezogen, und eine zerknüllte Wolldecke lag darauf. Richtig wohnlich sah es hier aus. Jemand hatte sich sogar die Mühe gemacht, ein paar Schwarz-Weiß-Aufnahmen an die Holzwand zu pinnen. Sie trat näher. »Du meine Güte!«

Miezi war ihr gefolgt. »Ist das nicht …«

»Antonia«, vollendete sie den Satz und starrte die Fotos an. Die meisten zeigten ihre jüngste Tochter mit einem ziemlich gutaussehenden Kerl. Küssend, lachend, flirtend.

»Kennst du den Typen?«, erkundigte sich Miezi.

Sie schüttelte den Kopf. »Nie gesehen. Ich wusste nicht mal, dass sie einen Freund hat«, sagte sie leise.

»Scheint jedenfalls was Ernstes zu sein.« Miezi deutete grinsend auf die Schlafstätte.

Sie riss sich von den Fotos los, ließ sich auf die Sofakante sinken und verbarg das Gesicht in den Händen. Ihre

Tochter hatte einen Freund. Jemanden, den sie offenbar sehr gern hatte. Und sie hatte davon nichts geahnt. Antonia hatte es nicht für nötig befunden, sie einzuweihen, und sie fragte sich, warum. Sie hatten doch früher so einen guten Draht gehabt. Therese fühlte sich schrecklich. Ihr Nesthäkchen. Ihre schüchterne kleine Toni, die als Kind immer auf ihren Schoß gekrabbelt war, sobald jemand Fremdes sich näherte, führte ein Leben, von dem sie nicht die geringste Ahnung hatte. Außer, dass sie zur Schule ging und gern fotografierte, wusste sie nichts über ihre Tochter. Unwillkürlich fragte sie sich, ob Ludwig von Antonias Liebesleben gewusst hatte. Vermutlich ja, dachte sie, und plötzlich kamen ihr die Tränen.

Miezi setzte sich neben sie und legte ihr eine Hand auf den Rücken. »He«, sagte sie sanft. »Ist doch kein Beinbruch. Sie ist achtzehn und hat einen Freund. Das ist normal, Resilein.«

»Aber warum weiß ich davon nichts? Wieso erzählt sie es mir nicht?«

»Weil sie ein Teenager ist, und die reden nun mal nicht gern mit ihren Eltern über Liebesdinge. Die meisten jedenfalls.«

»Ludwig hat sie es bestimmt erzählt«, murmelte sie. »Ihm hat sie alles erzählt. Aber mir … Sie kann mich nicht leiden. Keine Ahnung, warum. Und seit wann. Plötzlich war es so. Ich bin … eine schreckliche Mutter.«

»So ein Quatsch. Jetzt mach dich nicht fertig, Resilein.« Miezi schlang ihre Arme um sie und drückte sie. Es fühlte sich gut an, und auf einmal hatte Therese wirklich ein schlechtes Gewissen – wegen der Sonnenbrille und weil sie ihr gegenüber so missgünstig gewesen war. So anstrengend

Miezi auch sein konnte, wenn es drauf ankam, war sie da. Sie war eine gute Freundin, alles in allem. Die beste, die sie hatte.

»Ich mache mir trotzdem Vorwürfe«, sagte sie, als Miezi sie wieder losgelassen hatte. »Ich bin viel zu sehr mit mir selbst beschäftigt seit Ludwigs Tod.«

»Und das ist dein gutes Recht, Therese. Du hast deinen Ehemann verloren, den du sehr geliebt hast. Wie könntest du da direkt zur Tagesordnung übergehen?«

»Aber Antonia hat ihren geliebten Vater verloren, und sie ist noch so jung. Ich hätte mich kümmern müssen.«

»Du bist auch nur ein Mensch.«

»Hoffentlich nimmt sie wenigstens die Pille«, dachte Therese laut.

»Sie ist nicht dumm. Sie werden schon verhüten, auf welche Art auch immer.«

Sie erhob sich von dem Schlafsofa. Den ersten Schock hatte sie überwunden. »Eigentlich ganz gemütlich hier.« Sie lächelte. »Hätte mir auch gefallen, als Teenager, so ein kleines Liebesnest. Aber jetzt werden sie es wohl räumen müssen.«

»Wieso?«, fragte Miezi.

»Na ja, wegen … Agamemnon?«

»Oh nein, ich überleg mir was anderes«, erklärte ihre Freundin schnell. »Das hier ist mir sowieso zu klein.«

»Sicher?«

»Ja.«

Therese atmete auf, und ihr Blick fiel unter das Schlafsofa. Etwas Blaues blitzte darunter hervor. Neugierig ging sie in die Hocke. »Ein Müllsack«, murmelte sie.

»Sie werden hier doch hoffentlich keine Leiche versteckt haben.«

Sie warf Miezi einen erschrockenen Blick zu.

»War ein Scherz!«

Sie zog den Plastiksack unter dem Sofa hervor, befreite ihn von Stroh und musterte ihn nachdenklich. »Sieht nicht aus wie eine Leiche. Eher wie ein … Autoreifen.«

»Guck doch nach«, sagte Miezi.

»Soll ich?«

»Wenn du's nicht machst, mach ich es.«

»Na gut.« Der Müllsack war nicht verschlossen, und es war ein Leichtes, den Gegenstand herauszuziehen. »Mein Gott!«, stieß sie hervor.

»Ein Rettungsring«, stellte Miezi fest und betrachtete ihn von allen Seiten. Er war orange und mit vier silbernen Leuchtstreifen und einer Bootsleine versehen. Auf der einen Seite hatte einmal der Name des Bootes geprangt, zu dem er gehört hatte. Die Buchstaben waren Wind und Wetter ausgesetzt gewesen und zum größten Teil abgeblättert: T R S E.

Therese starrte auf den verwitterten Schriftzug, und plötzlich begannen die Buchstaben vor ihren Augen zu tanzen. Ihr wurde flau im Magen. »Nicht irgendein Rettungsring«, wisperte sie und wurde dann mit jedem Wort lauter und hysterischer. »Das ist der, der Ludwig das Leben hätte retten sollen!« Zuletzt schrie sie beinahe: »Miezi, es ist der Rettungsring der *Therese*!«

35. *Die perfekte Welle*

Ferdinand warf einen Blick auf seine Apple-Watch. Er stöhnte. Nun stand er schon eine halbe Stunde an, in hautengem Neoprenanzug und mit Surfbrett unter dem Arm. Wie hatte er sich nur dazu überreden lassen können? Die Eisbachwelle zu surfen war etwas für Touristen und selbstverliebte Vollidioten, aber nicht für einen Ferdinand von Greiffenberg. Doch Nina hatte ihm so lange in den Ohren gelegen, dass er schließlich klein beigegeben hatte und extra früher von Prien nach München gefahren war. Na ja, es traf sich auch ganz gut. Jetzt musste er sich wenigstens Miez und Mauz nicht geben.

»Gleich sind wir dran!« Nina hüpfte ungeduldig auf und ab. Sie sah reizend aus mit ihrem knappen Wetsuit und den vor Aufregung roten Wangen.

»Du bist ja ganz hibbelig«, sagte er und legte einen Arm um ihre schmale Taille. Er hatte keine Ahnung, auf welchem Niveau Nina surfte, und konnte nur hoffen, dass sie so gut war, wie sie behauptete. Das hier war nämlich nichts für Anfänger. Eine Steinstufe an der Austrittsstelle des schnell fließenden Eisbachs im Englischen Garten erzeugte ganzjährig eine stehende Welle, die bei Surfern aus aller Welt bekannt, beliebt und gefürchtet war. Berühmte Wellenreiter wie Jack

Johnson oder Robby Naish hatten sie schon bezwungen, und neben ihnen unzählige andere. Seit einiger Zeit war sie *der* Touristenmagnet Münchens. Jeden Tag kamen sie in Scharen, die Hobbysurfer aus aller Welt, mit teuren Brettern und Kennermienen, und reihten sich in die endlos lange Schlange am Bach ein. Sie warteten eine halbe Ewigkeit, bis sie endlich an der Reihe waren, um dann drei, vier Mal von rechts nach links zu eiern, stets bemüht, sich an den riesigen Betonklötzen unter Wasser nicht den Schädel zu brechen. War das geglückt, kletterten sie an Land, ohne die sonst übliche Salzwassermähne und Surferbräune, dafür bibbernd und nach Gulli riechend. Bei dem Gedanken schüttelte er den Kopf. *Why*? München hatte so viel zu bieten.

»Einmal«, betonte er. »Noch mal stelle ich mich hier nicht an.«

»Nein, Maus, danach gehen wir Kaffee trinken.«

»Mhmmmm«, brummte er. Für gewöhnlich läutete er das Ende einer Beziehung ein, wenn eine Frau anfing, ihn Maus, Hase oder Schatz zu nennen. Andererseits: Nina war wirklich süß. Er mochte sie. Vielleicht musste man manchmal einfach einen Tod sterben.

Sie waren fast an der Reihe.

»Willst du zuerst?« Nina knuffte ihn in die Seite.

»Nein. *Ladies first*«, sagte er. »Dann kann ich dich retten, wenn du dir den Kopf anschlägst.«

Sie kicherte nervös. »Jetzt machst du mir Angst.«

»Ach, was. Angst gibt's nicht. Du kriegst das schon hin.«

Nina war etwas blass um die Nase geworden, aber sie kletterte trotzdem mutig ins Wasser. Er reichte ihr das Board, und sie sprang mit einem geschickten Hüpfer drauf.

»Bravo!«, rief er. Sie machte das nicht schlecht. Ein paar

Mal balancierte sie die Welle aus und sah dabei grazil und ziemlich entzückend aus. Dann zerriss es sie. Der brodelnde Bach verschluckte sie einfach, und für mehrere Sekunden war sie nicht zu sehen. Er machte sich schon bereit, heldenhaft ins reißende Wasser zu springen, um ihr vor aller Augen das Leben zu retten, doch dann tauchte sie von selbst wieder auf. Lachend. Bibbernd. Winkend. Etwas umständlich kletterte sie samt Board an Land. Ihr Anblick erinnerte ihn ein wenig an eine Flussratte.

»He, wird das heute noch was?«, pöbelte ein graumelierter, hagerer Typ hinter ihm. BMW, Führungsetage, mittelschwere Midlife-Crisis, vermutete Ferdinand und begab sich betont langsam mit seinem Board ins Wasser. Er nahm sich vor, den BMW-Fuzzi warten zu lassen. Lange. Er war ein erstklassiger Surfer. Wenn er wollte, konnte er sich ewig auf dieser verdammten Eisbachwelle halten. Er sprang auf sein Brett und surfte von rechts nach links und wieder zurück. Einige umstehende Touristen zückten ihre Handys, und Ferdinand setzte sein strahlendstes Lächeln auf. Er ließ sich gerne ablichten für ihre Insta-Stories, TikToks und Reels, denn er wusste, dass er auf den Fotos und Videos eine verdammt gute Figur machen würde. Er ritt die Welle eine gefühlte Ewigkeit, strauchelte kein einziges Mal, und erst, als er wirklich keine Lust mehr hatte, ließ er sich elegant ins Wasser gleiten und kletterte zurück an Land. Den schlechtgelaunten BMW-Typen ließ er dabei nicht aus den Augen. Er beobachtete, wie der nun endlich aufs Brett stieg, einmal nach links taumelte, dann nach rechts und schließlich dem reißenden Bach anheimfiel. Karma, dachte er schadenfroh, schulterte sein Surfbrett und stapfte gutgelaunt zu Nina hinüber.

Karma, dachte er wenig später erneut. Sie hatten sich umgezogen und waren zu *Fräulein Grüneis* geschlendert. Das hübsche Café befand sich nur wenige Meter vom Eisbach entfernt. Wenn man draußen einen Platz ergatterte, konnte man ihn rauschen hören. Doch alles, was Ferdinand im Moment hörte, war sein Name, gerufen von einer Stimme, die ihm nur allzu geläufig war. Mike. Wieder mal. Er saß dort zusammen mit einem jung gebliebenen Mittfünfziger, der ihm irgendwie bekannt vorkam.

»Auch das noch«, seufzte er.

»Ist das nicht der Kokstyp von der Party?«, fragte Nina.

»Genau«, erwiderte er knapp. »Komm, sagen wir kurz Hallo.« Es gab jetzt sowieso kein Entrinnen mehr, da konnte er es auch gleich hinter sich bringen.

»Verfolgst du mich?«, fragte er, als sie an dem Tisch angelangt waren. Mike hatte ein Bier vor sich stehen. Der andere Typ trank Wein.

»Na ja, so ähnlich. Ein Vögelchen hat mir gezwitschert, dass ich dich hier treffen würde. Hab dich gerade beobachtet. Du bist gut.«

»Natürlich bin ich gut, Mike. Ich bin Stuntman und double unter anderem Surfer, wie du vielleicht weißt.« Er war ungehalten. Gelinde gesagt. Mike ging ihm nämlich langsam gehörig auf den Keks. Ständig fragte er nach seinem Geld, dabei war doch klar, dass er eine so große Summe nicht von heute auf morgen auftreiben konnte. Wenn er ehrlich war, hatte er keinen blassen Schimmer, wie er die Schulden überhaupt je begleichen sollte. »Gibt es einen bestimmten Grund, warum du mir hier auflauerst?«, fragte er der Form halber.

»Auflauern? Mach mal halblang. Was ist los mit dir?«

»Nichts. Ich frage mich nur, wieso ich nicht einfach mal mit meiner Freundin den Sonntag genießen kann, ohne dass …« Nina strich ihm mit der Hand über den Rücken, als wäre er ein aufgebrachter Köter, den es zu beruhigen galt.

»Setz dich, Ferdinand«, sagte Mike und deutete auf den Stuhl neben sich. »Ich würde dir gern einen Vorschlag unterbreiten.«

Nina hatte inzwischen von seinem Rücken abgelassen und versuchte nun, Mike mit Blicken zu töten. »Magst du reingehen und uns ein Stück Kuchen holen? Und einen Kaffee?«, fragte er.

»Sicher«, erwiderte sie kühl und schlenderte ohne ein weiteres Wort davon.

»Was gibt's?«, fragte Ferdinand, als sie außer Hörweite war, drehte den Stuhl mit einer schnellen Bewegung um und setzte sich rittlings darauf. Er war gespannt und langsam auch etwas nervös, doch er würde alles tun, damit man ihm das nicht anmerkte. Mit unterdrücktem Gähnen verschränkte er die Arme vor sich auf der Rückenlehne und stützte lässig sein Kinn darauf ab.

Mike deutete auf sein Gegenüber. »Das ist Jacky. Er macht Werbefilme.«

»Servus, Jacky!« Ferdinand hob lahm eine Hand, dann warf er einen demonstrativen Blick auf seine Uhr. »Mike, ich will nicht drängeln, aber könntest du zur Sache kommen?«

»Klaro. Das Ganze ist schnell erzählt. Wir beide, also der Jacky und ich, wir planen etwas ganz Großes. Einen Werbespot für *Wild Dog*.«

»Wow …«

»Soll um die Weihnachtszeit lanciert werden und Wintersportler ansprechen.«

»Aha.«

»Aha. Ja, das hat Jacky zuerst auch gesagt. Stimmt's, Kumpel?«

Jacky nickte.

»Aber dann hab ich ihm erklärt, was meine Idee ist. Etwas richtig Spektakuläres. Ein Spot, über den die ganze Welt sprechen wird. Einer, der viral geht, einmal um den Erdball, weil er so krass ist.«

Jetzt wurde er doch langsam hellhörig. »Was genau stellst du dir vor?«

Mike erklärte es ihm. Lang und breit.

»Wow«, sagte er noch einmal, und diesmal meinte er es auch so. »Klingt spektakulär. Und ziemlich riskant.«

»Aber machbar.«

Er zuckte mit den Achseln. »Kommt drauf an.«

»Wir wollen, dass du es machst.«

»Ich? Wieso?«

»Weil wir glauben, dass du es kannst. Und weil du mir … noch einen Gefallen schuldest. Wenn man es so nennen möchte.«

Er sah Jacky an, doch der gab sich unbeteiligt.

»Das mit dem Verkauf eurer Firma scheint ja wohl nicht zu klappen«, fuhr Mike fort. »Wie man hört, hat sich deine Schwester da festgefräst und macht keinen schlechten Job. Du brauchst also ein neues Konzept …«

»Du erpresst mich?«, zischte er Mike leise zu.

»Himmel. Erpressung ist ein großes Wort. So würde ich es nicht nennen. Eher … einen Deal. Du machst den Stunt. Ich erlasse dir zwanzig Prozent deiner Schulden und stunde den Rest.«

Wieder sah Ferdinand unbehaglich zu Jacky hinüber.

»Er weiß in groben Zügen Bescheid«, informierte Mike ihn.

»Ah. Na, super.«

»Komm. Das ist ein fairer Deal, Mann. Win-win. Ich kriege meinen Spot und du ein Konzept für dein Fünfzig-Riesen-Problem. Außerdem wärst du in der Branche rehabilitiert, nach deinem *fail* letztens.«

»Ich riskiere mein Leben, Alter!«

»Übertreib nicht. Du hast so was Ähnliches schon gemacht. Nur dass das jetzt eben alles etwas spektakulärer aussehen wird. Also, was ist?«

»Wann soll gedreht werden?«

Mike warf Jacky einen fragenden Blick zu.

»Irgendwann im Winter«, gab der vage zur Antwort.

»Irgendwann im Winter«, echote Ferdinand.

»Du hättest genügend Zeit, um zu trainieren. Und könntest wieder ruhig schlafen.« Mike lachte. »Also: Kommen wir ins Geschäft?« Er hielt ihm seine Hand entgegen.

Ferdinand dachte nach. Es war riskant, aber der Schuldenerlass und die Aussicht, mit diesem Ding von sich reden zu machen, war reizvoll, das musste er zugeben. Danach wäre er in der Stuntszene endgültig ein gemachter Mann. Dann wäre alles möglich. Sogar Hollywood. Und dann könnten Pauline und der Rest der Greiffenberg-Family ihn mal kreuzweise mit ihrer Scheißfirma. Sollten sie sich doch die Köpfe einschlagen. Er wäre unabhängig und ein berühmter Stuntman. Eine äußerst reizvolle Vorstellung war das.

In diesem Moment trat Nina mit einem vollen Tablett aus dem Café und lächelte ihm zu. Ihr würde es auch gefallen. »Deal«, sagte er kurzentschlossen und schlug ein.

»Gute Entscheidung, Mann.« Mike trank sein Bier aus,

stand auf und haute ihm auf die Schulter. »Du wirst es nicht bereuen.«

»Bestimmt nicht«, bestätigte Jacky und erhob sich ebenfalls.

»Das hoffe ich doch, Leute«, sagte er und fragte sich, woher plötzlich dieses mulmige Gefühl in seiner Magengegend rührte.

»Apfelkuchen, Maus.« Nina setzte das Tablett auf dem Tisch ab.

»Top«, sagte er. »Her damit. Mein Bauch braucht Essen.«

36. Geständnisse

Sie klopfte an Antonias Tür. Als kein ›Herein‹ kam, betrat sie das Zimmer trotzdem und blickte sich um. Es sah aus wie immer. Ein einziges Chaos.

»Antonia?«, fragte sie leise.

Ihre Tochter lag rücklings auf dem Bett und starrte die Decke an. Vorhin hatte sie etwas von ›Physik lernen‹ genuschelt und war hinaufgegangen. Wie Lernen wirkte das hier allerdings nicht, es sei denn, sie war ein Wunderkind und sah an der Decke Formeln.

»Antonia«, sagte sie nun etwas lauter.

Ihre Jüngste richtete sich auf und machte ein mauliges Gesicht. »Was ist?«

»Darf ich?« Sie deutete auf die Bettkante. Früher, als sie noch klein war, hatte sie sich einfach neben ihre Tochter gelegt, wenn sie Lust dazu hatte, sie gekitzelt, geknuddelt oder ihr etwas vorgelesen. Diese Zeiten waren längst vorbei. Dass sie sich überhaupt in ihr Zimmer traute, war schon allerhand. »Ich muss mit dir reden«, sagte sie und nahm zögerlich Platz.

Antonia verdrehte die Augen. »Was denn?« Sie stand auf und setzte sich demonstrativ auf ihren Schreibtischstuhl.

»Ich … ich war in Nataschas Stall«, stieß sie hervor.

Antonia hob erschrocken den Kopf.

Sie hatte überlegt, ob sie überhaupt etwas sagen sollte. Es änderte ja nichts. Doch sie musste es einfach wissen. Der Rettungsring war nicht an Bord der Plätte gewesen, als man sie gefunden hatte. Natürlich war man davon ausgegangen, dass Ludwig ihn benutzt hatte, als er in Seenot geraten und über Bord gegangen war. Doch offenbar hatten sie falsch gelegen, denn Antonia hielt ihn im Pferdestall versteckt. Sie fragte sich, wie lange schon. Und warum. Sie schwankte ein wenig, als sie sich vom Bett erhob. Sicher gab es eine einfache Erklärung. Miezi hatte das auch gesagt. Doch egal, wie lange sie nachdachte – ihr fiel beim besten Willen keine ein.

»Du warst im Stall?«, fragte Antonia tonlos, drehte sich mit ihrem Stuhl zum Fenster und blickte stumm hinaus. »Dann weißt du es ja jetzt.«

»Ja. Na ja …«

»Ja, ich habe einen Freund. Schon ein paar Monate, wenn du es genau wissen willst.« Sie sprang auf und blitzte sie wütend an. »Er heißt Hendrik, und ich liebe ihn. Er ist der Einzige, mit dem ich reden kann. Und ja, ich übernachte manchmal mit ihm dort im Stall. Hierher kann ich ihn schließlich nicht mitbringen. Man ist ja keinen Augenblick ungestört, außerdem würdet ihr ihm bestimmt blöde Fragen stellen. Wo er herkommt, und wer seine Eltern sind, und was weiß ich. Dabei ist es scheißegal, wer seine Eltern sind. Wen interessieren die Eltern? Guck uns an. Wenn es wirklich drauf ankommt, sind sie weg. Mit sich selbst beschäftigt oder … tot.«

»Toni«, sagte sie sanft und legte beschwichtigend eine

Hand auf den Arm ihrer Tochter. »Es ist okay, dass du mit Hendrik dort im Stall bist.« Kurz schoss ihr die Sache mit der Verhütung durch den Kopf, doch jetzt war definitiv nicht der richtige Augenblick dafür. »Ich … ich hätte mich gefreut, wenn du es mir gesagt hättest. Das mit Hendrik, aber …«

»Ich brauch meine Privatsphäre!«, schrie Antonia und zog den Arm weg.

»Sicher. Klar. Das verstehe ich. Aber, Tonilein, ich … Bitte setz dich wieder hin.«

»Warum sollte ich?«

»Weil ich dich etwas sehr Wichtiges fragen muss.«

»Was?«

Therese drehte sich um und marschierte hinaus. Sie holte den Rettungsring, den sie im Flur an die Wand gelehnt hatte, und ging zurück ins Zimmer.

Antonia stand am Fenster. Entgeistert starrte sie auf den Ring. Sie atmete schwer. Sie wurde blass. Dann schlich sie zu ihrem Bett und ließ sich auf die Kante sinken.

»Den habe ich unter dem Schlafsofa im Stall gefunden. Miezi war auch dabei. Wir wollten nicht schnüffeln, aber …«

»Habt ihr aber!«, fauchte Antonia. Sie schlug die Hände vors Gesicht und begann, hemmungslos zu schluchzen.

Hilflos stand Therese mitten im Zimmer, den Rettungsring noch immer in den Händen. Sie deponierte ihn auf dem hellen Teppich, setzte sich neben ihre Tochter und legte eine Hand auf deren gekrümmten Rücken. Er bebte, weil sie so sehr weinte. Eine ganze Weile saßen sie so da. Irgendwann beruhigte ihre Tochter sich ein wenig und hob den Kopf. »Ich bin schuld, dass er tot ist, Mama«, presste sie hervor.

»Nein, Schatz. Was redest du denn da?« Sie reichte ihr ein Papiertaschentuch.

Antonia schnäuzte sich geräuschvoll und zerknüllte das Taschentuch in der Hand. »Doch. Ist so!«

Sie strich ihr noch einmal über den Rücken. »Aber … wieso?«

Antonia starrte auf ihre Knie und wischte mit der Hand über ihre Augen. »Erinnerst du dich an meine Nautikserie?«, fragte sie irgendwann schniefend.

»Die Fotos von den Tauen, Booten und Fischernetzen. Natürlich, Schatz. Es waren so schöne Bilder.«

»Auf einigen dieser Fotos …« Ihre Tochter schluckte. »Auf einigen ist auch der Rettungsring zu sehen. Ich hatte ihn mir heimlich von Papas Boot geholt, um ihn am Strand zu fotografieren. Machte sich gut zwischen dem ollen Strandgut und den Möwen, die da immer rumstolzieren. Ich wollte ihn sofort wieder zurückbringen. Direkt als ich fertig war mit shooten. Aber dann … dann hat Hendrik angerufen. ›Lass uns treffen‹, hat er gesagt. ›Aber jetzt gleich, ich hab wenig Zeit.‹ Also hab ich den Ring erstmal in mein Zimmer gebracht und unters Bett geschoben. Papa fährt ja heute sowieso nicht mehr raus, hab ich gedacht. Ich bring ihn morgen schnell wieder aufs Boot. Tja, und dann habe ich es völlig vergessen, und Papa ist auch nicht aufgefallen, dass der Ring nicht mehr da war. Und dann … dann kam der Sturm.« Düster blickte sie zu Boden. »Er ist in Seenot geraten und hatte keinen Rettungsring. Er … er hatte den Ring nicht, Mama, und dann ist er ertrunken!« Wieder verbarg sie ihr Gesicht in den Händen und weinte bitterlich. »Ich … ich hab ihn umgebracht«, schluchzte sie.

»Mein Gott«, murmelte Therese entsetzt. Jetzt schlug auch

sie die Hände vors Gesicht. Er könnte noch leben, dachte sie erschüttert. Wenn Toni den Ring nicht genommen hätte, dann … wäre er vielleicht wirklich noch am Leben!

»Ich hab meinen eigenen Vater umgebracht«, wimmerte Antonia und zitterte jetzt am ganzen Leib.

Therese zerriss es das Herz. Was musste ihre Kleine durchgemacht haben in den letzten Monaten. Sie schlang die Arme um sie. »Mein Gott, warum hast du denn nichts gesagt?«

Antonia zuckte weinend mit den Schultern.

Sie schloss die Augen. Was für ein Drama! Welche Last schleppte ihre Toni da die ganze Zeit mit sich herum? »Weiß es sonst noch jemand? Außer mir?«

Antonia schüttelte den Kopf.

»Hendrik?«

»Nein. Nicht so richtig.«

Sie nickte. »Es tut mir so leid, Schatz. Dass du das ganz allein tragen musstest. Diese …«

»… schlimme Schuld!«

»So darfst du das nicht sehen.«

»Wie denn sonst?«, presste Antonia hervor.

»Es war nicht deine Absicht. Du hast es einfach vergessen. Jeder vergisst mal was. Jeder baut mal Mist. Nur bei dir ist es … schlecht ausgegangen.«

»Ja, so kann man es wohl nennen«, spuckte sie sarkastisch aus.

»Es war einfach … Pech. Eine Verkettung unglücklicher Umstände. Und wer weiß, ob er überhaupt Zeit gehabt hätte, den Ring zu nehmen. Du darfst dir das nicht vorwerfen, Toni! Sonst gehst du daran kaputt.«

»Wie soll man es sich nicht vorwerfen, wenn man seinen eigenen Vater umgebracht hat?«

»Du hast ihn nicht umgebracht. Er ist rausgefahren, trotz Sturm. Hat sich Zeit auf der Insel gelassen, trotz Sturm. Er hat keine Schwimmweste getragen. Trotz Sturm. Dieser olle Rettungsring hätte ihm wahrscheinlich sowieso nicht geholfen.«

»Vielleicht aber doch.«

»Vielleicht. Vielleicht aber auch nicht.« Sie sah Antonia eindringlich an. »Wir werden es nicht mehr herausfinden. Wichtig ist jetzt, dass du aufhörst, dir Vorwürfe zu machen. Du hast etwas Wichtiges vergessen. Ja. Aber das passiert den Besten. Niemand ist perfekt.«

Antonia lachte auf. »Ihr seid doch alle perfekt. Okay, Ferdinand vielleicht nicht. Aber Oma, Pauline, du …«

Therese schüttelte den Kopf. »Glaub mir, mein Schatz. Das stimmt nicht. Wir … ich … bin das Gegenteil von perfekt.« Sie dachte einen Augenblick nach. Sollte sie es tun? Sie hatte Angst davor, aber es würde Toni sicher helfen. »Komm mit«, sagte sie kurz entschlossen und erhob sich.

»Wohin?«

»Ich will dir was zeigen.«

»Okaaay?«

Sie führte ihre Tochter in ihr Schlafzimmer, von da aus in den begehbaren Kleiderschrank und zog an der unteren Schublade einer Kommode. Sie musste ein wenig rütteln, damit sie aufging. Die Lade war vollgestopft mit Krimskrams. »Schau«, sagte sie und deutete auf den Inhalt. Ein Seidentuch. Ein Gürtel. Eine Sonnenbrille von Chloé. Eine Christbaumkugel in Form einer Gurke. Eine Bastelschere. Ein Montblanc-Kugelschreiber. Ein Schlüsselanhänger mit Namensaufdruck ›Robert‹. Ein olivgrünes Smartphone. Ein Porzellanelefant.

Zwei Kochlöffel. Eine Blockflöte. Eine Lillifee-Tasse und noch unzählige andere Dinge lagen da wild durcheinander.

Antonia kramte in der Schublade, betrachtete das eine oder andere Teil näher und legte es wieder zurück. »Was … soll das?«

»Das ist der Beweis, dass ich nicht perfekt bin.«

»Weil du eine unordentliche Schublade hast?«, fragte ihre Tochter genervt.

»Nein. Weil das alles hier … Diebesgut ist.«

»Was?«

»Das hier …« Sie biss sich auf die Unterlippe. Es kostete sie Überwindung, auszusprechen, was mit ihr los war. Sie atmete tief ein und wieder aus, legte ihre Fingerspitzen an die Schläfen und schloss kurz die Augen. Dann öffnete sie sie wieder. »Das hier habe ich alles … geklaut.«

»Verarschst du mich jetzt?«

»Nein. Nein, ich verarsche dich nicht, sondern … das ist meine ›Tücke‹. So hat es dein Vater immer genannt. Er war der Einzige, der davon wusste. Der Einzige, der mein kleines Geheimnis kannte. Nämlich, dass ich eine … Kleptomanin bin.« Erneut biss sie sich auf die Lippe. Kleptomanin. Wie sie dieses Wort hasste. Es klang wie ›nicht ganz dicht‹.

Antonia sah sie erschrocken an. »Du meinst, so wie Winona Ryder?«

»Ja. So, wie Winona Ryder. Ich hatte es gut im Griff. Jahrelang. Weil es mir gutging. Psychisch … und überhaupt. Doch dann ist Papa gestorben, und es ging wieder los. Ich konnte nichts dagegen tun.«

Antonia nickte stumm und kramte wieder in der Schublade. Mit spitzen Fingern zog sie den Schlüsselanhänger heraus. »Wer ist Robert?«

»Keine Ahnung, ich kenne keinen Robert. Und ich klaue die Sachen auch nicht, weil ich sie brauche, sondern einfach, weil sie gerade irgendwo rumliegen oder -hängen.«

»Nur in Geschäften?«

»Hauptsächlich in Geschäften. Wenn es ganz schlimm ist, auch schon mal woanders.« Sie nahm das Smartphone in die Hand. »Das hier gehört zum Beispiel Doktor Mohn.«

»Dem Schönheitschirurgen?«

»Genau. Ich habe es ihm bei diesem Fest im Yachtclub gemopst.«

»Mama, ein Smartphone! Er muss verzweifelt gewesen sein.«

»Ich würde es ihm ja auch gerne zurückgeben. Aber ich weiß nicht, wie.«

Antonia zog die große Sonnenbrille heraus und setzte sie sich auf. »Steht mir die?«

Therese sah sie prüfend an. »Nein. Zu groß. Sie gehört übrigens Miezi.«

»Das ist jetzt nicht dein Ernst.«

»Doch. Ich … Verdammt, mir ging's schlecht.«

»Die gibst du ihr aber zurück!«

»Ja, sicher. Sie wird irgendwann zufällig wieder auftauchen. In der Sofaritze oder so.«

»Mama?«

»Ja?«

»Du brauchst Hilfe.«

»Ich weiß. Du auch.«

Antonia legte die Sonnenbrille zurück und schob die Schublade zu. »Schade, dass der Rettungsring da nicht reinpasst.«

»Wieso?«

»Es wäre ein gutes Versteck.«

»Du willst es also … niemandem erzählen?«

Antonia hob die Schultern. »Ich glaube, ich kann das nicht.«

Therese nickte langsam. Sie verstand ihre Tochter.

»Aber ich bin froh, dass du es jetzt weißt, Mama.«

»Ich auch. Und vielleicht reicht das ja schon. Du musst es nicht jedem erzählen. Aber versprich mir, dass du zu mir kommst, wenn du … Hilfe brauchst, ja?«

Ihre Tochter nickte und deutete mit dem Kinn auf die Schublade. »Dito.«

Sie lächelte. »Danke.« Dann fiel ihr Blick auf den riesigen Kleiderschrank. »Wir könnten den Ring vorerst da drunter schieben. Da findet ihn kein Mensch.«

»Meinst du?«

»Ja. Ganz sicher.«

»Okay.«

»Gut. Gehen wir.«

»Wohin?«

»Den Ring holen.«

37. *Glückspilze*

»Mama, Mama, da sind sie. Da drüben auf der Weide!« Wie von der Tarantel gestochen rannten die Zwillinge los, um ihre beiden Patenfohlen zu begrüßen. Pauline war froh, dass Ada und Max so unbeschwert wirkten. Heute war Sonntag, und eigentlich war vereinbart gewesen, dass Sebastian sie abholte. Doch er hatte kurzfristig abgesagt, angeblich, weil er beruflich zu tun hatte. In letzter Zeit gab er sich ihr gegenüber merkwürdig zurückhaltend. Er sprach nur das Nötigste, und seine sonst üblichen Schimpftiraden blieben neuerdings aus. Als sie letzte Woche noch einige Sachen aus ihrem Haus in Chieming geholt hatte, war er unerwartet dort aufgetaucht. Sie war fürchterlich erschrocken, doch ihre Angst war unnötig gewesen. Keine Szene. Keine Vorhaltungen. Keine Demütigungen. Im Gegenteil. Er hatte fast gar nichts gesagt, sondern nur stumm an der Wand gelehnt und ihr beim Packen zugesehen. Sie hatte sich trotzdem schrecklich unbehaglich gefühlt und war heilfroh gewesen, als sie samt Umzugskartons wieder im Auto saß und Richtung Prien fuhr. Kurz hatte sie da ein Gefühl von Freiheit und Leichtigkeit überkommen, beinahe war ihr gewesen, als könnte sie fliegen. Alles richtig gemacht, hatte sie einmal mehr gedacht. Ihn zu verlassen war eine gute Entscheidung gewesen. Vielleicht die beste ihres Lebens, auch wenn die Kinder sich an das neue Lebenskonzept erst gewöhnen mussten. Nach den Sommerferien würden sie hier in Prien in die Schule gehen, und dann würden sie schnell neue Freunde finden, da war sie sich sicher.

Sie stapfte hinter den beiden her, und als sie am Weidegatter angelangt war, trat Leopold aus dem Pferdestall.

»Da seid ihr ja«, sagte er und begrüßte sie mit einem Wangenkuss. Sie dachte, dass er das zuvor noch nie getan hatte. Dass es sich gut anfühlte, und irgendwie selbstverständlich.

»Dürfen wir auf die Weide?«, fragte Max. Er war schon halb über den Zaun geklettert.

»Klar, geht nur. Adalbert und Maxima freuen sich auf euch.«

»Danke, dass wir kommen durften«, sagte sie.

»Ich freue mich immer, euch zu sehen«, erwiderte er.

Ada und Max liefen zu den Fohlen und kraulten ihnen das Fell.

Leopold lächelte. »Sie scheinen es gut verkraftet zu haben.«

»Die Nachricht, dass wir in Prien bleiben?«

Er nickte.

»Ja. Sieht so aus. Ich hoffe. Es ist nicht leicht für sie. Sie hängen an Sebastian. Besonders Max.«

»Verständlich. Er ist ihr Papa.«

Sie setzten sich nebeneinander auf den Zaun und sahen den Zwillingen eine Weile dabei zu, wie sie mit den Ponys herumtollten und dabei alles um sich herum zu vergessen schienen.

»Ich wünschte, ich könnte das auch«, sagte sie.

Er lachte. »Mit Ponys spielen? *Feel free …*«

»Nein. Ich meine, so unbeschwert sein. Das können nur Kinder, glaube ich. Einfach im Hier und Jetzt sein und … spielen. Nicht an das denken, was vorher war, und was nachher kommt. Ab welchem Alter verliert man diese Fähigkeit?«

Leopold zuckte mit den Schultern. »Ich weiß nicht. Kommt drauf an. Manche Menschen vielleicht nie.«

»Die Glückspilze!«

»Da hast du recht. Gehen wir ein Stück?«

Sie gab den Kindern ein Zeichen. Dann kletterten sie vom Zaun und spazierten gemächlich Richtung Scheune.

»Was ist das?«, fragte sie überrascht, als sie dort ankamen. Zwischen dem Gebäude und der Schweinekoppel stand ein Gerüst aus dicken Holzpfählen, an dem zwei Kinderschaukeln hingen.

»Das ist … neu.« Leopold wirkte etwas verlegen. »Die Pfähle lagen noch rum, und da dachte ich … die Zwillinge kommen so gern hierher, da wäre es doch schön, wenn sie auch mal … schaukeln könnten.«

»Hast du das ganz allein gebaut?«, erkundigte sie sich staunend.

»Na ja, mit meinem Schwager.« Er blickte sie unsicher an. »Du sagst gar nichts. Es ist … zu viel, oder? Das ist auch für meinen Neffen gedacht, also …«

»Nein, Leo. Es ist nicht zu viel. Überhaupt nicht. Ich bin nur gerade total … gerührt.« Sie schluckte. Er hatte eine Schaukel für ihre Kinder gebaut. Sie wusste nicht, was sie sagen sollte. »Es muss viel Arbeit gewesen sein. Ich meine … wow. Danke. Die beiden werden sich freuen.« Sie machte einen Schritt auf ihn zu und umarmte ihn kurz. »Danke, dass du für uns da bist, Leo. Ich bin echt froh, dass ich … dich hab.«

Er lächelte. »Du bist ja auch für mich da.«

»Immer«, sagte sie, nahm seine Hand und drückte sie.

Auf einmal wusste sie, dass er derjenige war, dessen Liebste sie sein wollte. Irgendwann. Wenn die Zeit dafür reif war.

Von weitem hörte sie die Kinder näher kommen und ließ schnell seine Hand los.

»Wir gehen es langsam an«, sagte er leise.

Sie nickte. Leopold kannte sie besser, als Sebastian es je getan hatte.

»Komm.« Grinsend deutete er auf die Schaukeln. »Die müssen noch eingeweiht werden.«

»Von uns?«

»Von wem denn sonst?«

Sie setzten sich auf die Schaukelbretter und schwangen damit so hoch sie konnten. In diesem Moment tauchten Ada und Max vor ihnen auf und sahen ihnen mit offenen Mündern zu.

»Wir wollen auch mal«, sagte Max.

»Na dann, aus dem Weg!« Leopold sprang in hohem Bogen vom Brett.

Sie lachte. Das konnte sie auch. Sie rief: »Ich schaffe weiter als du«, und sprang genau im richtigen Moment ab. Sie flog durch die Luft wie früher als Kind, und ihre Füße kamen ein Stückchen hinter denen von Leopold am Boden auf.

»Angeberin«, sagte er und grinste.

»Ätsch«, erwiderte sie und streckte ihm lachend die Zunge raus.

38. *Das Strandfest*

Zwei Monate später

Das lässt sich doch gut an, dachte Elsa, als sie die große Liegewiese am Ufer des Chiemsees überquerte. Es war kurz nach siebzehn Uhr und das Strandfest in vollem Gange. Sie blickte sich um und entdeckte weiter hinten Ada und Max inmitten eines Pulks von Kindern. Die Sommerferien waren vorüber. Die beiden waren vor knapp zwei Wochen eingeschult worden, hatten offenbar schon jede Menge Freunde gefunden und genossen das bunte Treiben. Der Badeplatz hatte sich in einen riesigen Biergarten verwandelt. Einheimische und Besucher tummelten sich vor den Ständen, an denen die Chiemgauer ihre Produkte verkauften. Der größte war der von *Feinkost Greiffenberg*. Ihre Mitarbeiterinnen Hanne und Kathi trugen Trachtendirndl und Flechtfrisuren und boten ausgesuchte Bioware an, die man ihnen regelrecht aus den Händen riss. Gleich daneben stand ein alter, rotweißer VW-Bus. Leopold Hertzinger hatte nicht zu viel versprochen. Er und sein Schwager hatten den Oldtimer wieder ans Laufen gebracht und in neuem Glanz erstrahlen lassen. Elsa blickte durch die geöffnete Schiebetür und entdeckte

Antonia, die ausnahmsweise auch ein Dirndl trug und Gratis-Aronade an die Gäste verteilte. Pauline und Leopold hatten probeweise fünfhundert Flaschen des Getränks abfüllen lassen und die Aktion in den einschlägigen sozialen Medien beworben. Vielleicht waren auch deshalb heute ungewöhnlich viele Münchener gekommen. Elsa lächelte in sich hinein. Sie war stolz auf ihre Enkelin, auch wenn sie zugeben musste, dass sie noch immer nicht hundertprozentig überzeugt war, dass ihr Weg der richtige war. Doch bisher gab ihr der Erfolg recht. Wie es aussah, war das halbe Glockenbachviertel angereist. Jede Menge junger Menschen, die bereit waren, gutes Geld für gutes Essen auszugeben.

In diesem Moment kletterten Pauline und Leopold aus dem Bulli. Er legte einen Arm um ihre Schultern und gab ihr einen Kuss. Sie hatten es noch nicht offiziell gemacht, aber es war offensichtlich: Die beiden waren inzwischen mehr als nur Geschäftspartner.

»Hut ab!«, rief sie und marschierte zu ihnen hinüber.

Leopold ließ ihre Enkelin los und lächelte ein wenig verlegen.

»Eure Aronade scheint gut anzukommen.« Sie deutete auf den Greiffenberg-Stand nebenan. »Und alles andere auch.«

»Danke, Oma.« Pauline nickte stolz.

»Danke, Frau von Greiffenberg«, sagte Leopold höflich.

Er ist wirklich ein netter Kerl, dachte sie. Und ein guter Unternehmer noch dazu. Pauline und er schienen in jeder Hinsicht gut zueinander zu passen.

»Kommt, Kinder.« Sie klatschte in die Hände. »Auf den Erfolg müssen wir anstoßen.«

»Mit Aronade?«, fragte Pauline.

»Später. Jetzt möchte ich erstmal ein Helles.« Sie wandte

sich um und marschierte an den Bierstand mitten auf der Wiese. »Grüß Gott. Drei Halbe, aber schnell, wenn's geht«, rief sie dem jungen Zapfer in Chiemseer Tracht zu.

Der wusste offenbar, wen er vor sich hatte. »Wead gmachd, gnä Frau«, sagte er und deutete einen Diener an.

Wenig später hielten sie ein kühles Helles in den Händen und stießen an.

»Prost, Frau von Greiffenberg.« Leopold streckte ihr sein Glas entgegen.

Sie schüttelte energisch den Kopf. »Für dich ab heute Elsa.«

»Oh …«

»Na, wird's bald?!«

»Prost, Elsa!« Leopold stieß sein Glas so heftig gegen ihres, dass ihnen das Bier über die Hände lief.

Jetzt spielte die Blaskapelle *Freude im Herzen*. Sie summte leise mit, und Pauline legte ihr einen Arm um die Schultern. »Ich glaube, wir haben es geschafft«, sagte sie zufrieden.

»*Du* hast es geschafft. Und es den beiden Holzköpfen dahinten gezeigt.« Elsa deutete auf Wolfgang und Ferdinand, die am anderen Ende der Theke standen und leicht missmutig die Menschentraube am Aronia-Stand begutachteten. »Kommt mal rüber!«, rief sie ihnen zu.

»Gleich, Oma!« Ferdinand winkte.

»Jetzt!«

Wie zwei kleine Sünderlein nahmen sie ihre Gläser und kamen zu ihnen getrottet.

»Hallo, Oma.« Ihr Enkel drückte ihr einen Kuss auf die Wange.

»Mutter?!« Wolfgang nahm einen großen Schluck aus seinem Glas.

»Habt ihr nicht was vergessen?«, fragte sie.

Ferdinand tat, als dächte er angestrengt nach. Dann schüttelte er den Kopf. »Nicht, dass ich wüsste …«

»Eurer Schwester beziehungsweise Nichte zu gratulieren.« Sie deutete auf den Aronade-Bulli, vor dem sich mittlerweile eine beachtliche Schlange gebildet hatte. »Ich denke, das wäre angebracht, findet ihr nicht?«

»Glückwunsch«, murmelte Wolfgang mürrisch.

Ferdinand grinste und schlug seiner Schwester auf die Schulter.

»Autsch.«

»Glückwunsch, Schwesterherz. Ich muss zugeben, dass du recht hattest. Und auch an dich herzlichen Glückwunsch, Leopold.« Er prostete den beiden zu. »Ihr hattet den richtigen Riecher.«

»Abwarten«, knurrte Wolfgang. Er war schon immer ein schlechter Verlierer gewesen.

»Bitte Platz machen!«, ertönte in diesem Moment eine laute Stimme, und kurz darauf tauchten zwei Männer in der Nähe des Bullys auf. Der Ältere trug einen Anzug, der andere – er mochte um die zwanzig sein – Jeans und T-Shirt. »Lassen Sie uns bitte durch!«, riefen sie und drängelten sich vor zu Antonia. Offensichtlich waren sie in offizieller Mission hier. Ihr Auftreten und ihre wichtigen Mienen ließen kaum einen anderen Schluss zu. Elsa reckte sich und sah, dass die beiden jetzt mit ihrer Enkelin sprachen. Antonia zeigte auf Pauline und Leopold, woraufhin die Herren Kurs auf sie nahmen. Elsa runzelte die Stirn. Was hatte das zu bedeuten?

»Grüß Gott, die Herrschaften. Wir kommen vom LGL«, sagte der Ältere wenig später und hielt Pauline einen Ausweis unter die Nase.

LGL. Das war das ›Landesamt für Gesundheit und Lebensmittelsicherheit‹. Sie hatte ihr Leben lang mit Lebensmitteln zu tun gehabt und wusste das. Und sie wusste auch, dass es selten ein gutes Zeichen war, wenn Mitarbeiter dieser Behörde unverhofft auftauchten. Was zum Teufel hatten sie hier zu suchen?

»Guten Tag, die Herren.« Elsa machte einen Schritt auf die beiden zu. »Können wir Ihnen behilflich sein?«

»Ja, in der Tat. Wer von Ihnen hat denn diese Aronade-Aktion da drüben zu verantworten?«

»Äh … das bin ich«, erklärte Pauline merklich verunsichert.

»Und ich«, meldete sich Leopold zu Wort. »Wieso? Gibt es ein Problem?«

»Ja, leider«, erklärte der Jüngere und setzte einen bedauernden Gesichtsausdruck auf. »Wir müssen Sie bitten, die Herausgabe unverzüglich einzustellen.«

»Wie bitte?« Pauline blickte ihn entgeistert an. »Ich verstehe nicht …«

»Wir haben soeben erfahren, dass die Limonade Schadstoffe enthält.«

»*What*?!«, rief Ferdinand.

»Kann nich sein!«, dröhnte Wolfgang. »Das ist alles bio hoch zehn. Wir machen nämlich neuerdings nur noch in bio«, erklärte er mit einem abfälligen Blick Richtung Pauline. »Oder etwa nicht?«

»Doch. Ja. Natürlich. Was denn für … Schadstoffe?«, fragte sie.

»Das muss ein Irrtum sein«, schaltete sich Leopold mit ruhiger Stimme ein. »Die Aronade ist tatsächlich zu hundert Prozent ein Bioprodukt. Die Ingredienzien sind ausschließlich natürlich. Keine Chemie, keine künstlichen Zusatzstoffe, kein gar nichts. Insofern ...«

»... können da gar keine Schadstoffe drin sein«, vollendete Pauline seinen Satz.

»Tut mir leid. Da liegen uns leider andere Informationen vor.« Der ältere LGL-Mann zog ein Schreiben aus der Innentasche seines Jacketts und reichte es Pauline. »Hier. Ihre Aronia-Limonade enthält PFC. Eine Chemikalie, die gesundheitsschädlich ist und sogar in Verdacht steht, krebserregend zu sein.«

»WAS?!« Pauline schüttelte den Kopf. »Das kann nicht sein. Wie soll das Zeug denn da reingekommen sein? Es ... muss sich um einen Irrtum handeln. Sie verwechseln das irgendwie ...«

»Tut mir leid. Ein Irrtum ist ausgeschlossen. Das PFC wurde im Labor eindeutig nachgewiesen«, erklärte der Jüngere.

»In was denn für einem Labor? Wir haben die Limo überhaupt nicht ins Labor gegeben!« Pauline wurde langsam hysterisch.

»Sie vielleicht nicht. Aber offenbar jemand anders.«

»Wer?«, fragte Elsa kühl.

Der Jüngere zuckte mit den Schultern. »Das können wir Ihnen leider nicht sagen. Vielleicht die Konkurrenz?«

»Mein Gott«, hauchte Pauline. »Krebserregend ...« Sie zitterte plötzlich am ganzen Körper.

»Das lässt sich sicher schnell aufklären«, versuchte Elsa, ihre Enkelin zu beruhigen, und hoffte inständig, dass sie recht behalten würde.

»Sicher«, sagte der ältere Beamte. »Nur sorgen Sie bitte jetzt für den unverzüglichen Stopp der Herausgabe.«

»Ist denn … Gefahr in Verzug?«, erkundigte sich Leopold. »Ich meine, wie hoch ist … die Belastung?«

»Nicht sonderlich hoch. Sicher kommt niemand zu Schaden, der eine Flasche dieses Getränks verzehrt. Aber trotzdem: Die Aktion muss eingestellt werden. Unverzüglich. So lautet unsere Anweisung. Und wir müssen auch eine Durchsage machen.«

»Eine Durchsage?«, fragte Ferdinand alarmiert.

»Eine Durchsage, dass die Limo nicht mehr getrunken werden sollte. Eine Art … Rückrufaktion.«

»Oh mein Gott«, hauchte Pauline. Sie sah aus, als würde sie jeden Augenblick zusammenklappen.

»Fuck!«, stöhnte ihr Bruder.

»Muss das sein?«, wandte sich Elsa kühl an die LGL-Mitarbeiter.

»Ja«, sagte der Ältere. »Tut mir leid. Es geht um die Gesundheit der Menschen hier.«

»Aber das bedeutet … unser Ende«, stammelte Pauline.

»Was für eine Scheiße!«, stieß Ferdinand hervor.

Wolfgang starrte seine Nichte fassungslos an. »Mädel, Mädel«, sagte er kopfschüttelnd und verdrückte sich Richtung Theke.

Elsa war froh, dass er wenigstens nicht noch ›Ich hab's dir doch gleich gesagt‹ hinzugefügt hatte. »Und da ist nichts zu machen?«, fragte sie sicherheitshalber noch einmal.

Die beiden Herren schüttelten unisono die Köpfe.

Sie atmete tief durch. »Dann ist das so.« Sie nickte Pauline zu, die inzwischen völlig handlungsunfähig zu sein schien. Leopold hatte einen Arm um sie gelegt und versuchte, sie irgendwie zu beruhigen.

»Ich mach das.« Schnellen Schrittes marschierte Elsa zum

Aronade-Mobil und erklärte Antonia in wenigen Worten, was los war. Dann nickte sie souverän in die Menschentraube vor dem Bulli und hob die Hand.

In diesem Moment ertönte eine Trompete. Irritiert blickte sie sich um. Benni Lechner vom Lechner-Hof hatte soeben begonnen, den Song *Lemonade* zu intonieren. Sie kannte das Lied nicht, aber Antonia hatte ihr erzählt, dass es bei TikTok viral gegangen war. Benni trug Lederhosen und ein Aronade-T-Shirt. Immer mehr Blasmusiker im gleichen Outfit tauchten nun an den unterschiedlichsten Stellen des Geländes auf. Hornisten, Tubisten, Querflötisten. Und sie alle stimmten nach und nach in die Melodie ein. Am Rand der Liegewiese brachten sich die Schuhplattler in Stellung und warteten auf den Refrain, der ihren Einsatz bedeutete. Das Publikum raunte. Handys wurden gezückt und Videos gedreht.

»Oh, mein Gott, der Flashmob!« Hektisch sprang Antonia aus dem Bulli und rannte wild gestikulierend zu Benni. »Stooop!«, schrie sie. »Abbruch!« Doch es war zu spät. Der Mob ließ sich nicht mehr bremsen.

»Alle mal herhören!« Elsa versuchte, die Musik und das Schuhplatteln zu übertönen. »Leider dürfen wir keine Limonade mehr ausgeben!«, rief sie so laut sie konnte. »Stand jetzt! Fragen Sie nicht, warum! Vermutlich ein Missverständnis!« Bedauernd hob sie die Schultern. »Behörden! Sie wissen schon! Tut mir sehr leid! Aber es wird sich alles aufklären!« Sie hatte keine Ahnung, ob ihr überhaupt jemand zuhörte, aber sie registrierte, dass jetzt auch Handyfotos von ihr geschossen wurden. Und sie erkannte einen Reporter der *Priener Nachrichten*, der ebenfalls wie wild fotografierte. Sie, Pauline und Leopold und den verdammten Flashmob. Resigniert lief sie zurück zu ihrer Familie. Sie wies Ferdinand an, sich um die Zwillinge zu kümmern, hakte Pauline unter und zog sie weg. Die Arme sollte wenigstens die Durchsage der LGL-Männer nicht hören müssen. Das alles war so schon schlimm genug.

»Ich kann jetzt nicht gehen«, protestierte Pauline. »Ich bin die Chefin. Die Kapitänin. Und Kapitäninnen verlassen als Letzte das sinkende Schiff.«

»Unser Schiff sinkt nicht«, entgegnete sie forsch. »Es ist nur in einen kleinen Sturm geraten.« Mit diesen Worten bugsierte sie ihre Enkeltochter auf den Beifahrersitz ihres Mercedes' und warf schnell die Autotür zu. In diesem Moment verstummte die Musik. »Ich bitte um kurze Aufmerksamkeit«, schallte es über den gesamten Platz. »Dies ist eine Rückrufaktion. Bitte bringen Sie alle Flaschen der Greiffenberg-Aronade an den Stand zurück und trinken Sie nicht davon. Bitte trinken Sie NICHT davon!«

Elsa kletterte auf den Fahrersitz, startete den Wagen und brauste davon.

39. Krisensitzung

Es kam ihr wie ein Déjà-vu vor, als sie einen Stuhl aus dem Esszimmer in die Bibliothek schleppte und sich setzte. Vor etwa fünf Monaten hatte sie ihrer versammelten Familie hier mitgeteilt, dass sie das Ruder der Firma übernehmen und herumreißen wollte. Für heute Abend hatte Oma Elsa spontan den Familienrat einberufen, und wie damals waren alle ihrem Ruf gefolgt. Sie hatten ihre Stammplätze eingenommen: Antonia auf der Fensterbank, ihre Mutter auf dem Sofa, Onkel Wolfgang im Sessel neben dem Barwagen und Ferdinand auf der Chaiselongue. Oma Elsa würde sich gleich ebenfalls einfinden, wie immer als Letzte, und in ihrem Ohrensessel Platz nehmen. Doch dieses Mal würde niemand Pauline erwartungsvoll anschauen, wenn sie das Wort ergriff. Stattdessen würden alle frustriert zu Boden gucken und ihr allenfalls den einen oder anderen mitleidigen Blick zuwerfen. Was verständlich war. Sie hatte es verbockt und musste auf ihre Kappe nehmen, was passiert war. Noch immer hatte sie keinen blassen Schimmer, wie die Aronia-Limonade in einem Labor hatte landen können, und noch viel weniger, warum man dort Schadstoffe nachgewiesen hatte. Sie hatte gegoogelt. PFC, das stand für per- und polyfluorierte Chemikalien, und die kamen in der Natur nicht vor. Wegen ihrer wasser-, fett- und schmutzabweisenden Eigenschaften wurden PFC bei der Herstellung von Produkten wie Kochgeschirr oder Textilien verwendet. Aber wie um alles in der Welt waren sie in die Limonade geraten? Die Flaschen waren sauber, das hatte sie bereits überprüft.

»Vielleicht durch den Kompost«, hatte Leopold vorhin gemeint, als sie ihn von zu Hause angerufen hatte. »Im Grunde ist das die einzige Möglichkeit.« Da hatte sie sich wieder an die bräunliche Flüssigkeit erinnert, die er auf das Feld gesprüht hatte, als sie dort gewesen war, um ihm Antonias Etiketten zu zeigen. Er hatte das Zeug von einem Komposthändler namens Hans Auweiler günstig bekommen. Es handele sich um reinen Biokompost, hatte der mehrfach versichert, und Leopold hatte ihm geglaubt. Was möglicherweise ein Fehler gewesen war. Ein fataler Fehler. Pauline mochte sich gar nicht ausmalen, was morgen los sein würde. Die Presse würde sich auf sie stürzen wie die Aasgeier auf eine frisch verendete Hyäne. Dass der Firma Greiffenberg beim Strandfest heute ein irreparabler Imageschaden zugefügt worden war, lag auf der Hand, auch wenn Oma Elsa das nicht wahrhaben wollte. Die Worte ›Chemikalie‹ und ›krebserregend‹ würden in den Köpfen der Leute hängenbleiben, und zwar für sehr lange Zeit. Ihrer Aronade war der Todesstoß versetzt worden, bevor sie überhaupt richtig zum Leben erweckt war, und die Katastrophe würde sicher auch auf die anderen Greiffenberg-Produkte abfärben. Pauline stöhnte innerlich. Sie hatte es geschafft, das altehrwürdige Familienunternehmen *Feinkost Greiffenberg* in kürzester Zeit zu vernichten. Der bloße Gedanke trieb ihr schon wieder die Tränen in die Augen. »Ich werde mein Bestes geben«, hatte sie ihrer Familie vor fünf

Monaten versichert. Und das hatte sie ja auch getan. Doch es hatte nicht gereicht. Im Gegenteil. Am Ende hatte Onkel Wolfgang recht behalten: Es fehlte ihr an Erfahrung. Sie war nicht wie er, misstrauisch und mit allen Wassern gewaschen, sondern hatte den falschen Leuten vertraut und Leopold einfach machen lassen. Zuerst hatte sie den Gedanken nicht zulassen wollen, weil es ja auch nichts an den Tatsachen änderte, aber er war nun mal derjenige, der den Dünger leichtgläubig gekauft und aufgebracht hatte. Er trug also mindestens eine Teilschuld, wobei sie das hier vor ihrer Familie nicht zum Thema machen würde. Letztlich hatte sie durchgesetzt, dass *Feinkost Greiffenberg* auf Bioprodukte und die Aroniabeere umstellte, wodurch auf einen Schlag Kundenvertrauen und viel Geld verloren gegangen waren. Sie dachte an ihre kleine, nicht ganz legale ›Transaktion‹, und ihr wurde umgehend flau im Magen. Sie musste alles tun, damit ihr das nicht auch noch um die Ohren flog. Nicht auszudenken, was passieren würde, wenn Sebastian davon Wind bekäme.

Zum Glück konnte sie den Gedanken nicht zu Ende denken, denn in diesem Augenblick betrat Oma Elsa die Bibliothek. Sie trug das lachsfarbene Chanel-Kostüm, das sie sich aus Anlass ihres Achtzigsten gekauft hatte, und wirkte darin erstaunlich frisch und vital. Stumm nahm sie in ihrem angestammten Ohrensessel Platz, nickte in die Runde und sagte: »Gut. Ein paar Worte von mir zur Lage …«

»Kann ich abkürzen«, unterbrach Onkel Wolfgang sie unwirsch. »Die Kacke ist am Dampfen. Gelinde gesagt.«

»Absolut«, stimmte Ferdinand ihm zu und schnalzte mit der Zunge.

Pauline senkte den Kopf und hätte sich am liebsten im Kamin verkrochen oder besser noch in Luft aufgelöst. Aus den Augenwinkeln sah sie, dass Onkel Wolfgang vorwurfsvoll und gleichzeitig triumphierend zu ihr herüberschaute. Da hob sie den Blick und sagte leise: »Tut mir leid.«

Onkel Wolfgang lachte laut auf, und sie wusste, was das hieß: ›Tut mir leid? Ernsthaft? Das ist alles? Du hast unser Geld verspielt, die Firma vor die Wand gefahren und uns in den Ruin getrieben, Pauline von Greiffenberg. Du hättest auf mich hören sollen, hast es aber nicht getan, und alles, was dir dazu einfällt, ist: TUT MIR LEID?!‹

Doch sie wusste nicht, was sie sonst sagen sollte. Ihr fehlten die Worte. Es war zu viel. Tränen stiegen ihr in die Augen. Sie schluckte, konnte aber nicht verhindern, dass sie zu schluchzen begann wie ein kleines Mädchen, das nicht weiterwusste. Da erhob sich plötzlich ihre Mutter, kam zu ihr herüber und strich ihr etwas hilflos übers Haar. So wie sie es früher gemacht hatte, als sie wirklich noch ein kleines Mädchen gewesen war. Pauline stand auf und fiel ihr in die Arme. Ihre Mutter drückte sie fest an sich, streichelte ihren Rücken und flüsterte: »Alles wird gut, mein Schatz.« Es sah nicht so aus, als würde sie damit recht behalten, doch trotzdem tat es gut, diese Worte aus ihrem Mund zu hören. Langsam beruhigte sie sich, löste sich aus der Umarmung und schenkte ihrer Mutter ein dankbares Lächeln. Dann setzte sie sich auf ihren Stuhl. Aufrecht dieses Mal. Sie musste dem Sturm trotzen. Irgendwie.

Ihre Mutter nahm wieder auf dem Sofa Platz, und Oma Elsa erhob die Stimme. »Ich habe den Familienrat nicht einberufen, damit wir uns hier gegenseitig die Schuld in die Schuhe schieben«, sagte sie schneidend. »Ich möchte mit euch besprechen, wie wir den Schaden begrenzen können. Ich gehe davon aus, dass die Presse die Sache ausschlachten wird. Wolfgang, bitte kümmere dich darum, wie wir damit umgehen wollen. Es wird Presseanfragen geben, Interviewwünsche etc.«

»Ach, ich soll jetzt die Kastanien aus dem Feuer holen, oder was?«

»Du stehst Marketing und PR vor, wenn ich richtig informiert bin. Also ist es dein Job, die Kohlen aus dem Feuer zu holen, wenn es brennt«, erklärte Oma Elsa kühl. »Sprachregelung: Wir können es uns nicht erklären. Wir haben wissentlich keinerlei Schadstoffe verwendet, arbeiten aber mit Hochdruck daran, die Sache aufzuklären. Pauline! Du, ich und Leopold werden jetzt genau das tun: die Sache aufklären. Wir werden herausfinden, wie der Schadstoff in die Limonade geraten konnte. Lag es wirklich am Kompost? Woher stammte er? Und was war da genau drin?«

Sie nickte.

»Und ihr müsst euch überlegen, wie wir mit der Limonade weiter verfahren wollen. Die bereits hergestellten Mengen dürfen nicht verkauft werden, klar. Die Frage ist, ob wir die Produktion ganz einstellen. Mir schmeckt das Zeug, aber wenn die Presse sich jetzt draufstürzt, ist der Imageschaden womöglich irreparabel.«

Sie seufzte. Ihre Großmutter hatte natürlich recht. Die Aronade rehabilitieren – das würde nicht funktionieren. Wenn es um vergiftete Lebensmittel ging, hatte der Mensch ein Elefantengedächtnis.

40. Der Anfang vom Ende

»Das war's also«, sagte Pauline leise.

Leopold nickte düster. »Sieht ganz danach aus.«

Sie standen nebeneinander im Hof des *Inselbräu* und starrten auf die meterhohe Mauer aus bordeauxroten Getränkekästen mit der Aufschrift *Greiffenbergs Aronade*. Nächste Woche hätten sie ihre Verkaufsreise in ausgewählte Super- und Getränkemärkte antreten sollen, doch daraus würde nun nichts mehr werden. Wie erwartet hatte die Lokalpresse die Geschichte von der verseuchten Limonade dankbar ausgeschlachtet. ›Greiffenbergs Aronade krebserregend‹ hatte in fetten Lettern auf der Titelseite der *Chiemgau-Zeitung* gestanden. Darunter Schnappschüsse, die sie, Pauline, mit Oma Elsa, Ferdinand oder Leopold zeigten. Und den Flashmob. ›Ironie des Schicksals‹, stand darunter. ›Priener Kapelle blies der Greiffenberg-Aronade den Marsch!‹

Doch nicht nur die regionale Presse hatte sich für das Thema interessiert. Auch in den sozialen Medien war es omnipräsent, und sogar Redakteure überregionaler Zeitungen wie *FAZ* und *Süddeutsche* hatten sich bei Onkel Wolfgang mit der Bitte um Stellungnahme gemeldet. Man konnte nur hoffen, dass er und seine Mitarbeiter es durch gute Krisenkommunikation schafften, die Firma Greiffenberg irgendwie am Leben zu erhalten.

Am liebsten hätte sie das Haus gar nicht mehr verlassen, doch es half ja nichts. Es gab so viel zu regeln und zu tun. Deshalb war sie heute Morgen mit Leopold auf die Fraueninsel übergesetzt, um gemeinsam mit Sascha Kalthoff vom *Inselbräu* über das weitere Vorgehen zu beratschlagen. Wobei es im Grunde nicht viel zu beratschlagen gegeben hatte. Sie hatten in seinem Büro gesessen und beschlossen, das zu tun, was getan werden musste: Die Unmengen an Aronade, die bereits produziert waren und in Tanks auf die Abfüllung warteten, galt es zu entsorgen. Wie beziehungsweise wohin, darum würde Sascha Kalthoff sich kümmern. Wegen der Schadstoffe war es mit einem einfachen In-den-Ausguss-Kippen natürlich nicht getan. Was mit den frisch hergestellten Kästen passieren sollte, das wollte Pauline heute noch nicht endgültig entscheiden. Vermutlich würde ihnen nichts anderes übrigbleiben, als sie schreddern zu lassen. Allein der Gedanke tat ihr in der Seele weh.

Natürlich hatte sie den Braumeister im Vorfeld gefragt, ob er irgendeine Ahnung habe, wie der Schadstoff in die Limo gelangt war, doch er konnte es sich genauso wenig erklären wie sie selbst. Das verwendete Wasser und alle anderen Zutaten waren sauber gewesen. Das hatte er alles noch einmal eingehend geprüft, wie er ihr eben zum wiederholten Mal versichert hatte.

Als alles geklärt war, was es zum jetzigen Zeitpunkt zu klären gab, hatten sie und Leopold sich von Sascha Kalthoff verabschiedet und waren in den Hof gegangen.

»Willst du sie dir wirklich noch mal anschauen?«, hatte Leopold zweifelnd gefragt.

»Ja«, hatte sie mit fester Stimme geantwortet. Sie konnte nicht anders. Sie wollte die Früchte ihrer gemeinsamen Arbeit noch einmal sehen und sich von ihrem ›Baby‹ verabschieden – auch wenn es schmerzte. Und so standen sie nun also hier und betrachteten das, was sie in den letzten Monaten geschaffen hatten.

»Mir will einfach nicht in den Kopf«, sagte sie, »dass wir die alle vernichten müssen.«

»Ich will mir das auch gar nicht ausmalen«, erwiderte Leopold bedrückt. »Wie konnte so etwas nur passieren?«

Eine Weile schwiegen sie.

»Es *muss* der Kompost gewesen sein«, sagte sie irgendwann. »Es ist die einzig logische Erklärung.«

»Ich denke auch.«

»Und du kennst ihn also, diesen Typen, von dem du das Zeug hattest?«

»Ja. Wie gesagt. Ich habe schon einige Male bei ihm gekauft. Es war immer alles in Ordnung.«

»Trotzdem.«

»Trotzdem was?«

»Es war blauäugig.«

Leopolds Miene verfinsterte sich. »Findest du? Wie sollte ich wissen, dass er mir Gift verkauft?«

»Du hättest das vorher checken müssen, Leo. Dass er das Zeug so billig angeboten hat, hätte dich doch stutzig machen müssen.«

»Er hatte eben zu viel davon. Deshalb der günstige Preis. Das ist nichts Ungewöhnliches. Ich wäre nie auf die Idee gekommen, dass mit dem Kompost irgendwas nicht stimmt. Niemand wäre das.«

Sie seufzte. »Aber als Geschäftspartner einer Firma wie

Feinkost Greiffenberg muss man so was im Vorfeld überprüfen. Erst recht, seit wir uns bio und Demeter auf die Fahne geschrieben haben. Du kannst das nicht wissen, Leo, aber auf dem Markt, auf dem wir tätig sind, wird mit harten Bandagen gekämpft. Die Konkurrenz schläft nicht. Und sie ist zu allem fähig.«

Er stutzte. »Du meinst, jemand hat das absichtlich gemacht?«

Sie zuckte mit den Schultern. »Wäre doch möglich. Vielleicht hat ja sogar jemand aus den eigenen Reihen die Finger im Spiel.«

»Jetzt geht aber die Fantasie mit dir durch.«

»Wieso? Ich hab mir mit meinen Ideen in der Firma keine Freunde gemacht, wie du weißt.«

»Denkst du … an deinen Bruder? Oder deinen Onkel Wolfgang?«

»Eher an Letzteren. Ferdinand … nein. Ihm traue ich das nicht zu. Aber Onkel Wolfgang …«

Leopold schüttelte den Kopf. »Nie im Leben. Er ist doch an der Firma beteiligt. Damit hätte er sich ins eigene Fleisch geschnitten.«

»Sicher. Aber möglicherweise ist ihm das egal. Möglicherweise will er einfach nur recht behalten.«

»Ich finde, das klingt weit hergeholt.«

»Ja? Finde ich nicht. Leo, du spielst jetzt bei den Greiffenbergs mit. Und da ist eigentlich nichts weit hergeholt. Da geht es um Geld und Macht und nicht zuletzt auch um Befindlichkeiten und alte Rechnungen.«

»Klingt wie bei *Dallas*.«

»Na ja, ein bisschen ist es auch wie bei *Dallas*.«

»Krass.«

»Klar ist das krass.«

»Wenn das so ist, dann … dann frage ich mich, ob es wirklich eine gute Idee war.«

»Was?«

»Na ja, das alles. Die Aronade mit dir zusammen zu machen. Bei den Greiffenbergs mitzuspielen. Eigentlich will ich das gar nicht. Ich bin kein *Dallas*-Typ, weißt du? Ich möchte einfach meine Arbeit machen und in Frieden leben.«

Sie spürte Ärger in sich aufsteigen. »Ach, so ist das«, sagte sie kühl. »Wenn es brenzlig wird, dann willst du das alles plötzlich nicht mehr. Es gehört aber leider dazu, wenn man erfolgreich sein möchte. Dass man Krisen durchsteht und sich nicht einfach wegduckt.«

»Tut mir leid«, sagte Leopold. »So war das nicht gemeint. Ich bin nur etwas überfordert mit der ganzen Situation.«

»Das bin ich auch.«

»Wir sollten uns jetzt nicht auch noch in die Haare kriegen, Pauline. Es ist so schon schlimm genug.«

Die Glocken der Kirche Mariä Opferung läuteten, und sie blickte auf die Uhr. Es war elf.

»Möchtest du eine Kerze anzünden?«, fragte Leopold in versöhnlichem Ton.

»Ja«, sagte sie. »Unbedingt.«

»Dann komm.«

Sie schüttelte den Kopf. »Ich … ich gehe allein«, hörte sie sich sagen und erschrak, als sie Leopolds enttäuschte Miene sah. Plötzlich tat er ihr leid. Dennoch, sie brauchte jetzt einen Moment für sich. Musste ihre Gedanken sortieren und das alles irgendwie verarbeiten. Vielleicht tat sie ihm Unrecht, doch er war nun mal derjenige, der mit dem verdammten Kompost alles ruiniert hatte, und auch wenn er es vielleicht nicht hatte ahnen können, wollte es ihr gerade nicht gelingen, ihm diesen Fehler zu verzeihen.

»Verstehe«, presste er hervor, wandte sich ab und ging grußlos davon.

Sie fuhr ohne ihn zurück nach Prien und ging dann schnurstracks ins Büro. An allen Ecken und Enden galt es Brandherde zu löschen – unter den vorwurfsvollen Blicken von Onkel Wolfgang und den mitleidigen einiger Mitarbeiter. Sie funktionierte wie ein Roboter, tat, was getan werden musste, und goss zu guter Letzt sogar noch die Geranien auf dem Fenstersims, denn die konnten ja am allerwenigsten für das Chaos. Es war schon nach neunzehn Uhr, als sie nach Hause kam. Oma Elsa und ihre Mutter überraschten sie mit ihrem Lieblingsgericht. Ratatouille. Sie aßen zusammen mit den Kindern auf der Terrasse, doch Pauline bekam kaum einen Bissen hinunter. Am liebsten hätte sie sich einfach irgendwo verkrochen, um zu weinen und zu schlafen. Und am besten nie wieder aufzuwachen. Aber das ging natürlich nicht, denn es gab ja noch Ada und Max, und die brauchten sie. Nach dem Essen spielten die beiden im Garten Federball, oder versuchten es zumindest, und sie sah ihnen eine Weile von der Terrasse aus zu. Dann war Schlafenszeit, und sie stand auf, um sie ins Haus zu holen.

»Mama!«, riefen sie wie aus einem Munde und stürmten auf sie zu. »Spielst du mit?«

Pauline ging in die Hocke und fiel beinahe hintenüber, so überschwänglich wurde sie von ihren Zwillingen umarmt.

»Biiitte!«, sagte Max.

Sie drückte die Kinder ganz fest an sich, und auf einmal kamen ihr die Tränen.

»Was hast du denn, Mama?« Max sah sie besorgt an. Seine süßen Knopfaugen musterten sie, und auf seiner Stirn bildete sich eine tiefe Falte.

»Ja, Mama. Was hast du denn?«, fragte auch Ada und streichelte mit ihren kleinen Händen ihre Wange.

»Ach, nichts«, sagte sie schnell und versuchte, unbesorgt zu klingen. Die Tränen schluckte sie hinunter.

»Du hast was, Mama. Weil du nämlich gerade geweint hast«, widersprach ihr Sohn.

»Na ja, die Firma«, gab sie zu und ließ sich im Schneidersitz auf dem Rasen nieder. Die Kinder knieten sich rechts und links neben sie. »Da ist was Blödes passiert.«

»Das mit der Limo?«, wollte Ada wissen.

Sie stutzte. »Woher weißt du das?«

»Ich hab gehört, dass Uroma Elsa und Oma darüber geredet haben.«

Sie pikste ihrer Tochter in die Seite. »Du hast deine Ohren überall, was?«

Ada grinste. »Klaro! Aber du musst nicht weinen. Uroma hat gesagt, wir haben schon viel Schlimmeres erlebt. Zum Beispiel Krieg.«

»Und dass Uropa so früh gestorben ist und Uroma dann alles ganz alleine schaffen musste«, ergänzte Max in gewichtigem Ton.

»Mhmmm«, machte sie und nahm die Zwillinge in den Arm. Wenn man das große Ganze betrachtete, hatte Oma Elsa natürlich recht. *Feinkost Greiffenberg* hatte wirklich eine bewegte Geschichte hinter sich. Viele Schicksalsschläge hatte die Familie erlitten, und immer wieder waren es die Frauen gewesen, die nicht aufgegeben, sondern gegen die widrigen Umstände angekämpft hatten, solange, bis alles wieder im

Lot war. »Ihr habt recht. Uroma Elsa hat recht. Irgendwie geht's schon weiter«, sagte sie, auch wenn sie im Moment nicht die leiseste Ahnung hatte, wie.

»Wir kriegen das schon hin, Mami.« Ada kuschelte ihr Lockenköpfchen in ihren Arm.

»Klar«, sagte sie mit erstickter Stimme, denn ihr kamen schon wieder die Tränen. Vor Erschöpfung, aber auch, weil die Kinder sie rührten. »Ja, wir kriegen das hin«, schniefte sie. »Wir haben es noch immer hingekriegt. Irgendwie.«

Die Nacht verbrachten sie zu dritt in ihrem Bett. Sie hatte sofort Ja gesagt, als Max gefragt hatte, ob sie bei ihr schlafen dürften. Die Kinder nah bei sich zu haben, beruhigte sie und gab ihr Kraft und den nötigen Abstand, um die ganze Misere aus einem anderen Blickwinkel zu betrachten. Oma Elsa, ihre Mutter und die Kinder standen fest an ihrer Seite, egal, welchen Mist sie baute. Egal, ob sie erfolgreich war oder nicht. Und das war ein Riesenprivileg. Ihre Gedanken wanderten zu Leopold. Sie nahm sich fest vor, ihn morgen anzurufen. Es war ungerecht von ihr, ihm die ganze Schuld zu geben und ihn so distanziert zu behandeln, wie sie es heute getan hatte. Sie hätte zu ihm stehen müssen, so wie Oma Elsa, ihre Mutter und ihre Kinder zu ihr standen. Plötzlich schämte sie sich. Sie vermisste ihn und fragte sich, wo er wohl gerade war. Kurz überlegte sie, ihm zu schreiben, doch dann ließ sie es bleiben. Erstmal eine Nacht darüber schlafen. Etwas Gras über die Sache wachsen lassen. Das war immer gut.

Sie drehte den Kopf vorsichtig nach rechts und dann nach links. Max und Ada waren längst eingeschlafen. Friedlich lagen sie da und atmeten genau im gleichen Rhythmus.

Langsam glitt auch sie in den Schlaf hinüber. Morgen war ein neuer Tag, und was immer er brachte, bestimmt würde er schon nicht mehr ganz so schlimm werden wie die letzten beiden Tage.

41. Aufgeflogen

Sie hatte sich getäuscht. Der neue Tag wurde nicht besser als die vorherigen. Ganz im Gegenteil.

Sie waren zu spät aufgestanden an diesem Morgen, doch mit ein bisschen Glück würden Ada und Max es noch halbwegs pünktlich in die Schule schaffen. Ihre Mutter hatte sich bereit erklärt, die beiden zu fahren. Sie waren soeben aufgebrochen. Oma Elsa war auch schon unterwegs, um im Laden nach dem Rechten zu sehen.

Sie saß noch am Frühstückstisch und checkte die Mails auf ihrem Handy, als es an der Haustür klingelte. Hoffentlich niemand von der Presse. Denen war alles zuzutrauen. Seufzend erhob sie sich, marschierte in die Diele und öffnete die Tür einen Spaltbreit. Man konnte nicht vorsichtig genug sein. Sie lugte hindurch. Kein Journalist. Trotzdem hätte sie die Tür am liebsten sofort wieder zugeschlagen. Doch Sebastian stieß sie unsanft auf und drängte sich ungefragt an ihr vorbei ins Haus.

»Sag mal, bist du von allen guten Geistern verlassen?«, zischte er. Sein Gesicht war gerötet, und die Halsschlagader trat leicht hervor.

Kein gutes Zeichen, das wusste sie. Er war auf hundertachtzig, und sofort fühlte sie sich wieder klein und unterlegen. Kurz schloss sie die Augen und versuchte, sich das Gipfelgefühl ins Gedächtnis zu rufen, doch dieses Mal wollte es sich nicht einstellen.

»Ich hab dich was gefragt!«

»Ich … ich weiß auch nicht, wie das Zeug in die Limo geraten ist«, stammelte sie und ärgerte sich im selben Moment über sich selbst. Was ging ihn das Ganze überhaupt an?

Er lachte auf. »War ja klar, dass du das verbockst. Ich hatte nichts anderes erwartet. Niemand hat das.« Er baute sich vor ihr auf wie ein wildgewordener Gorilla. »Aber davon rede ich nicht!«

»Wovon dann?« Auf einmal überkam sie eine böse Ahnung.

»Wovon dann?«, äffte er sie nach. »Ich rede davon, dass du unsere Kinder beklaust!«

Sie wurde blass. »Was meinst du?«, fragte sie schwach, obwohl sie es längst wusste.

»Wo ist das Sparguthaben?«

»W… welches Sparguthaben?«

»Stell dich nicht dämlicher, als du bist!«, brüllte er. »Das, was sie von deinem Vater zur Taufe bekommen haben natürlich. Fünfundzwanzigtausend pro Kind. Ich denke, das weißt du besser als ich.«

Ihr wurde schlecht. Sie war aufgeflogen. Aber wie konnte das sein? In ihrem Kopf rotierte es. Wahrscheinlich hatte jemand von der Sparkasse Chieming es mit dem Bankgeheimnis nicht so genau genommen. Sebastian kannte da schließlich fast jeden. Vielleicht die hübsche Vera, mit der er beim letzten Schützenfest geflirtet hatte, als gäbe es sie, Pauline, gar nicht. Natürlich. Sie musste es zufällig bemerkt und ihm gesteckt haben, dass illegal Geld geflossen war. Oder Günther, dieser Kundenberater, der im selben Segelclub war wie Sebastian. Irgendjemand musste ihm jedenfalls gesagt haben, dass seine Ex Pauline von Greiffenberg das Taufgeld der gemeinsamen Kinder auf eigene Firmenkonten transferiert hatte.

»ZEIG MIR DIE KONTEN!« Sebastians Aussprache war feucht, und ein Spucketropfen traf sie unter dem Auge.

Angewidert wischte sie ihn mit einer schnellen Handbewegung fort. »Ich … Jetzt?«

»Jetzt«, sagte er mit gedämpfter Stimme. »Wo ist dein Handy?«

Sie schluckte und ging langsam Richtung Esszimmer.

»Darf auch schnell gehen!«, blaffte er.

Sie legte einen Zahn zu, nahm das Handy vom Frühstückstisch und kehrte wie in Trance zurück.

»Öffne das Online-Banking«, zischte Sebastian.

Mit zitternden Händen gehorchte sie. Sie rief die Konten der Kinder auf und reichte ihm das Telefon, ohne auf das Display zu sehen. Sie kannte den Kontostand.

Er nahm das Smartphone, warf einen Blick darauf und gab es ihr zurück. »Einen Euro hast du ihnen also gelassen.« Er nickte anerkennend. »Großzügig von dir.«

»Ich hab mir das Geld nur geliehen«, flüsterte sie. »Ich hätte es wieder draufgebucht, sobald …«

»Sobald was? Sobald deine verseuchte Limonade es wieder eingespielt hätte?«

»Ich … ich wusste mir nicht anders zu helfen, Sebastian. Ich wollte nur das Beste. Sie dürfen doch sowieso erst darüber verfügen, wenn sie achtzehn sind.«

»Aber du darfst auch nicht vorher darüber verfügen!«,

brüllte er. »Das ist Veruntreuung, Pauline! Begreifst du das? Veruntreuung von Vermögen Schutzbefohlener!«

»Wie gesagt, ich … ich zahle es zurück. Ganz bestimmt.«

»Wie denn, Pauline? Ihr seid pleite! Blank! Bankrott! Du und dein damischer Biobauer, der gleich in die erste Falle getappt ist. Was für ein Idiot.« Er spuckte es förmlich aus.

»Falle? Wie meinst du das?«

Für einen winzigen Augenblick schien Sebastian aus dem Konzept zu geraten, er fing sich jedoch sofort wieder. »Ich meine es so, wie es ist: Ihr beiden Schwachköpfe habt das Familienunternehmen ruiniert! RU-I-NIERT! Geht das nicht in dein verdammtes Spatzenhirn?«

Sie schluckte und dachte an das, was Ada gesagt hatte. Die Worte von Oma Elsa. Dass das Unternehmen schon ganz anderes überstanden hatte. Und dass es immer irgendwie weiterging. »Das … das ist noch längst nicht ausgemacht«, flüsterte sie.

Er lachte laut auf. »Du bist wirklich noch blöder, als du aussiehst. Wie naiv kann man eigentlich sein?«

»Ich bin nicht …«

»Doch, das bist du«, unterbrach er sie. »Das Ganze wird Konsequenzen haben, meine Liebe. Darauf kannst du Gift nehmen.«

»Was meinst du damit?«

»Tja, was meine ich wohl damit?« Er machte ein gespielt nachdenkliches Gesicht und legte einen Finger an sein Kinn. »Lass mich mal überlegen …«

»Was hast du vor, Sebastian?«, fragte sie bang.

Er lächelte kühl. »Das wirst du bald erfahren, mein Schatz. Früher als dir lieb ist, schätze ich.«

42. Die Falle

Als Sebastian weg war, beschloss sie, heute nicht ins Büro zu gehen. Sie konnte sowieso keinen klaren Gedanken mehr fassen. Mittags holte sie die Kinder von der Schule ab. Sie ließ sie hinten einsteigen und fuhr los. In Gedanken versunken, steuerte sie das Auto über die Straße. Ob Sebastian ihr aus der Sache mit den Sparbüchern einen Strick drehen würde? Er hatte jedenfalls so geklungen, als würde er keine Sekunde zögern, ihr mit der Geschichte massiv zu schaden.

Max fragte etwas, aber sie hörte nicht richtig hin. »Klar, mein Engel«, murmelte sie trotzdem.

Im Rückspiegel sah sie, wie er eine Hand vor den Mund schlug und beinahe erschrocken sagte: »Wir dürfen, Ada!«

Mist, dachte sie. Sie hatte keine Ahnung, welchem Vorschlag ihres Sohnes sie da gerade so unbesorgt zugestimmt hatte.

»Was dürft ihr?«, fragte sie alarmiert.

Max rollte mit den Augen. »Heute Abend alleine eine Nachtwanderung machen?«

»Auf keinen Fall!«, sagte sie.

»Doch, Mama. Jetzt hast du es schon erlaubt.«

»Ich hab's falsch verstanden.«

»Weil du nie zuhörst!«

»Entschuldige. Ich … ich war gerade mit den Gedanken woanders.«

»Also dürfen wir jetzt, oder nicht?«, schaltete sich Ada ein.

»Natürlich nicht!«

Zwei enttäuschte Augenpaare sahen sie im Rückspiegel an.

»Nicht heute. Und nicht allein. Vielleicht mal nächste Woche, okay? Mit mir zusammen.«

»Na gut«, maulte Max. »Aber wehe, du verschiebst es wieder.«

Sie half den Kindern bei den Hausaufgaben. Als sie fertig waren, verkündeten die Zwillinge, dass sie nun gedachten, ihrem neuen Freund Paul einen Besuch abzustatten. Er wohnte nur einen Steinwurf entfernt.

»Na gut«, sagte sie. »Aber um sechs seid ihr wieder zu Hause, okay?«

»Okay«, erwiderten die beiden unisono und waren im nächsten Moment zur Tür hinaus.

Sie sah auf die Uhr und schlüpfte dann kurzentschlossen in ihre Joggingklamotten. Sie war lange nicht gejoggt und entsprechend mäßig in Form, trotzdem hatte sie das Gefühl, dass ihr ein ausgiebiger Lauf guttun würde. Sie rannte gemächlich durch den Garten hinunter an den Strand und startete von da aus zu einer großen Runde, die zum größten Teil am Wasser entlangführte. Die Airpods hatte sie wohlweislich zu Hause gelassen. Musik oder ein Podcast würde sie jetzt nur ablenken. So viele Gedankenfetzen schossen ihr durch den Kopf, doch kein einziger war greifbar oder brachte sie weiter. Sie musste versuchen, sie zu ordnen und ihre innere Mitte wiederzufinden, doch das war nicht so einfach, wenn das Leben plötzlich in weiten Teilen einem Scherbenhaufen glich, und das auch noch durch eigenes Verschulden. Sie hatte das Familienunternehmen ruiniert, den Mann, dem sie vertraute, brüskiert, das Geld der eigenen Kinder veruntreut und war mit der Aktion zu allem Überfluss auch noch aufgeflogen. Das musste man erstmal schaffen. Mit der Zeit wurde sie schneller. Das plätschernde blaue Wasser sah sie nicht, sie nahm weder die Segelboote wahr, noch den bunten Eisvogel auf dem Steg. Sie rannte, die Augen starr nach vorn gerichtet, den schmalen Pfad am Ufer entlang, und als der endete, durch das hohe, trockene Gras. Sie gab Gas. Ihr Atem war jetzt nur noch ein einziges Schnaufen. Sie spürte, wie ihre Schienbeine eine hohe Distelpflanze streiften und zu bluten begannen. Es war ihr egal. Schneller, immer schneller lief sie, und ihr Herz pochte laut. Doch sie nahm nur das dumpfe Geräusch ihrer Schritte und ihren eigenen keuchenden Atem wahr. Was, wenn ich einfach weglaufe, dachte sie. Irgendwohin, wo mich niemand kennt. Noch einmal ganz von vorne anfange, allein, am anderen Ende der Welt. Wenn nur die Kinder nicht wären. Oma Elsa, meine Mutter und Antonia. Sie lief weiter, ohne zu wissen, wie viele Kilometer sie schon zurückgelegt hatte. Sie japste und röchelte und wurde endlich etwas langsamer. Beim Einatmen machte sie ein hohes, fiependes Geräusch. Immer wieder. Sie konnte nichts dagegen tun. Ihr Körper war am Ende. Sie taumelte, stoppte, und dann wurde ihr schlecht. Ihre Hände fanden einen Baum zum Festhalten. Sie beugte sich nach vorn und erbrach sich an seinen Stamm.

»Scheiße«, stöhnte sie. »Verdammte Scheiße. Was ist mit mir los?« Sie schwankte, als sie ans Ufer ging, um sich kühles

Chiemseewasser ins Gesicht zu spritzen. Es tat gut. Erschöpft legte sie sich ins Gras und schloss die Augen.

Eins nach dem anderen, sagte sie sich, als es ihr wieder etwas besser ging, und versuchte, Struktur in ihr Gedankenchaos zu bringen.

Also, das Wichtigste zuerst. Leopold. Sie richtete sich auf, zog das Handy aus ihrer Bauchtasche und tippte eine Nachricht an ihn. Sie brauchte ewig, um ihm zu erklären, wie leid es ihr tat, dass sie ihm die Schuld an dem Drama gegeben hatte. Doch er müsse die schlimme Lage bedenken, ihren Zustand, das ganze Ausmaß der Katastrophe – und sie hoffe, er könne ihr verzeihen. Als sie endlich damit fertig war, alles, was sie ihm zu sagen hatte, in halbwegs verständliche Sätze zu packen, las sie es noch einmal sorgfältig durch, Wort für Wort, und löschte die Nachricht wieder. Dann schrieb sie: ›Ich vermisse dich‹, und drückte auf Senden. Hoffentlich vermisste er sie auch. Hoffentlich war er nicht zu gekränkt. Er konnte ja wirklich nichts dafür. Welcher Landwirt untersuchte schon Kompostproben auf PFC, bevor er das Zeug auf seinen Acker aufbrachte? In dem Moment schossen ihr auf einmal Sebastians Worte in den Kopf. Was hatte er gesagt? ›Du und dein damischer Biobauer, der gleich in die erste Falle getappt ist.‹ Falle? Wieso Falle? Und warum hatte er so merkwürdig reagiert, als sie nachgefragt hatte? Sie riss einen Grashalm aus dem Boden und wickelte ihn sich gedankenverloren um den Finger, während ihr Gehirn auf Hochtouren arbeitete. Plötzlich war sie hellwach. Konnte es sein, dass Sebastian etwas mit der Sache zu tun hatte? Dass die Falle, von der er gesprochen hatte, von ihm höchstpersönlich aufgestellt worden war? Wieder zückte sie ihr Handy, googelte wie von Sinnen und stieß schließlich auf eine äußerst interessante Information. Wenn das Zufall ist, dachte sie aufgeregt, dann fresse ich einen Besen.

Sie sprang auf die Füße und schaute sich um. Jetzt fühlte sie sich besser, auch wenn sie keine Ahnung hatte, wo sie überhaupt war. Google Maps half ihr, sich zu orientieren. Sie war über acht Kilometer gelaufen, und nach einem Blick an den Baumstamm beschloss sie, den Rückweg lieber etwas langsamer anzugehen, auch wenn sie es kaum erwarten konnte, weiterzuverfolgen, was sie soeben entdeckt hatte.

Zu Hause angekommen, ging sie als Erstes in den Garten. Ihre Großmutter schnippelte gerade an den Rosen herum. Der Gärtner hatte offenbar schlecht gearbeitet.

»Hallo!«, rief sie.

»Da bist du ja, Kind«, sagte Oma Elsa vorwurfsvoll. »Deine Mutter und ich wollten schon eine Vermisstenanzeige aufgeben.«

»Ich war laufen. Ziemlich weit laufen«, gab sie zu. »Was eine gute Idee war, denn mir kam plötzlich ein Gedanke, und ich glaube, ich weiß jetzt, wer dahintersteckt.«

Oma Elsa blickte sie verwirrt an.

»Na ja, der Kompost. Das PFC. Wusstest du, dass das Zeug unter anderem dafür verwendet wird, Papier wasser- und fettabweisend zu machen?«, fragte sie aufgeregt. »Zum Beispiel, um es dann für Pizzakartons zu verwenden? Oder Pappbecher?«

Oma Elsa starrte sie an. »Bist du sicher?«

»Absolut. Ich hab's gegoogelt. Steht überall.«

»Das ist interessant.«

»Ja, und kein Zufall. Nie im Leben. Genauso wenig, wie es Zufall war, dass die LGL-Männer genau am Tag des Strandfestes aufgetaucht sind und unseren Stand vor aller Augen geschlossen haben. Und dass die Presse schon parat stand, als hätten sie es gerochen.« Sie machte eine Pause, um Luft zu holen. »Oma, mir ist es gerade wie Schuppen von den Augen gefallen. Das Ganze ist ein abgekartetes Spiel. Verletzte Menschen verletzen Menschen – erst recht, wenn es sich um solche wie Sebastian handelt. Er packt es einfach nicht, dass ich ihn verlassen habe, und jetzt will er mir alles nehmen. Und schreckt dabei vor nichts zurück!«

Oma Elsa nickte nachdenklich. »Es passt alles zusammen«, murmelte sie. »Was ist er nur für ein Mensch? Er will dich vernichten. Dich und die ganze Familie von Greiffenberg. Ohne Rücksicht auf Verluste. Aber da hat er die Rechnung ohne den Wirt gemacht. Besser gesagt: ohne uns. Geh schnell duschen. Wir müssen los!«

»Wohin?«

»Na, zum Auweiler Hans. Dem Komposthändler. Du sagtest doch, der Dünger kam von ihm.«

»Ja. Kennst du ihn?«

»Natürlich. Ich hab schon seine Eltern gekannt. Fühlen wir dem guten Mann mal auf den Zahn.«

»Ich frage dich noch einmal, Hans: Woher hattest du den Kompost?« Oma Elsa hatte nicht lange gefackelt. Sie waren mit Paulines Mini zum Auweiler-Hof gefahren und hatten Hans am Schreibtisch seines dunkelgetäfelten Büros angetroffen. Ihre Großmutter war einfach hineingegangen, ohne anzuklopfen, und hatte sich mit ihren gerade mal eins sechzig vor ihm aufgebaut, als wäre sie der Riese Goliath. Offenbar plante sie, auf die berühmte Verhörtaktik ›guter Bulle, böser Bulle‹ zu setzen, wobei sie sich selbst letztere Rolle zugedacht hatte. Blieb für Pauline also nur, den guten Cop zu geben. Sie setzte ein freundliches Lächeln auf und sagte: »Wir wissen ja, dass Sie nichts gegen uns im Schilde führen. Wir wollen einfach nur herausfinden, wie die Chemikalie in unsere Flaschen geraten konnte. Deshalb die Frage.«

»Hans, woher?« Oma Elsa blitzte ihn wütend an.

»Setzt euch doch erstmal.« Auweiler deutete auf zwei Stühle vor seinem Schreibtisch.

»Ich stehe lieber«, sagte Oma Elsa.

Pauline nickte. Wenn das so war, dann stand sie auch lieber.

»Hans?« Ihre Großmutter ließ ihn nicht aus den Augen.

»Ja?«

»Woher? Der Kompost?«

»Ich … ich weiß es nicht mehr genau«, stammelte er. »Ich krieg ja ständig Lieferungen. Es ist lang her.«

»So lang auch wieder nicht. Am vierzehnten Juni hast du den Dünger an Leopold Hertzinger ausgeliefert. Von wem stammte er?«

»Vielleicht könnten Sie einmal in Ihrem Computer nachschauen?« Pauline strahlte ihn an, auch wenn ihr gerade absolut nicht danach zumute war.

»Richtig, Hans. Du wirst ja wohl irgendwie Buch führen über den Schmu, den du hier an unschuldige Menschen verscherbelst!«

Auweiler seufzte und tippte etwas auf seiner Tastatur. Mit gerunzelter Stirn starrte er auf den Bildschirm. »Vierzehnter Juni. Das muss der Kompost aus Rimsting gewesen sein. Vom …« Er verengte die Augen zu Schlitzen. »… Mitterer. Mitterer Horst. Mit dem arbeite ich schon ewig zusammen. Gab nie Klagen.« Er zuckte mit den Achseln.

»Und was für eine Art Kompost ist das gewesen?«

»Ja, mei, Kompost halt. Humus. Pflanzlich. Bio. Aus Getreideresten, Obst. Was weiß denn ich?«

Pauline lächelte ihn an und nickte. »Klar. Kompost eben. Setzt sich ja immer aus vielem zusammen.«

»Deine Enkelin hat's verstanden.«

»Ich hab's auch verstanden, Hans. Die Frage ist nur, wie die Chemikalie in deinen sogenannten …« Oma Elsa malte mit den Fingern Anführungsstriche in die Luft »… Biokompost geraten konnte. Mitterer heißt er also, der Bauer?«

»Ja.«

»Gut. Adresse.« Sie streckte ihm die rechte Hand entgegen.

Auweiler seufzte tief. Dann nahm er einen Notizzettel aus einer Box, kritzelte etwas mit Kuli darauf und reichte ihn ihr. »Da. Bittschön.«

»Danke. Wir werden das überprüfen. Und, Hans, wenn du uns belogen hast und der Kompost von jemand anderem stammt, dann …« Sie näherte sich mit ihrem Gesicht dem seinen. »… gnade dir Gott!«

Auweiler wich zurück. »Warum sollte ich lügen? Ich hab … die Wahrheit gesagt. Ehrenwort.«

»Das hoffe ich für dich, Hans!«

»Der lügt wie gedruckt«, sagte Oma Elsa, als sie wieder im Auto saßen.

»Glaubst du?« Sie setzte den Blinker und bog auf die Landstraße.

»Ich weiß es«, erwiderte ihre Großmutter grimmig. »Das Problem ist nur, dass wir es ihm nicht nachweisen können.«

»Na ja, wir könnten diesen Mitterer anrufen und fragen,

ob er wirklich um den vierzehnten Juni herum Kompost geliefert hat.«

»Das werden wir auch tun. Die Frage ist nur, ob es etwas bringt. Ich wette, Hans telefoniert in diesem Augenblick bereits mit ihm. Aber uns fällt schon noch etwas ein. Irgendwie kriegen wir sie dran, auch wenn sie alle unter einer Decke stecken, diese Gauner.«

Pauline seufzte. »Hoffentlich. Apropos – ich muss dir noch was sagen.« Ihre Blicke trafen sich. »Etwas ziemlich Schlimmes.« Sie schluckte.

»Schlimmer als das Aronade-Desaster kann es ja kaum sein.«

»Hm, sagen wir mal so: Durch das Aronade-Desaster ist es erst richtig schlimm geworden.«

»Ich höre.«

»Erinnerst du dich, wie ich nachts zu dir ins Schlafzimmer gekommen bin? Ich hab dich gefragt, ob du an meiner Stelle etwas … tun würdest, das die Firma rettet, aber ein klein wenig … illegal ist.«

»Ja, ich erinnere mich. Ich bin ja nicht senil.«

»Ich weiß.«

»Also, raus damit. Was hast du getan?«

»Ich habe Geld veruntreut.«

Oma Elsa schwieg. Eine ganze Weile starrte sie aus dem Fenster. »Was für Geld?«, fragte sie schließlich. »Und wie viel?«

»Das Taufgeschenk von Papa an die Zwillinge. Fünfzigtausend.«

Elsa pfiff durch die Zähne.

»Ich hatte Probleme mit dem Budget. Ich wollte es zurückzahlen, sobald die Aronade das Geld wieder eingespielt hat. Aber jetzt …«

»Weiß jemand davon?«

Sie antwortete nicht.

»Weiß jemand davon, Pauline?«

»Sebastian«, sagte sie leise. »Er hat's rausgefunden.«

»Verdammt.« Ihre Großmutter schüttelte langsam den Kopf. »Das ist nicht gut, mein Kind. Das ist gar nicht gut …«

43. *Das Einschreiben*

»Danke, Margit«, sagte Pauline und nahm den gelben, amtlich aussehenden Brief entgegen.

»Der kam per Einschreiben«, erklärte die Haushälterin knapp. »Ich dachte, er ist vielleicht wichtig.«

Pauline nickte. Sie saß mit den Zwillingen, ihrer Mutter und Oma Elsa beim Frühstück.

»Von wem ist er?«, wollte ihre Mutter wissen.

Sie suchte nach dem Absender und runzelte die Stirn. »Amtsgericht Prien.«

»Mach ihn auf.« Oma Elsa klang alarmiert.

Sie legte das angebissene Marmeladenbrötchen beiseite, öffnete den Umschlag mit einem Messer und nahm das Schreiben heraus. Schnell überflog sie es.

»Und?« Ihre Mutter sah sie gespannt an.

Sie schluckte. »Eine einstweilige Anordnung.« Noch einmal las sie den Text durch. Es dauerte einen Moment, bis sie verstand. Dann schloss sie entsetzt die Augen.

»Was ist denn, Mama?« Max sprang von seinem Stuhl und kletterte auf ihren Schoß.

»Pauline? Alles in Ordnung?«, fragte Oma Elsa besorgt.

Sie trank einen Schluck Wasser.

»Mama!«, rief Ada. »Was hast du denn?«

Sie rang sich ein Lächeln ab. »Nichts. Alles gut, mein Schatz.« Sie reichte ihrer Großmutter den Brief.

Die überflog ihn, zischte: »Dieser verdammte Mistkerl!«, und gab ihn an Therese weiter.

»Nein!«, rief die und starrte ungläubig auf das Blatt Papier.

Pauline versuchte, ihre Atmung unter Kontrolle zu bekommen. Sie konnte es einfach nicht fassen. Sebastian war wirklich jedes Mittel recht, um sie zu vernichten. Noch immer war sie fest davon überzeugt, dass er hinter der Sache mit dem Kompost steckte. Und jetzt wollte er ihr auch noch das Allerliebste nehmen, das sie hatte. Allein der Gedanke löste Panik und Übelkeit in ihr aus.

»Entschuldigt mich einen Augenblick.« Sie schob Max von ihrem Schoß, stand auf und schwankte ins Bad. Dort ließ sie sich eiskaltes Wasser über die Arme laufen und bespritzte ihr Gesicht damit. Der Schwindel legte sich trotzdem nicht. Kein Wunder. Sebastian hatte ihr gerade endgültig den Boden unter den Füßen weggezogen. Es war ihm tatsächlich gelungen, eine einstweilige Anordnung zu erwirken, die festlegte, dass er bis auf weiteres das alleinige Sorgerecht für die Zwillinge bekam. Krampfhaft hielt sie sich am Waschbecken fest. Ihre Hände fingen an zu kribbeln. Sie atmete tief ein und wieder aus.

»Pauline?«, hörte sie ihre Mutter rufen.

Die Badezimmertür öffnete sich.

»Mama, ich …«, murmelte sie. Dann wurde alles schwarz.

Langsam öffnete sie die Augen. Sie lag auf dem Sofa im Wohnzimmer. Ihre Mutter hielt ihre Beine hoch, Oma Elsa betupfte ihre Stirn mit einem feuchten Lappen. »Sie kommt langsam zurück«, hörte sie sie sagen.

»Gott sei Dank!« Ihre Mutter legte vorsichtig ihre Beine ab.

Verwirrt richtete sie sich auf. »Was ist passiert?«, fragte sie. Das Letzte, woran sie sich erinnerte, war, wie sie im Bad am Waschbecken stand.

»Du bist in Ohnmacht gefallen, Mama!« Max saß zusammen mit seiner Schwester auf der Sofakante und nahm jetzt ihre Hand.

»Geht's dir wieder besser?«, wollte Ada wissen.

»Ja, mein Schatz«, sagte sie. Allmählich kam ihre Erinnerung zurück. Der Brief fiel ihr wieder ein, und schlagartig war sie hellwach. In diesem Moment vibrierte es in ihrer Hosentasche. Sie zog ihr Handy heraus und sah, dass es Sebastian war. Abrupt setzte sie sich auf, um in den Flur zu gehen. Sie schwankte noch ein wenig, doch Max und Ada sollten nicht mitbekommen, was sie mit ihrem Vater besprach.

Sie schloss die Tür hinter sich, setzte sich auf die unterste Treppenstufe und ging ran.

»Na, schon Post gekriegt?«, fragte Sebastian.

Sie konnte kaum antworten. »Damit kommst du nicht durch«, presste sie hervor.

»Ich hole sie heute Nachmittag ab, so gegen drei. Sorg bitte dafür, dass ihre Sachen gepackt sind.«

Es schnürte ihr die Kehle zu. »Nein«, sagte sie. »Das … das geht doch so nicht. Warum hat mich niemand befragt?«

»Hast du den Anhörungsbogen etwa nicht bekommen?«

Sie dachte fieberhaft nach. »Nein?!«

»Ach. Ist ja merkwürdig …«

»Ja. Allerdings. Ich werde einen Anwalt einschalten. Das kannst du dir ja denken. Da ist das letzte Wort noch längst nicht gesprochen«, sagte sie und hoffte inständig, dass sie damit recht hatte.

Er lachte auf. »Ich scheiß auf das letzte Wort. Kannst du lesen? Der Familienrichter hat sie mir zugesprochen. Aus gutem Grund, das weißt du selbst.«

»Wie kannst du es wagen …«, flüsterte sie.

Sebastian lachte. »Du bist eine schlechte Mutter, Pauline. Du passt nicht richtig auf sie auf. Vergisst ihre Arzttermine. Beantwortest wichtige Post nicht. Und veruntreust ihr Vermögen. Die Kinder sind bei dir einfach nicht gut aufgehoben. Der Familienrichter sieht das ganz genauso. Und deshalb hole ich sie gleich zu mir.«

»Das kannst du nicht machen, Sebastian«, sagte sie verzweifelt. »Es sind *meine* Kinder!«

»Tja, aber auch *meine*. Seit heute mehr denn je.«

»Du erträgst nur nicht, dass ich dich verlassen habe!«

»Unsinn. Ich will einfach, dass es den Kindern gutgeht. Und bei dir geht es ihnen nicht gut.« Er atmete hörbar aus. »Leider.«

»Es geht ihnen nirgendwo besser als hier«, fauchte sie.

»Wie gesagt. Bei Gericht sieht man das anders.«

»Ist dir denn gar nichts heilig, Sebastian? Du willst mich fertigmachen. Auf Kosten der Zwillinge!«

Er lachte. »Dich fertigmachen? Du *bist* fertig, Pauline. Merkst du das nicht? Wir sehen uns nachher. Fünfzehn Uhr! Pack bitte ihre Taschen.«

Als sie das Gespräch beendet hatte, brach sie in Tränen aus, zwang sich jedoch einen Moment später, sich zusammenzureißen. Weinen nützte nichts. Die Zeit drängte. Sie musste jetzt handeln. Irgendetwas tun.

»Was hat er gesagt?« Oma Elsa war von ihr unbemerkt in den Flur getreten.

»Wo sind Ada und Max?«, fragte sie.

»Im Garten. Mit Therese.«

Sie nickte. »Er will sie abholen. Heute Nachmittag um drei!«

»Verdammt. Ich habe gerade schon versucht, den Anwalt anzurufen. Ich erreiche ihn nicht«, sagte ihre Großmutter.

»Vergiss den Anwalt. Sebastian scheint zu allem bereit zu sein. Er ist wie von Sinnen.«

»Dann bleibt uns nicht viel Zeit.«

»Wofür?«

»Dafür, uns selbst zu helfen. Trommel deine Geschwister zusammen. Das hier geht uns alle an.«

Sie ging in ihr Zimmer und rief Ferdinand an. Zu ihrer Überraschung erreichte sie ihn auf Anhieb. In kurzen Sätzen berichtete sie ihm von dem Einschreiben und dem Telefonat mit Sebastian. Ihr Bruder geriet völlig außer sich. »Das kann er nicht machen!«, rief er empört. »Wir werden das nicht zulassen. Ich bin in einer Stunde da, Schwesterherz. Dem zeigen wir es!«

Sie legte auf, stieg auf den Dachboden und klopfte an die Tür der kleinen Dunkelkammer. »Kann ich reinkommen?«

»Wenn's sein muss«, hörte sie ihre Schwester drinnen murmeln.

Sie schlüpfte hinein. Antonia war gerade dabei, einige Fotos, die sie zum Trocknen auf die Leine gehängt hatte, vorsichtig abzunehmen. »Gibt's was Besonderes?«, fragte sie abwesend.

»Ja«, sagte Pauline und berichtete atemlos, was geschehen war.

»Krass«, stieß ihre kleine Schwester hervor, als sie geendet hatte. »Was für ein Arsch!«

Sie nickte stumm.

»Und was machen wir jetzt?«

»Keine Ahnung. Erstmal Familienrat, sobald Ferdinand da ist.«

»Gut. Uns fällt schon was ein. Ganz bestimmt.«

Paulines Blick fiel auf einen Stapel Schwarz-Weiß-Fotos, die auf dem Tisch lagen. Sie stutzte. »Darf ich?«, fragte sie und nahm das oberste Bild in die Hand, ohne eine Antwort abzuwarten. Sah sie richtig? Sie zog ihr Telefon aus der Hosentasche, schaltete die Taschenlampenfunktion ein und richtete es auf die Aufnahme. »Wo hast du das gemacht?«

»Ähm … auf dem Auweiler-Hof. Wieso fragst du?«

44. *Viele Wege führen nach Prien*

»Ein Hoch auf uuuuns. Auf dieses Leeebääään. Auf den Moomäääänt. Der immer bleibt!« Sebastian drehte das Autoradio lauter. Er mochte das Lied und sang aus voller Kehle mit. Normalerweise machte er so was nie. Mitsingen. Im Gegensatz zu Pauline. Schrecklich schief hatte das bei ihr immer geklungen. »Kannst du bitte damit aufhören?«, hatte er sie dann gefragt, und sie hatte beleidigt ihr Gejaule eingestellt und die ganze Fahrt über nicht mehr mit ihm geredet. Beim Gedanken daran musste er lächeln. Sie war schwierig und kompliziert. Schon immer gewesen. Was darin gegipfelt hatte, dass sie ihn verlassen hatte. Aber bald würde sie zu ihm zurückkommen. Er war in Hochstimmung und auf dem Weg nach Prien. Es würde ein triumphaler Auftritt werden. Das alleinige Sorgerecht für die Kinder – er hatte selbst nicht geglaubt, dass das klappen könnte, doch dann war es einfacher gewesen als gedacht. Pauline hatte ja die Freundlichkeit besessen, ihm in die Karten zu spielen. Erst war Max verschwunden und sie angetrunken. Dann hatte sie die Untersuchung beim Kinderarzt verbaselt, was bei Familienrichtern gar nicht gut ankam. Und schließlich … Er lachte laut auf. Schließlich hatte sie ihm den Gefallen getan, das Vermögen der Kinder zu veruntreuen. Besser hätte es nicht laufen können, denn in Summe hatte das locker für eine einstweilige Anordnung gereicht. Dass er der Bürgermeister von Chieming war und der Richter Mitglied im selben Segelclub wie er, hatte am Ende wohl auch nicht geschadet.

»Tja, Paulinchen«, murmelte er. »Du hättest es wissen können. Einen Sebastian Dandlhofer verlässt man nicht so einfach.« Nun hatte er sie wieder in der Hand, und er würde ihr klarmachen: entweder die Kinder gemeinsam mit ihm oder keine Kinder. So sah's aus. Sie hatte mit dem Feuer gespielt. Wie ihre Namensvetterin im *Struwwelpeter.* Dabei wusste sie doch, wie die Geschichte ausging. *›Paulinchen hört die Katzen nicht! Das Hölzchen brennt gar hell und licht.‹*

Andreas Bourani hatte sein Hoch auf uns beendet und Sebastian sein Ziel fast erreicht. Noch eine Kurve. Da war es schon, das Ortsschild. In gut fünf Minuten stünde er vor der Greiffenberg-Villa, sagte das Navi.

›Doch weh! Die Flamme fasst das Kleid, die Schürze brennt; es leuchtet weit.‹

Er beschloss, es in vier Minuten zu schaffen, und gab Gas. Blitzer gab es hier keine. Auch keine mobilen. Wenn es so gewesen wäre, hätte er es als Erster erfahren.

›Es brennt die Hand, es brennt das Haar, es brennt das ganze Kind sogar.‹

Ach, Paulinchen. Du bist so dumm. Er hatte es im Guten versucht. Wie oft hatte er sie gebeten, zurückzukommen. Aber wie hieß es so schön: Wer nicht hören will, muss fühlen. Und fühlen, das würde sie gleich. Und zwar sich selbst ziemlich mies. Er konnte es kaum erwarten, vor den Augen Elsas und der anderen anwesenden Greiffenbergschen Familienmitglieder die Zwillinge ins Auto zu verfrachten. »Sagt

Tschüss zu Mami. Sagt Tschüss zu Omi und Uromi. Ihr werdet sie eine ganze Weile nicht sehen …« Er schmunzelte und nahm die nächste Kurve in atemberaubendem Tempo. »Verdammt!«, zischte er. Warum zur Hölle stand da ein Traktor mit Anhänger quer und blockierte die ganze Straße? Reflexartig stieg er in die Eisen. Die Bremsen kreischten, der Wagen schlingerte. Gerade noch rechtzeitig brachte er den SUV zum Stehen. »Das war knapp«, murmelte er und drehte das Radio leiser. Er brauchte einen Moment, um sich von dem Schreck zu erholen. Dann sprang er aus dem Wagen. Eine korpulente Frau in Jeans und Karohemd kletterte vom Traktor herunter. Sebastian erkannte sie sofort. Burgi Kaltenberg von der Kaltenberger Mühle.

»Grüß dich, Sebastian«, rief sie ihm zu. »Hier kannst du nicht vorbei. Ich hab ne Panne.«

»Ernsthaft?« Er warf einen Blick auf seine Armbanduhr. Das mit den vier Minuten konnte er knicken. Er würde deutlich länger brauchen, wenn er jetzt wegen Burgi einen Umweg fahren musste. Wut stieg in ihm hoch. Nur mit Mühe schaffte er es, sie unter Kontrolle zu bringen.

»Aber fahr ruhig. Mein Mann, der Egon, ist schon auf dem Weg.«

»Sicher?« Sebastian hatte nicht die geringste Absicht gehabt, Burgi Hilfestellung zu leisten, aber es schadete ja nicht, so zu tun, als ob.

»Ja, sicher. Kannst halt nur nicht vorbei.«

»Na gut, dann nehme ich halt die malerische Route. Durch die Felder«, erwiderte er angestrengt freundlich.

»Mach das. Gute Fahrt!« Burgi winkte zum Abschied und kletterte wieder auf ihren fahruntüchtigen Traktor.

Sebastian stieg in sein Auto, wendete und fuhr zurück.

Nach etwa zwei Kilometern bog er in einen Feldweg ab. Viele Wege führten nach Prien, und er kannte die Gegend besser als seine Westentasche. Wie jeder, der hier groß geworden war. Er gab wieder Gas. Der Forstweg zwischen den Feldern war zwar steinig und voller Schlaglöcher, doch wozu hatte man einen SUV? Er warf einen Blick in den Rückspiegel und sah, dass er eine riesige Staubwolke aufwirbelte. Pfff ... nicht sein Problem. Er wollte jetzt nur noch ans Ziel kommen. Und zwar so schnell wie möglich. Seine Laune besserte sich ein wenig, und er drehte das Radio wieder lauter. »Under my umbrella, ella, ella«, sang Rihanna. »Eh, eh, eh, eh, eh, eh«, sang Sebastian. »Ja, steh ich denn im Wald?!«, brüllte er, schlug mit der rechten Hand so kräftig aufs Lenkrad, dass es schmerzte, und ging erneut voll in die Eisen. Wieder kam er nur knapp vor dem Hindernis zum Stehen – dieses Mal war es ein Absperrgitter. Wieso zum Teufel stand das hier, mitten in den Karpaten? Er sprang aus dem Wagen, mit geschwollenem Kamm und Schnappatmung. Wütend blickte er sich um. Einige Leute liefen geschäftig umher. Sie hatten Walkie-Talkies in den Händen und Namensschilder um den Hals. Einer brüllte: »Geht gleich weiter!«, ein anderer: »Bitte bereitmachen!« Was zum Teufel ging hier vor? Dann tauchte plötzlich Ferdinand auf. Was machte der denn hier?

»Sebastian, grüß dich.« Er grinste sein blödes Skilehrergrinsen. »Na? Wohin des Weges?«

Als wenn der das nicht wüsste. Mittlerweile dürfte sich selbst bis zu ihm herumgesprochen haben, was Sache war.

»Lass mich durch«, blaffte er.

Ferdinand zuckte mit den Achseln. »Sorry. Hier ist Vollsperrung.« Er deutete auf das Gitter. »Wir drehen. Und das kann dauern.«

»Alles auf Anfang!«, rief jemand aus der Ferne.

»Du, sorry, ich muss …« Ferdinand setzte eine bedauernde Miene auf und wandte sich zum Gehen.

»Und wie komme ich jetzt nach Prien? Die Landstraße ist auch dicht!«, schrie Sebastian hinter ihm her.

»Keine Ahnung. Kann das Ding nicht fliegen?« Lachend deutete sein Schwager auf den inzwischen völlig verstaubten SUV und verschwand.

Sebastians Hochstimmung hatte sich jetzt endgültig verflüchtigt. »So eine verdammte Scheiße«, fluchte er leise vor sich hin, während er seinen Wagen wendete. Er überlegte. Ein paar Wege gab es noch nach Prien – wenn auch beschwerliche. Zum Beispiel den über den Berg. Erst die Serpentinen hoch und dann auf der anderen Seite wieder hinunter. Mühsam und lang, aber was sollte er machen? Ein Blick auf seine Rolex verriet ihm, dass es inzwischen halb vier war. Er hasste es, zu spät zu kommen. Erst recht heute! Mit Tempo achtzig raste er den Feldweg zurück, bog rechts auf die Landstraße ab und fuhr dann nach links in einen Waldweg. Nach wenigen Kilometern wurde die Straße steil, kurvig und unwegsam, und der SUV kroch den Berg mehr hinauf, als dass er fuhr. Als Sebastian fast oben war und die Fahrbahn nur noch ein Feldweg, traute er seinen Augen nicht. Auf dem Weg stand eine riesige Kuhherde. Mittendrin eine junge Sennerin mit braunen Locken, Shorts und Gummistiefeln. »Wollt ihr mich verarschen?«, murmelte er. Er hielt an, ließ die Scheibe runter und lehnte sich hinaus. »Nimm mir die verdammten Viecher aus den Augen!«, brüllte er. Die Sennerin sah ihn erschrocken an. Vielleicht hätte er nicht ganz so laut schreien sollen, aber sei's drum. Er war sauer. Stinksauer. Und er hatte allen Grund dazu.

Die junge Frau lächelte nervös. »Die rühren sich nicht vom Fleck«, erklärte sie und machte keinerlei Anstalten, irgendwas zu unternehmen. »Kühe sind sturer als Esel, wissen Sie?!«

Jetzt reichte es ihm. Er stieg aus. »Das werden wir ja sehen!«, polterte er. Langsam dämmerte ihm etwas. Das hier war kein Zufall. Es war … eine Verschwörung. Eine Verschwörung gegen ihn. Das hatten die Greiffenbergs sich ja fein ausgedacht. Alle Wege versperren, damit er nicht zu den Kindern kam. Wahrscheinlich steckte die Queen von Prien dahinter. Aber so was ließ ein Sebastian Dandlhofer nicht mit sich machen. Fehlte noch, dass er sich von ein paar stumpfsinnigen Kühen ins Bockshorn jagen ließ. Er brach einen Ast von einem Baum ab und begann, wie von Sinnen auf eins der Tiere einzudreschen.

»Tun Sie das nicht!«, rief ihm die blöde Sennerin zu.

Doch er hörte nicht auf sie. Er brauchte Platz, und den würde er sich jetzt verschaffen. Kostete es, was es wollte.

»Seien Sie vorsichtig!«, warnte ihn das Weib mit den Gummistiefeln, als er versuchte, ein Kalb mit aller Kraft wegzustoßen. »Jungtiere stehen unter dem Schutz der ganzen Herde.«

»Ach ja?«, höhnte er. »Das wird sich gleich zeigen.«

In diesem Moment senkten ein paar Kühe ihre Köpfe. Eine muhte aus Leibeskräften, und dann schoss sie pfeilschnell auf ihn zu.

45. *Die Flucht*

»Mama, ich kann nicht mehr«, maulte Max.

Sie griff nach seiner Hand. »Ist nicht mehr weit.«

Ada schritt wacker voran. »Nur noch ein paar Minuten«, erklärte sie. Obwohl sie kaum fünf Minuten älter war als ihr Bruder, ließ sie bei Bedarf gerne die große Schwester raushängen.

»Komm, gib mir mal deinen Rucksack.« Leopold nahm Max das Gepäck vom Rücken und lud es sich selbst auf, obwohl er schon wie ein Packesel beladen war.

Sie wussten nicht, wie lange sie bleiben würden, deshalb hatte Pauline lieber großzügig gepackt. Nachdem der Familienrat getagt hatte, war sie in ihr Zimmer gestürmt, hatte zwei große Reisetaschen aus dem Schrank geholt und alles hineingestopft, was ihr nützlich erschien. Zwischendurch hatte sie mehrmals versucht, Leopold zu erreichen. Seit ihrem Streit hatten sie sich nicht mehr getroffen, aber er hatte auf ihre WhatsApp geantwortet, die sie ihm während ihres Joggingausflugs geschickt hatte. ›Du fehlst mir auch. Sehr sogar‹, hatte er geschrieben, und das hatte sie hoffen lassen, dass er nicht mehr böse auf sie war. Und er war nicht mehr böse. Als er endlich ans Telefon ging, begrüßte er sie freudig. Doch sie hatten keine Zeit, Nettigkeiten auszutauschen. Pauline erzählte ihm in kurzen, abgehackten Sätzen von der einstweiligen Anordnung und von dem, was sie auf Antonias Foto entdeckt hatte. Anschließend erklärte sie ihm den ausgeklügelten Plan, den sie in der Bibliothek in aller Eile geschmiedet hatten. »Großartig«, hatte er gemeint und sofort alles stehen und liegen lassen. Knapp eine halbe Stunde später parkte er den alten Bulli in der Einfahrt. »Der Passat ist in der Werkstatt«, sagte er entschuldigend, als sie mit den schweren Reisetaschen hinauskam, um ihn zu begrüßen. »Zum Glück hatte ich die Sitze schon wieder eingebaut.«

»Ich hoffe, mit dem alten Ding kommen wir die Berge hoch. Vielleicht nehmen wir doch besser den Mini?«

»Zu klein.« Leopold deutete auf das Gepäck. »Das kriegen wir da nicht alles rein. Aber keine Sorge. Der alte Junge hier hat schon ganz andere Strecken geschafft.«

In Windeseile luden sie die Kinder ein, verabschiedeten sich von Oma Elsa, ihrer Mutter, Antonia und Ferdinand und brausten los. Schnellstmöglich raus aus der Stadt.

Aber sie hätten sich gar nicht so zu beeilen brauchen. »Prien ist eine Festung«, schrieb Oma Elsa ihr irgendwann per WhatsApp. Sie, ihre Mutter und ihre Geschwister hatten alles dafür getan, um ihnen freien Abzug zu gewähren. Die Blockaden waren errichtet und sämtliche Zufahrten und Zugänge zur Villa versperrt. Sogar der über den Strand, dafür hatten Antonia, Hendrik und ihre Freunde gesorgt. Die Priener vom Zuliefererstammtisch und ihre Familie – sie alle hatten bereitwillig mitgezogen und sich überall dort in Stellung gebracht, wo Sebastian sich einen Weg hätte bahnen können. Und dafür war sie unendlich dankbar. Es war ein tolles Gefühl, wenn so viele Menschen hinter einem standen. Während ihr Ex verzweifelt versuchte, zu Ada und Max zu kommen, hatten sie Prien längst verlassen. Sie hatten sogar noch einen kleinen Abstecher zu Gustav machen können, um ihn um einen kleinen Gefallen in eigener Sache zu bitten. Nun befanden sie sich auf dem Weg zur Greiffenbergschen Skihütte auf der Winklmoosalm bei Reit im Winkl. Hier würde Sebastian sie erstmal nicht vermuten, und sie hätten Zeit, sich um alles Weitere zu kümmern. Ihre Familie, die in der Villa die Stellung hielt, würde den Rest erledigen.

Der alte Bulli war zwar langsam, aber zuverlässig die Berge hinaufgekrochen. Nur das allerletzte Stück des Weges war nicht befahrbar, weshalb sie es zu Fuß zurücklegen mussten.

Als sie endlich oben ankamen, rief Max: »Wir haben es geschaaaafft!«

Sie musste lachen. Ihr Sohn klang, als hätten sie soeben den Mount Everest erklommen.

Er warf sich rücklings ins Gras, verschränkte die Arme hinter dem Kopf und schaute in den Himmel. »Boah, ist das schön hier.«

Und da hatte er recht. Es war wirklich schön hier oben. Die Berghütte war zwar alt, aber gemütlich. Sie hatte grüne Fensterläden, verfügte über einen Kamin und konnte mindestens zehn Personen beherbergen. Sie war einsam gelegen und umgeben von saftig grünen Blumenwiesen. Am Horizont sah man Berge mit schneebedeckten Spitzen, und nur ein paar Meter entfernt plätscherte ein Bach. Wenn man Glück hatte, konnte man Forellen springen sehen. Sie fragte sich, warum sie die Hütte eigentlich so selten nutzten. Meist verbrachte ihre Familie die Weihnachtstage hier oben, aber im Sommer kam fast nie jemand herauf.

Leopold ließ das Gepäck neben sich auf den Boden plumpsen und blickte sich um. »Was für ein zauberhafter Ort«, murmelte er.

Sie trat zu ihm, und nach kurzem Zögern umarmte sie ihn. »Danke, dass du mitgekommen bist«, sagte sie.

»Ich bin froh, dass du mich gefragt hast.«

Sie ging um die Hütte herum, hob einen hölzernen Kübel an und zog einen rostigen Schlüssel darunter hervor. Damit schloss sie die Tür auf und betrat die Stube, in der es warm war und nach altem Holz roch. Sie öffnete sämtliche Fenster und räumte die Lebensmittel ein, die sie mitgebracht hatten. Draußen hörte sie Leopold mit den Kindern herumtollen und beschloss, dass es ein guter Zeitpunkt war, mit der Polizei in Rosenheim zu telefonieren. Sie wählte die Nummer und hatte zu ihrer Überraschung sogar ein gutes Netz. Nachdem sie dem Beamten am anderen Ende der Leitung erklärt hatte, worum es ging, erzählte sie ihm von ihrem Verdacht, dass ihnen Papierschlämme wissentlich und illegalerweise als Biodünger verkauft worden waren und dass niemand anders als ihr Noch-Ehemann Sebastian Dandlhofer dahinterstecken konnte. Der Kriminalbeamte reagierte zunächst ungläubig, doch dann schickte sie ihm per SMS Antonias Foto aus der Reihe ›Landleben‹, das sie in weiser Voraussicht abfotografiert hatte. Es zeigte neben zwei riesigen Silos im Hintergrund einen Tanklaster. Er bog gerade in einen Hof ein. Den Hof des Komposthändlers Auweiler. Sie hatte das Anwesen sofort erkannt, genauso wie den Tanklaster. Deshalb hatte sie Antonia gebeten, die Fotografie zu vergrößern. Und als ihre Schwester damit fertig war, gab es keinen Zweifel mehr, denn nun war das amtliche Kennzeichen des Tanklasters deutlich zu erkennen: RO–DP-1512. RO für Rosenheim. DP für Dandlhofer Papier GmbH. 1512 für Sebastians Geburtstag. Das konnte kein Zufall sein, da war sie sich sicher. In diesem Tanklaster hatte sich Papierschlamm befunden, ein Abfallprodukt der Papierindustrie, das seit einem Umweltskandal im Badischen nicht mehr als Dünger verwendet werden durfte – wegen der Belastung mit PFC. Der Kriminalbeamte versprach, der Sache nachzugehen und gegebenenfalls Ermittlungen einzuleiten. Alles sprach dafür, dass er und seine Kollegen herausfinden würden, was sie vermutete, nämlich dass Sebastian den Aronade-Supergau wissentlich verursacht und zu verantworten hatte.

Am Abend, nachdem die Kinder in ihren gemütlichen Holzkojen eingeschlafen waren, setzten sie und Leopold sich auf die kleine Bank vor der Hütte. Über ihnen der sternenklare Himmel, neben ihnen ein Glas Wein. Pauline hing ihren Gedanken nach und Leopold anscheinend auch.

»Es tut mir leid«, sagte sie irgendwann.

»Was?«

»Na ja … unser Streit. Was ich gesagt habe. Dass ich dir die Schuld gegeben habe.«

»Schon gut.« Er nahm ihre Hand. »Es war eine besondere Situation. Eine besonders schlimme. Du warst einfach außer dir. Und ich auch. Also – vergeben und vergessen.«

»Wirklich?«

Er drückte ihre Hand und wandte ihr das Gesicht zu. »Ja, wirklich.« Wieder schwiegen sie eine Weile. »Ich hab dich vermisst«, sagte er schließlich leise und umarmte sie fest.

»Ich dich auch«, flüsterte sie.

Sie saßen lange so da, eng umschlungen auf der kleinen

Bank, und guckten in den Himmel, der so unfassbar klar war, dass man mehr Sterne sehen konnte als sonst irgendwo.

»Einer leuchtet heller als die anderen«, stellte Leopold fest.

»Leucht*ete*«, sagte sie.

Er sah sie fragend an.

»Wusstest du das? Sie sind so weit weg, dass ihr Licht Jahre braucht, bis es bei uns ankommt. Manchmal sogar Jahrhunderte. Je nachdem …«

»Komischer Gedanke.«

»Finde ich auch. Gut möglich, dass es einige von den Sternen da oben schon gar nicht mehr gibt.«

»Verrückt. Aber irgendwie auch … tröstlich. Wenn du das so sagst, kommen mir unsere geschäftlichen Sorgen dagegen winzig klein vor.«

»Mir auch. Im großen Kontext der Weltgeschichte sind sie … nichts. Was es irgendwie leichter macht.«

Er nickte und drückte sie an sich. »Wir lassen uns nicht unterkriegen. Irgendwie geht es weiter.«

»Ja! Von Sebastian lasse ich mir meine Träume nicht zerstören. Nie mehr!«

»Nie mehr? Hat er denn schon einmal einen Traum von dir zerstört?«

»Einen?« Sie runzelte die Stirn. Bisher hatte sie noch niemandem anvertraut, wie es mit Sebastian wirklich gewesen war. Was sie durchgemacht hatte. Doch in diesem Augenblick verspürte sie plötzlich das Bedürfnis, sich alles von der Seele zu reden. Leopold gab ihr das Gefühl, dass das, was sie so lange für sich behalten hatte, bei ihm in guten Händen wäre. Mehr noch, dass er ihr helfen könnte, es hinter sich zu lassen. Sie schaute in den Himmel, den es so gar nicht mehr gab, sah dann Leopold an und beschloss, aus der Zeit, die ihnen hier auf der Erde geschenkt wurde, das Beste zu machen. Sich alles von der Seele zu reden, wäre ein guter Anfang.

»Als ich ihn kennengelernt habe«, begann sie zögerlich, »damals, an der Uni … da konnte ich mein Glück nicht fassen. Nie zuvor hatte ich einen Mann gekannt, der so aufmerksam, zuvorkommend und perfekt war. Er hat mich auf Händen getragen, mir jeden Wunsch von den Lippen abgelesen und mir schon nach zwei Wochen gesagt, dass er mich irgendwann heiraten will. Er wollte mit mir die Welt bereisen, die tollsten Abenteuer erleben und Kinder mit mir haben. Er war wahnsinnig charmant. Und unternehmungslustig. ›Ich hab uns Flüge gebucht. Morgen geht's los‹, hat er manchmal gesagt. Und dann flogen wir los, nach Paris, Rom oder Sansibar, übernachteten in kleinen, romantischen Hotels und hatten eine unglaubliche Zeit.«

»Das will ich gar nicht so genau wissen«, murmelte Leopold und drückte ihre Hand.

»Entschuldige. Na ja, so war er eben. Immer für eine Überraschung gut. Aber dann …« Sie verstummte.

»Dann?«

»… stellte sich heraus, dass er wahnsinnig eifersüchtig war. Wenn ich einen anderen Mann auch nur angesehen habe, hielt er mir das vor, oft tagelang. Er war sauer, wenn ich meine Freunde traf. Sogar meine beste Freundin Hanne konnte ich nicht mehr sehen, ohne dass er ein Riesendrama daraus machte. ›Du liebst mich nicht. Du willst dich immer nur mit anderen treffen!‹ Es war schon … krank. Irgendwann habe ich mit ihm geredet. Hab ihm gesagt, dass das so nicht weitergeht. Da hat er sich reumütig gezeigt und Besserung gelobt. Ich hab ihm geglaubt, und für eine Weile ging es dann auch. Dann wurde ich schwanger.«

»Ungewollt?«

»Ja. Klar. Ich hätte schon gern vorher mein Studium zu Ende gebracht. Und dann eine Weile gearbeitet, um Berufserfahrung zu sammeln. Deshalb war ich zuerst auch ziemlich geschockt. Im Gegensatz zu Sebastian.«

»Er hat sich gefreut?«

»Gefreut ist gar kein Ausdruck. Er war hin und weg. Der Heiratsantrag folgte auf dem Fuße, und wir feierten eine Märchenhochzeit.«

Leopold nickte. »Ich hörte davon.«

»Dann kamen die Zwillinge. Der Alltag war super anstrengend. Sebastian hat viel gearbeitet, und wenn er nach Hause kam, wollte er, dass ich für ihn da war. Dass ich Essen gekocht hab und ihm zuhöre, was er den Tag über so erlebt hat. Nur, mit Zwillingen im Kleinkindalter – da ist man froh, wenn man den Tag irgendwie überlebt. Ich war abends oft todmüde und wollte einfach nur schlafen. Das hat ihn sauer gemacht. Manchmal ist er sogar richtig ausgerastet.«

»Gott!«

»Ja. Er wurde zunehmend cholerisch.« Sie schluckte. »Einmal habe ich die Kinder eingepackt und mich nachmittags mit Hanne getroffen. Wir hatten uns lange nicht gesehen und haben völlig die Zeit vergessen. Als ich nach Hause kam, war er schon da und hat mich angeschrien, ich sei zu nichts nutze, würde nichts auf die Reihe kriegen und nur an mich denken. Dann hat er mich am Arm gepackt und mich gegen den Kühlschrank geschleudert. Ich hab mir den Kopf angeschlagen und sogar geblutet.«

»Mein Gott, Pauline.« Leopold schüttelte fassungslos den Kopf.

»Ich glaube, er war selbst geschockt. Am nächsten Tag hat er ungefähr zwanzig Mal um Verzeihung gebeten und hoch und heilig versprochen, dass so etwas nie wieder vorkommen würde. Aber ...«

»Es ist wieder vorgekommen?«

»Ja, solche Ausraster hatte er immer wieder, und ein paar Mal ist er ...«

»Gewalttätig geworden?«

Sie nickte.

»Ich fasse es nicht«, presste Leopold hervor.

»Ich weiß, was du jetzt denkst. Warum ist sie bei ihm geblieben? Warum hat sie ihn nicht sofort verlassen? Tja, das wollte ich eigentlich auch, aber er hat sich eben jedes Mal entschuldigt und mich angefleht, ihm zu verzeihen. Was ich getan habe. Nicht zuletzt wegen der Kinder. Nach einer Weile hatte ich gar nicht mehr die Kraft und das Selbstvertrauen, ihn zu verlassen. Er hat mich ... klein gemacht. Immer wieder. Und irgendwann habe ich ihm geglaubt. Dass ich nichts alleine kann. Dass ich ohne ihn verloren wäre.«

»Du? Verloren? Das kann ich mir überhaupt nicht vorstellen.«

»Jetzt kann ich das auch nicht mehr. Aber zu der Zeit ... Man muss es nur oft genug hören. Irgendwann glaubt man es. Ich habe mir im Laufe der Jahre immer weniger zugetraut. Nicht mal mehr das Schwimmen.«

»Früher in der Schule warst du eine gute Schwimmerin.« Er lächelte bei der Erinnerung. »Immer die Erste im Wasser mit deinem knallroten Badeanzug.«

»Das weißt du noch?« Sie sah ihn überrascht an.

»Klar. Jeder weiß das noch. Jedenfalls jeder, der heimlich in dich verknallt war.« Er grinste. »Und wer war das nicht?«

Sie stieß ihm sanft den Ellbogen in die Rippen. »Du spinnst!«

»Nein, tue ich nicht.«

Ihr kam der Abend in den Sinn, als Leopold ihr den Schuh aus dem Wasser gefischt hatte und sie zum Baden überreden wollte. Was ihm nicht gelungen war. »Na ja, dass ich nicht mehr geschwommen bin, das … das war, weil …«

»Weil?«

Sie schloss die Augen, und die Erinnerung holte sie wieder ein, obwohl es schon Jahre her war.

Es war ihr dritter Hochzeitstag, und es lief gerade mal wieder ganz gut zwischen ihnen. Sebastian hatte einen Babysitter organisiert und sie zu einem nächtlichen Badeausflug an den See entführt. Er konnte wirklich sehr romantisch sein, wenn er wollte – trotz allem. Sie schwammen zu zweit hinaus, bei Vollmond und sternenklarem Himmel. Beste Voraussetzungen, wenn man verliebt war. Doch irgendwie kam es trotzdem zum Streit. Ihr war kalt. Er wollte weiterschwimmen. Ein Wort gab das andere. Sebastian war beleidigt und wurde schließlich wütend. Er legte seine Hand auf ihren Kopf und drückte sie unter Wasser. »Hör auf damit«, keuchte sie, als sie wieder an die Oberfläche kam. Sie hasste es, untergetaucht zu werden. Sebastian machte trotzdem weiter. Immer wieder drückte er sie unter Wasser.

»Lass das!«, schrie sie irgendwann panisch.

Doch er hörte einfach nicht auf. »Verstehst du keinen Spaß?«, fragte er und hielt sie beim nächsten Mal sekundenlang unten.

Sie fing an, wie wild um sich zu schlagen. In ihrem Kopf drehte sich schon alles, als er sie endlich wieder hoch ließ.

»Mimose, Mimose!« Er lachte.

»Hör auf!«, schrie sie.

»Macht doch Spaß«, meinte er und machte weiter, immer weiter.

Irgendwann röchelte sie nur noch, hustete und weinte.

Da ließ er endlich von ihr ab. Schluchzend und keuchend schwamm sie mit letzter Kraft an Land und legte sich bäuchlings auf den kalten Rasen. Sie zitterte am ganzen Leib und weinte hemmungslos.

»Das war das letzte Mal, dass ich im Wasser war«, schloss sie ihre Erzählung. »Bis zu dem Tag, als ich mit dir zusammen das Kälbchen gerettet habe.«

»Das ist eine furchtbare Geschichte, Pauline.« Leopold war sichtlich schockiert. »Es ist … absolut krank. Er muss verrückt sein.«

»Ja. Ich denke, er hat eine Art … Persönlichkeitsstörung.«

»Vielleicht ist er Narzisst.«

»Ja, könnte sein.«

»Und die Kinder? Hat er …«

Sie schüttelte den Kopf. »Nein, zum Glück hat er ihnen nie etwas getan.«

»Er darf sie trotzdem nicht bekommen. Auf keinen Fall. Und so schwer es für die beiden ist: Er sollte nicht einmal ein Umgangsrecht haben.«

Sie nickte. Leopold hatte recht. Sebastian war unberechenbar, gefährlich. Sie konnte selbst nicht fassen, dass sie das erst jetzt so richtig verstand. Jahrelang hatte sie die Augen davor verschlossen. »Ich werde das alles vor Gericht zu Protokoll geben, wenn es um das Sorgerecht geht. Es wird mir wohl nichts anderes übrigbleiben.« Sie lehnte ihren Kopf an seine Schulter. »Auch wenn ich vieles lieber für mich behalten würde.«

»Du schaffst das«, sagte Leopold.

»Meinst du?«

»Ja, das meine ich. Wer, wenn nicht du? Du bist stark, klug und … verdammt tough. Und du bist nicht allein. Deine Familie steht hinter dir. Das ganze Dorf. Und ich. Ich stehe auch hinter dir«, sagte er leise, strich sanft über ihre Wange und küsste sie.

46. *Abschwimmen*

Langsam schritt Elsa die Steinstufen hinab. Die Oktobersonne wärmte noch, und im Garten der Greiffenbergschen Villa tummelten sich die Gäste.

»Mir ist nicht nach einem großen Fest. Ich fahre mit Leopold und den Kindern in die Berghütte«, hatte Pauline kürzlich beim Abendessen verkündet.

»Kommt nicht in die Tüte«, hatte sie widersprochen. »Man wird schließlich nur einmal dreißig.«

Bei den Greiffenbergs war es gute, alte Tradition, dass runde Geburtstage gebührend gefeiert wurden. Auch wenn Pauline nicht viel auf Traditionen gab und vieles anders geworden war, seit sie die Leitung der Firma übernommen hatte – das wenigstens sollte beibehalten werden.

Natürlich hatte sie Verständnis dafür, dass ihre Enkelin nicht in Feierlaune war, nach allem, was passiert war. Doch so langsam richteten sich die Dinge, und ein Fest zu Ehren der Geschäftsführerin von *Feinkost Greiffenberg* würde auch ein Zeichen setzen: Wir sind noch da, und wir lassen uns nicht unterkriegen. Intrigen, Hass, Verrat. All das hat uns nichts anhaben können. Wir sind stark. Unkaputtbar, wie man so schön sagte. Natürlich war die Geschichte mit der vergifteten Limonade immer noch Gesprächsthema. ›Limonaden-Krimi im Chiemgau‹ hatte die *Bild*-Zeitung vor einigen Wochen getitelt. ›Apfelbeeren-Sabotage am bayerischen Meer‹ die *Süddeutsche*.

Nachdem Pauline der Rosenheimer Kripo einen Hinweis gegeben hatte, waren unverzüglich Ermittlungen gegen Sebastian eingeleitet worden, die schließlich zum Erfolg geführt hatten. Dass er zu der Zeit im Krankenhaus gelegen hatte, weil er von einer Kuh auf die Hörner genommen worden war, hatte ihn nicht davon abgehalten, alles zu versuchen, um den Verdacht von sich abzulenken. Doch dann hatte Gustav Kirchner dafür gesorgt, dass ein belastender E-Mail-Verkehr auf verschlungenen Wegen in die Hände der Polizei gelangt war. Daraufhin war der Komposthändler eingeknickt und hatte gegen Sebastian und sich selbst ausgesagt. Es wurde Anzeige erstattet, und jetzt drohte beiden eine saftige Strafe. Natürlich würden sie den Greiffenbergs Schadenersatz zahlen müssen. Alle hofften, dass die Summe hoch genug wäre, um die Firma zu sanieren. Der Imageschaden würde sie wohl trotzdem noch eine ganze Weile beschäftigen. Und auch der entstandene Sachschaden. Leopold musste die Erde seines Ackers komplett abtragen, um dort wieder etwas anbauen zu können. Man konnte von Glück sagen, dass das PFC nicht ins Grundwasser gelangt war.

Was *Feinkost Greiffenberg* anging, käme Pauline nicht umhin, noch einmal ganz von vorne zu beginnen, aber Elsa war sich sicher, dass ihre Enkelin stark genug war, um diese Herausforderung zu meistern. Privat hatte sie ihr Glück gefunden. Die Kinder hatte man ihr sofort wieder zugesprochen, nachdem Sebastians kriminelle Machenschaften ans Licht gekommen waren. Pauline hatte außerdem, obwohl es ihr schwergefallen war, zu Protokoll gegeben, was ihr in ihrer Ehe widerfahren war. In dieser schweren Zeit hatte Leopold fest an ihrer Seite gestanden. Elsa hatte ihn inzwischen richtig ins Herz geschlossen und war glücklich zu sehen, wie ihre Enkelin wieder aufblühte, und auch das war ein Grund zu feiern. Vielleicht sogar der schönste von allen.

Schließlich hatte Pauline klein beigegeben. »Gegen dich komme ich sowieso nicht an«, hatte sie lachend gemeint.

»Oh, vielleicht noch nicht«, hatte Elsa erwidert. »Aber du bist auf dem besten Weg dahin.«

Ihre Enkelin hatte ihre Feuertaufe bestanden und sich nicht unterkriegen lassen. Schon bald würde sie ihr, Elsa, das Wasser reichen können. Sie war das Beste, was der Firma hatte passieren können, und darauf würden sie an ihrem dreißigsten Geburtstag das Glas erheben.

Elsa stand am Kuchenbüffet und nahm sich ein Stück Erdbeertorte. Alle waren sie gekommen, um mit Pauline zu feiern. Die gesamte Belegschaft. Der Zuliefererstammtisch. Thereses Freundinnen Miez und Mauz. Und noch viele andere illustre Gäste aus München – die meisten in teuren Kleidern und mit großen Sonnenbrillen. Sogar Ferdinand war anwesend, obwohl er eine ziemlich lange Anreise gehabt hatte. Er verbrachte seine Zeit nämlich neuerdings hauptsächlich auf einem Gletscher in Österreich, um dort für einen schwierigen Stunt zu trainieren. Er machte ein riesiges Geheimnis daraus, und ein noch größeres Gewese.

Elsa musste an ihren achtzigsten Geburtstag denken, und fast kam ihr der heutige Tag wie ein Déjà-vu vor. Nur, dass einer fehlte. Die Lücke, die Ludwig hinterlassen hatte, war groß. Heute vermisste sie ihn besonders. Sie schaute zu Ferdinand hinüber. Er trank einen Schluck Champagner und fing ihren Blick auf. Sie wusste, dass er gerade das Gleiche dachte wie sie. Sie gab einen Klecks Sahne auf das Tortenstück, marschierte zu der langen, festlich gedeckten Tafel mit den herbstlichen Blumenarrangements und setzte sich. Während sie ihren Kuchen aß, ließ sie den Blick durch den Garten schweifen. Die Zwillinge saßen mit Leopold auf einer Decke und spielten Uno. Antonia schoss Fotos und sah dabei beinahe gutgelaunt aus. »Wer ist die Schönste im ganzen Land?«, rief sie in diesem Moment ihrer Mutter zu, nahm sie ins Visier und drückte ein paar Mal auf den Auslöser. Therese war zunächst auch dagegen gewesen, heute so groß zu feiern. Sie war sich nicht sicher gewesen, ob sie es durchstehen würde, den dreißigsten Geburtstag ihrer gemeinsamen Tochter zu begehen, ohne Ludwig an ihrer Seite. Doch sie schlug sich gut, lächelte viel und stach heute alle aus in ihrem schlichten weißen Hosenanzug von Valentino und den Louboutin-Stilettos, mit deren Absätzen sie immer wieder im Rasen versank.

»Vertikutieren mal anders«, hatte Leopold vorhin gescherzt.

»Hauptsache, du übernimmst nachher nicht das Düngen«, hatte sie schlagfertig geantwortet, woraufhin alle herzhaft gelacht hatten. Man hatte ihnen in den letzten Monaten viel genommen, aber nicht den Humor.

»Komm, noch ein Foto, Mama«, sagte Antonia. »Guck mal schön!«

»Ich guck immer schön!«, rief Therese empört und schürzte die Lippen in Richtung Kamera. Erneut drückte Antonia ab. Elsa war aufgefallen, dass die beiden in letzter

Zeit einen ziemlich guten Draht hatten, und sie fragte sich, was dahinterstecken mochte. Vielleicht hatte der junge Mann etwas damit zu tun, der gerade gekommen war und ihre jüngste Enkelin mit Blicken auffraß? Wenn sie nicht alles täuschte, war das der Schustersohn aus Chieming. Selbstbewusst steuerte er auf Antonia zu, umfasste ihre Hüften und küsste sie ausgiebig. Elsa zog eine Augenbraue hoch. So war das also. Ein Schustersohn. Unmerklich schüttelte sie den Kopf. Na ja, das Kind war noch jung, und es war sicher nur eine Phase. Und wenn nicht: An Leopold hatte sie sich auch schnell gewöhnt. Vielleicht war das Konzept ›standesgemäß‹ einfach nicht mehr en vogue. Elsa seufzte. Sie wurde alt.

Sie feierten bis in die Abendstunden. Wie immer waren die Grindlers die Letzten, die gingen, und als man sie endlich hinauskomplimentiert hatte, klatschte Elsa in die Hände. »Wie sieht's aus? Gehen wir schwimmen?«

»Na, was denn sonst?« Ferdinand stellte sein Glas auf einem der Stehtische ab. »Wer zuerst am Strand ist, hat gewonnen!«, rief er und spurtete ins Haus, als ginge es um sein Leben.

»Na, warte!« Pauline stürmte hinter ihm her. »Ich bin schneller, wetten?«

Elsa schmunzelte. Sie war wieder da. Ihre ungestüme, fröhliche Enkelin.

»Erster!«, rief Pauline triumphierend, als ihr Bruder nur wenige Sekunden nach ihr die fünf Bangkirai-Stufen zum Strand hinunterrannte.

»Okay, du hast gewonnen, Schwesterherz«, gab er lachend zu.

Als Nächstes kam ihre Mutter, die Kinder an der Hand. Sie hatten ihre Schwimmflügel heute ganz allein angezogen, wie Max stolz verkündete.

Kurze Zeit später waren alle da. Alle, außer einer. Und dann hatte sie ihren Auftritt. In geblümtem Badeanzug und passendem Pareo schwebte sie die Stufen hinab. Oma Elsa. Die Queen von Prien.

»Na los, worauf warten wir?«, sagte sie und warf ihren Pareo auf eine Liege.

»Genau, worauf warten wir?« Pauline hüpfte auf und ab. Ihr wurde langsam frisch in ihrem roten Badeanzug. Mit einer schnellen Bewegung warf sie Ferdinand ihr Handtuch zu, marschierte auf den Steg und nahm Anlauf. Und dann rannte sie Richtung Wasser, rief »Yippie-ya-yeah« und sprang mit einem eleganten Vorwärtssalto hinein. Leopold folgte ihr mit einem Kopfsprung, und als er prustend vor ihr aus dem Wasser auftauchte, umarmte er sie. »Du kannst ihn noch, den Salto«, sagte er leise.

»Klar. Ist wie Fahrradfahren«, erwiderte sie und küsste ihn.

Nachdem sie wieder einigermaßen trocken waren und es langsam zu dämmern begann, machten Ferdinand und Leopold ein Lagerfeuer. Als es endlich knisterte und loderte, setzten sich alle drum herum und wärmten sich auf.

Leopold legte seinen Arm um ihre Schultern. Sie schmiegte sich an ihn. »Wo ist Ada?«, fragte sie und sah sich suchend um.

»Da kommt sie.« Leopold deutete auf das rennende

Kind. Sie hatte sich nur einige Meter entfernt, um Holz zu sammeln.

»Ratet mal, wen ich gerade auf einem Boot gesehen hab …«, fragte sie atemlos und warf ein paar kleine Äste ins Feuer.

»Sag schon«, forderte Oma Elsa sie auf.

»Opa Ludwig!«, verkündete sie triumphierend.

Dank

Diesen Roman würde es ohne die Hilfe vieler Menschen nicht geben. Deshalb möchte ich danke sagen. Zuallererst all jenen bei Bastei Lübbe, die geholfen haben, dieses Buch entstehen zu lassen. Stefanie Zeller und Claudia Müller, herzlichen Dank für euer Vertrauen und die große Unterstützung.

Ich danke Claudia Schlottmann für die tolle Zusammenarbeit und für viele Anregungen und Ideen, die geholfen haben, diese Geschichte rund zu machen.

Anja Eigen, danke, dass du mir deine Chiemgauer Freund*innen vorgestellt und mich nach München und an den Chiemsee begleitet hast.

Ursel Nüßlein, ein großes Dankeschön geht an dich, dafür, dass du dir die Zeit genommen hast, mir deine Heimat zu zeigen. Es waren herrliche und inspirierende Tage am Chiemsee.

Toni Ganterer, ich danke dir herzlich für deine wunderbaren Übersetzungen ins Bayrische. Das war eine große Hilfe.

Jörg Becker, danke für die vielen Informationen über Land und Leute, und für die beste Steinofenpizza der Welt.

Quirin Seifert, lieben Dank für einen schönen und erkenntnisreichen Ausflug auf den Golfplatz.

Gabi Bos und Alexander de Diego, herzlichen Dank für die Beantwortung aller juristischen Fragen, die im Rahmen meiner Recherchen aufkamen.

Meiner lieben Kollegin Valerie Korte danke ich für viele inspirierende Mittagspausengespräche und geniale Einfälle, die Einzug in diese Geschichte gehalten haben. Du machst den Schreiballtag so viel bunter.

Danke an das Kulturamt der Stadt Köln und den Literaturszene Köln e.V. für den Schreibraum Köln, in dem ein großer Teil dieses Romans entstanden ist.

Ich danke meiner Familie. Für alles. Ihr seid die Besten.

Und last but not least geht ein dickes Dankeschön raus an euch, liebe Leserinnen und Leser, dafür, dass ihr meine Bücher kauft und lest. Schön, dass es euch gibt.

Isabell Schönhoff